中国西部秘密战

胡 杰◎著

陕甘宁边区政府保安处南线情报工作纪实

我党利用电台与敌人进行情报斗争的历史

金城出版社
GOLD WALL PRESS

图书在版编目(CIP)数据

中国西部秘密战 / 胡杰著. —北京：金城出版社，2015.7（2022.11重印）

ISBN 978-7-5155-1235-8

Ⅰ.①中… Ⅱ.①胡… Ⅲ.①纪实文学—中国—当代 Ⅳ.①I25

中国版本图书馆CIP数据核字（2015）第108735号

中国西部秘密战

作　　者	胡　杰
出 版 人	王吉胜
责任编辑	杨　超
开　　本	710 毫米 ×1000 毫米　1/16
印　　张	24
字　　数	300 千字
版　　次	2015 年 9 月第 1 版　2022 年 11 月第 3 次印刷
印　　刷	旭辉印务（天津）有限公司
书　　号	ISBN 978-7-5155-1235-8
定　　价	59.80 元

出版发行	**金城出版社** 北京市朝阳区利泽东二路 3 号　邮编 100013
发 行 部	（010）84254364
编 辑 部	（010）64214534
总 编 室	（010）64228516
网　　址	http：//www.jccb.com.cn
电子邮箱	jinchengchuban @ 163.com
法律顾问	北京安理律师事务所 （电话）18911105819

序一

□ 徐小宁

从上世纪80年代，从警后我搞了二十余年的陕甘宁边区公安历史资料征集与研究，并且耗费数年时间参与编辑过一本《陕甘宁边区公安保卫史画册》，以及一本名为《陕甘宁边区政府保安处南线情报工作史料选编》的内部资料。对于南线情报工作这段历史，我本人也是情有独钟。机缘巧合，我推荐会讲故事的胡杰来接触一下这段历史，并且介绍他认识了高涛先生。结果，两年之后，胡杰拿出了一本30万字的《中国西部秘密战》来。

《中国西部秘密战》写了在西北解放战争的最后阶段，陕甘宁边区政府保安处亦即西北局社会部，指挥在胡宗南部队电台工作的几个年轻人翻看胡宗南底牌的故事。如果说这几个年轻人悄悄加入解放军一方，让战争的天平失去平衡，可能有些夸大其词；但这个时候，国民党统治集团土崩瓦解，弃暗投明，加入共产党阵营的可不止这几个青年人。除了高孟吉、吕出、薛浩然等这一组情报力量，本书还介绍了郑琏、孙元昌情报组，陈汝杰、刘良骥情报组，刘布谷、刘奉先情报组，这些人都是国民党自己培养的青年干部，但他们都对国民党不满，先后背叛了国民党。还有一个书中没有的故事，1949年驻榆林的国民党22军军部第四电台台长阎玉明，也利用他控制的电台，向边区保安处情报台通报22军上层的动态。压垮"骆驼"的何止几根稻草，而是一捆捆稻草。但是，作为本书主角的这几个年轻人的作用仍然可圈可点，不容小视。

据我所知，影视剧里神乎其神的谍战，在现实生活中实际上并无传奇存在。所谓的传奇，要么是有人隐瞒了一些信息，要么是你搜集、掌握的信息不完整。零碎、不完整的信息就是传奇的温床。我承认，那些做出突出贡献的优秀特工具有超出一般人的优良品质和能力。间谍的使命和所处的环境决定了“事莫密于间”（孙子语），以局外人且是后来人的立场看谍战，谍战就是传奇；但如果以局内人的视角看，谍战只有真相，没有传奇。《中国西部秘密战》就是把专业读者才会看的真相，用最通俗的语言，以故事的形式讲出来，让普通读者看得下去。

在剧场，我们从观众席看到的，是精彩、华美的表演；但如果有机会上后台，我们看到的，往往是凌乱、衣着不整、污浊以及失误。《中国西部秘密战》汇总了档案和当事人的口述，梳理故事的来龙去脉和人物的交合浮沉，还原谍战自然、平凡、琐碎的真相，仿佛从后台给你讲谍战，给你讲谍报机关怎样分析、设计、操刀，怎样防范、布局、铺垫，以及怎样百密一疏，包括物色和派遣交通，设计密码；给你讲交通员怎样随机应变、见机行事；给你讲隐藏在敌内的情报员怎样拉关系、占位子，怎样搜集、分析和发送情报。总之，这本书展示的就是真实的谍战。尽管幕后操刀者与一线实施者多非等闲之辈，但读过书之后，您就会发现，真实的谍战和影视剧完全是两码事儿，这里只有真相，没有传奇。

本书的主线是写胡宗南总部电台的情报力量。即使从世界情报史上看，一支情报小组中，三部电台同时向敌方阵营发报，这样的案例也是绝无仅有的。从情报工作的专业角度看，这的确是一个成功案例，可圈可点之处不少：

一、边保方面坚持在敌方原岗位使用吕出、薛浩然等人是正确的。假如当初韩城保安科同意吕出、薛浩然的要求，让他们到延安学习、工作，这些人的优势就废了，就不会有这些人后来提供胡部重要情报的故事发生。设计让高孟吉带电台到解放区潜伏，积累“成绩”，然后再回到胡部特务机关向上爬，事后看来却是一处败笔。高孟吉假潜伏的事不久暴露，不但原来的设计没法再执行，高孟吉原本具有的优势也废了。幸亏边保领导很早发现黄龙保安分处和韩城保安科设计上的问题，看出吕出等人潜在的情报价值，正确地使用了吕出等人，这才有后来的巨大成绩。

按黄龙、韩城方面设想，这组情报力量是要用在掌控胡部特务机关活动方向上的。事后看来，这也是大材小用。与掌握绥署二处潜伏特务情况相比，1949 年消灭胡宗南的军事力量显然更为重要。特务活动基本上要依托胡宗南的军事实力存在，皮之不存，毛将焉附？边保将未暴露的情报力量用于掌握胡宗南部队的军事动向，是明智的，这就让好钢用在了刀刃上。这么说，不是要否定或贬低于桑、高步林的作用。于桑、高步林情报意识很强，前期做了大量铺垫工作，为力量后期的运用打下了坚实的基础。这件事也告诫后人，情报工作与艺术创作有点像，是很难尽善尽美的。

二、延安对情报力量的统一领导是明智的，多头领导是情报工作的大忌。历来间谍之事，成于密，败于疏，多一方领导，必然增高泄密的几率。边区保安处很快报告中央社会部协调解决这个问题，不久晋绥、晋南解放区并入陕甘宁边区，两地公安工作，也包括情报工作统一于延安，这个问题获得解决，不再有两方都派交通、都架电台联络的事。后来对吕出、薛浩然等的领导、指导，由边区公安厅情报科直接负责。这些措施保障了对力量的单线领导和高级别的指导，也保障了力量的安全。

三、建立空中联络。这里补充一点情况，过去保安处是有自己的电台的，抗战中后期到 1947 年 3 月胡宗南进攻延安前，保安处情报科与设在各分区的外勤组之间有专门的电台互通情况。1945 年 1 月，保安处情报科还在延安建立测向电台，侦听重庆、西安、洛川、西峰、榆林、安边等地的国民党及其特务机关的电台通讯，进行破译。1947 年自卫战争初期，保安处的前方武装侦察小队还配备有电台，负责监视胡宗南大部队每日的行军，报告给后方机关。但不久西北野战军要这些电台，西北局领导几次督促周兴交，周兴不愿意交，僵持了一段时间，但最后还是交了。为此，在 1947 年底西北局义和会议上，周兴受了严厉的批评。1948 年 4 月延安光复，保安处回到延安，一边恢复社会正常秩序，一边稳定队伍、消除余悸、恢复士气、恢复各项业务工作。1948 年 9 月 6 日中共西北中央局印发《关于加强情报工作的指示》（即“申鱼指示”）后，保安处着手恢复并加强情报工作。该指示由保安处副处长李启明执笔起草。1949 年 1 月 30 日西北局社会部给陕甘宁晋绥联防军区参谋长、西北局情报委员会主任张经武写报告，要求建立西北局社会部情报台，就是在这个背景下发生的。2 月 5 日张经武批示同意，西社部情报台（亦即保安处情报台）于 1949 年 2、3 月建立。重建西社部情报台这件事，说明保安处已经从义和会议的打击中恢复过来，恢复了信心和在情报工作领域的积极进攻姿态。对建立与李福泳、薛浩然、吕出、徐学章、王冠洲等控制电台的空中联络，保安处重视的程度是空前的，不但安排专门的电台与之联络，并派出情报科副科长袁心湖到韩城指导，袁亲自编写密码。1949 年 3 月 19 日保安处情报台与李福泳的电台首先联通，李发报 5 份。4 月下旬，交通送去袁心湖编写的新密码，约定 5 月 1 日启用，随后边保情报台与吕出、徐学章、王冠洲等人的电台亦联通。随后就是扶眉战役、秦岭战役，情报随电波源源而来。

如果保安处与李福泳、薛浩然、吕出等人自始至终没有建立电台联络，或者电台联络姗姗来迟，未来得及在战事上发挥作用，该组的成就将逊色得多。战事瞬息万变，靠陆路交通传递如此紧急、重要的情报，只能误事。这里还有一个反例，说明用电台传递情报的重要性，边保方面对刘奉先情报组也曾寄予厚望，专门为这个组配备了电台和报务员。可偏偏到汉中后电台坏了，这个组的情报作用因此废了，只能独立开展策反及保护资产的工作。

四、情报组积极主动广辟情报来源，沉着应对突发事件。姚守轩被捕，李福泳、吕出、徐学章、王冠洲等确实紧张了一阵，事后弄明白不过虚惊一场。吕出等人当时的应对是恰当的。这些内容书中有交代，读者不妨自己去看、去琢磨。

我冒昧地将本书的写法概括为“一条主线，东拉西扯”。一条主线，即抓住在胡宗南部队电台建立情报组这条主线，还有一条比这大的主线，即共产党情报工作这条主线。东拉西扯，即采用关联之法，大量介绍与主线相关的背景资料、人物故事、人物命运，借此构筑主线发生的背景，让故事生动鲜活起来。这本书所依据的资料，一是历史档案，二是当事人的生前回忆，或作者对当事人的采访。没有虚构的人物，没有虚构的故事和情节，没有虚构的人物内心活动，没有虚构的场景描写。作者搜集了大量与主线相关的背景资料和人物资料，巧妙剪裁，意图再现那个时代的社会环境和复杂的人物关系。尽管不能编故事，但作者还是抓住事件本身演化的结点，设置悬念，展开故事，让人不忍释卷，读来意趣横生。书中涉及众多各色人物，这些人物的因缘际会和悲喜命运，也成为这本书的一大看点，读来让人感慨万千。

我搞了大半辈子公安史研究，一直在追求客观真实。但我也清楚，历史学追求的客观真实，犹如夸父的太阳，永远在前方，却永远不能捕捉在手。我们到底能在多大程度上真实地还原历史？我们完成的历史“拼图”到底是实际存在的历史，还是我们个人主观理解的历史？也许限于历史资料的缺失（很多历史真相随当事人死亡而湮灭），限于我们个人的阅历与学识，限于时代的盲区（历史与现实生活中不乏今是昨非的实例），我们理解的真实历史有可能仅仅是实际发生的历史的很小一部分。

尽管如此，我还是要说，作者是努力了，尽心了，他起码没有在其中虚构什么，添加什么，刻意褒贬什么，以他的理解努力还原了这段不应湮灭的历史。

2013 年中秋

徐小宁，供职于陕西省公安厅，陕甘宁边区公安史专家。

序二

□徐　宁

这是一部情报战纪实性作品，取材于陕甘宁边区公安史南线情报史，写的是第二次国共内战期间发生在西安的情报战。书中人物是真实的，事件是真实的，过程是真实的，结局是真实的，连主要细节都是真实的，一句话，是非虚构作品。笔法却似小说，从故事的编排到人物的命运，都很文学。这类作品国外归类于非小说，国内叫纪实文学，或可称之为文学化的谍战史。笔者有机会在出版之前读了这本书，就以读者的视角写个读后感。读者观感，眼球不动了叫好，掩卷沉思说好，跟书评家的系统和理论不是一码事。

1. 情报的淮海战役

自从红军长征到了陕北，中共中央落脚延水之滨的肤施（延安），中国革命史、中共党史、中华民国史、国民党史上就有了延安与西安这两个高度符号化的说法。西安是国民党，是“国统区”；延安是共产党，是陕甘宁边区。一南一北，隔了五百里黄土梁峁，两个政治上相斥的偶极斗法不已。八年抗战，台上握手，台下踢脚，你拉出来，我打进去，情报战未停过一天。

抗战胜利，内战打响，情报战急剧升级。这是一场隐蔽、激烈、残酷而又复杂的特殊战争，有多复杂？在西安，给胡宗南提机要皮包的是被胡称为“小老弟”的熊向晖，五十年后一解密，此人竟是中共卧底，提供了包括国军闪击延安在内的大量战略情报，被毛泽东赞称“一个人能顶几个师”。在延安，后来任“台湾”调查局局长的沈之岳当过中央书记处（一说是毛泽东）的秘书，其间不知截取了中共多少核心机密！以至其人身份，究竟是打进来的军统特务，还是后来出走的叛徒，至今讳莫如深。这两个潜伏案层级已够高了，没想到近年还冒出了胡宗南是中共卧底的指证，激起台湾老兵老将一片鼓噪。

没枪声炮响，没硝烟战火，却打得你死我活，特殊的军事、政治地理使西安成为第二次内战期间国共谍战的中心。双方投入的情报力量，国民党方面除军统、中统两大系统外，还有胡宗南的绥署二处。共产党方面，除了中央社会部直属的西安情报处、关中地委的西安军事情报站外，还有陕甘宁边区保安处、晋绥公安总局的情报站，甚至还有苏联人操控的共产国际情报台，在胡宗南的官邸外边滴滴答答地发报。

战事进行到 1948 年，隆隆炮声滚下了渭河谷地，解放军转入战略反攻。地面炮火明灭，天空电波交织，几十部秘密电台的呼叫撕裂了被血雾洇红了的天空，西安打成了情报战的淮海，其规模之大，程度之激烈，内幕之复杂，在中国的谍战史上是绝无仅有的。

本书以陕甘宁边区保安处即边保情报系统为主线，以弃暗投明的胡宗南部通讯军官为主角，以双方在西安的军事情报活动为重点，揭秘了这一时期纷纭复杂的谍战图景。

2. 一本谍战好书

史料真实、情节翔实是本书最大的特色。书是在陕甘宁边区公安史南线情报史的基础上写成的，原始档案文电据说有好几麻袋，既包括了请示、汇报、指示、批示、计划、方案、总结、检讨、建议等文件，还有电台代号、呼叫密码、通讯频率、情报员化名接头暗号及情报本身等当年绝密。写作过程中，作者走遍了西安周边的干休所、渭北各县，并数上新疆，采访了尚在世的老人及其亲属、子女，收集了大量的当事人回忆、往来书信、个人日记等一手资料。书中人物是真实的，事件是真实的，过程是真实的，结局是真实的，甚至连发交通员十块大洋路费、吃顿羊肉饸饹花了 50 万元边币都有报销单据可查。如此程度的真实与细节的丰富在国内的谍战作品中是绝无仅有的。谍战最忌胡编乱造，真实性决定了本书值得一读。

书中披露了大量的谍战机密，这里只说西安通讯组的活动与王石坚的下落两个案子。西安通讯组属共产国际 / 苏俄的情报组织，苏俄在华的间谍活动由来已久，三十年代上海破获的牛兰夫妇间谍案即为一例；“怪人”瞑目不语，真相至今云遮雾罩。西安通讯组为其延续，既收集日本情报，也监视战时盟邦国民政府的动向，读来五味杂陈。王石坚是中共情报史上最杰出的领导人之一，其情报网络覆盖了半个中国，为解放战争做出了重要贡献，被捕后押解去了台湾。诸如此类的“秘点”本书还有很多，如西安军事情报组、第四分监部潜伏组与联勤总部第七补给区潜伏组的活动，成都战役中的策反活动、青海情报站与拉萨情报站的始末以及智取华山的真相等，或属首次披露，或为详细揭秘，相信读者是会大感兴趣的。

记叙广阔，开掘较深。军事向来是政治的延续，情报活动多从属于军事行动，有其发生的背景和行动的目标，从来就不是单独的活动。这几年虽然也出了《潜伏》等好作品，但大量的是肤浅之作，设置悬疑，玩弄神秘，内容贫薄却惊险堆积，晃来晃去的就是打入、潜伏、窃取、传递、发送，情报活动游离于军事行动之外，军事行动游离于政治形势之外，看得不知所云。本书视野广阔，开掘较深，电键声伴随着政治潮水涨落和战场上的进退，乃至钞票贬值物价上涨、官场醉生梦死与人心的逆转，从而勾勒出一个兵荒马乱的末世图景，揭示了国民党在大陆迅猛崩溃的深层次原因。内蕴深厚，张力超出了一般的谍战作品，读来发人深省。这年头人心浮躁，码字的也坐不下来，难得看到这样的潜心之作了。

写法平实，不猎奇，评价公允。隐蔽性决定了情报工作高度保密性。档案不解密，当事人的回忆多闪烁其词，语焉不详，不乏夸大个人抹黑他人惹出了官司的事儿。影视剧更是胡编乱造，一顿饭就能侃出一部谍战片，一季接一季、一集接一集地往下编，情节荒诞离奇，仿佛一个个是佐尔格再世。其实不是那么一回事，大多数情况下决策是不同来源情报综合研判的结果。佐尔格小组在“巴巴罗萨计划”启动之前就发出了警告，斯大林采信了没？珍珠港事件前军统就向美国发出了警告，罗斯福采信了没？没有，都没有。这是一个云波诡谲的世界，充满了诱诈与陷阱，决非一键定乾坤。因此，当你看到老人们说不清自己发出的情报中，哪些在军事行动中发挥了作用、起了什么作用时，不要感到失望，你看到的才是真实。真实情报战有佐尔格，没有邦德，有钱壮飞，有熊向晖，但更多的是高孟吉、薛浩然这类平凡的角色，其贡献只有在系统的集成中才能得到评价。

写出了情报战的复杂性。情报战充满了太多的机密，敌营有我，我营有敌，出出进进的，许多事至今说不清道不明。书中写到了李茂堂，其人是中统陕西调查室的头子，一般认为是叛徒归营、立功赎罪。这种事儿情报史上多了去了，不稀奇。令人困惑的是再入党：李克农和罗青长介绍。

规格够高了吧，一解放却关进了大牢。关就关吧，旧账得清算，离奇的是死了几十年又平反了。究竟是叛徒，还是经组织批准打入中统的？都有证明。究竟是煎过的“药渣”，还是苦死了的“黄连”，恐怕永远也说不清了。复杂性决定了情报战有太多的说不清和真相遮掩，国共谍战史上一些有名的大案要案，其实也不是如坊间所知的那样简单，案中有案，公开之外还有秘密。类似的东西，据说本书作者割舍了不少，也是说不清了。

最后，是对个体命运的强烈关注。情报战线营垒分明却又边界模糊，拉出来的控制使用，打进去的防止策反，可靠性始终是第一位的，行业特点，从而注定了在以后的岁月里悲剧连连。作为一部文学化的情报史，作者对当年情报人员的结局进行了追踪。王超北坐了 17 年牢，范明 22 年，刘文蔚则含冤死于狱中。幸运的斗而不死，在厅、局级职位上离休了，多数仕途却出于那个心知肚明的规则，永远在科级这个低台阶上定格了。相比这些编了号的情报员和他们的领导，更令人唏嘘的是交通员，这些老实巴交的农民，当年掂着脑袋跑西安的时候，未必对革命有多少认识，更不会想着共产党坐了天下得啥好处，只是为亲戚帮忙而已，没想到在后来吃尽了苦头。

真实性、复杂性、神秘性、平实性和对个体命运的关注赋予了本书很强的可读性。这也是笔者大力推荐这本书的原因，尽管写法上还有些问题，枝蔓过多，最好再须捋一遍。

3. 你得沉思的历史

在西方的研究者看来，1949 年国民党在大陆的崩溃简直不可思议。由民元鼎革到国民政府垮台 38 年，由 1928 年二次北伐胜利“革命功成”21 年，由 1945 抗战胜利起计仅仅 4 年，何以中国历史上第一个共和体制就稀里哗啦地垮了台？

战场上被打败了。然抗战胜利中国跻身世界“四强”，蒋介石的威望如日中天，国民党的军事实力达到百年中国的顶巅，为什么几年就被打败了呢？国民党归咎于日本入侵、共产党“坐大”与东北接收失误等，共产党则归功于党的路线、政策、强大的组织与动员能力乃至“毛主席用兵真如神”。还有历史选择之类的懒说法，仿佛改朝换代是天意，是历史的必然规律。

其实失败的根子在自身。小资产阶级的革命政党，发轫于封建会党，嫁接了苏俄的专政理论和德、意法西斯的那一套，骨子里就有毛病。说他民主，却以党治国，容不得人说话，动不动就封报馆、活埋“过激分子”。说他专制，却又组织松散，军人把营盘当车马店住。要命的是抗战胜利后的接收，人心丧尽。军事失利，经济崩溃，奸商囤积居奇，官员贪污腐败。老虎打不下去，茅厕拍苍蝇，政府丧失了公信力……本书开始时那个兵荒马乱，今人已很难想象了。

几位主角就是这个时候投身革命的。小知识分子，高小文化，初中毕业，进步一些，或许读过大众哲学，偷听过几回延安广播，却说不上对共产党有多深刻的认识，老版的愤青而已。论军衔，少尉、中尉、上尉，底层是底层，到底还是体制内的人，是胡长官训练出来的学生，没有必然投身革命的道理。但有个共性，都是热血青年，抗日投军的。八年胜利，国家却烂成了豆腐渣，政府腐败成了泔水缸，军人前线卖命，军饷吃不了一碗羊肉泡馍，能不郁闷能没想法吗?

那年头的青年是政治人，不像今天的长不大，读大学了还卖萌作怪。他们关心现实，关注国事，因关心而不满，因失望而郁闷，因郁闷而彷徨而愤怒，就有人不甘心沉沦为体制陪葬，寻找出路了。腐败就这样丧失了民心，涣散了军心。同学联络同学，同乡介绍同乡，同事吸引同事，一个接一个地出走了。体制的架子还在，还很吓人，内里却已无可挽回的腐朽了。社会末期都是这样。

本书是写情报战的，并未着意揭示国民党大陆崩溃的深层次原因，却在漫不经意之间开掘到了这个深度。这也是本书读来发人深省的原因。好书是好茶，得品味儿，最好再续一次水。

目录

第一章　路在何方

第一节　薛浩然：想投延安的国军上尉台长

1948年11月中旬，古城西安。

早上出门在街道上喝了一碗糊辣汤，国军上尉军官、西安绥署二处特工潜伏电台台长薛浩然在放下碗的那个瞬间做出一个改变他一生的决定：投奔共产党，说走就走。

说来可笑，这碗糊辣汤差不多花光了他身上的所有现金。钱已经毛了，越来越不值钱了。自从内战开打，物价就翻着跟斗在往上涨。8月19日，国民政府出台《财政经济紧急处分令》，改法币为金圆券。23日，西安市开始发行金圆券，收兑法币。一元金圆券，兑换300万法币。1935年，法币诞生之初，一元法币可是与一块银元等值的；这会儿，300万法币却只能抵半块银元了。在出台这项法令的同时，国民政府要求各地以8月19日的物价、工资水准冻结物价。蒋总统的大公子蒋经国为此还在上海“打老虎”，收拾了不少不听话的资本家，连杜月笙的儿子都给抓了。政府还禁止私人持有黄金、白银和外汇，9月30日

■ 薛浩然

之前不交出，政府就将没收。可到了 11 月 11 日，行政院又修改了金圆券的发行办法，取消了金圆券的发行限额，又允许私人持有外币了。只不过，最初 1 美元能兑换金圆券 4 块钱；这会儿，1 美元就要兑换 20 块钱了。从外币牌价上，金圆券已经贬值了 5 倍。原先金圆券最大面值不过 100 元，这会儿已经有了 50 万、100 万的面值了。报上说，11 月 12 日，西安 1 块银元就要兑换金圆券 5000 块了。

《西京日报》11 月 10 日登出一篇文章《军人担负剿匪重任待遇应予切实调整——一位负伤战士如此建议》，文章的作者是在蓝田 244 医院住院的一名伤兵，名叫何诚，信写于 11 月 4 日。他说，在医院里，他们每天两顿饭，每餐只有一碗白水青菜，没有一点油水。“昨天发下金圆六圆的全月饷钱，到街上买肉没有，买油没有，我气极了，便到菜铺炒了一盘肉丝，价钱为 1200 万元。所剩几何？请自算吧。”

11 月 3 日的《西北文化日报》上，刊登过这样一则新闻：政府某机关一位科长的太太分娩，因没钱开销医药费用，夫妻俩相对而泣。他们的亲友多系公教人员，同病相怜，想借钱都没地方去借。西安的大中小学教员的生活，此时已经陷入绝境，他们每月所得不能购得两袋半面粉，普遍已经没有能力养家糊口了。

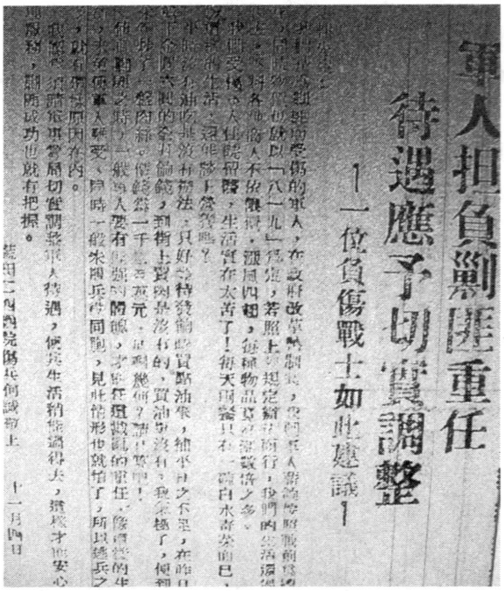
軍人担負剿匪重任
待遇應予切實調整
—一位負傷戰士如此建議—

■ 报纸原文

彭匪集結六個縱隊
傾巢犯我澄城部陽
國軍英勇堵擊斃匪逾萬

■《西京日报》关于澄合战役的报道

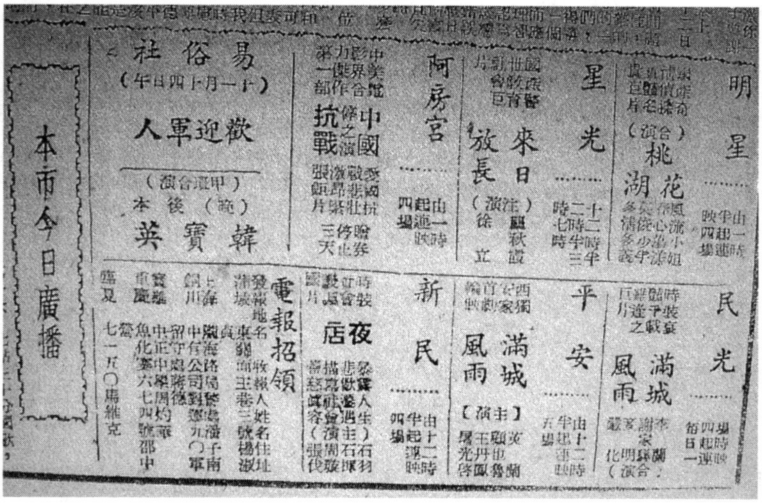
本市今日廣播
易俗社
（十一月上四日午）
歡迎軍人
（甲還合演）
（晚）後本
韓寶英
阿房宮
中國之偉大抗戰
星光
明星
桃花湖
新民
夜店
平安
滿城風雨
民光
滿城風雨
電報招領

■《西北文化日报》上的电影海报

进入这民国三十七年（1948 年），西安的局势也越来越紧张。2 月份，西安市开始征收“戡乱建国费”，老百姓骂声一片。钱收来干什么了呢？挖了战壕了。说是解放军要攻西安城，3 月份，西安城四周挖起了壕沟，西安飞机场也在挖壕沟。壕沟挖了两个月，彭德怀不来攻西安，却一度攻占了西府的宝鸡。再说，这壕沟就是挖得再深，能挡得住人家进攻吗？这难道是冷兵器时代吗？私下里，薛浩然和他的一些哥们儿没少骂过。

民国三十七年里，有一个人曾经让薛浩然感到震撼。

薛浩然时年 22 岁，陕西韩城大南沟村人。家里兄弟姊妹 9 个，活下来 6 个，薛浩然是最小的一个。他大哥比他要大 25 岁呢。薛浩然的父母都是目不识丁的农民，又都十分疼爱这个最小的儿子。包括哥哥、姐姐们，也都宠着他。大南沟村是个离县城有 50 里地的小山村，薛浩然一家就凭种地为生，有时还会遭到土匪的袭扰，日子过得并不宽裕。尽管如此，家里供他上了完小，又送他上了一年初中。这时，赶上胡宗南黄埔一期同学、喜欢学佛的第一军军长丁德龙在韩城招童子军，薛浩然被编入战时工作干部第四团。半年后，胡宗南当小学教师时的同事、日后给他当过多年机要室主任的王微到童子军中给自己选学生，薛浩然和同县的高孟吉等人被选中，成为黄埔军校七分校通讯军官训练班学员，学习无线电通信技术。

黄埔军校 1924 年 6 月创办于广州，1927 年迁至南京，改制为中央陆军军官学校。抗战开始后，军校于1937年11月迁至成都，并于全国设立了九所分校，七分校即属其一，也是其中规模最大的一所。抗日军兴，胡宗南的第17军团血战淞沪，死伤极为惨烈。1937年8月奉调关中整补，沿途热血青年踊跃投军，至陕西已有千数之多。1938年1月，胡宗南奉命筹办七分校，即将此部和在湖南招收的知识青年编为第15期1、2总队，3月29日于凤翔县成立。4月，接收王曲西北训练班与江苏抗日青年团学生，编为4、5两总队，并于兰州成立第3总队，学校初具雏形。这年5月，七分校从凤翔迁至长安县王曲镇，校本部设在城隍庙。胡宗南以校务主任名义实际主持，校长例为蒋介石。最火的时候，小小的王曲，遍地是军人。由筹办到结束，七分校存在了9年零9个月。期间共招收学员23个总队另3个大队，毕业学生7期(15~21期)，计25015名。此外军官、军士、政工、军需、补训、教导团等培训学员10927名，合计37317人。含黄埔时期和抗战时期的各分校在内，中央军校共办了23期，毕业学员41386人。七分校占了全部毕业学员的60%。

不过，虽然同为七分校，通讯军官训练班没在王曲，而是在西安城里的北校场公字3号。1942年底，薛浩然学习一年后毕业，下部队任见习军官，转正后当了胡宗南第八战区副长官部通讯营的少尉见习报务员。1944年秋天，薛浩然随部队参加过豫西抗战。抗战胜利后，他配属到37集团军总部电台。37集团军的长官，就是人称“独眼将军”的刘戡。

■ 刘戡

刘戡，字麟书，号三寿，湖南省桃源县桃花源镇青田村人。幼时父母双亡，赖伯父姑母抚养成人。刘戡曾就读于桃源县立第一高等小学和湖南省立第二中学。这个长得相貌堂堂的“湖南骡子”，也是胡宗南黄埔一期的同学，29岁就是中将。薛浩然在刘戡的三原司令部待了大半年，经常见到刘勘。说实话，他对这个抗日名将相当佩服。2月底，关中咽喉宜川被解放军重兵围困，刘勘奉胡宗南之命率整编29军前去救援，行至瓦子街时被包围。在全军覆没、解放军已经冲到离自己100米远的时候，刘勘捡了个手榴弹引爆自杀。消息传来，薛浩然十分震惊，也很悲伤。4月份，胡宗南在端履门20军办事处为在宜瓦战役中阵亡的刘勘及90师师长严明举办追悼会，又在青龙寺请和尚超度这两位的亡灵。薛浩然敬佩刘勘是条汉子，却也觉得他生不逢时。

在刘戡三原的整编军部待了大半年，胡宗南的第一战区长官部成立了一共有10部电台的直属无线电队，1946年入秋，薛浩然又被调到了西安。西安比不得上海的繁华，但比起三原之类的地方那可就繁华得多了，吃喝玩乐什么都有。粉巷、五味什字、马坊门、正学街、广济街、竹笆市集中了全城所有的老字号，单说吃的，西安最有名的杏仁油茶、粉蒸肉、甑糕、枣沫糊、炒荞面，也都在这一带；还有老樊家的腊汁肉、老韩家的挂粉汤圆、老何家的“春发生”葫芦头泡馍、王记粉汤羊血等都在涝巷外的正街上。当年的西安饭庄是个私人的饭馆，就在竹芭市口。西安的河南人多，南新街的“正大豫”饭馆就专门做河南菜。那个时候，南院门一带是西安最繁华的地方，有顺口溜说：“南院门修得宽，世界五洲站两边”。这里说的“世界”与“五洲”，是两家大药房。读书人要买书，南院门有世界书局、商务印书馆、古旧书店以及开明书店等；此外，国货商店、宝华布庄、象记帽庄、“健本长”鞋店等商铺，也都在南院门这块儿。和在北校场通讯班学发报时不同，薛浩然他们这会儿是军官，可以有时间、有自由，也有薪水可花。那会儿，除了有机会上街打打牙祭，跟着别的军官，薛浩然还学会了打麻将赌钱。那年头，连胡适这样的青年导师都会出入妓院，薛浩然这样的下级军官，能不随波逐流的有几个呢?

不过，这样稀里糊涂地过了半年，薛浩然就感到空虚、无聊了。不甘心就这样沉沦、堕落，他开始在夜校学习英语。英语学了仅仅半年，就因为部队换防离开西安而中止。接下来，收音机里听来的消息让他越来越惊骇。在电台工作，薛浩然他们这帮人有一个便利条件，就是能听到延安的广播。所以，关于战局的报道，政府的官方报纸以及中央电台的胡说八道，他根本不信。随着辽沈战役的结束，薛浩然知道，林彪的东北野战军已经从起初的 13 万人，打到了 100 万人；对于正在进行的徐蚌会战，也就是共产党所说的淮海大战，薛浩然一点也不看好。且不说贪污腐败、人心向背，仅从军事上说，国民党也已经败相毕露。

这个年纪的人，谁都有三五个关系要好的朋友。七分校通讯班同学来自全国各地，总共 70 多人。上学时大家年纪都小，很自然就以地域为缘扎堆儿。跟薛浩然最铁的，一个是韩城的老乡高孟吉，另一个是华县的吕出。吕出是个刺头儿，曾经因为伙食问题闹过罢工。后来，营长要收拾他，吓得他投了别的部队。再后来，1947 年的秋天，吕出从郑州给他发了个电报，说要回西安。回到西安，吕出住在杜公祠，薛浩然常去找他聊天。分别将近一年，薛浩然发现吕出变化很大。原来关心当官的吃空饷、关心伙食的吕出，现在思想很激进，提起国民党就是骂，提起共产党就是夸。当然，他们只能私底下这样说一说，要是让人汇报上去，被列为“赤化分子”，那可不是闹着玩的。老乡高孟吉是个文艺青年，爱看书，也爱写文章，是个小秀才。不知道有什么渠道，高孟吉能看到些亲共的书刊。从这两位同学这儿，薛浩然开了不少窍。不光是他，跟他们经常扎堆儿的河南籍同学徐学章、湖北籍同学李福泳以及铁路电台的朋友赵继义，这会儿都成了“赤化分子”了。

随着战事的吃紧，国民党军队由战略进攻转为战略防守，又由全线防守转为重点地区的防守，也就是说，只是守着一些大城市，大片的农村和中、小城市都已经顾不上了。眼瞅着大城市也守不住，上面开始考虑在大部队撤走后，留人潜伏下来。这样，1948 年 4 月，绥靖公署机要室主任王微与二处处长刘庆曾一起办了个潜伏电台培训班，薛浩然又被抽去参加培训。培训班培训的，是美国的便携式小型电台。受训的一共 10 人，两人带一部电台，其中一人为台长。薛浩然、高孟吉二人为其中两个台长。当台长的好处，就是可以吃几个人头的空饷。学习结束，薛浩然就被派到陕南的镇安县潜伏。镇安等地这会儿还是胡宗南的天下，但是，预计到大势所趋，就像等着海水退潮一样，上面先把他们这些人安插下去。待到 9 月下旬，薛浩然找借口离开镇安、溜回西安。

让薛浩然一直感到不爽的，还有一件事儿。怕当上童子军的薛浩然以后找不到媳妇，14 岁的时候，他家里就给他完了婚。媳妇比他大 4 岁，长得粗粗大大。薛浩然他爹给他择偶的标准是“母肥儿壮”。那年头，老百姓能填饱肚子就要谢天谢地了，乡下的胖姑娘可不好找。无奈薛浩然并不领情，怎么看这媳妇怎么觉得别扭。更何况，媳妇是个大字不识的文盲，他爹听人家说“女子无才便是德”，看上的是人家女娃手脚勤快；而薛浩然是个念过书的人，又在外面混，跟这样的女人有啥共同语言。为此，薛浩然早就想离婚。可是，人家女子嫁给他这个一年回不了几天家的当兵的，本来就跟守活寡差不多。他不在家，人家忙了家里忙地里，还要侍候老人。所以，薛浩然当面跟人家根本开不了口。他知道，就是开了口，你爹他妈也不会同意。后来，薛浩然终于忍不住给她写过一封信，提了离婚的事。等收到他哥给他回的信，他才知道他女人在家寻死觅活地闹了一场，闹得他爹妈帮着他女人一起骂他。离婚八字还没一撇，他就已经是个穿军装的陈世美了。

等从镇安回到西安，薛浩然就拿定主意，再也不回镇安去了。不回去，他就是逃兵，上峰当然饶不了他。也就是这时候，他就决定，去延安，投共产党。可是，这个时候，共产党也不是谁想投就能投的。像他这样的下级军官，带不过去一兵一卒，人家共产党凭什么相信你呢？薛浩然琢磨，他们电台的机密想必共产党还是感兴趣的。破译了国军的电台密码，中共军队还不更是如虎添翼吗？

这些天里，薛浩然天天脑子里转的，都是究竟走哪一条路线上延安。线路有两条，一是从淳化、耀县走。为这条路线，薛浩然专程去三原实地探测，感到困难还是比较大；另一条路，就是从华阴到韩城。虽然韩城已经是共产党的天下，但他是韩城人，回家去一趟总是说得出口的理由。那么，跟谁一起走呢？这个时候，高孟吉还在柞水县的潜伏电台困着，无法脱身；薛浩然跟吕出说过，吕出的意见却是再等等。

这天，推开糊辣汤碗，薛浩然就决定马上去找吕出。如果他坚持不走，他就要自己行动了。他已经装病回西安快两个月了，再不回镇安，上司就要收拾他了。

第二节　吕出：晋冀鲁豫部队派出的情报人员

“八百里秦川尘土飞扬，三千万儿女齐吼秦腔。一碗宽面喜气洋洋，

■ 吕出

没有辣椒嘟嘟囔囔。”有人用这样的语言描述陕西人。北校场黄埔军校七分校通讯班第二期学员中，最具老陕“生、冷、蹭、倔”特点的人，则非吕出莫属。

吕出本名不叫吕出，叫吕重山。两个山重在一起，不就是个“出”嘛。同学中，大伙儿都不叫他学名，就喊他“吕出”，以示亲切。吕出是华县人，家里比较穷，但还是供他上了小学。后来，他和薛浩然一样，当了童子军。吕出记忆好，这好记忆首先体现在他吼秦腔上。也不知道他从哪儿学的，反正，他会的秦腔段子特别多。学员们搞文艺活动，吕出的秦腔一向是保留节目。不管是洗澡，还是洗衣裳，他都是曲不离口。当然，饭吃得饱、吃得舒坦，他也会大声吼两嗓子。不过，有一阵儿，吕出的秦腔不见了，一张嘴就忍不住骂骂咧咧。他这人就这样，性子直，说翻脸就能翻脸。

那是1945年四五月的事儿。战局上，日本鬼子已经是秋后的蚂蚱，眼瞅着大势已去。国民党军队这边，军官们因战事被压抑着的欲望开始像入夏的野草一样疯长。从上到下，当官的吃空饷成了见怪不怪的常事，连个小小的电台台长都要多报个报务员、摇线兵的假名字，吃上一两名空饷。对于下级军官来说，当官的多吃多占本就可气，问题是通讯营的军官们还打起报务员们夜餐补助的算盘来，夜餐补助一拖再拖，好不容易发下来，五分之二却被克扣了。不光夜餐费，大灶上的油星子也越来越少，对于一帮十八九岁的小伙子来说，这就不是“没有辣椒嘟嘟囔囔”的问题了。如果说别人只是停留在背地里骂骂当官的这样一个层面上，吕出的个性就咽不下这口气。咽不下怎么办？给当官的提意见？这不是老鼠给猫提意见吗？往哪儿提？谁会听他的？

吕出他们没这么办。怎么办呢？罢工。罢工？胡宗南司令部的电台能允许报务员罢工吗？当然不能允许。不光不允许，谁敢明目张胆闹罢工，马上就会被逮起来。谁让他们都是职业军人呢！军人要以服从为天职，何况还是抗战时期。如果你不出活儿，但别人出活儿，就把你显出来了。你凭什么不好好干？当官的就得跟你说个一、二三。那么，怎样既能怠工，又不会被显出来呢？那就是大伙一块儿不出活儿。那会儿，胡宗南第一战区司令长官部设在小雁塔，为了频率上互不干扰，通讯营的十几个电台设在小雁塔周边的村子里。电台的报务员，都是通讯班的同学。被克扣夜餐、克扣伙食标准，大家都是受害者。吕出就扮演了四处游说同事消极怠工这样一个角色。转眼间，各个电台都攒下了一堆没有拍发的电报稿，胡宗南的指令处于紊乱状态。台长们平时不干活儿，这会儿都得撅着腚拼命干活儿。通讯营一台是唯一有女报务员的台，女报务员们都是些官太太，平时，台里的工作主要是靠男报务员们干。这会儿不行了，男报务员们撂了挑子，就苦了官太太们，一个个叫苦不迭。这件事儿折腾的结果，夜餐能按时足额发了，伙食也有所改善，但吕出却在通讯营待不住了。营长知道他是个刺头，这次挑头闹事儿的就有他，能饶了他吗？吕出只有开小差走人了。

吕出有个老乡，在西安当律师，此人交际比较宽。遇到这事儿，吕出就去跟他请教，看他有没有工作给他介绍。那年头，吕出他们学的技术在军队还是很吃香的，律师正好在河北民军有关系，就写了封信让吕出拿上去了河北，投了乔明礼的河北民军，当了通讯连长。河北那边不归胡宗南管，营长自然拿他没办法。

这里要说一下河北民军。河北民军的创始人名叫张荫梧，此人家是河北博野县的豪族。张荫梧中学毕业后，上了保定陆军军官学校，毕业后加入晋军。张荫梧打仗是把好手，从连长一步步升到了军长，并且兼任过北平警备司令兼市长。不过，张荫梧这人领袖欲极强，狂妄自大，不久被阎锡山把官一撸到底。张荫梧带着些晋军中的亲信回到老家，创办了一所半军事性的中学，培养人才。时逢热河抗战，河北遍地都是义勇军。张荫梧也成立了一个保卫团，控制了家乡周边的一些地盘，还委任县长、安插亲信。1935 年，日本鬼子打进山海关后，阎锡山重新启用了张荫梧，封他为中将，但没给他兵，而是让他筹办晋军军官教导团。“七七事变”之后，张荫梧又被第一战区司令长官程潜看中，任命为保定行营河北民训处长兼第一战区司法监。有了这样一个平台，张荫梧把他在太原训练的200多名学生军官带到保定，招集旧部和平津一带的流亡学生，成立了"河北民军"，张荫梧亲任总指挥。河北民军最火的时候有十万人之众，由于他们活动的区域和八路军在一起，常常和八路军争地盘，并且制造过"深县事件"。河北民军也因此被八路军打垮，剩下乔明礼一部几千人，连乔明礼都在深县（今河北省深州市）被八路军俘虏过。张荫梧因此被毛泽东封为"摩擦专家"，而后来接替他当河北民军总指挥的乔明礼，在《毛选》里则被称为"抗日将领"。

吕出投河北民军的时间，是1945年7月份。10月底，这支部队随着高树勋的部队起义了。当时，高树勋任国民党第十一战区副司令长官兼新八军军长，河北民军归他指挥。河北民军起义的时候，还有个小插曲。就是民军中的黄埔军校七分校学生坚决不同意起义，他们站在民军参谋长李大同一边，认为这是叛党叛国的行为。不过，军中的七分校学生都是些连长之类的下级军官，人数也不过十来个人。起义中，他们只是被控制起来，并没有人头落地。高树勋是解放战争期间起义的第一支国民党军队，这一事件在当时影响甚大。11月，高树勋三次提出加入中国共产党的申请，获得毛泽东的亲自批准；这支起义的军队被改编为民主建国军，民主建国军的名字也是毛泽东给起的。此后，共产党军队发起了策反国民党军队的"高树勋运动"，这一运动在解放战争中收到了很好的效果，大批的国军将领率部起义。但是，在共产党利用高树勋做足文章之后，接下来，国民党又利用他开始大做文章。

高树勋起义之后，晋冀鲁豫军区开始派出政工干部帮助民主建国军建立政工系统。在此过程中，政工干部们越搞越"左"，先是鼓励民主建国军下级军官不服从上级命令，再以后，他们认为高树勋要叛乱，先下手为强，于1947年6月将高树勋本人抓了起来。国民党由此大造舆论，说这就是叛徒的下场。尽管解放后高树勋也担任了河北省的副省长，但"民主建国军叛乱"这一案件却到20世纪80年代才被平反，而乔明礼等人则从那之后再没有带过一兵一卒，解放战争中也只能在军政大学当军事教员。

吕出随乔明礼的河北民军参加高树勋起义不久，就被送到晋冀鲁豫军政大学学习。尽管他如实交待了他的来历，但政审时，组织上对他有两点保留意见：一是不相信他只有小学文化程度，二是不相信他是开小差离开胡宗南部的。胡宗南军队是蒋介石的嫡系，抗战那么吃紧都舍不得让胡宗南跟日本鬼子拼；而河北民军是什么？杂牌中的杂牌，别说什么夜餐费，军饷都未必有保证。吕出一个“根正苗红”的七分校通讯班毕业生，放弃好好的正规军不待，跑到这杂牌军来图了个什么呢？河北民军的大多数下级军官都留在部队接受了正常改编，在高树勋被抓、民主建国军番号被取消之后，正常被并入晋冀鲁豫部队中。吕出有收发报技术，按说正是部队急需的人才。但是，他没有留在部队中搞通讯工作，而是被送到军政大学学习。

1947 年 6 月，解放战争由解放区内的战略防御阶段，开始转入向国统区推进的战略反攻阶段。刘邓大军主力即将横渡黄河，挺进鲁西南，开展鲁西南战役，拉开解放战争战略反攻的序幕。这时候，晋冀鲁豫军政大学保卫部长盛北光跟吕出谈了一次话，让他回到西安，设法重新回到胡宗南部队当卧底，给解放军弄情报。盛北光给吕出留了一个通讯地址，吕出连宿舍都没回，就往西安方向走。

再说吕出。投入到解放军阵营中，吕出算是找到了感觉。在军政大学读书期间，一个愤青已经变成了一个积极要求进步、为老百姓的解放事业什么都愿意做的人。组织上既然把这样一个神圣的任务交给了他，他就想千方百计地去完成。回西安这一路，他被解放军抓住过两次，一说是被俘虏的国民党兵，还都顺利脱身；可遇上国民党军队，却不那么顺。离开军政大学一周后，在河南滑县，他就被抓了壮丁。要不是后来碰到军校同学，他就得继续当大头兵。好在这支国民党军队里也有七分校通讯班的同学，通过同学举荐，吕出在郑州干上了老本行，当上了一名中尉报务员。直到入秋，他才找机会脱身，重新回到了西安。不久，他就又在通四团第二营一连当上了二台的报务员。

吕出失踪两年之久，怎么回来又能接着在胡宗南机要机关工作呢？他这段历史国民党方面就不严加审查吗？还真是这样。这方面，国民党比共产党可要粗得多。

1934 年冬，军统北平站站长陈恭澍刺杀汉奸石友三失手，撇下部下和家小翻墙逃跑，坐上火车一气儿跑到当年称为归绥的呼和浩特投奔他哥哥。当时，他哥在一个骑兵部队当军需官。在那儿躲了一些天后，有一天在外面吃饭，陈恭澍看见了军统绥远站的站长。尽管人家没看见他，但他自己吓得够呛。于是，他哥又托师部一个参谋，把他弄到驻防乌兰华的一个团的团部躲着，这地方离归绥150里，相当偏僻。在那儿躲了10个月，陈恭澍心里发毛，想想这样躲着不是个事儿，这才跟军统取得联系，回到南京向戴笠请罪。如果在共产党内，且不说追究他擅离职守，就是有这样一段个人历史说不清，这样的人以后也绝对不可重用；然而戴笠不过把陈恭澍关了几个月禁闭，让他坐了坐冷板凳，然后该怎么重用，还怎么重用。

军统的上层尚且如此，到了作战部队当然更把审查不怎么当回事儿了。何况，随着战场上的一再失利，国民党军队正急需用人。吕出回来后，也学会了夹着尾巴做人。再加上有跟他关系好的这帮七分校通讯班的同学给他打圆场，他就再次坐到了发报机跟前。

不过，吕出可没忘记他这会儿的身份。后来，吕出几次给盛北光留的那个地址写信，但都石沉大海、杳无音信。那个时候，刘邓大军早已经挺进大别山去了。

吕出这段解放区的经历，他没敢跟任何人说起过。不过，私下里交换对时局的看法，他知道很多人都对现实很不满，看不到自己的前途。两个月前，薛浩然动了投奔延安念头的时候，跟吕出商量时，吕出说再等等，具体时间他认为来年开春再说；后来，薛浩然又找他商量几次，他都说再等等。为什么要再等等呢？吕出没说，多年后，作者也无从推测。不过，当薛浩然决定哪怕一个人也要成行的时候，吕出马上决定，跟他一起走。去韩城。

第三节　高孟吉：改变命运的一封密信

三哥：

你之近况已由勉斋二哥详细告我。你所需之物，除少数已交勉斋兄带回外，其它价太昂，不易购到，随后有力再办。弟弟详情可询勉斋哥即知。弟家老者老，幼者幼，无人照管，希兄多加帮助，勿使年迈双亲、弱妻幼子陷于饥饿。烦哥之处，后当力图报之。千言万语，无从说起，仅此预祝黎明即降天地早日回春为盼！敬盼。

安好！

小弟秋涛上

四月二十五日

西安

这封信写于 1948 年 4 月 25 日，写信的人就是薛浩然的韩城老乡高孟吉，“秋涛”是他在老家沟北村的小名。信里提到的“勉斋二哥”名叫高勉斋，是他同宗同族的一个哥哥，买卖人；而那个“三哥”又是什么人呢？

许多年之后，韩城的党家村成为一个全国闻名的旅游景点。党家村住着党、贾两族，村中有建于 600 年前 100 多套“四合院”和保存完整的城堡、暗道、风水塔、贞节牌坊、家祠、哨楼等建筑以及祖谱、村史，被专家称为东方人类传统民居的活化石。其实，沟北村也有许多和党家村类似的老房子。韩城是“史圣”司马迁的故乡，这里老百姓历来看重读书。很多百姓房子的门楣上，都常刻有“耕读第”“壮元宅”之类的字样。高孟吉的爷爷和父辈都是读书人，他爷爷的国学底子尤其深厚，是村里一个德高望重的人。小时候，高孟吉坐在爷爷的膝盖上，就开始识字儿。因为他伯伯在教私塾，四五岁的时候，高孟吉就跟着伯伯开始读《论语》《大学》。再后来，村上有了初级小学，高孟吉就在学校学语文、数学等。小学没毕业，他家家道中落，供不起他读书了。12 岁时，他被父母送到县城北街的万福成杂货铺当学徒。干了一个多月，高孟吉跑回家，哭着跟他妈说，他还

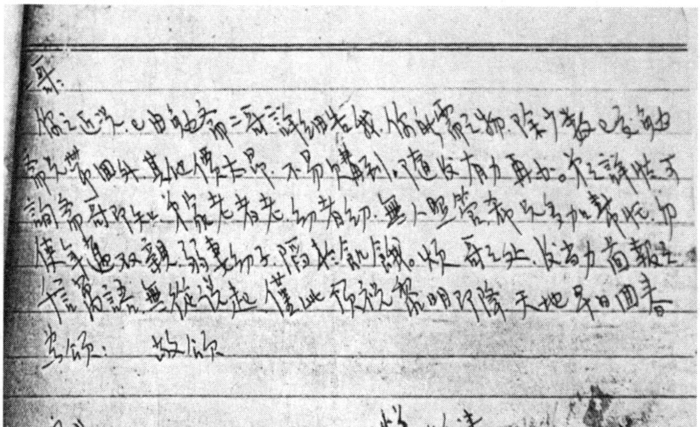

■ 信件原文

想念书。打小，家里人就觉得他是个念书的料，让他辍学也是实在没办法。再要读书，钱从哪儿来呢？她妈只好去找一个婆家家境好的姨妈商量。姨妈婆家虽然有钱，但她不当家掌权，只能悄悄把自己的私房钱给妹妹。等高孟吉回到学堂继续念五年级，已经是两年之后了。一进学校，高孟吉就表现出了后来成为文艺青年的潜质，他不爱数学，偏爱语文和历史，写一手漂亮的字，还当上了学校墙报的主编。等他一年后小学毕业，就已经是1940年。隔着一条黄河，日本人天天往韩城这边打炮。他家别说再供他念书，已经时时都有断炊的危险了。

因为要抵抗黄河对岸的日本鬼子，河这边就驻扎了很多国民党军队。有个叫廖自新的营长住在高孟吉家，有天跟高孟吉他爸聊天，高孟吉他爸把高孟吉的作业本拿给了廖自新看。说到孩子又要辍学，不免唉声叹气。这个廖自新是湖南宁乡人，也出自寒门，对这个爱读书的孩子非常同情。想到自己所在团里有不少投笔从戎的大学生，就劝高孟吉他爸送儿子到他们那儿去当兵，那些大学生可以教他。高孟吉他爸原以为人家不过就是说说而已，没想到第二天，部队开拔上前线之前，廖自新给高孟吉送来了一身军装。高孟吉他妈哭肿了眼睛，但为了孩子的前程，还是咬牙同意他去当兵。部队从师家滩过河，驻扎到了山西乡宁县。当时，因为战乱，太原的学校迁到了乡宁县的山区，成立了一个山西省联合中学，招收沦陷区的学生。当时，廖自新已经当了团参谋长。他以自家孩子的名义，将高孟吉送到学校；连学校要求自带的板凳、被褥都给他备了一份。每逢星期天高孟吉回来，廖自新就吩咐灶房加菜，要让高孟吉吃饱、吃好。冬天，日本人进犯晋西北，部队向吉县转移，准备打仗，廖自新派了个排长带两个兵专门把高孟吉送回了韩城。后来，在韩城中学插班上了一个学期之后，赶上上海童子军来韩城招生，人家管吃管穿不要学费，高孟吉就当上了童子军。这拨儿童子军中的一部分被胡宗

■ 新中国成立之初的高孟吉

南的第一军挑走，有的学医，有的学开坦克、汽车，高孟吉进了中央军校七分校通讯军官训练班，学习无线电收发报技术。1942 年 12 月，在结束学习之后，高孟吉和薛浩然等人一起，分到了胡宗南所辖各军、师当报务员。

在军队里，报务员是项比较自由的差事。报务员负责收发报，但电报上的内容他们并不清楚。只要不值班，你是逛大街、打麻将，还是拉胡琴、下象棋，没人管你。高孟吉的最大爱好是看书，没事儿还爱给报刊投个稿。看的什么书呢？和现在的年轻人一样，他们那会儿也挺叛逆。虽然在国民党阵营中，但共产党那边年轻人看的书，他们照样找来看。于是，他就看了一大堆的高尔基、鲁迅和丁玲、谢冰莹。不仅如此，这个在通讯班上学时就开始在七分校校刊、《福报精华》杂志发表散文的文学青年，在同学中就得了个“高尔基”的外号。

报务员的一个工作便利，就是能听到延安新华广播电台的新闻。在国共合作还没有完全破裂之际，高孟吉还是《秦风日报·工商时报联合版》的忠实读者，因为这份报纸每天都登新华社消息，包括王若飞、叶挺、博古（秦邦宪）等“四·八”烈士遇难的消息，高孟吉也是从《秦风日报·工商时报联合版》上看到的。《秦风日报·工商时报联合版》的倾向性，当然让国民党不快。1946 年 3 月，一帮包括白俄、朝鲜浪人在内的乌合之众举行反苏游行，顺便砸了《秦风日报·工商时报联合版》的办公楼。高孟吉非常气愤，还和机要室的少校参谋韩其旭一起，给《秦风日报·工商时报联合版》写了封慰问信。韩其旭是个甘南人，挺欣赏高孟吉的文采，俩人对脾气。内战开始后，此人干脆带着老婆开小差回了老家，算是把愤青进行到底了。

有一回，韩其旭跟高孟吉说，要带他认识一个人。在莲湖公园附近的王家巷，高孟吉见到了一个高个子、长胡须的长衫老者。原来，这人就是被毛泽东后来评价为“中国共产党的忠实朋友”的杜斌丞——民盟西北总支部的负责人。跟此人聊了一次，高孟吉简直有醍醐灌顶、茅塞顿开之感。再以后，民盟的韩城老乡刘敬业又给他推荐过一些《新观察》《时与文》以及西南联大出的《民务周刊》等进步刊物。有了这样的浸染，高孟吉思想上就压根没什么硬弯要转了。

1947 年下半年，高孟吉在西安见到了同村同族、他称为“二哥”的高勉斋。高勉斋在做小生意，隔一段时间就要来西安进货。每次，他们必定要见面。从高勉斋这儿，高孟吉知道了不少解放区的事情，他也感觉到高勉斋不像个普通的生意人。说到对时局的看法，俩人有很多共识。高孟吉跟高勉斋谈过，想到延安去求学。1948 年 3 月 24 日，韩城二次解放。4 月份，高勉斋再去西安，捎给高孟吉一张小纸条。写纸条的人，高孟吉认识，就是前文那封信中他称为“三哥”的高步林，他们沟北村的同族兄弟。高步林又是什么人呢？时任中共韩城县的保安科长，相当于现在的公安局长。那个时代，领导干部配乘马，和现在配车是一个道理。但共产党的干部中，一个县有资格配乘马的，只有三个人：除了县委书记和县长，就只有保安科长。因此，这三人在当时又被称为县里的“三驾马车”。

说到乘马，就再扯远一点。说到“龙潭三杰”，大家都知道指的是钱壮飞、李克农和胡底。中央红军到达陕北，三杰就只剩下李克农一人了。另外俩人呢？都牺牲了。他们的死，都跟乘马配备有关系。

钱壮飞是在二渡乌江时出的事儿。当时，他是军委二局的副局长，按说官也不小。可是，在军委里，他的官就显小了，所以，乘马轮不到他骑，他只能骑一头毛驴，这就影响了行军速度。二渡乌江时，他没赶上大部队。又赶上敌机轰炸，他躲到树林里，结果遇到了土匪。土匪认为他是个红军的大官，肯定有钱，让给家里写信，交钱赎人。没辙，钱壮飞只好给在上海的妻子写信要钱。可那是国统区，路途遥远。他妻子接到信，也没办法去营救。结果，钱壮飞就被土匪杀害了。

1936 年 6 月，一、四方面军会师后，由于毛泽东与张国焘发生分歧，红军被分为左路军与右路军分头北上。胡底随红军总司令朱德、总参谋长刘伯承等人，在红军总政委张国焘所在的左路军行动。兵至阿坝，张国焘突然下令全军以及受到裹胁的右路军的一部南下，从而与毛泽东和中央所在的右路军形成分裂之势。这以后，红一方面军的人就成了受气包，该有的待遇都没有了。胡底被取消了乘马和勤务员，只能像士兵一样，用自己的两条腿赶路。走着走着，胡底就累病了，高烧不退，还说了胡话。说什么呢？骂了张国焘！那时候，在红四方面军，张国焘怎么能容忍一个一方面军的人骂他呢？结果，有人就给胡底的中药里下了毒，年仅 30 岁、三杰中文笔才华最好的胡底，就这样死于非命。

言归正传。听高勉斋那样一说，高孟吉这才知道，高勉斋就是共产党的交通员，他已经把自己的详细情况都跟高步林说了。高步林的纸条上字写得很小，这是一个提纲，要的是各种各样的情报。这个小纸片是放在高勉斋的鞋底子里带过来的。高勉斋是个相当精明的商人，曾有过搞情报的经历，经验丰富。他出门常背个褡裢，里面装有一双新布鞋。这双新布鞋底子故意留有一条小缝儿，可以夹带情报。他平时只穿旧鞋子，要过检查站之前，才换上装有情报的新鞋子。高孟吉按着纸条上面的要求，把能搜集到的一一告诉给了高勉斋，这包括电台的种类、波长、密码等。信里所提“你所需之物，除少数已交勉斋兄带回外，其它价太昂，不易购到，随后有力再办。”，说的就是这件事。这个时候，高孟吉已经结婚，并且刚刚有了孩子。他家里老的老、小的小，生活非常困难。所以，在信中，他也把家小托付给高步林照顾。

5 月 1 日，高勉斋带着高孟吉的那封信和他提供的情报，回到了韩城。这个时候，高勉斋、高孟吉两人就正式成为韩城保安科掌握的情报力量，分别被编为 10 号和 11 号。代号“10 号”的高勉斋化名为静方，代号“11 号”的高孟吉化名孙健。孙健这个名字解放后高孟吉用了很多年，直到他 1962 年调回韩城工作，才向组织提出申请，将名字改成了“高健”，沿用至今。

1948 年 5 月 3 日，高步林将高勉斋、高孟吉的情况及高勉斋从西安带回的情报、信件内容写成书面报告，汇报给他的上级、黄龙分区社会部；黄龙社会部收到报告后，又将此情况书面报给时任中共西北局书记习仲勋、副书记马明方、陕甘宁边区保安处处长、中共西北局社会部部长周兴以及陕甘宁边区保安处副处长、西北局社会部副部长李启明。这个时候，高孟吉正和薛浩然一起，参加小型潜伏电台培训班。5 月 23 日，习仲勋、马明方和周兴对黄龙社会部关于高勉斋、高孟吉的报告作出批示：“孟吉应坚持在西安受训完毕，其情报任务即为其将来所知及西安所闻所见之敌情及敌内舆论报告我们；勉斋就做孟吉之交通，并全力在边界上设秘密交通据点，以小商贩或住家面目出现，勉斋与边界据点接头传消息，内部派可靠人与据点接头，所得情报重要者可用电报发来；勉斋在西安通韩城敌占区找一定职业掩护。”

西安社会路有家纸烟铺是沟北村高家同族人开的，高勉斋来西安找高孟吉，常先在那儿落脚。5 月 16 日，高勉斋再次来到西安，在纸烟铺见

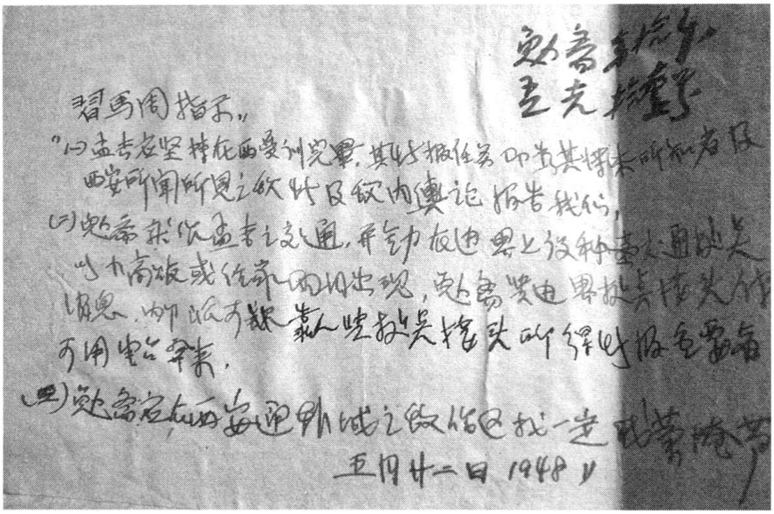

[illegible]

习马周指示：

（一）孟吉应坚持在西安训完毕，[illegible]

西安所闻所见之敌情及敌内舆论报告我们，

（二）[illegible]

[illegible]

[illegible]

[illegible]

（三）[illegible]

五月廿二日 1948

■ 档案原文

到了高孟吉，俩人在纸烟铺的小阁楼里一起住了一晚。高孟吉刚刚从如今被称为华县的华州回来。小型发报机培训班是 4 月 17 日开班，原计划培训一个月，但因为大、小发报机的原理差不多，报务员们很快都掌握了。5 月中旬，上司派高孟吉和薛浩然去华州试机器，他们一起在华州待了四天。哥俩儿本来就关系好，这次，他们就说到了回头把机器带出来，投奔解放区。薛浩然脑子里想的，和高孟吉完全一样。6 月下旬，参加过小型发报机培训的人员分为几个小组，各自带着发报机，和绥署二处的特务一起，到当时还是国民党辖区、但很可能要丢失的地方潜伏下来。薛浩然是潜伏一组的电台台长，去了镇安；高孟吉是潜伏二组的电台台长，去了西峡的龙驹寨；另外还有五部电台，分别被派到勉县、山阳、朝邑、蒲城和宝鸡的虢镇。薛浩然在山里呆了三个月，泡病假回了西安。他知道高孟吉和高步林的关系，想约高孟吉一起回韩城，心里更踏实。可龙驹寨那边，高孟吉却脱不了身。

第四节　韩城有个晋绥情报站

在投奔解放区这件事儿上，薛浩然原来计划一起行动的，有吕出、赵继义、高孟吉以及高孟吉推荐的师世德。师世德也是韩城人，和薛浩然是小学同学，跟高孟吉也曾经是同学。师世德在西安市政府办身份证，能给他们办好需要的证件。卷毛儿赵继义是河北保定人，在陇海铁路电台当译电员。他家在南郊郝家村，和薛浩然他们的电台相邻而居。赵继义两个哥哥都在外地，家里除了岁数很大、身体也不好的父母，还有个侄女。一家四口的生活，基本上就靠他这个普通下级公务员的薪水，日子过得非常清苦。尽管如此，赵继义在读书上却舍得花钱。他家里订了一份香港的《大公报》，而且买了很多苏联小说。赵继义胆子大，不怕事儿，跟薛浩然又年龄相仿，俩人很自然就成了好哥们儿。因为薛浩然的关系，高孟吉、徐学章等人都跟他成了朋友。新中国成立后，赵继义还娶了徐学章的妹妹，成了徐的妹夫。本来，赵继义也答应跟薛浩然他们一起去，但他家老人生病，走不成；高孟吉这时候还在陕南商县的山沟沟里钻着，也走不了。因为薛浩然执意要走，哪怕一个人都要行动，吕出最终决定跟他一起走。同行的还有个师世德。师世德给他们俩一人弄了张身份证。

薛浩然当时的心思是，去了解放区就不再回来。他变卖所有东西，买了一块手表和一只派克钢笔；有过解放区经历的吕出，看上去显得更成熟一些。他只是把他的被褥搬到徐学章家，让徐学章母亲帮忙拆洗，这等于给了徐学章替他打马虎眼的一个由头。三人都做了些乔装打扮，动身上路。薛浩然穿了件长袍，扮作小学老师的模样；吕出穿了件半旧的中山装，看起来像个学生。为了出门方便，薛浩然还特意带上了绥署二处的特工证件。

徐学章、李福泳、赵继义等人把薛浩然、吕出和师世德三人送上了火车。临分手，徐学章塞给薛浩然一张小纸条。火车开动后，薛、吕二人展开纸条看，上面写着一行字：“不要忘了这里的干柴。”

那时候回韩城，火车只能坐到华阴庙。三人下车后，又雇了一辆轿车——不是现在的小汽车，而是马拉的轿车。马车一路小跑到了合阳，就到了国共对峙的地方。两边都有检查站，雷庄这边，是国民党的检查站。穿军装、穿便衣的都有，长枪短枪也都有。一行三人没带什么违禁品，又都有身份证，所以，薛浩然连绥署二处的证件都没往外掏；过了雷镇的检

■ 徐学章

■ 李福泳

■ 赵继义

查站，就要上个大坡。走上十里八里，坡上面的地盘就是坊镇，共产党的地盘了。在这边的检查站，薛浩然他们遇到了一个姓石的干部，后来他们才知道，此人叫石启明。薛浩然也没什么经验，一见是共产党的，就把自己的情况和盘托出，包括高孟吉让他找韩城保安科的沟北村人高步林之类的话都说了。但是，到了韩城县城，石同志没带他们找高步林，却把他们领到了北关狮子巷，见了晋绥公安总局韩城情报站的秦波与关克。原来，石启明是晋绥公安总局的人。

说到晋绥公安总局，有必要先交待一下“晋绥”。“晋”，山西；“绥”呢？指当时塞北四省之一的绥远省。绥远省的首府是归绥，就是现在的呼和浩特。绥远全省辖境相当于如今内蒙古巴彦淖尔市、鄂尔多斯市、乌海市的海勃湾区、海南区、包头市、呼和浩特市及乌兰察布市大部分地区，而且包括现在河北省大部分及北京市三环以外的全部地区。1937 年 10 月，贺龙、关向应率领的 120 师挺进晋西北，开辟了晋西北根据地；1938 年 8 月，120 师派出李井泉率领的大青山支队，挺进绥远。大青山支队以大青山为依托，开辟出了绥西、绥南和绥中三块游击根据地，并逐渐和晋西北根据地连成了一片，构成了晋绥抗日根据地。1940 年，中共中央先后成立了晋西北军政委员会和晋西北军区，主要领导人还是贺龙、关向应；1942 年，中央为了加强对这一根据地的领导，撤销了晋西北军政委员会，成立了中共中央晋绥分局，晋西北军区也变成了晋绥军区。

当年，晋绥分局成立之后，就有了晋绥公安总局。曾任陕甘宁边区保安处副处长的谭政文，就是晋绥公安总局的第一任局长。

担任边保副处长时的谭政文

1946 年，谭政文多了两个副手，陈养山和李甫山。1948 年 6 月，谭政文调任中央社会部副部长，陈养山继任晋绥公安总局的局长。陈养山可是共产党老资格的情报人员。1928 年到 1933 年，他就在周恩来领导下的特科二科搞情报工作。国民党在南京成立调查科之初，选中驻沪特派员鲍君甫在上海建立特务组织。但是，这个鲍君甫却尽给共产党办实事儿。特科营救任弼时，帮忙往租界巡捕房送钱的，是鲍君甫；关向应在法租界被捕，绝密手抄文件落入法国人之手。法国人看不懂中共文件，托人找来一位“鉴别专家”，而这位“专家”居然就是特科的刘鼎。刘鼎把文件悄悄取回，换上不涉政治的书籍。结果，关向应平安出狱。导演这部系列剧的人，又是鲍君甫，因为法国人信任的就是他。那么，鲍君甫为什么给共产党办事儿这么给力？因为他和陈养山是铁哥们儿。陈养山是在中央特科工作时间最长的人，但“中央特科”这样一个概念，他也是若干年之后才知道的。

晋绥的地盘与韩城就隔着一条黄河，陈养山又是个搞情报的老手，于是，晋绥公安总局于 1948 年 8 月中旬组建了西安情报工作站，对外的名义是“陕晋联司联络处”，也叫“晋南军工采购处”。这个工作站的任务是：以西安为主、以军情为主、以上层为主，大量派遣，掌握敌人动向，配合解放军西北战场的战略、战役行动；通过西安开展汉中、成都、兰州的情报工作；大量搜集敌占区的书报杂志；开展调查研究工作，编写“西安社会调查集”，为西安解放后的工作做准备。这个西安情报站一开始就设到了韩城，情报人员干脆守到了与国民党地盘交界的合阳来。

来到位于狮子巷的晋绥情报站，薛浩然又把跟石同志说过的话和秦波、关克又说了一遍：

“我和高孟吉是给咱做工作的，孟吉让我来找韩城保安科的高步林科长，他是沟北村的人。”

“高步林，噢，我不熟。”秦波这样答复薛浩然。

其实，秦波刚从山西来韩城，和高步林一起在保安科的灶上吃了两个月的饭，高步林给他帮过不少忙。只不过，这会儿有送上门来的情报关系，他们舍不得再交给高步林。问明情况后，秦波留薛浩然、吕出、师世德三人在他那儿住了几天。但是，薛、吕二人跟秦波话不投机，双方几乎吵了起来。秦波让他们回西安，但回去干什么、怎么干，他谈得很笼统，只说“你们回去，把西安的情况给我们收集收集”。吕出要过些纸，马上把知道的情况给他写了出来。吕出提出用电台联系，秦波一口就回绝了，说不可能。在吕出看来，秦波完全是个外行；而秦波知道，别说他这个情报站，当时就是晋绥公安总局，也没有一部电台呀。也是害怕引起怀疑，吕出并没有跟秦波等人说起他被晋冀鲁豫部队派出的经历。

因为薛浩然是韩城人，秦波同意他回家看一看。回到家，见到了老娘和哥哥，薛浩然只在家住了一晚上。他三哥薛万年告诉他，高步林早就说过，想见见他。第二天，薛万年就带他去了高勉斋的杂货铺子。高勉斋是个瘦高个儿，比薛浩然大几岁，看上去很精明。一见薛万年领来了薛浩然，高勉斋特别高兴，跟他们打了个招呼就出门。后来，薛浩然推测，高勉斋是去韩城保安科找高步林去了。中午，高勉斋还请他们哥俩吃了顿饺子。那年月，这可是件很奢侈的事情。当然，这笔钱不是高勉斋自己掏的腰包，韩城保安科有11月27日高勉斋领去边币30万元招待费的记录。当时，一万解放区的边币换一元国民党的金圆券。

■ 韩城保安科原来的大门前

薛浩然见到高勉斋那天，是11月24日。这天，高步林下乡工作，下午才从涧南村回到保安科所在的城西街。他刚进门，高勉斋就来找他："见薛浩然了吗？"

高步林当然知道这个人，这就是高孟吉曾多次提到的那个跟他关系很铁的哥们儿，俩人同为韩城籍的电台台长。从韩城刚解放，高步林就开始搞西安的情报，保安科早就给像薛浩然、高孟吉等这些人的家属做了大量的工作。他们让家属劝说当事人投奔共产党，为共产党做事。用当时有一个很时髦的词儿，这叫"立功自救。"生活上，高步林也为这些人的家庭送钱、送煤、送药，帮老人看病等，解决了许多生活困难。

"他在哪儿？"高步林紧追问道。

"回来咧，说是住在狮子巷。在哪一家，他可没跟我说。"

高勉斋一听高步林问，就后悔中午吃饭时没问清楚。高步林只好让人去狮子巷，以查户口的名义，寻找薛浩然。结果，找到秦波这儿，找见了人。当时，秦波、关克不在，薛浩然前脚去了保安科，后脚秦波追来跟高步林要人：

"这人是我们派到西安搞地下工作的同志，我们找关系带回韩城的。我们准备这两天秘密训练一下再派出去。我们已经安排明天一早就要把他们三个人再派回西安呢。"

"不急，我这儿谈了以后咱们再商量。"

人在自己这儿，高步林当然不肯再放走，这明明是自己建立的关系嘛。他知道秦波这是在"截胡"。

"那晚上我陪你一起跟他谈。"

秦波不肯走，高步林也不让步：

"不必了，你忙你的事儿吧，我们自己谈。"

没办法，秦波只好气哼哼地走了。

当时，东府工委的办公地点也在韩城，晚饭后，高步林、副科长史志春果然在等他们。接下来，高步林与保安科副科长、原先在边保茶坊检查站工作过的史志春领着薛浩然去见他们的上级领导、黄龙地委社会部的副部长兼东府工委社会部长高仰山。薛浩然把自己在秦波那儿说过的话又说了一番，当然，也提了和吕出、师胜德一起回来、并且被秦波他们留下的经过。对于师胜德，高步林并不感兴趣；而他并没想到吕出就是高孟吉原

■ 高仰山（右）与他的警卫员

先跟他提过的吕重山，所以也就没去跟秦波交涉要人。他只是让薛浩然不要再回秦波那儿。不过，高步林跟秦波要薛浩然带回来的高孟吉的照片，还有薛浩然的行李，秦波却扣下不肯给。为这事儿，两家关系闹得挺僵。后来，官司打到了东府工委书记刘文蔚这儿，由刘文蔚拍板，薛浩然关系转到韩城保安科，吕出、师世德由晋绥韩城情报站掌握。官司打到边保之后，边保于11月28日给东府工委和韩城保安科发来“指人译”的指示电报：

“我们意密干自己物色，无与秦波发生关系，因这既不合一人一线的情报工作原则，更有引起组织混乱使敌发生破坏的危险。”

“指人译”就是指定专人译，这是电报的最高密级，只有某个人或几个人可以拥有密码译电，范围极小。徐向前元帅晚年在回忆录中曾讲到：

我们那时军队有保密制度，像这样的机密电报是‘指人译’的，发给谁，收报的人就直接拿给这位首长看，叫谁译就是谁译。这样的电报不是一般人可以看到的。这是军队的保密制度。

中共黄龙地委书记强自修、专员黑志德、社会部长于桑也于12月1日电报指示刘文蔚、高仰山、韩城县委书记白耀明以及高步林、史志春：

秦波同志那种行为很不当，毫不遵守秘密工作原则，乱抓关系，有使外部工作受到严重危险的可能，客观上帮助了敌人，这是一种无政府无纪律行为。除了电告您们向秦提出严重批评，并责成他严格审查吕、师二人的可靠程度，要他保证外部工作不受破坏，并警告下次不再有同样事件发生外，我们即将此情电西社部转晋绥总局处理。

从秦波那里取回薛皓然的行李中，有一份谈话记录引起了高步林的注意：

两个月前产生来解放区思想，一个月前与吕商议，吕意明春来，我欲个人去，才激起他们同情。于三十天前（上月的十八、九日）我于北关同学家写信给师世德，因高孟吉告诉我师好办路证，师对韩城人熟悉，好问情况。

我对电台很厌烦，但如组织侦察台我确可以知道许多情形。

结婚已八年，妻大四岁，我已函家离婚，但愿回家看看。因父死不在，母亲已近七旬。

平时没注意了解那面情况，吕比我知道多，但他注意收集也不够。对他连营都很器重。

吕住军大，经过一年前已和我谈过。此次动身时吕才谈，他是失掉联络的。因我问他到解放区有何门路，他告我的。上级叫我去镇安，促我迅速过来，并非吕带我来。

高孟吉，韩城沟北村人，给我介绍师，高是我同班同学，师是我下班。

薛浩然在秦波处所写

一九四八年十一月二十五日

这份谈话记录客观真实地反映了薛浩然回韩城的全过程。

第五节　刘文蔚:《智取华山》的幕后人

在这里，我们先放下薛浩然不表，说说东府工委书记刘文蔚。读者可能不知道，“智取华山”的故事，就跟他有关。

■ 刘文蔚

刘文蔚外号“和尚”，走路是个罗圈腿。1948 年，他 42 岁。对于大多数读者来说，刘文蔚的名气并不大。但要是说出他的资历，却能吓人一跳。刘文蔚是陕北神木人，早年，他毕业于榆林中学。这个榆林中学清朝时就有了，当时是陕北 23 县联办、唯一的中学。虽然地处偏远，但不妨碍这个学校人才辈出。杜聿明、刘志丹、高岗都出自这个学校。杜斌丞在主持榆林中学时，请来了当时著名的共产党人魏野畴。1925 年，刘文蔚加入共青团，介绍人就是魏野畴和当时的学生会会长刘志丹。刘文蔚跟刘志丹的关系不是一般的好，刘志丹去苏联学习考察时，刘文蔚还资助了刘志丹 50 块大洋。高中毕业后，1926 年刘文蔚考到了上海大学。这所大学是国共合作的产物，创办人兼校长是陕西人于右任，总务长是恽代英，社会学系主任是瞿秋白。这所学校尽管在 1927 年国共反目之后就被关闭，但还是培养了不少人才。当时有“武有黄埔、文有上大”的说法。刘文蔚上学时可没光读书，一直在从事工人运动。后来，他曾经带领沪西小沙渡工人参加上海工人第三次武装起义。1927 年 7 月，回到陕北后，刘文蔚加入中国共产党，此后一直在做白区地下工作，先后到过太原、天津等地，因叛徒出卖，1930 年在天津入狱。1932 年，国民党河北高等法院依据《危害民国紧急治罪法》，宣布刘文蔚为共产党嫌疑犯，判刑 6 年，转押北京第二监狱。刘文蔚担任了狱中党支部书记，领导难友进行了两次绝食斗争。1936 年 9 月，日本鬼子入侵华北，中共北方局经中共中央批准，让刘文蔚随薄一波、刘澜涛等 61 人一起“履行手续”出狱。他的罗圈腿，就是因为长期戴着沉重的镣铐形成的。新中国成立后，有回彭真在西安见到刘文蔚，对站在身边的陕西省委第一书记张德生说:“和尚这人在监狱里可顽强了。”

1949 年 5 月 20 日，西安解放当天，韩子佩带着旅部和特务营 120 人上了华山，层层封锁了峪道，准备借华山天险，等着胡宗南反攻西安。山上弹药充足，储备的粮食够他们吃一年多。保6旅另一些残部，则由副旅长姜秉公带领跑到了洛南。韩子佩上山第二天，手下一个姓白的连长就带了12个人下山投降。再往后，解放军想再和韩子佩对话，就不行了。因为一有人上山送信，他们就开枪射击。当时，以贺龙为主任的西安军管会已经成立。军管会派出当过韩子佩副官的张道远、当过保6旅中队长的孟俊甫前去劝降。走到青柯坪，韩子佩接了电话，就让把两人杀了。张道远被就地活埋，孟俊甫因为人熟，得信儿后翻窗逃跑。历史的细节常常因不断地口口相传而发生偏差。另有一种说法是：二人走到了北峰，张道远是被推下山摔死的。看看华山的险峻，孟俊甫能全身而退，似乎是在没上北峰之前的可能性更大。

■ 孟俊甫

说到这儿，又得交代一下孟俊甫。孟俊甫时年44岁，原来是国民党22军骑6师的一名骑兵连长。1946年10月，胡氏兄弟之老六、陕北保安指挥部副指挥长胡景铎在横山起义。说到横山起义，时任中共绥德地委副书记兼统战部长的刘文蔚功不可没。因为做统战工作，刘文蔚跟胡景铎及其很多部下都很熟。胡景铎给共产党的信，就是刘文蔚交到习仲勋手上的。后来，中共西北局派了30多人到胡景铎那儿工作。骑六师一个姓王的团长跟胡老五更铁，起义之后，他趁部队外出之机，逮捕了一批共产党干部，准备拉回部队。危急时刻，刘文蔚冒着生命危险，穿越荒无人烟的灌木刺丛山沟，来到胡老六的师部泊罗，报告了这一情况。于是，危局这才得到了控制，骑6师大部分人员得以成功起义。智取华山的侦察英雄刘吉尧就是随横山起义加入解放军的。

横山起义时，孟俊甫是胡景铎的骨干力量。但是，起义之后，他却被反对起义的老五胡景通部下裹胁着逃往榆林。孟俊甫知道，一旦到了榆林，胡老五饶不了他。于是，半道儿偷了两匹骡子，和他侄儿绕道宁夏、兰州回到了华阴老家。1948年冬，国民党大势已去，便让各地组织地方部队抵抗。孟俊甫弄了个批文，拉起了个编制为一个营的长城部队，自任营长。当然，部队一成立，他就和解放军大荔军分区司令员、杨虎城的长子杨拯民取得了联系，长城部队就成了共产党的地下武装。到了 1949 年 2 月，国民党不再给长城部队发饷，把这支武装编入了保 6 旅，所以，孟俊甫就成了韩子佩的部下。

6 月 3 日，杨拯民从华阴前线回来，跟地委书记刘文蔚、行署专员王恩惠以及公安分处长于桑通报，韩子佩的旧部李良智自称可以上山劝降，愿立此功。几个人一商量，决定由刘文蔚以老同学的名义，给韩子佩写信劝降。刘文蔚的信上提出了三个条件："一，一切归来人员接受整训；二，缴出全部武器不得破坏；三，缴出现有公开物资不得埋藏。"于桑让公安分处警卫股长王夕文、地委干部陈建民带李良智前往华阴，护送李良智只身上山。4 天后，李良智拿回了韩子佩拒绝投降的信。韩子佩称，要"与华岳偕去"云云。

有一次，大荔军分区路东总队政委王生荣在华阴城墙上跟已经是总队新兵连副连长的孟俊甫聊天，说到"自古华山一条路"这个问题。孟俊甫说，他小时候听大人说过，华山上的道士丢过金银财宝，盗贼走的就不是华山的正道。还听说，采药人也悄悄摸上山采华山参之类的名贵药材，因为自古华山是道家山，道人不让人采。当时正是收麦子的时节，部队利用帮老乡收麦之际，四处打听谁上过山。结果打听出，猩猩沟一个名叫王银生的采药人，他的父亲就曾走过那条不为人知的路上山采药。于是，王生荣派侦察参谋刘吉尧去猩猩沟找到了王银生。一打听，王银生跟着他爸走过那条路。因为王银生他爸采药时摔死了，王银生又是家里的独子，他妈起初坚决不让他再走这条路上山。解放军做了些耐心细致的工作，最后感动了王母。接下来，路东总队就临时成立了刘吉尧、孟俊甫等十人组成的侦察班，跟随王银生上山。十名侦察员中，有三人留守两岔口，协助侦察班与大部队联络。上山的七名侦察员中，张自发本来就是孟俊甫的通讯

■ 华山解放后，路东总队部分领导在华山脚下留影。左二为王生荣。

员，是随孟俊甫一起起义的。后来上山的情况，就和电影一样惊险。他们爬了一天一夜，穿过奇险的老虎嘴，来到了北峰。因为这段路实在太险，后来，拍《智取华山》时，两名配合拍电影的战士还曾不幸坠崖牺牲。

■ 王银生

本来，刘吉尧、孟俊甫他们的任务，是侦察这条道路。可上山容易下山难，要想再原路返回，已经没可能；再等天亮，韩子佩的兵可就发现了。因为守军做梦也想不到，天不亮北峰会爬上来解放军，所以也十分麻痹。侦查班决定抢占北峰，他们只开了一枪，击毙了一名保 6 旅的排长，其余 21 人就糊里糊涂当了俘虏。

接下来，刘参谋带领的小分队顶住了方子乔的疯狂反扑，常生林下山引来了解放军大部队。最后，方子乔被解放军猛烈进攻的炮火打得走投无路，逼到西峰悬崖边后，只得做了俘虏。

刘吉尧、孟俊甫他们拿下北峰，是 6 月 14 日凌晨。他们还居高临下，迫使瘟神庙的守敌投降，控制了千尺幢、百尺峡和苍龙岭。6 月 15 日下午，路东总队二营何信德营长带了一个班抵达北峰，增援刘吉尧他们；16 日，路东总队治安处主任邓远、总队长马华亭带领大部队赶到了北峰，而从山上逃下去的保 6 旅营长关士珍等 30 多人，到了山下也都被解放军抓获。而韩子佩手下还有几十号人，凭险与解放军对峙。

这个时候，如果对山上进行强攻，势必造成人员的重大伤亡。此外，山上的古庙、景观也将受到破坏。因此，解放军还是力图通过政治瓦解，让韩子佩投降。6 月 17 日，马华亭、邓远派王银生去给韩子佩送信。王银生一看就是个当地农民，他告诉韩子佩，他是给解放军挑面的挑夫。韩子佩坐在西峰道观院里一个方桌旁，他是个圆头圆脑的胖人，虽然只有 40 来岁，但他的头发都白了，一脸络腮胡子，很疲惫的样子。这回，韩子佩没有再斩来使。收到王银生带去的信之后，韩子佩答应跟解放军谈判。

双方约定第二天在苍龙岭见面。

奉命前去谈判的，是大荔公安分处的王夕文。他的身份是大荔地委书记兼大荔军区政委刘文蔚的代表。1989 年，时任公安部副部长的于桑回忆解放华山时曾说，华山背后那条不为人知的小道，是王夕文带着大荔公安分处武装侦察队打听来的。看来，这“华山第二路”也将成为一个公案。

18 日，在约定的时间，王夕文带着刘文蔚写给韩子佩的信来到苍龙岭，却不见韩子佩。王夕文喊话之后，带着一名警卫战士越过警戒线，见到韩子佩。接下来，在中峰的大殿内，邓远带一名排长也参与到谈判中。韩子佩提出了几个条件：一，交出公物，但有两只手枪、两支卡宾枪以及一架收音机是他的私人物品，他愿意以私人的名义送给刘文蔚；二，他的侄子等三人家里有人在土改中被群众打死，这三人他不能交给公家，由他留在身边用；三，北峰被打下之后，他已经用公款给官兵发了最后一次饷，银元军官一人十块、士兵一人五块，解放军不能没收；四，山上吃剩下的粮，由他们清理；五，惩办杀害张道远的凶手。从这第五条要求上看，他似乎并非是命令杀张道远的人。“刘文蔚是我们大荔分区的政委，他需要什么会问我们要，不需要你给他。”韩子佩提出把这些内容写在纸上，邓远不同意，而王夕文则说，写在纸上也好，要不然，回去也不好给领导交代。这东西叫个什么呢？韩子佩提出叫“和平公约”，邓远提出叫“和平解决”，王夕文也依了韩子佩，就叫《和平公约》。提到韩子佩的职务，韩子佩提出加“前”字，而邓远、王夕文则坚持加“伪”字。双方抠了半天字眼儿后，《和平公约》写成。第二天，华山宣告解放。韩子佩交出了全部枪支弹药、电台等物品。共产党和国民党的报纸对这一事件都作了报道，解放区报纸说韩子佩“投诚”，国统区报纸说他“投降”。据说，韩子佩来到华阴城时，还披了红戴了花，受到了数以千人夹道欢迎，并且杀猪宰羊进行了犒赏。因为刘文蔚、杨拯民等人没来迎接他，韩子佩对此还有些不满。

1949 年 5 月，根据边区政府的命令，渭南分区专员公署成立，下辖渭南、华县、潼关、临潼、蓝田和华阴六县。对于华山的最后解放，新成立的渭南地委认为方法不妥。1949 年 7 月 20 日，在一份报送上级的《华山谈判情况》中，渭南地委告了大荔地委一状：

一、华山系渭南分区所属，而大荔分区派人来进行工作，未与我们联系商量；尤其是韩子佩投降后，因路东总队建制属大荔，指挥属渭南，他们又未通知我们，将韩子佩及其物资调往大荔，甚为不妥；

二、刘文蔚与韩子佩有社会关系，可以利用进行争取工作，但若以什么代表名义出现，方法不妥；而且根据实际情况看，王夕文也不能胜任什么代表，人选也极为不适合。

三、华山问题在我们未取下北峰之前，经过一定之上级机关与之进行谈判，争取投降，是可以的；但是，我攻占北峰后，敌人处于四面绝境与气氛恐慌的情形下，不应再采取谈判方式，应该下命令限期缴械投降，除保证生命外，再不能有任何条件。

四、大荔派来的代表与韩签订的“和平公约”，尤其是跑入敌警戒线以内，完全同意韩提出的各项条件，是丧失阶级立场、向敌人投降示弱、没有气节的无原则表现。

五、韩子佩下山后，大荔没把他当俘虏看待，不予关押。我们的态度不明，增加了韩的嚣张气焰，使群众对我发生怀疑。

六、韩子佩在华山杀死军管会派去做工作的我方张道远，逼死一男一女，抢劫粮食、金银物件、古物，应该处理，杀人凶手需召集群众公审惩办，抢劫华山物资，应由缴获韩匪物资中赔偿道人、群众的损失，并召开群众大会，揭露韩匪的罪行，表白我们的态度。韩子佩应交群众公开清算处理，和平不能承认，对韩匪应和普通俘虏一样看待。

这份报告中，还提到王夕文把韩子佩的一把漂亮的勃朗宁手枪拿走了，怎么要他都不肯给。

7月25日，西北军区副司令员王维舟带电影摄制队上华山补拍智取华山的纪录片，当时，韩子佩

■ 1949年，华阴军民庆功大会上，刘吉尧（右一）、杨建东代表智取华山八勇士接过了锦旗

还曾带着老婆上山配合拍摄。没想到，此后风云突变，韩子佩被抓了起来，并且被判刑五年。韩子佩不服，两次试图越狱。1950 年 1 月 17 日，他被政府镇压。许多年之后，人们更倾向于认为，华山以和平的方式解放，既避免了进一步的生灵涂炭，又保护了华山景区的植被与古建筑，应该是一件功德无量的事情。

6 月下旬，大荔军分区在华阴召开庆功大会，王维舟宣读嘉奖令，刘吉尧被授予特级战斗英雄称号，王银生、孟俊甫、杨建东、路德才、杨党成、崔朝山、张自发等七人被授予“一级战斗英雄”称号。刘吉尧等人随后还参与了路东总队对逃回华阴的国民党保 6 旅残部的战斗，将副旅长姜秉公击毙。

第六节　薛浩然：带着任务回西安

薛浩然被高步林接过来之后，安排在一所中学里住下。当年，保安科就相当于公安局，高步林要管的事情实在太多。高步林、高仰山二位跟薛浩然谈话时，高步林就不断地被人找去说事儿，所以，跟他谈话的主要是当年边保资深的情报专家高仰山。

高仰山比刘文蔚小 5 岁，是刘榆林中学的小师弟，但这个不苟言笑的人看上去却像个小老头。高仰山是中央红军到陕北之前入党的老党员，有了陕甘宁根据地之后，他一直在从事保卫工作。边保的前身，叫中共中央保卫局，高仰山 1935 年 12 月就担任中央保卫局下面的中央特委保卫局长。在边保下面的延属保安分处当处长期间，他曾先后破获延川“黑军”、宜川“复仇营”、洛川“特工队”、甘泉“邮电所”、延安“谍报组”等多起重大特务案。那会儿，边保下面的保安分处、保安科与社会部是一套人马两块牌子，所以，高仰山也是黄龙分区社会部副部长、保安分处的副处长。高仰山后来曾担任过西安市检察院的检察长，“文革”初期，年仅 57 岁的他被迫害致死了。

高仰山问到薛浩然的，主要是他的社会关系、社会基础，以及回西安后的有利条件和不利条件。高仰山对薛浩然了解得很细致。比如，薛浩然说，在绥署通讯系统，跟他关系最好的除了高孟吉、吕出，还有赵继义、李福泳、徐学章、丁元善等人。高仰山就要详细地问到这几个人的个人情况、家庭情况和朋友圈子。以赵继义为例，高仰山从薛浩然这儿知道了他时年 25 岁，河北安新县人，目前在陇海铁路任司事，过去曾经当过译电员。赵继义的父母双全，他父亲名叫赵鼎甫，60 多岁了；他大哥赵继勋，在泾阳当副官，二哥赵绍先也是搞通讯的，在胡宗南的联勤总部 25 区台当中校领班，沈阳解放时可能被俘；他大姐住三原永乐店，二姐夫程启新住四川；三妹赵继敏河北老家的中学毕业后，目前在西安学助产；他的侄女小翠 19 岁，侄儿德义 13 岁，这俩孩子现在和赵继义的父母生活在一起。赵继义家人口多，拖累大，生活困难。这次本来他也想跟薛浩然他们一起来韩城，但就是因为家庭拖累，最终没走成。那么，赵继义的好朋友都有什么人呢？原来，他有个哥们儿叫秦福祥，二十七八岁，山西人，是个回民。此人是绥署二处机要室的译电员，而且业务水准很高。要知道，高孟吉、薛浩然、吕出他们都只是发报的，按规定，他们对于发送的电报内容完全不掌握。如果能把秦福祥拉过来，那么绥署二处的情报就可以掌握一大半。那么，秦福祥的思想基础又怎么样呢？此人原来是少校，现在却降为上尉，正一肚子牢骚。何况，他本来就是个思想进步的年轻人。因此，高仰山、高步林他们研究后决定，因为秦福祥的原因，首先发展思想进步的赵继义。另外，思想进步、发报技术高超的李福泳也列为首先要发展的对象。李福泳掌握着一部 15 瓦特功率的电台，而且希望和延安方面建立空中联系。薛浩然、高孟吉的电台都是 2.5 瓦的特工台，如果想和延安方面联系，功率都达不到。所以，李福泳这样的人不发展，发展谁呢？！

薛浩然提到的另外两个朋友徐学章和丁元善，当然也引起了高仰山、高步林的很大兴趣。徐学章是绥署总台的报务员，薛浩然泡病假从陕南镇安回到西安之后，

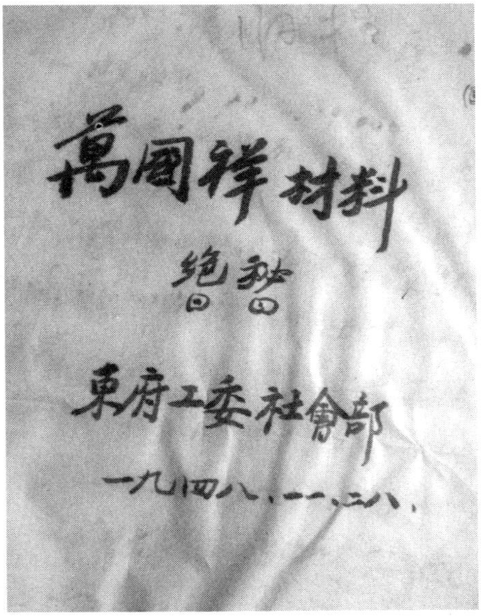

■ “万国祥”档案封面

就一直是在他家落脚，除了三次领钱，再不到绥署去；吕出、高孟吉、李福泳他们也常去位于火车站北街的徐学章家聚会。通过薛浩然，高仰山他们对徐学章的个性特点也从一开始就有所了解：思想进步，身体不好，有点懒，性格懦弱，勇气差。新中国成立后，当高孟吉、吕出、薛浩然、赵继义、李福泳他们这一批情报人员全部随大军西进时，只有徐学章坚决不肯离开西安。他后来的人生坎坷，也多少与这样的性格有关。

组织上对丁元善的兴趣，主要是因为他有个姓潘的哥们儿，在绥署侦查台工作。这是一个边保方面感兴趣的部门。

高仰山、高步林与薛浩然商量了电台联络的办法，决定波长为 45 米，呼号、密码为明码加“西北解放军”五个字。他们还商定了薛浩然的化名为“万国祥”，“薛”和繁体字的“萬”都是草字头，而“国祥”就是“国家吉祥”的意思。以后有人去西安找薛浩然的交通员，将自称“兆庆”，问他是不是万国祥。薛浩然要问对方家在哪儿，对方回答：“涧南村。”再问：“那你在西安住在什么地方？”对方回答：“三盛合小纸烟铺。”这时候，薛浩然要再问：“是李掌柜吗？”这才对上了号。组织上要求薛浩然书写情报材料最好用特工专用的化学水，用纸要尽量小，便于携带；无论他调动到哪里，离开西安，他必须给参府街 17 号高孟吉的表哥解常新打招呼。另外，组织上要求薛浩然回到西安后，如果没有发生意外，要给家里写一封信，信中要有“工作很好，勿念”这样几个字。他家里将会把信交给组织。

和秦波一样，高步林、高仰山对电台也是外行，电台联络方面的事儿，就由薛浩然自己定。当时，胡宗南军队电台呼号是“CQ”，薛浩然提出呼号为“CQQ”。组织上发现有电台呼“CQQ”，就可以调到 45 米波长进行联系。这个本书中会经常提到的“CQQ”，最早在档案中留下记录就在此时。

从 11 月 22 日与高步林他们接上头，薛浩然后面几天基本上都悄悄藏在韩城保安科里写材料。薛浩然是诚心诚意掏了心窝子，把自己所知道的一切都告诉了高步林，主动提出愿返回西安为我方搞情报。他在韩保写了《自传》、简历、西安的主要社会关系以及胡宗南部队电台密码等大量情报。经刘文蔚和高仰山的批准，11 月 25 日，他填写了干部登记表，正式参加了革命工作。他在干部登记表中写道：“解放战争已临胜利阶段，应再做最后努力，以求迅速彻底消灭蒋家朝廷。愿为民主革命奋斗到底。”

既然要把薛浩然再派回西安，又不能让他在韩城耽搁太久。高步林想尽可能从薛浩然这儿多掏些情报，嫌薛浩然写得慢，他干脆就让薛浩然口述，由他来做记录。离开韩城的前一天，高步林带他去见了中共东府工委书记刘文蔚，这可是共产党在东府地盘上最大的官。那时候的共产党干部都没什么架子，刘文蔚待人十分随和。他们聊了足有一个钟头：“步林同志跟你都谈过了吧？回西安去，好好给咱们工作。蒋家王朝气数已尽，没几天蹦头了。你们年轻，再不抓住机会，就没机会打老蒋了。你在西安有社会基础，不像我，要是去了西安，可能要不了几天就会被抓起来，是不？”刘文蔚爽朗地大笑起来。

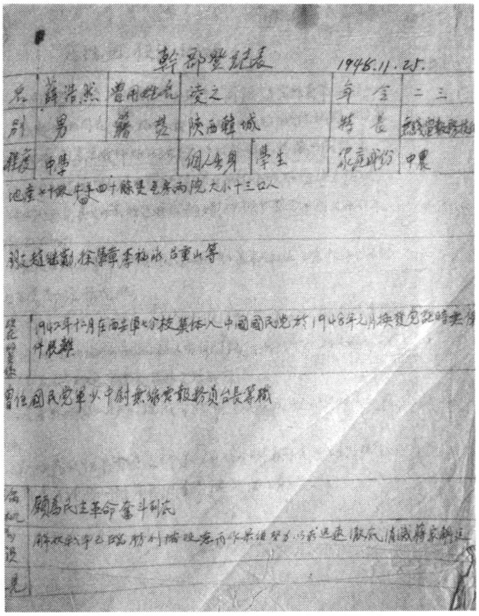
幹部登記表　1948.11.25.

薛浩然　曾用姓名　笑之　二三
男　陕西韓城
中學　學生　中農

1947年十二月在西安軍七分校集体入中國國民党

願為民主革命奮斗到底

■ 薛浩然在韩城保安科所填的《干部登记表》

《孙子兵法》之《用间篇》中有说法：“赏莫厚于间”。1948 年 11 月 28 日，在《韩城保安科关于外勤力量给黄龙保安分处的报告》中，高步林、史志春提到，“这一次浩然返韩后我们和东府工委高处长（高仰山）一块和薛建立好今后空中与陆地上的联络关系，并给了具体任务。然后由刘书记（刘文蔚）亲自谈话，临走高处长给了五百万农洋（边币）。”12 月下旬，高孟吉、高勉斋带着情报回韩城时，于桑曾拨过 1000 万边币奖励二人，当时的行情，一块大洋可以换 30 万边币。考虑到这个阶段物价飞速上涨的因素，薛浩然拿到的 500 万边币应该能换 20 块大洋以上。

本来，组织上要给薛浩然一些现金、黄金和大烟的，但薛浩然说什么都不要：“我投身革命，可不是为了钱。你看你们的日子过得这么艰苦，不管怎么说，我在国民党那边还有薪水。这些东西我不能要。”薛浩然坚决地推开了高步林递过来的东西。

从西安到达华阴庙时，薛浩然曾经给徐学章写过一封信，目的是给西安放出风，就说他回家了，免得连累徐学章、李福泳他们。这次来韩城，薛浩然本来就没打算再回西安，而是想去延安上学。但组织上坚持让他回到原来的工作岗位。高仰山、高步林他们认为，薛浩然再回西安，虽说有一定危险，但如此安排应该还是可行的：到西安，让薛浩然还是先去徐学章家，然后对西安的朋友们说，他原来打算回韩城，可走到渭河边，那边在打仗，不能再走，就在华阴庙逗留了几天，看实在没希望才回来的。这种说法，完全合乎情理。回到西安后，让徐学章先在绥署探探风声，如果没什么动静，薛浩然就可以大大方方地在绥署露面；如果有风声，上司若追问他，他就坚决不承认回过韩城，就像对朋友们说的那样，一口咬定回家途中困在华阴庙数日。万一薛浩然已经暴露，真的没法再在西安立足了，就让薛浩然分别跟赵继义、李福泳、徐学章三人实话实说，将这三人发展了，然后由他们尽快派出交通员跟组织联系。这样，薛浩然可以利用其他关系转到别的工作岗位。和薛浩然谈的时候，薛浩然认为，最坏的这种情况不大可能出现。

来韩城时，薛浩然他们租了辆马拉的轿车；回去时，就他一个人，高步林就给他弄了辆自行车。怕他一路上遇到麻烦，高步林专门派保安科的老李护送他出境。11 月 26 日一早，薛浩然动身回西安。老李带着枪，一身农民打扮。他骑车子带着薛浩然，俩人一气儿骑到合阳坊镇，在那儿住了一宿；第二天一早，天还没亮，俩人又起来，向前骑了两华里，老李才停下来，把车子交给薛浩然，让他一个人往前骑。到了朝邑，遇到了当地国民党保安团的一个检查站。薛浩然掏绥署二处的工作证时，随手带出了一张 5000 元的边币，这下闯祸了。本来，薛浩然是想把这张边币带回西安，给徐学章他们看个稀罕。哨兵不由分说，把他带到了县保安大队的营部。到了那儿，半天没人理他。等了几个小时，总算来了个当官的，薛浩然好说歹说，人家才算让他走人，不过，那张边币按规定被扣下，徐学章他们没法看到了。

骑到华阴，薛浩然骑得一身是汗。这时候，天已经黑了。他只好在这儿住了一宿。第二天搭火车，客车不让他带自行车上去，他只能搭货车往西安赶。货车上拉的是花生，他坐在花生包上，半截身子都在车厢外面，被吹得灰头土脸。车到赤水站，后面追上来一辆客车。没想到，客车上居然有熟人，有人在扯着嗓子喊薛浩然的名字。这是谁呢？顺着声音望过去，薛浩然发现会车的那辆客车上有他特工电台的同事孟师孔。于是，两人相视而笑。孟师孔大个子、小眼睛，比薛浩然年长两三岁，老家在潼关。虽然都是七分校通讯班的同学，但他跟薛浩然他们不是一路人。那天，正巧赶上孟师孔从潼关坐火车回西安。薛浩然去韩城前后都住徐学章家，第二天，孟师孔就摸到了徐学章家找他：

“你干什么去了？”

“到那边逛逛。”

听薛浩然这么说，孟师孔很不屑：

“得了，还不敢告诉我。你不说，我也知道。”

“那你说我去干什么？”薛浩然吃了一惊。

“干什么？你屁股底下坐的是谁的货？”

孟师孔一脸的心知肚明，倒是让薛浩然心里有了底儿。原来，他没注意到他那辆自行车，光看到那节车皮里都是花生包：

“那是人家的货，不是我的。”

听薛浩然这么说，孟师孔摆摆手：

“行了行了，我又不分你的花生。我找你有事儿呢。”

原来，薛浩然跑趟韩城，前后十来天，而孟师孔回趟潼关，待了一个多月。回到西安，他们都面临上司、特工电台的负责人程再颐严厉的盘问，孟师孔心里也发毛。火车上看到薛浩然，孟师孔就算捞到了一根救命稻草。孟师孔电台设在三原，原来准备三原解放后作潜伏台。孟师孔拉薛浩然一起去找程再颐，俩人订下攻守同盟，孟师孔不说他回家的事儿，而说一直在三原，有薛浩然作证；而薛浩然也不用交代私下跑单帮做生意的事儿，就说跑到三原找孟师孔玩了十来天。俩人看上去态度都挺诚恳，程再颐拍着桌子把他们骂了一顿后，就让他们去领了潜伏电台的电池，让孟师孔仍回三原，而薛浩然则被要求立即回镇安，没有任何条件可讲。

离开秦波那儿，吕出早薛浩然一天回到西安。他的运气没有薛浩然这么好，失踪这些天，没人能给他作证。于是，吕出被原部队除名，又一次成了个生活无着的人。

第二章　边保的人

第一节　徐汀：从小保姆到边保干部

徐汀原来叫徐敏芝，老家在山东章丘，这个地方离济南也就四五十公里。徐汀打小就许给别人家当童养媳，如果不发生抗战，她会是一个目不识丁的农村妇女。但是，日本鬼子来了。7 岁开始，父亲和继母带着全家老小 8 口人开始逃荒。父亲四处给人打短工，继母领着徐汀他们这些孩子要饭。一家人从山东经河南来到山西，再从山西流落到了内蒙古。1940 年 11 月，他们一家从内蒙古来到延安。父母和弟弟被政府安排进了难民工厂，大她三岁、曾念过书的三姐被送去了边区师范。当时，年仅 10 岁的徐汀也跟着三姐去了边区师范。但是，她不是上学，而是给老师照看小孩儿。延安实行供给制，老师也没钱请保姆，徐汀是由政府派去当小保姆的。从那个时候，徐汀就算是参加革命了。因此，她的工龄是从 1941 年算起的。她一边管娃娃，一边参加了勤杂人员的学习班。徐汀带孩子带得好，在教育系统有了名气，之后，徐汀就去了延安市完小正式念书。

■ 作者与徐汀老人合影

"我是从三年级下半学期开始上

的，和别的学生不一样，我属于半工半读，要为七个老师打水、扫地、生火，甚至连门卫、传达、上课打铃也是我的事儿。”

徐汀说，尽管如此，班上32个学生，第一次考试，她就考了第9名。老师常喜欢拿她说事儿，教育别的学生。除了徐汀之外，完小都是些干部子弟，但是，大家相互之间都不打听。直到毕业，徐汀也不知道班上同学的父母都是什么官儿。

延安时期，生活条件艰苦，小孩子夭折是常有的事情。完小老师的孩子死了，都是包个布包包，送到山上一埋了事。每有这样的事儿，徐汀也都会去帮忙。当时，延安的女同志还有一项任务，就是给战士打毛袜子。徐汀白天没时间打，只能趁着天明把头儿起好；晚上，把袜子的后跟挽过来，借着吹红的木炭火打。这项工作，她也没有落在别人后面。

完小毕业，徐汀就升到后来改名为延安中学的边区师范继续读书。边区师范在桥儿沟，当时，鲁迅艺术学院也在这儿。每天早上，沟里好些人都在吊嗓子，这成了桥儿沟的一景。因为北京当时叫北平，所以京剧也被称为平剧。鲁艺的平剧团光传统戏就排了三十多出，包括《法门寺》《打渔杀家》《玉堂春》《击鼓骂曹》等。除了本团的演员，当时延安的票友也不少，有的还在戏里面担纲主角。他们有的是抗大、女大、中央党校的学员，有的甚至是八路军的团长。平剧在延安深受欢迎，毛泽东、周恩来和朱德都是戏迷。连鲁艺平剧团买戏箱的两千大洋，都来自毛泽东、周恩来、董必武、邓颖超等人担任国民参政会的参政员所得的车马费。

1946年3月，作为延安中学的学生，徐汀被选送到边保七里铺侦察干部训练班。

这里，我们有必要介绍一下陕甘宁边区保安处，也就是我们后面将经常要提到的“边保”。

说边保，得先说它的前身“国家政治保卫局”。而国家政治保卫局的前身，是1931年夏在江西中央苏区成立的中共苏区中央局政治保卫处。起初，是苏区中央局常委、宣传部长王稼祥兼任处长。同年9月间，中共闽粤赣临时省委书记邓发调任苏区中央局委员，并接任苏区中央局政治保卫处处长一职。他和王稼祥同岁，时年25岁。1931年11月，第一次全国苏维埃代表大会在瑞金召开。大会宣布成立中华苏维埃共和国临时中央政府，选举毛泽东为临时中央政府主席，项英、张国焘为副主席，并且通

■ 恢复后的陕甘宁边区保安处旧址

过了劳动法、土地法等法令。此次大会召开后，苏区中央局政治保卫处改为中华苏维埃共和国国家政治保卫局，邓发任局长。国家政治保卫局的主要职能，是执行侦查、镇压政治上和经济上的反革命活动。虽然都穿红军军装，但国家政治保卫局的人领章是绿的。在苏区肃反扩大化中，绿领章们曾经扮演了令人毛骨悚然的角色。

中央红军到达陕北后，中华苏维埃共和国中央执行委员会主席毛泽东于 1935 年 11 月在瓦窑堡发布布告，决定在陕甘晋苏区设立苏维埃中央政府西北办事处，下设财政部、粮食部等部门，同时也组建了西北政治保卫局。此时，邓发任粮食部长，政治保卫局长初期由王首道担任，1936 年 2 月之后由周兴担任。西北政治保卫局做的第一件事，就是接管刘志丹的案子，解放了刘志丹、习仲勋、马文瑞等人。在建立与张学良的联系、处置四方面军许世友等将领准备拖枪逃走、周恩来劳山遇袭等事件上，西北政治保卫局都发挥了重要作用。

“西安事变”之后，第二次国共合作开始。1937 年，杨虎城的十七路军让出了肤施，调往关中；中共中央机关迁入肤施，肤施县升格为延安市。1937 年 9 月 6 日，原中华苏维埃共和国临时中央政府西北办事处，正式改称陕甘宁边区政府；西北政治保卫局也有了新的名称：陕甘宁边区保安处，也就是“边保”。边保是边区的公开治安管理机构，还负责边区锄奸肃特保卫等工作。1939 年 10 月，边区政府保安处同时又是边区党委（西北局）的社会部。从边保成立，到南京解放之前，周兴一直担任着处长一职，同时也是西北局社会部的部长。边区政府下辖 5 个专区、22 县和一个延安市，边保在各专区设有保安分处；在各县设有保安科。边保有自己的电台和秘密情报系统，最盛时，边保甚至还有自己的侦测电台。保安团从红军时期西北保卫局下属100多人的保卫队，发展到7个步兵连、一个机枪连、一个警卫排共1500多人，有轻、重机枪和大量的长枪、短枪，担负中共中央、中央军委、西北局以及边区政府的保卫任务。

■ 1937年夏，西北政治保卫局局长周兴（右）与副局长杜理卿

边保七里铺的干部训练班，后来被称为全国公安干部的“黄埔军校”。新中国成立后，从公安部，到全国各地的公安厅、局，很多主要领导都出自边保的侦察情报干部培训班。

徐汀这一期，算是边保的第七期。除了延安中学，班上50多名学员还来自米脂中学、绥德师范，还有部队送来培训的一部分人员，延安周边各县也选送了一些来。曾经担任陕西省民政厅长的艾奇玉和曾担任中国驻

■ 艾玉梅、艾奇玉姐弟1987年重回延安七里铺当年训练班的旧址留影

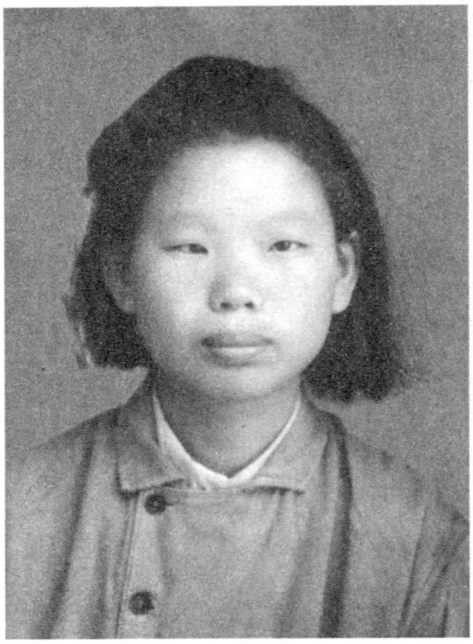

■ 徐汀

加拿大使馆一秘的姐姐艾玉梅，都是这个班的学员。艾奇玉、艾玉梅的父亲是个商店里的会计，家里并不宽裕。之所以能供姐弟俩上学，是因为他们上的米脂中学是公办的，不仅不需要花钱，学校还管吃管住，每个学生一个月发一斗小米——一斗有现在的30斤。艾奇玉家除了他和姐姐上了米脂中学，他的嫂子周玉凤也去上了学。三斗小米，就解决了艾奇玉家一家子的粮食问题。那时候，陕甘宁边区急需知识分子，所以才有这样的政策。艾奇玉他们班有二十二三个人，除了一两个留在当地，其余全都去了边保训练班。他们从米脂步行了一周，才到了延安。

因为侦察工作要保密，班上一些同学改了名。徐汀起初把徐敏芝改为徐丁，大家都“丁子”、“丁子”地叫她。后来，翻字典里发现了“汀”字，她才把名字正式改为“徐汀”。

当时实行的是供给制，牙刷、牙粉、毛巾甚至烟叶，都是统一配发。训练班还从七里铺毛纺厂领来一些羊毛，捻毛线，按斤计价，学员们可以赚一点零花钱。训练班一天两顿小米干饭，主菜就是土豆、白菜和萝卜，一个星期能吃上一顿白面馍。徐汀说，因为白面馍太好吃了，有人一顿能吃掉十几个。那会儿，只有病号才给下一碗面条。大家都愿意给病号端饭，因为病号吃剩下的，可以自己吃。大家吃饭的家伙儿也是五花八门。有人拿碗，有人使大茶缸，有人甚至端个瓦罐。上山背洋芋，没有容器，大伙儿就把坐的凳子反过来，用草绳一圈一捆，背着就上山。训练班每人只发了一身衣裳，包括一套单衣和一件衬衣，连个换洗的都没有。随着天气慢慢热起来，有的学员星期天下河洗澡，就把衣裳洗了，晾在岸上，等干了再上来。

这期培训班培训时间为半年。培训班快结束时，徐汀被一个小伙子瞄上了。他就是训练班的工作人员、边保干部科的干部高步林。

第二节　高步林：新郎官与新任务

1946年，高步林25岁，身材瘦高。当年，一米七二就得算高个儿了。高步林是韩城沟北村人，高姓是沟北村的主姓，他们从北宋时期就迁居到这里，至今已有上千年历史了。高步林的父亲高茂楦从小就在药铺里打杂做小工，后来成为当地有名的中医，家里开有药铺。高步林小时候家里较穷苦，背干馍上学都差点供不起，上世纪30年代末参加革命后去了延安。40年代中后期，高步林的二哥到山西、内蒙古、陕北做生意，他们家的家境才逐渐好转，买了田地和牲口。新中国成立后土改定成分，他家被定为富农。因为成份高，新中国成立后，高步林说话、做事都比较谨慎。为此，有些亲友对他当官不给办事还有些抱怨。高茂楦老先生有三个儿子，高步林是老三，所以，高孟吉给高步林的信上称他为"三哥"；因为高步林伯伯有个儿子比他大，村上比他小的孩子把他们排在一起，后来，高孟吉也随着别人称高步林"四哥"。其实，高孟吉比高步林还要高一辈儿。高茂楦老先生教子严格，高步林从小就很少跟村上的孩子们在一起打打闹闹。上学后，他接受进步思想却挺快，那些贴标语、发传单、送信之类的事情，他没少干。1937年5月，还是个初中生的高步林在韩城加入中国共产党。因为组织关系没能转到延安，高步林到延安又第二次入党。不过，到1946年秋天，高步林原先的组织关系终于接上，他的党龄就从1937年5月算起。过去，革命者别的可以不计较，但在党龄这个问题上却非常在意。后来，徐汀随高步林到韩城工作，高步

■ 少年高步林

林就一再叮咛她，一定要把组织关系带到韩城来。

如今的县级市韩城是西周春秋时韩国故地。市西有韩原，周代为韩侯国，有古韩城，故名。战国初，韩城县属魏，为少梁邑。隋开皇十八年(598年)，改置韩城县。唐天祐二年(905年)，改名韩原县。后唐天成元年(926年)复名韩城。

韩城被陕西人称为东府，这里是史圣司马迁的故乡，有司马迁墓和庙。1957年，祠、墓重新整修后，郭沫若曾当场题诗："龙门有其秀，钟毓人中龙，学识空前古，文章百代雄，怜才膺斧钺，吐气作霓虹，功业追尼父，千秋太史公。"史圣故里人文氛围自然厚重，韩城明清两代都出过丞相，毛泽东的秘书兼俄文翻译师哲、写过《保卫延安》的著名作家杜鹏程也都是韩城人。韩城人历来都十分重视教育，当地有民谚曰："下了司马坡，秀才比驴多。"不过，高茂楦老人却想不到，他送儿子去县城念书，儿子却连累他坐了大牢，受尽酷刑。后来家里花了不少大洋，才把他赎出来，他落下一身病痛。

1938年7月，高步林在延安鲁迅师范结束培训之后，被陕甘宁边区政府教育厅派到延安县，担任了延安县教育局第三科的科长。当时，被鲁迅称为"四条汉子"之一的周扬，就是边区政府教育厅的厅长。虽是上下级，但高步林与周扬私交不错。新中国成立后，每次到北京出差，只要有时间，高步林都会去看看周扬。在延长县，高步林创办了陕甘宁边区第一所女子学校，工作干得风生水起。不光周扬表扬过他，连边区政府主席林

■ 高步林、徐汀的结婚照

■ 左为边保训练班班主任张孝德、右为边保干部科长王宝贤，后为高步林

伯渠在做工作总结讲话时，也在大会上当众表扬过高步林。

高步林是个急性子，办事麻利、雷厉风行。但当堕入情网，他却表现出足够的细腻来。在延安，像高步林这样的人，被称为小知识分子；而那些受过高等教育的人，被称为大知识分子。那会儿，高步林在边保干部科就主管训练班。他的住处离徐汀他们学员住的地方并不远，但他却一封接一封给徐汀写情书，动不动一写就几十张，仿佛专门给徐汀炫耀文笔似的。头一次恋爱的徐汀，哪见过这阵势，很快就幸福得找不到北了。结业后也就一个多月，她就嫁给了高步林。

1946 年 9 月，第七期培训班结业，徐汀分配到了边保情报科的电台上，当实习报务员。这个时候，胡宗南已经在积极准备进攻延安了，保安处把一些干部疏散到安塞的真武洞。徐汀除了当报务员，还要帮着整理保安处的档案，然后分门别类进行掩埋。到了 10 月份，组织上通知她从安塞回延安，和高步林结婚。战争年代，结婚很简单。就是高步林写个申请，徐汀在上面签了自己的名字。申请书交给领导一批，连个结婚证都不用领，就算结婚了。两人的全部结婚家当，就是身上穿的那身衣裳。最奢侈的事情，就是买了两斤红枣请客，广而告之，算是婚礼的仪式吧。

结婚是他们自己的事儿，但当时组织上却出面请他们吃了一顿饭。出面做东的，是高步林边保干部科的科长王宝贤。除了高步林与徐汀，徐汀的父亲也被请来。吃饭的地点是延安的一个小饭馆，许多年之后，徐汀对那顿饭吃了些什么，已经完全没有印象。但是，她与高步林当时却都受宠若惊。因为当时即使比他们职位高的干部结婚，组织上也不会请吃饭的。一个月后，谜底揭晓：高步林被派到了黄龙山搞情报与策反。这是一项很可能有去无回的工作。

和高步林前后脚派出的，还有在边保的胡轩以及刘伍等人。其中胡轩是跟高步林同时派出的。高步林出延安东门，去了黄龙；胡轩出南门，去了西安。胡轩本名张周勤，陕西省长安县沣西乡张海坡村人。他比高步林晚几个月入党，延安抗大毕业后，在八路军115师三原联络站工作，还做过中共西北局的宣传干部。在三原联络站当站长时，他还接待过第二次去延安采访毛泽东的美国记者斯诺，并且让斯诺在这里喜出望外地吃了一顿地道的西餐。胡轩和隔壁基督教堂关系不错，西餐就是教堂的厨师给做的。不仅如此，斯诺他们走的时候，胡轩还介绍厨师的儿子和他们一起去了延安。因为得了这么一个人才，延安从此才有了烤面包。

1926年4月，刘镇华的镇嵩军在西安围城，李虎臣与杨虎城“二虎守长安”时，胡轩家乡就驻扎着镇嵩军。镇嵩军祸害老百姓跟土匪没两样，胡轩家连被子都被抢走了。后来，冯玉祥从甘肃打过来，镇嵩军败走。夜里叭叭地响枪，老百姓都吓得紧闭门户，灯都不敢点。10岁的胡轩却敢一个人摸到战壕里，把他家的被子抱了回来。他家兄弟四个，胡轩是老三。家里靠地里种的一点棉花供他一个孩子念了书。在西安上高中期间，他就已经加入了共产党。1937年冬天，家里给他娶了媳妇，指望他能安安生生过日子。可新婚才三天，组织上让他去延安上抗大，他二话不说就出门，父母和新媳妇谁都拦不住。

■ 胡轩遗照

离开边保去长安之前，胡轩是边保

■ 2012年秋，作者在胡轩等烈士殉难处与胡轩的儿子张建国合影

看守所的所长。和高步林一样，组织上派胡轩去西安，除了搞情报，还有一个任务，就是搞策反。他要策反的人，名叫王富水。王富水跟他是同乡，还跟胡轩的媳妇沾亲。俩人还一起在延安上过抗大。后来，王富水在西安被捕，没扛过酷刑，叛变后加入了中统，后来还当了陕西省调统室的总务科长、组训科长，死心塌地给国民党干。胡轩回到西安，没做通王富水的工作。那时，西安已经完全是一片白色恐怖，户口查得非常紧。胡轩在西安南院门的姐姐家、西华门的大哥家东躲西藏，实在待不住，只好躲回长安灵沼海子村的姨父家。他通过亲戚办了个路证，准备通过三原往兰州走。临行前，他没能按捺住对亲人的思恋。家里不仅有父母双亲和媳妇，他唯一的儿子已经在上小学了。可是，这个时候，胡轩在西安的两个同事已经被捕。有亲戚得到消息，冒险跑到张海坡村送了信儿。家里赶紧让胡轩的弟弟去海子村送信儿，让他别回来。然而，弟弟和胡轩走的不是一条路，俩人没碰上。1947年3月28日中午，胡轩悄悄回到张海坡村家中，白天门都没敢出，但仍然被人看到了。29日天没亮，国民党沣西乡长就持县长的密令派人来抓他。几名乡丁在户籍员的带领下破门而入，将衣衫不整、赤着双脚的胡轩捆走，甚至没给他弯腰穿鞋的机会。胡轩被灌辣椒水、上老虎凳，打得昏死喷活五次，硬是没交代一个别的同志。

边保干部、陕西临潼人刘伍，和妻子赛坚一起，被派到关中搞情报与策反。刘伍原名刘建章，临潼行者乡恢复道村人。

■ 杨锋与赛坚假扮夫妻

■ 杜斌丞

回到老家后，刘伍化名张础森，以教书为名，在西安、临潼和华县等地串联一帮同学，秘密组织地下武装。1946 年 12 月下旬，刘伍先后联络了关中地区临潼、长安、户县、泾阳、富平、宝鸡、渭南、华县、咸阳以及商县等十几个县的人，于 1946 年上半年在西安建立了秘密地下武装组织——西北人民自救军，发展成员近百名。这个武装组织在边保干部、蓝田籍的杨锋领导下，经常与陕甘宁边区保安处柳林情报站联系，工作开展得井然有序。为了工作方便，杨锋还和赛坚假扮过一阵儿夫妻。1947 年 1 月，西北人民自救军设在西安韩森寨的秘密据点遭到敌人破坏，一些相关人员被捕。在这种情况下，刘伍等人被调回陕北。经过一段休养调整后，刘伍又被派回关中。1947 年 5 月初，刘伍的同学、西北人民自救军主要领导成员张蓬从华县跑到国民党西安警察局三分局，向国民党陕西当局自首，并向敌人供出了西北人民自救军的人员名单，绘制了自救军部分人员的住址分布图。国民党陕西省政府主席、保安司令祝绍周即刻指令由警察总局局长肖绍文和机要秘书赵成义、特高组组长刘剑英三人组成专门法庭，下令特高组便衣队等在各地警察局配合下，对刘伍及关中地区地下党员和党的地下工作者进行武装包围逮捕、审讯。在不长的时间里，陕甘宁边区保安处情报科柳林情报站和“西北人民自救军”的许多党员先后被捕，人数多达32人，其中也包括赛坚。

在胡轩、刘伍等人被抓之前，中国民主同盟西北总支部负责人杜斌丞被胡宗南抓了。杜斌丞是国民党中将杜聿明的堂哥，陕西米脂人，著名的教育家。他支持兴办了米脂高小、米脂三民二中、榆林女子师范、绥德省立第四师范、延安省立第四中学等学校。共产党的高级干部刘澜涛、马文瑞都是他米脂三民二中的学生。杜斌丞是陕西老资格的社会贤达，当过陕西省政府的秘书长，他思想上和共产党走得很

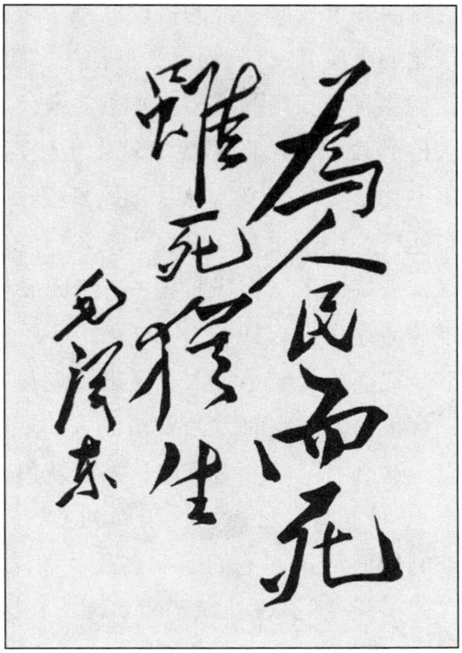

■ 1948年10月毛泽东给杜斌丞的题词

■ 胡宗南（左二）、裴昌会（左一）与蒋介石（中）在占领延安后，于窑洞前摄影留念

近。西安事变时，他的提议就是“跟共产党走！”毛泽东称他为“中国共产党的忠实朋友”，周恩来称他为“鲁迅式的共产党员”。杜斌丞在陕西的知识界有着很高的威望。本书主人公之一的高孟吉，经人引荐当面听过一次他的教诲，从此思想上就发生了巨大变化。1946 年 2 月，杜斌丞以民盟中央常委的名义，在《秦风日报·工商日报联合版》发表公开讲话，宣布他誓为中国早日实现民主政治、结束一党专政斗争到底。3 月 1 日，大批特务捣毁了《秦风日报·工商日报联合版》营业部，接着又制造了一连串的流血事件。1947 年 3 月 20 日，国民党攻占延安的第二天，胡宗南就下令逮捕了杜斌丞等人。后来，老蒋亲自下令，杀了杜斌丞。

新中国成立时，西安市的人口只有 50 万，西安城基本上就是明城墙以内这么大范围，出了城，外面就很荒凉。玉祥门外，用来当刑场。1947 年 10 月 7 日，杜斌丞、张周勤（胡轩）、刘伍等 12 人，被枪杀在玉祥门外的护城河边。他们的罪名是:“积蓄力量，贩卖烟土，图谋不轨，并纵容国军叛变”。说杜斌丞贩卖烟土，鬼都不会信，谁都知道他连纸烟都不摸。实际上，杜斌丞的烟土是搜查时塞进去的。但是，张周勤、刘伍等人会不会跟烟土有关呢？可能他们身上真有烟土。当年，穷八路没有经费，烟土就是他们的硬通货。2012 年春天，作者在徐汀家巧遇到刘伍、赛坚的女儿刘伍坚、女婿成耀良。刘伍坚说，小时候听她奶奶说过，他爸爸刘伍从延安回来时，的确带着些大烟，是用来换枪的。“现在，电视台里的谍战剧很多，但我从来不敢看。特别是怕看到地下党的人受刑的场面。一

■ 作者与刘伍坚、成耀良夫妇合影

■ 耀县药王山三十二烈士墓

看，我就会想到我的父亲、母亲。”刘伍坚已经是年近七旬的老人了，满头银发，从相片上看，她和母亲赛坚长得非常像。刘伍坚说，当年因为一直在东躲西藏搞地下工作，父亲把他的照片都烧掉了，以至于至今找不到他的一张照片。这件事让她一直觉得非常遗憾。

1948 年 4 月 21 日凌晨两点，赛坚等三十二人被国民党活埋在耀县的药王山。

1946 年的那个深秋，高步林接受的任务，就是去黄龙、韩城一带活动。他的具体任务有四项：策反黄龙山剿匪司令郭玉山；组织秘密游击队；组织秘密农会；搞情报。和刘伍、胡轩等人一样，派他出去的人，就是边保处长兼陕甘宁边区保安司令部副司令员周兴。

第三节　药铺账房白先生

黄龙圪坮街有个老汉叫田生春，又名田文元，在街道上开有一间药铺，另外开有一个骡马大店。田文元是韩城人，从小家境贫寒，小小年纪就开始在外面流浪。田文元人勤快，能吃得下苦，慢慢攒下了一点钱，在黄龙落了户。此人生性豪爽，讲义气，江湖上三教九流交结很广。兵荒马乱的年月，做买卖的人即使住店，也得找个老板靠得住的。一是老板得是个好人，不会坑人；二是老板还得是个牛人，地面儿上混得开，有人给撑腰，遇事儿不怕事儿。田文元符合这两点，所以，那些去延安贩卖棉花、百货的脚户，都爱住他的店。开店的人，还有个特点：足不出户，天下事尽知。这南来北往的人，总是带来各种信息。有国统区的，也有解放区的。从延安过来的人，一般都说解放区如何如何好。田文元虽然没去过那边，但那边的事儿知道的可不少。田文元天天烧香磕头，嘴里念念有词的样子。旁人都以为这老汉吃斋念佛呢。

黄龙山是通往延安的一个军事屏障，位于延安东南，是一片原始森林，也是东府进入延安的必经之地，1947 年胡宗南进攻延安的主力就走的这条线；而圪垳街就在这条必经之路上。从圪垳街出发，骑兵只需几个小时就可以赶到延安。因此，圪垳街是一个咽喉要地。在胡宗南准备大举进攻延安的时候，延安方面就必须在圪垳街布下棋子。高步林就是边保预先布下的这枚棋子。

首先，高步林是韩城人，跟田文元是亲戚。田文元在家行五，又被称为田老五。田文元 1942 年就被边保发展为情报关系，曾经跟周兴接过多次头。这个田文元每天烧香磕头，拜的不是菩萨，而是毛泽东。他天天在祈祷，盼着毛主席早日坐天下。

田文元有一批结拜兄弟，郭玉山就是其中一个。郭玉山时年 40 岁出头，是国民党黄龙自治乡的乡长，还是黄龙第二联防剿匪司令。郭玉山也是苦出身，从小讨饭，后来，拉起一干队伍，并且混进了政界。在国民党军队范围内，他的这干人马就是杂牌中的杂牌，绝对是后娘养的。总是处于受气的地位，郭玉山当然一肚子气，对国民党上层以及嫡系部队没少咒骂。有一阵儿，国民党军队换防，驻扎黄龙的是一批广东籍的兵。这帮兵军纪涣散，奸淫抢劫，干尽坏事，老百姓不堪骚扰，造起反来。郭玉山站在了老百姓一边，跟这帮正规军动了枪。正规军人多枪好，但郭玉山在黄龙山一带人熟地熟，有群众基础。他们白天藏起来，夜里出来袭击正规军，闹得广东兵不得安宁。等广东兵撤走，上面仍然把乡长和剿匪司令的帽子给了他。于是，在黄龙一带，郭玉山的势力就更大了。边保得知这个情况后，决定联络郭玉山，把他拉过来反蒋。

田文元在圪垳街开了一家药铺和一家骡马大店。高步林化名“白生富”，从临镇秘密潜入黄龙山圪垳街，成了田文元药铺的管账先生。只有郭玉山知道，他是中共陕甘宁边区保安司令王世泰、副司令周兴派来的联络参谋。郭玉山的乡政府和骡马大店就隔着一条马路，郭玉山在乡政府用报话机喊话，高步林听到都会悄悄记录下来，汇报给边保。

那个时候，国共之间的态势还不像辽沈战役、淮海战役之后那么一目了然，很多人都在持观望态度。老江湖郭玉山的政治态度也是脚踩两只船，首鼠两端。田文元能用高步林当账房先生，他当然知道田文元是什么人。国共两军战场上的较量，就成了郭玉山脸上的晴雨表。高步林刚过去时，根据地周围还比较平静，没有战争气氛。于是，高步林与郭玉山来往还比较多，郭玉山也还很喜欢这个精干的账房先生，喜欢跟这个有文化的年轻人在一起谈天说地。但胡宗南占领延安前后那阵儿，郭玉山就不肯再见高步林，还让田文元催高步林赶快离开黄龙；等共产党在沙家店、蟠龙、青化砭打了胜仗，郭玉山又眉开眼笑，张罗请高步林、田文元吃饭喝酒；过两天，要是有彭德怀西北野战军吃了败仗的消息传来，高步林登门找他，他又会装病不见。

不管怎么说，郭玉山还是给共产党做了一些工作。比如，一次，一名共产党干部大白天路过圪台街，被人举报给剿匪司令部，郭玉山知道后不让管；另一次，老百姓扣住了两个共产党的人送到乡公所，郭玉山知道后悄悄地把这两人转移到田文元家，剃了头、换了衣服，秘密地护送离开黄龙自治乡。郭玉山还曾保护和护送过共产党的一些别的地下干部。

利用郭玉山反蒋这一面，高步林借他这棵大树，给延安游击纵队提供

■ 延安时期的高步林

了不少生存空间。当时，延安纵队的司令员是边保的情报科长贺生高。因为做的是地下工作，高步林和延安游击纵队的接触不多。游击纵队有几百人，每次要到黄龙一带活动，贺生高会派人悄悄找到高步林。游击队要去的地方，都是高步林提前去踩点儿。有一次大雪封山，游击队分不清东南西北，迷了路，幸好遇到了一个叫张德胜的当地百姓在放羊。张德胜平时是个挖药材的，山路很熟，才使游击队分清了方向。有一次，高步林带着一帮游击队员摸到他家，队员们都饿坏了，张德胜拿出家里仅有的一点粮食、土豆款待了大家。几十年后，高步林在病榻上，还念念不忘张德胜这份情谊。

郭玉山的便衣队长宁志强，也是通过田文元到郭玉山手下做事的。他对田文元非常尊重，以“大哥”相称。因为他两口子常在药铺里吃饭，高步林觉得这人本质不错，当便衣队长期间也没有什么劣迹，就把他发展成了内线儿。他不知道共产党方面跟郭玉山的关系，郭玉山也不知道他已经被高步林染红了。宁志强主要做了这样几方面的事：掩护共产党派到黄龙做工作的人员；为延河纵队引路、提供情报和弄吃的。再有，就是平时为共产党提供情报，打探消息。胡宗南大举进攻延安期间，圪台街天天都有国民党军队经过。有些师、旅把指挥部就设在乡公所。为了听到报话机的呼叫内容，高步林装成病人，让宁志强把他安排在乡公所隔壁的空房子里。高步林还让宁志强多接触国民党军队一些参谋之类的人，拿大烟、香烟和金钱跟他们拉关系、交朋友，从他们那里了解胡宗南军队的兵力、武器装备、行军计划等情报。通过延河纵队，高步林再把收集到的这些情报传回延安。

■ 抗战时期，贺生高与儿子

那会儿，从临镇、瓦子街到韩城这一线几百里，都有游击队在活动。高步林有时候会变成一个破衣烂衫的羊倌，在黄龙山深山密林里放羊，因为国民党军队的重武器都藏在这里；有时候，高步林又会身上贴满膏药，化装成病人，到韩城县城侦查，买一堆国民党报纸再回黄龙。自打1938年离开家，高步林就再没见过老父亲。在黄龙，他发展了一个群众骨干石敬堂。石敬堂也是韩城人，他家离沟北村不远，还认识高步林的父亲。1947年夏天，高步林让石敬堂捎话，以请老父亲帮忙看风水为名，把老汉叫出来。一阵东张西望后，石敬堂把一壶茶提进了一片茂密的包谷地里，父子俩在这儿抱头痛哭一场。

自打胡宗南进攻延安起，圪台街就天天都在过兵。高步林白天还人模人样地在当他的账房先生，晚上却只能睡到猪圈里。军队常常在夜里闯进药铺和骡马大店，挨个房子一通搜查。找什么？找人，年轻的壮丁。找到了，就不由分说地带走。有回高步林躲不及，就被一绳子绑了去。吓得田文元赶紧去找郭玉山，郭玉山让他的便衣队长宁志强重新去抓了个壮丁，才把高步林换了回来。

1947年夏天，徐汀随边保机关转移到了绥德。一天，高步林突然出现在她的面前。徐汀几乎认不出高步林，因为他瘦得已经不像样子。他穿一条粉色里子的黑哔叽裤子，裤子一脱，上面的虱子要用扫帚扫。问他，才知道他天天在睡猪圈。高步林是回边保汇报工作，他和徐汀只是匆匆见了一面，就被送到了晋北临县的一个部队疗养院治病。因为他在搞情报工作，所以，即使回到边保，他也不能再和以前的同事们有来往。休养个把月之后，高步林被重新派回黄龙。到了九、十月间，贺生高找到高步林，和他商量回边保汇报工作。于是，高步林同田文元告别，宁志强用马护送他到瓦子街沟内的山坡上，这里有贺生高事先留下的一个班的游击队员接他回边区。从此，高步林就离开了黄龙山圪台街。

再说那个郭玉山。郭玉山在黄龙第一次解放时，跟着国民党大部队走了。解放军主力转移后，山区剩下的只有游击队。这时，他又回来。在国共双方拉锯的状态下，郭玉山还是和共产党方面偷偷来往。国民党主力清剿时他给引路，但有时他也事先通报给共产党游击队。据高步林回忆，有一次国民党军队发现游击队在砖庙梁宿营，要他引路。当时恰好游击队员们住在窑洞内，被敌人用机枪打死了好多人，损失惨重。而《黄龙县公安局解放前大事记》记载，砖庙梁遇袭发生在1948年3月。当时，黄龙县保安科长赵智翔带领二十多个战士在砖庙梁召开群众大会，帮助该地建立乡政府。就在当晚夜深人静时，“由于敌人耳目告密，大土匪郭玉山带领比我多几倍的兵力，将赵智翔和我游击队战士二十余人包围于砖庙梁一老

■ 中年时的赵智翔

百姓的窑洞里。只因敌众我寡，加之无备，在突围中，我游击队员杨宏等人壮烈牺牲，被俘十余人，只有赵智翔和部分干部脱险。”

1948年，黄龙山二次解放，郭玉山带队伍溃退到朝邑、二华一带，被解放军几乎全歼。由于战争不断向南推进，郭玉山最后秘密潜回了黄龙山，悄悄地隐藏在深山里。当时赵智翔在黄龙县当保安科长，当地政府曾派人到处抓捕郭玉山，郭玉山害怕至极，就托人找到了高步林求情。高步林此时已调任大荔公安处副处长，经请示于桑处长同意后，高步林以个人名义写了信，让通讯员送给田文元。新中国成立后，田文元出任了黄龙山圪台街区区长。信的大意是：只要郭玉山本人投降人民政府，交出枪支弹药，可以保证不杀他的头，否则只有死路一条。高步林、于桑还是念郭玉山过去掩护过他们，对革命有过贡献。另外，郭玉山的外甥在韩城工作，高步林也通过郭玉山的外甥给郭玉山家里写信劝降。后来，还是通过田文元找到了郭玉山并把他带到大荔公安处自首，关在处里的管训队。当时这样做，主要是为了防止郭玉山在黄龙山搞土匪武装。他在黄龙山混了二十多年，人地两熟，还有一批枪支弹药。大荔、渭南两区合并时，黄龙县要把郭玉山押回去，大荔公安处向地委刘文蔚书记和渭南公安处曹子谦处长详细汇报过此事。但是，镇反时，黄龙县还是把郭玉山押回去枪毙了。

“文革”中，高步林受到冲击，两次被关押，多次被审查。据高步林的二儿子高涛回忆，1966年底或者1967年初，他们家吵吵闹闹来了一伙人。其中有两个人拿着一封信件一样的东西，情绪激动地边说边对他父亲高步林推推搡搡。那时候，高涛已经在上中学，一个十七八的毛头小伙子，见人对父亲不礼貌，便冲上前跟来人理论，被父亲制止住了。

“你答应不杀他，为什么说话不算数？”

来人冲高步林吼叫着，而高步林始终赔着笑，耐心地跟他们解释。这个时候，高步林已经被打倒，赋闲在家，随时有人来找他的事儿。后来，高涛才知道，来人是郭玉山的家属，有他的儿子，好像还有他的侄子。

“这个人是我争取回来的，自首后又交回了一批枪支弹药，过去也曾为我党做过一些好事，论我党的政策，自首投降是可以不杀的。现在人被杀了，他家里还有我个人写的不杀头的保证。这件事我一直认为做得不够妥当。”

后来，高步林在自传中回顾这件事时，说过这样的话。

第四节　高步林：回到韩城

1947年秋季，高步林又被边保派回韩城，担任地下县委委员、社会部长和游击大队政委。说起来官职一堆，但高步林实际上还是做地下情报工作的。当时，韩城还没有解放，县委委员中，只有他和后来担任了黄龙县保安科长的赵智翔是在国统区工作的。天天在敌人鼻子底下转，可不是闹着玩的。有几次他们和国民党大部队交上了火，仗着对地形熟、人熟，他们才跑掉。有一回，赵智翔被堵在了窑洞里，他拼死抵抗，跳后窗逃出去，才保住了性命。

■ 时任韩城保安科长的高步林

1947年10月11日，西北野战军二纵、四纵攻克了韩城县城，这是韩城的第一次解放。当时，韩城有不少游击队，规模都不大。12日，四纵司令员王世泰还专门在韩城西大街银行的楼上召集开了一次会，决定将韩城的九支小型游击队整编成韩城游击支队，隶属于黄龙军分区；先期成立的韩宜游击大队整编成韩宜游击支队，隶属于东府工委。这时，胡宗南正四处寻找西北野战军主力，试图进行决战。四天之后，胡宗南大军压境，解放军撤出了韩城。10 月 9 日晚上，为阻止解放军攻城，下令烧毁北关、东关 800 多间民房的国民党县长赵玉琳，于 10 月 15 日随国民党大军重回韩城，开始疯狂地抓捕、杀害共产党人和亲共的群众，实行白色恐怖。韩城的共产党组织重新转入地下，两支游击队也不得不过黄河退到了山西解放区一边。

1948 年 3 月 24 日，王震的二纵收复韩城，这就是韩城的第二次解放。解放的那一刻，县委和政府的人还没进来，是高步林带领几个人挂红旗、贴标语，临时管理县城。起初，跟随解放军接管韩城的共产党干部，县委加上县政府，也就十来个。整个县委、政府只有一个党支部，保安科只是一个党小组。高步林被边保派回韩城，担任韩城的保安科科长。当时的保安科，就相当于现在的公安局。保安科刚成立时，他还是个光杆司令。沟北村的高勉斋给他推荐了同村的高志学，给他当警卫员。当时，高志学二十一二岁，人挺机灵。高步林离家早，跟高志学不认识。说是警卫员，但高志学跟着高步林，内勤外勤的工作都得干，包括审犯人，也是他们俩。

说到高志学，这个人后来的命运也挺坎坷。本来，高志学家是贫农成分，韩城一解放就参加了革命，1948 年秋天就已经在保安科担任预审员了，像他这样出身好又有些文化的干部，解放初正缺。可是，1953 年底，他就被开除党籍和公职，回乡务农。1956 年，当地公私合营之后，他到当地一座煤矿当上了矿风井提料搅把工，后来又当上了测绘工人。1962 年，煤矿下马，他再次回乡务农。直到进入上世纪 70 年代，因为会井下测绘，他又被另一煤矿招去当临时工，一步一步从临时工转合同工，再从合同工转正式工。直到 1986 年年满 60 岁退休前，他一直在矿上的坑木厂发材料，级别是五级工。

导致高志学后来一生不得志的，是 1948 年春节看的一次热闹。

过去，有些孩子上学晚。高志学完小毕业，已经 17 岁了。回村教了半年初小，年底，他被征兵入伍，在国民党第 90 军报务军士训练班培训了四个月后，他又跑回了家乡。后来，他在韩宜公路薛峰牛心桥工程处当过见习生，在驻铜川的咸榆公路当过养路工。1946 年 10 月，他丢掉了那份养活自己都成问题的工作，回家种地。

1947 年秋，韩城第一次解放后，思想活跃的高勉斋叫高志学组织一个游击队，由在韩城搞游击活动的任江彬提供 30 支枪。高志学本来都同意了，可高勉斋身份暴露，国民党县政府卷土重来后，在满世界抓高勉斋。

高勉斋跑到西安躲了起来，高志学跟他联系不上，心里也毛毛的，就跑到乔子沟煤矿当搅把工。转眼间，1948 年的春节到了。那时候，老百姓还一点意识不到，整个韩城即将改天换地。高志学的姐姐嫁到了寺庄村，初二回门，跟他说了加入一贯道的事情。那年头儿，人们加入这样的会道门组织，也是为了抱团儿好有个靠山，遇事儿不受人欺负。二姐带他到柳村寨一个叫薛大昌的人那儿，办了入道手续。手续不复杂，也就是登记下他的名字，然后签字画押，按上手印。这以后，正月十五闹元宵，一贯道弄了一次扶乩活动，高志学受邀去参观了一次。就是有个道首自称神明附体，嘴里念念有词，然后在一张纸上写了些乱七八糟的东西。高志学只是觉得新鲜，纯属是在看热闹。

转眼间，正月十五一过，解放军就打进了韩城县城，韩城全县二次解放了。高志学在沟北村再次见到高勉斋，高勉斋就跟他说了去给高步林当警卫员的事儿。高志学自此开始在韩城保安科工作。1949 年 2 月，徐汀和保安科的另一个干部段绳祖介绍他入党，12 月转为正式党员。1952 年整党，高志学隐瞒了加入一贯道这段经历。问题被发现后，组织上追查他，发现 1949 年秋天，他在担任韩城县公安局预审股长时，放走过一个一贯道。多年来，高志学一直在申诉：放走这个一贯道，是 1949 年 11 月王志坚担任韩城县公安局长期间，通过会议研究放的人；而对高志学的处分决定上却认定：高志学在组织上跟一贯道还有联系，在王志坚的前任惠春华任局长期间，他有意包庇、不审清、欺骗惠局长而放的人。为这件事，高志学申诉了 30 多年，直到 80 年代中期，组织上才查明落实，确实如高志学所说，人是在王志坚局长任上释放的。

■ 高步林与小妹高金茸、妹夫郭谦及女儿

让我们再回到 1948 年。高步林在韩城保安科的房子四壁皆空，炕上只有一张光席，连个枕头也没有。高步林天天工作到深夜，然后就和衣倒在炕上胡乱睡一会儿。后来，因为徐汀调到了韩城县保安科，组织上临时给他缝了床新棉被。许多年之后，徐汀还记得那床被子是粉红色织贡呢的面子。有一次，高步林的小妹高金茸听人说他哥在县上当了官，赶到县上来看他。刚解放，事情多，高步林忙得团团转，恨不得多长几只手，也没顾上跟她说几句话，把亲妹子晾在一旁。回到家，高金茸给他爸说起他哥的样子，边说边掉眼泪："我哥穿了个黑棉袄，棉花都露出来了，腰系了根绳子，跟要饭的没两样。他那么可怜，还不如叫他回来种地算了。"后来的许多年里，高金茸当年的那些话成了高家的经典笑话。

徐汀是挺着大肚子回到韩城的。回韩城工作之后，高步林跟徐汀实际上已经失去了联系。在绥德分手后不久，徐汀调到了山西兴县晋绥军区司令部电台；而高步林派人找到她的时候，她已经又调到了延安西北局电台。1948 年 5 月 20 日，徐汀被接到了韩城县保安科。她的组织关系也就算调到了韩城。当时，保安科也就七八个人，曾经在茶坊检查站工作过的边保干部史志春也调到这儿，当保安科的副科长。

5 月 28 日晚，即将临产的徐汀来到了沟北村高步林的家里，已是掌灯时分。第二天中午，她生下了她和高步林的大儿子。她为孩子准备的东西，只有两件用旧灰布缝的小衣裳。当时，韩城四周还是国民党占据着，这里很不安全。所以，生产后仅仅过了 18 天，保安科正好有一批犯人要转移，徐汀又抱着孩子一路颠簸去了山西。

■ 1945 年，史志春在茶坊检查站时

1948 年 3 月，高步林一回到韩城，高勉斋就到保安科来找他。在村里论辈分，高勉斋和高孟吉一样，比高步林还高一辈儿。胡宗南整编第一军军长董钊的小舅子同慧缘家在韩城。韩城第一次解放后，游击队到同慧缘家搜枪支，暴露了高勉斋的地下身份。国民党韩城县长赵玉琳一回韩城，就让国民党整编 36 师的兵去沟北村抓高勉斋。高勉斋闻风跑了，抓他的人把他老婆打了一顿，还把他哥高月亭绑到赵村打到昏死，又用凉水喷活。因为高月亭没有交代弟弟的去向，他被投入县上的大牢，直到一个月之后，家里花钱将他保了出来。

■ 徐汀与大儿子在韩城保安科

在第二次解放前，韩城完全是白色恐怖。高勉斋东躲西藏，甚至在别人的地窖里住过一个月，但还是在当地没法待。于是，他步行去了西安。到西安又到哪儿待着呢？他就想到了在胡宗南绥署电台上干的高孟吉。在村里，高孟吉把高勉斋叫二哥。高勉斋找到高孟吉的前一天，高孟吉刚刚收到了妹妹的信。信上说：“村东二哥参加八路军，政府逮捕他没有抓到，把他哥押了起来，二哥到现在没有下落。”高孟吉没想到，高勉斋会摸到南关观音堂他的住处。一接触，高勉斋就看出高孟吉是什么人。他偷听延安的新华广播，一翻国民党报纸就破口大骂。那时西安的报纸，头版都在报道国共的交战情况。可报上不说人话，光是刘伯承前前后后就被击毙过多次。在高孟吉这儿，高勉斋还见过高孟吉的军校同学吕出。这个吕出也跟高孟吉一样，思想很激进。见了高步林，高勉斋讲了他在西安见的一些人。说到高孟吉，高步林眼前一亮，立马动了把高孟吉拉过来的想法。不光跟高勉斋说过这事儿，他还征求警卫员高志学的意见，看谁去西安合适。上小学时，高志学和高孟吉同过一年多学，知道高孟吉媳妇王萍是寺庄村人，并且认识高孟吉的妻哥王鹤龄。按说王鹤龄是高孟吉的亲戚，去西安比较合适。但高志学告诉高步林，王鹤龄人太老实，相比之下，还是高勉斋随机应变能力更强。

4 月 14 日，高步林派高勉斋去西安，并且带去了他给高孟吉的亲笔信。这场后来影响重大的谍战大戏，由此拉开了序幕。

第三章　潜伏电台

第一节　王微与刘庆曾：胡宗南的两个心腹

影视剧里，解放战争时期，城市里出现的国民党将军，坐的一定是小轿车。而原名高孟吉的高健老人却告诉作者，胡宗南绥靖公署机要室主任王微，每天从西安明城墙内的甜水井住处，去小雁塔的绥靖公署上班，坐的却是人拉的洋车。据说，胡宗南的那辆福特轿车，平时自己也很少坐，主要是用来接待一些重要的客人的。

1915 年 7 月，胡宗南从清末被称为浙江湖州中学堂的吴兴中学毕业后不久，就被孝丰县立高等小学校聘为国文与史地教员，回到母校开始了他小学教师的生涯。孝丰这个县名如今在地图上找不到，因为它已经改名为安吉县，就是出安吉白茶的那个地方。半年以后，他又受聘到新建立的孝丰私立王氏小学兼任教师。这所学校有学生 300 多人，是孝丰县最完善的一所学校，所聘教师的待遇也较之他校为优。胡宗南在王氏小学校担任高小与补习班的主任教员；同时他仍受孝丰县立高等小学校聘，兼任该校高年级史地教员。胡宗南个性内向，不善于交际。他在孝丰任教期间，还迫于父命娶妻。但胡宗南不喜欢他

■ 胡宗南

的女人，夫妻俩关系不好。胡宗南的这位元配妻子不久就病故了。自此，胡宗南长期独身达 20 年之久，直到他占领延安之后，在窑洞里娶了军统特工叶霞翟。

王微是胡宗南吴兴中学的同学。胡宗南中学毕业，为什么没有考大学，而是去小学教书呢？原因是他严重偏科，国文特好，英文不行。那会儿，几何、三角、西洋史之类的任课老师都是用英语讲，英语不好，大学就没法儿上。所以，胡宗南在教书的时候，起初也是一边工作，一边在补习英语的。所谓的国文，那会儿主要指桐城派、阳湖派的古文。胡宗南喜欢跟人辩论，但一般人他还看不上。能跟他争个脸红脖子粗的人，也只有王微等少数几个同学。胡宗南在孝丰城的两所小学校共任教 8 年半，王微也一直是他的同事，他们俩还与另外两名教师一起，被人称为该校教师中的“四大金刚”。后来，胡宗南南下投考黄埔军校，坊间有多种说法。一说胡宗南在教书的同时，还兼做毛竹生意，以贴补生活。因为毛竹生意做赔了，债主盈门，所以出走；另一说，传得更是有鼻子有眼：当时，胡宗南与王微争当吴丰县立高等小学的校长，最后，胡宗南落败，负气出走。实际上，胡宗南当时想当这个校长不假，王微最后当了校长也不假，但当时的情况是：胡宗南想当的时候，王微已经因妹夫替自己说了好话，捷足先登了。所以，俩人并不存在为争校长伤和气的事。

实际上，胡宗南投考黄埔军校，和他长了见识有关。1919 年，“五四运动”爆发，迅速地影响到了浙江一带。孝丰县搞了一个“小学教育参观团”，由王氏小学校长带队，一行 6 人去了趟上海。当时，胡宗南、王微都在这个参观团内。第一次走出湖州，来到十里洋场的大上海，对胡宗南来说，精神上受到十足的震撼。离开上海，他还参观了南通、南京、镇江、无锡等地。史地教员胡宗南这才算真实地感受到了什么叫历史与地理。胡宗南爱上了大自然，两年后，利用暑假，他独自跑到了天津、塘沽和山海关，考察山川形势与国事民情。以后的假期，他都会出去进行考察。如此一来，小小的吴丰，当然就容不下他了。后来，胡宗南在国民党军队当了师长之后，王微投奔了他，先后担任书记官、秘书和少将机要室主任，成为胡宗南的核心幕僚。

机要室在胡宗南担任第八战区副司令长官时代，称机要处，王微就是处长。机要处的主要任务，是掌管所有部队的无线电通讯。胡宗南军队师

（旅）以上各级部队，都设有机要处（科）和译电室（组），名义上由各级部队长领导，但实际上自成一独立系统。凡是机要处的工作人员和译电员，都须轮流受训，经过王微的亲自训练，并由王提请任免。在业务上，他们直接对王负责，所需译电本、密电码，也由王微编发。这种情形，和“军统”相仿。各级部队以至其部队长个人的一举一动，都瞒不过王微的耳目，完全为他所掌握，而王则直接向胡宗南负责，因王有此特权，故胡宗南部队将领对他，都十分恭敬，逢年过节，纷纷送礼。他们称胡宗南为“胡先生”，称王微为“王先生”。不过，像高孟吉他们这些人虽为王微的弟子，还没资格称“王先生”。见了王微，只能老老实实地鞠上一躬，喊一声：“王主任”。私下里，他们却称王微为“老头子”。

胡宗南的另一个心腹刘庆曾，是给他搞情报的。胡宗南的心腹主要都是浙江人，但刘庆曾却是湖北人。后来给胡宗南当第七补给区司令的程开椿，是胡宗南在孝丰王氏小学的学生。而程开椿又和刘庆曾是黄埔军校八期的同学。程开椿给胡宗南当副官时，胡宗南曾让程开椿给他推荐人才，刘庆曾就是这时候被推荐给胡宗南的。胡宗南当34集团军总司令的时候，刘庆曾就是他总司令部二科的科长，同时还是中央军校七分校办公厅的二科科长，负责搞军事情报。二科的上头是各战区第二处，再上头是军委会军令部第二厅。军令部就是战前的参谋本部，负责国防建设、地方绥靖、陆海空军动员作战、后方勤务，以及情报与国际政情的搜集整理等。军令部一厅掌管国防作战，二厅掌管情报与派遣驻外武官。在国民党军队司令部系统中，也都是按这样的顺序排列，一处或一科负责作战，二处或二科负责情报。那时候讲二处或二科的人，一般就都知道是指做特务工作的。

解放战争期间，陈毅曾经写过这样一首诗：

教尔作人不作人，教尔不苟竟狗苟。
而今俯首尔就擒，仍自教尔分人狗。

这首诗的名字叫《示郝鹏举》。这个郝鹏举是个典型的有奶便是娘的主儿。他原本在冯玉祥的西北军，还被冯玉祥派到苏联乌克兰基辅军校学过炮兵。1930年，冯玉祥、阎锡山与蒋介石中原大战时，在冯玉祥节节败退之际，他反戈一击投了蒋介石；抗战时期，他又投了汪精卫，当过汪伪的“淮海省省长”；1946 年 1 月，他在任国民党新编第六路军司令时，率两万部下起义，投了共产党；一年后，他又再度反水，重回国民党阵营。不久，他的部队被陈毅的华野全歼。陈毅这才当面赏了他这样一首诗。

郝鹏举从国民党阵营投了汪精卫，和这样一件事有关：他在胡宗南的干训四团当总队长时，勾引了一个炮兵团长的老婆，而那个团长本来还是他的朋友。朋友妻，不可欺。有人气不过，偷拍了他跟团长老婆在一起的照片，给了团长。因为郝鹏举在胡宗南这儿受宠，胡宗南没理这茬儿；团长直接告到了蒋介石那儿，蒋介石让胡宗南把郝鹏举抓了起来。这个郝鹏举买通了关押他的特务，逃出去后就投了汪精卫。为这事儿，胡宗南将他手下的特务头子、侍勤队长唐西园关了起来，由他在孝丰教过的学生刘大军接替他的工作。胡宗南的情报系统，主要就是由刘庆曾与刘大军负责，刘大军主要负责军事以外的情报搜集，这种局面一直持续到 1947 年 3 月西安绥靖公署成立。

戴笠与胡宗南的关系，不是一般的好。戴笠能混成蒋介石身边的红人，没胡宗南的举荐根本不可能。而胡宗南的老婆叶霞翟，原本是在戴笠手下，是戴笠牵线，才有了这段姻缘。胡宗南死的时候，身上穿的是戴笠送的毛衣。在重庆时期，戴笠给一些军政要人送礼，都是两份，一份以自己的名义，另一份就是以胡宗南的名义。而且他还吩咐部下，两份礼品不能一样，而且胡宗南的那份要比自己的贵重一些。本来，蒋介石不准地方军政大员搞自己的情报系统，但胡宗南因为跟戴笠的关系，可以网开一面。因此，胡宗南的情报组织没用戴笠的人，不让戴笠插手，独成一系。戴笠甚至委托胡宗南代管西安那边的军统。1946 年 3 月 17 日，戴笠坠机摔死。10 月 1 日，随着国民党军事委员会的撤销，军事委员会调查统计局的招牌也不复存在。军统改组为国防部保密局，国防部二厅厅长郑介民兼任局长，原军统局主任秘书毛人凤担任副局长。郑介民、毛人凤也是按老规矩，和胡宗南保持密切的关系。

军统局变成保密局之后，大量的军统人员便开始化整为零。军统特务便以合法身份，出现在国防部二厅、全国警察总署、交通警察总局等系统内。但是，到了胡宗南这儿，军统的人也得听他的。比如西安绥署二处首任处长金树云是军统安排下来的，但金树云并不怎么听军统的。

军统在西安遗留有几万袋面粉，为此，金树云与保密局西安站站长侯定邦为争夺这批面粉，大动干戈。保密局副局长毛人凤给金树云打电话，他都不买账。毛人凤只好写了封亲笔信，派保密局总务处长沈醉跑到西安，面见胡宗南。胡宗南把金树云叫到当面，训斥一顿，金树云才把面粉交给了保密局。国民党军队系统都有专门给曾被共产党军队俘虏的官兵以及抓获的共军官兵进行洗脑的青训总队，1948 年 9 月，金树云调任胡宗南手下的青训总队当总队长，二处的副处长兼绥署突击总队长刘庆曾当上了处长。

1948 年 4 月，眼看国民党败局已定，绥署二处准备派一批特务在共产党可能很快会占领的地方潜伏下来。潜伏特务需要有电台联络，而电台又是王微管的事儿，于是，刘庆曾与王微就联手搞了一次小型潜伏电台培训班。潜伏电台“称组不称台”，高孟吉、薛浩然、孟师孔等人，就成了潜伏组的组长。

第二节　电台与国共战场

1947 年 3 月 19 日，胡宗南占领延安之后，急于寻找西北野战军主力决战。彭德怀派出小股部队与胡宗南军队保持接触，把其主力部队引向安塞。3 月 20 日，胡宗南以整编第 1 军第 1 师、第 90 师共 5 个旅的兵力向安塞疾进，并派出整编 27 师 31 旅从甘泉的临真镇往延安的青化砭赶，担任主攻部队的侧翼掩护。彭德怀 3 月 23 日在延安县青化砭以南延榆公路两侧布了个口袋阵，静候国民党整编 27 师 31 旅的到来。3 月下旬的延安，乍暖还寒，麦苗才刚刚返青。荒郊野外设伏，白天还好说，晚上却相当冷。可埋伏设了一天，却不见敌人的影子。好些人都沉不住气儿了：敌人到底还来不来呢？彭德怀态度却十分坚定：继续守候。果然，守到 25 日，31 旅旅部及 92 团进入了口袋阵，被包了饺子。战斗打了不到两小时就结束了，旅长李纪云被俘，2900 人被全歼。

那么，彭德怀怎么知道敌 31 旅一定会来青化砭呢？原因很简单：3 月 20 日晚，西北野战军电台截获并破译了胡宗南让 31 旅 24 日前赶往青化砭并建立据点的电报。31 旅之所以晚到了一天，是因为他们在路上补充了一下粮食和别的给养耽误了时间。

■ 青化砭战役中被俘的国民党军官兵。左四为国民党 31 旅旅长李纪云

胡宗南吃电台的亏，这可不是第一次。就是因为整编 27 师 31 旅丢失的电台，他曾经任过旅长、号称“天下第一旅”的第 1 师第 1 旅被陈赓全歼。

1947 年 7 月，陈赓在晋冀鲁豫野战军四纵当司令员时，四纵和太岳军区一起打了一个闻夏战役，歼灭的是整编 27 师 31 旅。旅长刘铭钊从战场上逃出后，被胡宗南给撤了，这才有李纪云当旅长、重建 31 旅的事儿。闻夏战役中，战士们缴获了一些美制 V-101 型无线电报话机，并且获取了敌军一些部队的报话台呼号及密语资料。在中央特科干过的陈赓对电台的认识跟一般人不一样。他指示暂不把报话机用于部队通讯，而专用于侦听敌人的军事行动，他自己也经常亲自守在报话机旁。这一听，就听了两个月，侦听人员把国民党军队方面的密语摸得很熟。9 月 21 日，国民党整编 1 师师长罗列用密语跟部下几个旅长下达进攻浮山的作战命令。接下来，22 日凌晨，陈赓亲耳听到，罗列向他黄埔一期同学董钊汇报战况时，董钊操着陕西关中口音让罗列“要注意自己的侧后方。”董钊、罗列把军事机密都亲口跟陈赓作了“汇报”，打仗哪有不败之理。结果，24 日，战败的第 1 旅中将旅长黄正诚就被押到了陈赓的司令部。

解放战争中，中共中央和各地的联络，靠的也主要是电台。由于电台功率关系，东北和中央的电台联络很困难，白天根本听不到。东北台为抄收中央电报，据说电台驻地的街道一到晚上就禁止车辆通行。为此，中央台试了好多办法，最后把天线架上山顶，才算解了燃眉之急。

1947年9月初，华东野战军为配合刘邓大军南渡黄河转入外线之后的关键时刻，中央台曾有7天与陈粟电台联系不上。当时，作战室几乎每隔两小时就给电台打电话催问联络情况，连周恩来都曾把电台工作人员和负责人找去询问。后来才知道，陈粟为隐蔽沙土集打整编57师的战役企图，故意将所有电台“静默”，停止联络。为什么要这样做呢？因为国民党有了电台测向设备。

1947年夏天，王震带电台由韩城到绥德马蹄沟开会，每天宿营都受到敌机轰炸。许光达三纵的行踪也经常受到敌人的跟踪。更严重的一次，由于西野司令部有的通讯人员保密意识不强，电台拍发了“请你台队长来玩”的英文明语，被国民党军队窃听到。国民党军队方面据此判断，西野可能正召开军事会议，结合测向信息，他们派出飞机进行轰炸。野司在马蹄沟开会，炸弹掉到彭德怀和电台所在的窑洞顶上，幸好没有造成损失。

后来才知道，国民党军队和保密局在北平破获中共地下情报电台所使用的无线电侦测手段一样，都是利用雷达技术侦测秘密电台的位置。这方面的技术和器材都是由美国特工部门提供的。抗战时期，由戴笠与梅乐斯搞的这个中美特种技术合作所，主要任务是为了搜集情报，对付日本人。合作所有一个项目，就是由美国人帮军统训练一批掌握雷达技术的特务。利用中美合作所的关系，美国人在兰州、陕坝等地，设立电台，布置雷达网。日本投降后，这些电台都应当撤销，但军统建议签订“中美气象合作协定”，允许美国特务在兰州、陕坝、上海和广州等处设立电台，布置雷达网，以“气象测候站”名义为掩护，继续进行无线电侦测活动。这样，美国特工部门又供给军统一批无线电侦测台的设备，帮助军统在北平、上海、南京、广州、汉口、重庆、西安等地，建立无线电侦测台。各地军事机构，如行营、行辕、战区司令部或绥靖公署所属第二处，都设立了电检科，其主要任务，一是指挥侦测台收抄当地秘密电台所收发的电码，提供特种技术室研究破译，作为情报来源；二是侦测秘密电台的方向位置及地点，作为破坏中共地下党的重要线索和突破口。测定的办法，就是由面缩到线，再由线缩到点，利用各线的交点，分析密台的所在地。

1947年10月11日，西野在清涧消灭了廖昂的整编76师，顺带缴获了一部测向台。据俘虏供称，凭借该测向台可以随时掌握中共中央和西北野战军的指挥位置。从该测向员口供还证实，三纵自晋绥到陕北参战，每天行军路线、所到位置，敌人都了解得十分清楚。

正好当时发生了北平地下情报台被保密局破获一事，两件事放在一起，引起中央高度重视。周恩来亲自主持召开了通信保密工作会议，参加的有军委三局局长王诤、机要局局长李子中、西北野战军参谋长张文舟等人。会上，周恩来对通讯、机要系统提出了“划清系统，调整人员，改装机器，变换手法，模仿敌人，多种呼波，严守纪律，加强保密”的要求。

此后，西野召开了落实会议。西野电台的问题，主要是报务人员英文程度低，机上所谈多不合文法，国民党方面称之为“红色英文”。加上工作人员纪律松弛，机上闲谈多，给敌军测向增加了便利条件。此外，通过检查，还发现破坏联络系统、自报呼号、丢失密本、四纵一旅任用被俘人员、自约联络关系等等问题。此后，西野在通讯工作中作了很多改进，比如：战斗布置开进途中不开机，打响后突然开机。如宜川瓦子街战役中采取了大规模无线电静默的手段，获得了很好的效果。

第三节　定向台、侦查台与特工电台

在西安，顺南门里的湘子庙街向西走，过了大车家巷南口，就是五岳庙门。这条很容易让人误以为还是湘子庙街的街道只有200多米长，西至南广济街为止。和湘子庙一样，五岳庙门也因位于这里的寺庙而得名。据记载，最晚到清代时，这条街道就已经被称为五岳庙门了。

古代中国人对山岳怀有一种神秘感，我们的祖先很早便对山岳进行祭祀。每当发生洪水、旱灾、瘀疫的时候，人们认为那些不祥的事情是山川之神所作，便到山川之神那里去祷告，祈求除灾。这样，古人便把山岳视为有神秘“灵能”的东西，即所谓“神”。而古人最为崇敬的山岳就要数“五岳”了。“五岳”是中华大地五座名山的总称，即东岳泰山、西岳华山、北岳恒山、中岳嵩山、南岳衡山。古人认为，每座山岳都有一个大帝存在。因此，每年帝王都要祭祀五岳。一些规模较大的地方城市，也建有五岳庙，这是地方官祭祀五岳的场所。宋代时，各地兴建五岳庙，西安的五岳庙可能就是这个时代修建的，明朝、清朝都曾重修过五岳庙。有意思的是，本该供奉五岳帝的五岳庙，后来却供奉有许多对西安地区有功绩的官员、士绅和百姓。

不过，到了民国早期，随着人们的思想解放，五岳庙已经被毁弃。以至于进入21世纪之后，西安重修湘子庙时，想找点儿当年五岳庙的资料，都已经片纸无存。

很少有人知道，西安解放前，五岳庙门26号院，驻扎过一支神秘的军队。他们就是国民党国防部二厅的无线电工作队，一个专门从事电台测向的部队。

这支部队由一名军统身份的中校队长负责，下面有领班4人，台长4人，另有近百名上尉、中尉军衔的通讯技术人员，家属70来人，另有四五十个勤杂兵。无线电工作队有一部定向台，设在西北大学的西南角。这种美国造的TCM大型定向机全国仅有7台，除西安之外，其它几部分别设在南京、徐州、重庆、太原、兰州等地。定向台只要找到对方电台的讯号，机上仪器就可以标明该电台的准确方向与角度。如果只有一部定向机，就只能知道对方电台的方向，但无法知道远近距离；有另一部定向机参与，两地的定向台一起定同一个信号，到了交叉点，信号会由大变小，这样就可以确定这部电台的所在地。西安的定向台工作时，一般是由太原的定向台配合；重庆、兰州等台有时也会参与。这就看需要来定。淮海大战前夕，共产党军队大举向徐州方向移动，就是西安与徐州两地的定向台测出来的。

西安的定向台，要靠五岳庙门26号内的12部侦查台提供要查的可疑电台。每个侦查台4名技术员，6小时一换班，有领班监督工作。他们分辨共产党的电台，有这样一些套路：

首先，国共双方电报的报头不一样。国民党电台报头要标注等级，一般的电报，是“S”；如果多打两个“S”，就说明是加急电报；而共产党电报上没有这样的等级标注。

国民党电报是码字到底，而共产党的电报报文第一字是收报台，末一字是“SL”；一份电报发完，接着发第二份时，国民党电台要发CH，而共产党电台不发CH，马上就是AHR样。另外，共产党电台也会省略“is”、“to”等英文。

还有一些辨识方式，说起来可笑。国民党方面，由于物价飞涨而报务员的工资并不涨，报务员都是一肚子气。电台之间收发报，常常要吵架。不吵架，反倒不正常。而共产党电台不存在这种现象，报务员工作耐心又守时，上来就说正事儿。

侦查台一旦发现可疑的电台，报务员就要尽可能地多抄，队长鼓励部下的方式，是以报的份数定成绩。除了侦查台，无线电工作队还有一些工作电台，有的负责与国防部二厅联络，主要是一些事务性的电报往来；有的是和太原、兰州等定向台联络；还有的专抄新华社、陕北新华广播记录新闻，然后邮寄给国防部第二厅。

此外，甜水井街大有巷11号还有个绥署侦查台，这是个功率为100瓦的大台。这个台另有个名称，叫国防部二所电讯检查科，它的职能有两个：一是检查绥署内部电台的通报工作，看各电台是否按规定的呼号、波长进行工作，有无跟共产党秘密联系的情况；另一方面，是针对解放区，每天抄录解放区发出的密码电报，因为抄录上万字后，便可以测译出密码来。后来，李福泳、吕出、薛浩然、徐学章、王冠洲等人与延安方面建立起的空中联系，就将在侦查台的监控之下进行。

再说王微、刘庆曾他们搞的那些潜伏电台。

潜伏电台的建立是1948年4月，胡宗南授意王微、刘庆曾搞的。电台人员全部来自通四团，其中一组负责人薛浩然、四组负责人刘克载、五组负责人李荣镜来自一营；二组负责人高孟吉、三组负责人孟师孔来自二营。集中培训40天后，他们分别被派到了镇安、柞水、龙驹寨（今陕西丹凤县城）、洛南以及山阳。这些人以及抽来的士兵粮薪由原部队发，办公经费则由王微的机要室解决。到11月下旬，又从金树云的青训总队抽了两组人，一个叫赵学孟，另一个叫王冠洲。他们都是被解放军俘虏后放回来的通讯军官。按当时的规定，被俘获两个月以上的人，回来后就要进青训总队进行洗脑教育。重新上岗后，赵学孟被派到了蒲城潜伏；王冠洲被派往豫西朱阳镇。朱阳镇当时虽然还是国民党控制区，但共产党的活动和影响已经很大。王冠洲这一组走到虢略镇就没敢再往前走了。

豫西原来有个阌乡县，1954年撤销后并入了灵宝县。李荣镜那组走到灵宝县的虢略镇时，遇到了共产党游击队的袭击。这组人吓得没命跑，带的行李、衣裳全丢了。李荣镜没敢把电台扔掉，背着电台跑到了阌乡，然后向西安发报求救。为表彰李荣镜保护电台的忠勇行为，同时也给他们补偿个人损失，刘庆曾以绥署二处的名义奖励了李荣镜两亿法币，和他一起跑出来的报务员给一亿法币；王微也报请胡宗南亲自批准，奖励他们三亿法币。按当时的行情看，这就算一笔很重的奖金了。可是，李荣镜并没有因此振奋精神为党国卖命，而是每天都像惊弓之鸟一样惶惶不安。他向绥署二处派去的潜伏组长请了短假，回晋南的安邑、也就是如今的夏县老家探亲。李荣镜这一去就再不见回来，后来，这一组奉命到晋南的临汾潜伏，绥署二处的赵继富只能让报务员带上电台跟他上路。

李荣镜逃命背着的潜伏电台，是2.5瓦的小型特工电台，这种电台体积小、重量轻，是保密局派专机运到西安的。说起这种型号的特工电台，就得说到军统的电讯专家魏大铭。魏大铭是上海人，早年在外轮上工作，被中国无线电事业创始人之一的李范一看上，收为弟子。1932年1月，淞沪抗战爆发，驻扎常州的胡宗南请李范一给他介绍一个无线电专家，李范一给他推荐的就是正在“上海各界抗敌后援会”前线后援组主持电台事务的魏大铭。在很短的时间里，魏大铭帮助胡宗南的第1师建起了一个拥有5座电台的通讯网，胡宗南十分满意。后来胡宗南部被调往甘肃，魏大铭不愿意去西北工作。胡宗南就做了个顺水人情，把他介绍给了求贤若渴的戴笠。搞电台，得有报务员。魏大铭一到当时还叫特务处的军统，就办了“杭州电讯训练班”，戴笠当班主任，魏大铭当副主任。老师请的都是国内顶尖的电讯专家。头一期12名学员，后来都成了军统的电讯技术骨干。戴笠一高兴，送了魏大铭一身做中山装的毛料，另外还有200块钱。魏大铭用这笔钱买了他一直心仪的一套《资治通鉴》。从1933年到1937年抗战爆发，魏大铭在杭州共举办了11期培训班，为特务处通讯网的建立提供了最初的人力支撑。

话务员有了，下面亟待解决的就是设备问题。当时没有专门用于谍报的小型收发报机，都是军用的，最小的就是5瓦手摇发电机式的，体积很大，另外还有15瓦充电发电机式的，更是庞然大物了，根本无法用于秘密工作。于是，魏大铭请来当时著名的无线电专家康宝煌，研制一种体积很小的小型收发报机，这就是2.5瓦的小型特工电台。当时，蒋介石正在庐山举办“军官训练团”，戴笠带着魏大铭专门上了一次山，给蒋介石展示了一次这种小型特工电台的神奇。老蒋也因此对魏大铭非常器重。1938年8月，特务处改组为军统局，魏大铭成为第四处的少将处长。军统建起了自己的无线电工厂，派出机构都配发了这种袖珍电台。新的问题又来了，大家的信号都很微弱，这就要求总台必须异常强大，否则根本无法与外地保持通讯联络。魏大铭开始着手建立新的总台，一下增加了七八台收发报机，电力达到一二百瓦，每台机器之间相连，可以在总台远程控制发报机，通话距离达到一两千公里。后来，随着军统的不断扩大，仅沦陷区的秘密电台就达到300多座，一个总台不敷使用，又建立了第二总台，到1944年，又建立了第三总台。全盛时期，几百名话务人员8小时一班，每天24小时工作，总台的电灯从来没有熄灭的时候。

1948年，给高孟吉、薛浩然他们配发的2.5瓦的小型特工电台，却是地道的美国货，功能远好于军统自己造的东西。保密局给胡宗南一共运了20台，10台留给了绥署二处，后来配发给高孟吉等人；另外10台都配发给了西安绥靖公署下面的各军。这些情报，后来高孟吉等人都搜集起来，一五一十地汇报给了延安方面。

第四章 情报力量

第一节 高孟吉：自告奋勇去“匪区”

1948年11月28日，薛浩然离开韩城三天之后，高步林派高勉斋再去西安。他的任务有两件：联系高孟吉，另外，把薛浩然骑过去的自行车再骑回韩城。那个时候，韩城保安科还穷得叮当响，没有任何代步工具。高步林虽说号称“三驾马车”之一，但他其实根本没有马骑。那辆自行车也是韩城保安科向一个商人借的，所以非骑回来还人家不可。

5月底，习仲勋、马明方和周兴等电示黄龙地委“孟吉应坚持在西安受训完毕”、“勉斋就做孟吉之交通”之后，高勉斋又跑过一趟西安，把上级的指示传达给了高孟吉。此后，高勉斋回家后大病一场，卧床三月后才病愈。从那次在西安分手，他再没得到过高孟吉的音讯。因为薛浩然刚回了韩城，所以，他知道高孟吉此刻在商县。12月2号高勉斋到西安当天，他找到事先与高孟吉约好的联络地点参府巷17号，见到了高孟吉的表哥解常新。解常新说，高孟吉并没有留下转交给他的信。不过，高孟吉和解常新倒是通过信，解常新拿过信封交给高勉斋看，上面写的地址是“商县龙驹寨中山街83号华美药房陈先生转交”。这次来西安，他的任务是务必见到高孟吉。因此，高勉斋准备第二天就出发去龙驹寨。

当晚，高勉斋投宿在二府街69号刘昌祈那儿。刘昌祈也是个韩城乡党，在西安做生意，跟高勉斋有些生意上的往来。他只知道，高勉斋是个生意人，经常往返韩城与西安之间。高勉斋告诉刘昌祈，商县龙驹寨有个朋友欠他一批皮子钱没给。此人现在开了个药房，干得不错，他准备去找人家要账。“你有身份证件吗？有路条吗？没有，这么远的路，你怎么过得去？”听刘昌祈这么一提醒，高勉斋决定先给高孟吉拍份电报，联系上以后再说。

再说高孟吉。11 月 16 日，高孟吉带着特工电台跟随他这一潜伏小组的组长、绥署二处的陈祖荫离开西安，前往商县。他们的目的地，是豫西的西峡口。25 日，就是薛浩然骑着自行车从韩城出发返回西安的当天，高孟吉抵达了龙驹寨。那时候，国民党部队下级哄上级是常事儿。因为行动已显迟缓，陈祖荫给刘庆曾报告说，他们已经抵达更远一点的武关东三十里的清油河，并且按规定与地方团队取得了联系。他们出发，坐的是军用卡车。那年头，军人发军衣，却不发雨衣。赶上下雨，就只好硬淋着。因为路上淋了雨，28 日，高孟吉就浑身发冷、发烧，头痛得要命。扛了几天，病没好，反而更严重，整夜失眠盗汗。12 月 2 日，高孟吉给机要室拍电报，想请短假回西安治病。7 日，机要室复电给他：“给假一周，不必来西安，应速设法在当地治疗。”而在收到机要室复电之前，他先收到了高勉斋拍给他的电报：“妻同母来省，请速返西安。新。”新，指的是解常新，高孟吉一看就明白。当时，高孟吉并没有想到是高勉斋在装神弄鬼，以为他妈和他媳妇真来了西安，心里非常着急。他马上把电报拿给陈祖荫看了。到了下午，高孟吉又收到一封电报，电文和早上的一样，但落款是“勉斋送家来”，这次，他心里有数了。

自从 6 月份他和薛浩然带着特工电台去了陕南镇安、柞水一带，就和高勉斋失去了联系。这会儿一看，高勉斋又来西安，而且一连两封电报给他，知道有任务要给他了。于是，他再去找陈祖荫，以病势沉重和老娘、老婆在西安没人管为由，闹着要回西安，而且非走不可。陈祖荫只好让他快去快回，这边，他的职务暂时由报务员李志兴代替。

现在，从丹凤县城龙驹寨开车去商州、也就是过去的商县，走高速只需 10 分钟；2012 年 8 月，随着 6 车道的沪陕高速商州段的修通，从商州到西安只需要 1 小时 15 分钟。但在当年，这段路走起来却不容易。12 月 7 日一早，高孟吉坐车出发，当天赶到商县住一晚。第二天，再坐公路局的班车往西安走，赶上下雨，车又在路上抛锚，一天才走了 40 公里。在一个叫麻油镇的小地方住了一宿，从票贩子手上买了张黑市汽车票，直到 9 号下午他才赶回西安。

第二天一早，高孟吉在菊花园和高勉斋见了面。俩人在关中旅社开了间房子，长谈了一天。11 日，高孟吉去小雁塔绥署机要室汇报工作，程序是先见负责他们潜伏电台的中校副营长程再颐，再由程再颐领着去见王微。连日感冒发烧，高孟吉饭也吃不下，人瘦了一大圈，一脸病容。王微对自己的学生显得挺关心，他让高孟吉坐下，问了他的病情，催他赶快到医院看病。从他这儿出来，高孟吉跟程再颐私下里说，他不想在陕南待，想换个地方，最好是渭北一带。“这事儿，你最好跟二处刘处长汇报一下。只要他们同意，我这儿没问题。”程再颐摸了摸高孟吉仍在发烧的额头，也催他快去看病。

中午，没去看病，高孟吉就先赶到绥署二处办公的北院门。二处五科的中校情报组长谢璇时年 30 岁左右，河南人，相貌英俊，对人很友善。听说高孟吉因为生病回来，他很关心他的病情，催他先去看病。寒暄过后，高孟吉就跟他说不想在陕南工作的想法：

“潜伏工作，还是什么人到什么地方最合适。要不然，水土不服不说，你一张口，人家就听出你不是本地人，工作还咋样开展？”

“什么人到什么地方”，这是刘庆曾提出过的思路。高孟吉这会儿把这话一提出来，谢璇果然很感兴趣：

“你是什么地方人？”

“韩城人！”

听高孟吉这么一说，谢璇果然挺高兴：

“好极了。韩城正需要派潜伏人员，这两天正发愁派谁去呢。好，只要你愿意，我马上跟处长汇报。”

高孟吉当下表示，愿意去韩城。

如果说第一次让高勉斋带回韩城的情报是高孟吉本来就知道的东西，那么，和韩城保安科建立联系后，高孟吉就开始有意识地搜集高步林感兴趣的情报了。几个月过去，他已经积攒了很多东西。有些情报是不能用笔写出来让高勉斋带回去的，因为那样很危险，他也没时间、没地方一一写出来。此刻，他正迫不及待想去韩城，当面向高步林汇报。这边，谢璇给高孟吉沏了一杯茶，让他稍等。一杯热茶刚刚喝下去，谢璇回来了：

“走，处长有请。”

从谢璇的办公室出来，进了另一个院门，然后院子套院子，走到尽头，谢璇喊过报告，他们一起进入了刘庆曾的密室。这里，刘庆曾一般是不会客的。抗战期间，王微的机要室曾经设过一个研究组，专门研究小型无线电人员使用问题。七分校通讯班毕业，高孟吉到暂编52师电台工作8个月完成他的见习期后，就被抽到这个研究组任少尉组员。此间，他曾携带小型电台配属副长官部参二科谍报人员，去陕南的武关和豫西的灵宝一带工作。这个时期，参二科的科长就是刘庆曾。因此，高孟吉与刘庆曾是熟人。一见高孟吉，刘庆曾就很热情地握住他的手：

“辛苦了、辛苦了！小伙子都瘦了。”

刘庆曾热烈地摇着高孟吉的手，手劲儿很大：

“你愿意回去工作，非常好。韩城正需要你这样的人。籍贯合适，而且通讯问题嘛，不用另配电台。我们把这类人员叫‘一体化’，就是情报组长是你，台长是你，译员也是你。电报员、译报员也都由你一手包办，自己采集情报资料，自己译发。做潜伏工作，你这种人是最合适的。”

刘庆曾还告诉他，一体化的工作组，除了自己的正薪外，还可以领到五个兵的粮饷。也就是说，高孟吉可以光明正大地吃五个兵的空饷。

在国统区，特务经费支出占比很高。而绥署二处所用的经费，在绥署内部也是最高的。二处的情报人员外出时，一般都先预支三个月的粮薪，其他差旅费、情报费再实报实销。就这，他们还嫌待遇不如国防部保密局。下面的人，干活儿是次要的，想方设法多报点账，这才是最在意的。

“你赶快拟一份电稿，急拍前方。”

刘庆曾似乎忘了高孟吉只是一个搞无线电收发报的技术人员，从来没受过情报方面的训练。当然，局势发展到目前这种状况，也容不得刘庆曾再给高孟吉做什么特工培训了。这些年，高孟吉配属绥署二处也已经不是一次、两次，刘庆曾也知道他是王微培训出来的娃娃兵，从信任度上讲，高孟吉在他这儿是没什么问题的。

“要去韩城，最好还是把我原来用的那部机器换回来，让我带走。这台机器跟我半年了，我都摸熟了，有些常见的问题我知道怎么解决。”高孟吉再三跟刘庆曾强调这一点。

“行，具体有什么困难，让谢组长帮你解决吧。”

在刘庆曾这儿，高孟吉掏出钢笔马上拟了一份电文：“陈组长即转电台李志兴（报务员）：速将机器全部送回，该组另派电台接替工作，该员旅费由组长设法筹垫，勿延为要。刘庆曾亥真勤印。”“亥”指十二月，“真”为十一日，这是电台上常用的时间代码。刘庆曾看过之后，签了个“发”字，立即交译报室译送总机拍发。谢璇按高孟吉的意思，以刘庆曾的口气另拟了一封给王微的信：“机要室王先生：西峡组电台高台长拟改派原籍韩城工作，西峡口拟请另派人员和机器前往接替。望支持为盼。”这封信是机要人员送到小雁塔绥署机要室的，一天后，王微的回信来了：“刘处长：高台长系通四营人员，刻系借用，但因工作需要可商议继续借用。惟西峡组机器不宜送回，因机要室尚有新机器数部，可试用之，以免往返之劳。”通四营是胡宗南当师长时的称谓，现在，已经叫通四团了。王微的习惯称呼还没变。高孟吉再次被谢璇领着来到刘庆曾的密室，刘庆曾把王微的信让二人看过后，跟谢璇说：

“再拍个电报给陈祖荫，电台不往回送了。给孟吉重领个新的。”

让二人坐下来，刘庆曾点上一根烟，问高孟吉：“你打算怎么回韩城？”

“我的意思这次先不带电台，回去先看一看，安排好了以后，再带电台回去。我有个好朋友是个做买卖的，经常往返韩城和西安，沿途都熟悉。他现在人就在西安，我可以跟他一起回去。”

听高孟吉这么说，刘庆曾觉得有道理。他同意高孟吉这次先不带机器，等踩好点儿后再把机器带过去：

“谢组长，你回头和这个商人见个面，咱们心里要有个数。”

谢璇立即从椅子上站起来，笔直地敬礼：“是！”

西安的冬天，到处灰蒙蒙的。下午六点，已经到了掌灯时分。这个时候，高孟吉领着谢璇来到了位于北大街62号的一个商铺。这家小商铺是高勉斋沟北村的同族高铭斋开的。

“这位就是我跟你说过的高汉卿，我打小一起玩尿泥长大的朋友，当年我们还拜过把兄弟呢。”

高孟吉把高勉斋介绍给谢璇，俩人很客气地握手、寒暄。一个人做什么职业久了，举手投足其实都是会留下痕迹的。谢璇干的是特务，三教九流接触人很多，只要开口聊上几句，他心里就会有数。而高勉斋虽说是在给共产党跑交通，但他又确确实实是个无利不起早的商人。每次往返韩城、西安，他决不会空着手走一趟。谢璇问了高勉斋做些什么生意，每一种东西西安与韩城两边的行情，高勉斋都对答如流。高勉斋是个跑江湖的人，形形色色的人也见得不少。面对谢璇，他一点也不紧张。应该说，眼前这位“高汉卿”给谢璇留下的印象非常好：

“你多给高台长帮些忙，以后高台长工作有了成绩，可以由高台长写个报告，给你也请个阶级。”

谢璇说的“阶级”，不是后来所说的“阶级斗争”那个阶级，而是说给高勉斋弄个乌纱帽的意思，让他当官。这是什么意思呢？就是说事成之后，将要发展高勉斋为绥署二处的正式特务。一听这话，高勉斋连声称谢。本来，谢璇是要让高孟吉这次去韩城就把机器带上。想到高步林、史志春临行前跟自己说过，高孟吉在外面的作用要大于回到韩城，高勉斋就跟谢璇说，那边查得很严，这机器不是那么容易带过去的。就是过去了，放在什么地方呢？所以，他的意思是这次高孟吉跟他先回去，把能放机器的秘密地方找好，再由他把牲口赶上，到边界上把机器驮上，顺小路偷偷带过去。

“这个计划好！”一听高勉斋这样说，谢璇认为有道理，“我回去马上跟处长汇报一下，你们争取这一两天就动身。”

12月13日一早，高孟吉又到北院门绥署二处找刘庆曾。刘庆曾不在，他只见到谢璇：

“高汉卿昨天没好意思跟您说，他身上的钱已经不多了，不能在西安再住。您看是不是给处长汇报一下，我跟他早点上路？”

“我看可以，等处长回来，我跟他汇报一下。”

谢璇让高孟吉打个收条，从财务上领了200元金圆券作差旅费。如果折成法币，这就是600万。这笔钱不算多，只相当于李荣镜他们那一组因逃跑中保住电台所获得奖金的百分之一。按工作流程，高孟吉下午又见了二处一科的科长岳冠武，由岳冠武给他布置这次出行的注意事项：朝邑至禹门口沿途，有多少共军的军事工事；黄河渡口每天共军渡军的情况；共军的医院、仓库所在地。另外，共产党的行政系统也是高孟吉此行要关注的内容，比如什么人在当什么官等等。布置完工作，岳冠武拍拍高孟吉的肩膀，又紧紧握着他的双手：“好兄弟，祝你马到成功！”原来，在绥署二处，潜伏这事儿特务们都害怕，派谁去谁都不愿意。听说有人主动报名，大家很惊奇，并且把自告奋勇回韩城潜伏的高孟吉看得像英雄一般。

第二节　高孟吉：解放区的天

韩城有道著名的小吃，叫羊肉饸饹，是用荞面做的。它和西安当地的饸饹做法不同，韩城的习惯是先把荞麦碾碎去掉皮后再磨面，所以压出的饸饹发白如同麦面颜色，其在观感上更胜于黑饸饹。热腾腾的饸饹面再浇上清炖了一夜的陕北羊肉，连汤带水，蘸一勺那鲜红的油泼辣子，再撒上一点韭菜碎，红红绿绿一大碗，吃起来又酸又辣又香又筋道解馋。要是配上芝麻烧饼一起吃，更是要多带劲有多带劲。这羊肉饸饹现在叫小吃，但在当年，对于实行供给制的干部来说，能吃上这东西，就是实足的大吃特吃了。1948 年 12 月 17 日晚，当高孟吉和高勉斋一起风尘仆仆地回到韩城时，高步林等人在韩城保安科的院子里就是用这热气腾腾的羊肉饸饹款待他们的。事后保安科档案上有记录，这顿饭花去边币 50 万元。

在韩城保安科迎接高孟吉的，除了保安科的科长高步林、副科长史志春，还有东府工委书记刘文蔚、东府工委社会部长高仰山，以及韩城的两位父母官：县委书记白耀明、县长段杰。因为工作原因吃顿羊肉饸饹，在他们来说是一件喜出望外的事情。大冷的天，他们捧着大老碗吃得满头是

白耀明与妻子、儿子

汗。大家边吃边聊，每双眼睛都在放着光，气氛像碗里的辣椒一样，红火热烈。听了高孟吉讲述他如何骗过特务头子刘庆曾，刘文蔚重重地把碗放在桌上：

“孟吉，你们这是人在曹营心在汉呀！”

此话一出，大家一起哈哈大笑起来。高孟吉更是比谁都激动，这天晚上兴奋得毫无倦意。直到凌晨 1 点，他才和高步林一起在炕上躺下。前文说过，徐汀回到韩城，组织上才给高步林置了一床被子。这是他炕上唯一的一床被子，平时，他铺一半、盖一半。现在俩人睡，他就把被子铺在了高孟吉身下，自己睡在光席上，只在上面和高孟吉一起盖这床被子余下的部分。这可是大冬天呀！一翻身高步林已经发出轻微的呼噜声，高孟吉却更睡不着。他的心里涌起一股热流：共产党干部对自己比亲人都亲呀！在国民党军队里，上司怎么会和部下是这样的关系呢！后来，高孟吉如此写下了当时的感受。

接下来的两天时间，高孟吉被封闭在韩城保安科写材料，内容涉及他所知道的西安军、政、警、特各种情报，以及他从西安回韩城前前后后的经过。另外，他将吕出、李福泳、薛浩然、徐学章以及赵继义等几个人的个人单行材料一一写出。直到 19 日晚上，高步林才派保安科的李福成把他送回了沟北村的老家。毕竟，他回韩城还是秘密行动，见不得人。高孟吉的家中挺困难，老人身体也不好，可大冷的天，家里连取暖的烧炭都买不起。在高孟吉回家十几天前，组织上派人给他家里送来了 50 万边币，让他家买炭用。高孟吉虽然不知道这笔钱是白耀明、段杰亲自批的，但听家里人一说，他还是深受感动。那个年代，交通不便，又没有保密电话，派专人去延安请示工作，领导的批示半个月后才能见到。所以，21 日一早，高步林就和高孟吉骑上借来的骡子，带了两名背长枪的战士从韩城出发，准备上黄龙分区保安分处向于桑处长汇报，然后再上延安向边保领导当面汇报。这天出发时，天色极阴沉，走着走着，下起雪来。雪越下越大，他们走到一个叫上井丰村的地方，已经是积雪盈尺，连骡子都走不动了。没办法，23 日，他们又折回韩城，再由机要员将高孟吉所写的文字材料送到黄龙和延安。在韩城保安科和沟北村家中，高孟吉都被要求不得与任何外人接触。几天后，高孟吉收到了黄龙分区保安分处处长、黄龙分区社会部长于桑写给他的信：

步林同志请转孟吉、勉斋同志：

由步林同志转您们的材料我已即阅，我认为您们决心为人民服务的精神，非常欣慰。您们在过去、现在已做了许多有益于伟大人民事业的工作。但今后更重要的工作正在等待着您们继续完成。希望您们努力学习、改造自己，力求进步，为解放大西北，为解放全中国而奋斗。

特致慰慰之忱（今后的工作由步林同志面谈）！此祝人人健康并各家安好！

除了这封信，于桑还给韩城保安科拨来1000万边币的专款，并明确交代："为便于孟吉出去活动，特寄汇农洋1000万元，给孟吉600万元，换成金子或'金圆券'带出，救济赵继义家庭和拉关系之活动费。余400万元中抽出若干救济孟吉、勉斋家庭及招待他们之用。"后来，韩城保安科将600万边币兑换成20块银元，给了高孟吉；300万边币兑成10块银元，给了高勉斋。另外给了高孟吉家里100万边币。

这里，我们介绍一下于桑。

于桑时年31岁，原名郁朝贵，四川渠县人。他16岁时加入红四方面军，曾经三次过雪山、草地。

于桑一直戴着眼镜，其实不是因为近视，而是因为他的左眼在战斗中负伤致残。鲜为人知的是，这次负伤，还让于桑经历了自己的初恋。

■ 边保时期的于桑

那次负伤，于桑19岁。当时，他不光眼睛受伤，整个头部都伤得很重。给他治伤的女军医姓李，是于桑的渠县小老乡。李医生是当时的"大知识分子"，高中毕业，人长得特别漂亮，在红四方面军很惹眼。新中国成立后，有一次于桑遇到红四方面军老战友、时任中联部部长的罗青长。于桑提起李军医的名字，罗青长就很意外："噢，她在我们那儿可是很出名呀！"

当年，张国焘在红四方面军搞得是

非常左。家庭出身不好、知识分子，几乎无一例外要受到整肃。有一位女演员只是因为长得漂亮，过于吸引人眼球，在肃反中都被杀掉了。像李医生这样样样都占上了的人，怎么能幸免呢？其实，就是因为要枪毙李医生，一位好心的领导把她藏在了医院，据说她的男朋友已经牺牲了。许多年之后，于桑的儿女们知道他与李军医这段恋情后，曾不解地问他："李阿姨那么优秀，怎么会看上你呢？"于桑脱口回答："我也很优秀嘛！"在医院里，优秀的李军医与同样优秀的于桑谈起了恋爱。随着于桑伤势的好转，他们的感情迅速升温，后来都到了谈婚论嫁的份儿上了。这时，李医生那位传说中已经牺牲了的男朋友奇迹般出现，并且到医院找到了李医生。放在现在的电视剧里，这样的故事不定会被演绎得多么跌宕起伏，而于桑作出的决定却是主动撤退。

2013 年 10 月，作者在陕西省公安厅招待所见到了专程来陕整理父亲历史资料的于桑长子于晋，以及于桑生前最后一任秘书傅铁山。

1947 年，因为胡宗南进攻延安，形势紧张，挺着大肚子的于桑夫人杨瑞随关中地委机关干部渡过黄河，转移到了晋绥根据地，并且在这里生下了她和于桑的长子，并且给儿子取名于晋。

于晋告诉作者，父亲于桑离开医院之后，还曾经见过李医生一面。当时，部队正行军，李医生所在的部队经过于桑所在的宣传点，惊愕中，他

■ 作者与于晋（中）、傅铁山合影

们只是互相望了望，并没有说话。这以后，他们相互之间就再无联系。后来，李医生所在的部队参加了西路军西征；而于桑的部队被国民党军队挡在了一条河边，没赶上西征，跟随其他部队于1936年到达陕北。李医生他们经过了怎样惨烈的激战，则可以从很多影视作品中找到影子。

50年代中期，有一个星期天，于桑全家到中山公园游玩。喝茶的时候，全家人围在一起。于桑吃着他爱吃的花生米，杨瑞嗑着瓜子，孩子们吃着江米条。这种时候，是一家人最幸福的时光。猛然一扭头，于桑从另外一大家子人里，发现了人到中年的李医生。李医生的爱人是一位开国上将，相当显赫。于桑默默地喝着茶，留意着李医生的一举一动；而李医生则根本没有看见或者没有认出于桑来。在那样祥和的家庭氛围里，性格沉稳的于桑又怎么好去和旧时的恋人相认呢？于是机会又擦肩而过。

但是，命运还是执意要安排于桑与李医生的会面，哪怕他们都是七老八十的人。90年代，于晋的弟弟鬼使神差地成了李医生儿子的同事、部下，李医生的儿子经常出入于桑家。直到一次回四川参加朱德元帅的纪念活动，于桑才把埋藏了几十年的这段故事给家人说了出来。90年代末，于桑和李医生终于见了面。不久，李医生就去世了。

■ 自左至右为李医生、于桑的女儿于延琳、于桑

在红四方面军时，于桑是保卫局特务队的文书。红军到达陕北后，他先后在西北保卫局、延安市公安局工作。至于于桑的名字，就是1938年他在边保做情报工作时，因工作需要改的。于桑当过边保一科的科长。一科是情报科，所以，说他是共产党的情报工作专家，那是一点都不过分。

收到东府工委和韩城方面关于高孟吉回韩城的信，以及高孟吉提供的书面情报之后，12月30日，于桑执笔与黄龙地委书记强自修联名给刘文蔚、高仰山、白耀明以及高步林、史志春写了一封信，除了要他们鼓励高孟吉和高勉斋之外，其中有这样的内容：

我们觉得孟吉今后工作的总方向是长期埋伏在二处系统内，从特务内部来破坏敌人，为此必须更加取得敌人的信任。争取在敌特内部取得较高的地位，更有力打击敌人要害，这个任务现在已经具备了充分条件，只要我们多加研究，慎重的设计和处理一切细小的问题，是可以达到目的的！根据现在的情况，我们意见要孟吉即返西安，假设情况报告敌人，争取把电台携带回韩，潜伏某地并由我们控制。供给一般情报与敌联络，取得敌人更加信任，然后再设计物色人员（物色何人这可请示西社部设计解决之）代替孟吉。这时孟吉可籍故（准备正当充分理由）要求回西安，然后要求在二处工作。

为了达到这个目的，在孟吉未返西安前应作充分准备工作：1. 准备这次回韩后的详细口供，如多久回韩？回后住什么地方？与些什么人见面（避免涉及与我方人员见面）？如何了解情况？与家庭关系，是否受到我方检查与怀疑（此点应说未受检查与怀疑）等等。2. 为了应付敌人，适当供给敌人某些公开对我军行动没有妨碍的情报带回口头报告给敌人（因敌人有此要求），但要很好准备这些情报是如何得来的口供，否则会使敌人怀疑。另外，如果有充分理由欺骗敌人的话，即可设法找一些公开报纸书籍与孟吉带回（但不必太多），并也要准备来源的口供。3. 准备潜伏电台计划（要强调一元化并说明理由），地址如何掩护（顶好以商人面目出现较妥）及电台来后情报来源的计划等口供。4. 其他如果上面提到而又必须准备的口供（如回西安时间超过的理由）。

以上口供准备好后，要对孟吉加以训练，同时勉斋也要准备切合身份的口供（如果以上四项勉斋都参与的话，就必须与孟吉准备一样的口供，否则就酌情准备）。

口供的设计有关今后工作的发展，因此要妥为准备（着重根据实际情况配合上述原则设计之），不要在这个问题上马虎大意，否则是会发生危险的。

1月上旬，高步林亲笔起草了一份给强自修和于桑的报告，内容如下：

元月三日我们收到地委的指示，于四号晚即在县委会进行讨论如何执行及预料可能发生的问题。讨论先由高步林、史志春跟孟吉、勉斋谈话，把地委指示精神口头传达给二高，并根据具体情况同孟吉先写出书面口供的准备，给敌情报内容、报纸、书籍等材料，然后，再在县委讨论最后确定。

随后和孟吉谈了并研究写出口供，以备试演。口供主要是四部分，第一，由西安到韩城住了多久，什么地方，见了什么人；第二，是关于如何布置潜伏电台的问题，地址、人选、情报来源、交通（与敌往来）及职业问题；第三，关于情报来源内容；第四，今后韩城情形如何工作，座谈以后由他俩执笔写（如他们根据情况写切合情理，使敌相信，又易记忆）。我们讨论认为：

1. 笔写的书面语言不太符合现实生活。附上二高口供材料请收并予我们把关。因为给敌人讲话不要说“重生”、“大虚伪”等词，应说“危险”、“侥幸”等语。

2. 韩城因系新区，群众觉悟不要说很高，或组织过于严密。

3. 共产党对我们这边人回去查得不是很严，只是登记、谈话。不要说审查详细、群众一见就报告等话。

4. 情报内容除可增加地方老乡们开始向坏人斗争、商会里负担不公平、公审高仰云，以及敌76军李日基军长被俘后，出任我十八兵团高参，经韩城去了山西等。

5. 要求较合事实，情形要实在，负担成分、人口、名字。不要问口供之虚报，因为这些不合事实，如果敌人有内线已被发现或发生怀疑。

6. 二高口供彼此互相阅读、熟悉，不能中间发生矛盾，但交通高勉斋少说话，只讲两人如何回来，如何能把电台带回来潜伏内地，又如何供给情报。其他，可说孟吉知道，不必多讲，防止相互口供不对头，致使暴露。

7. 口供虽系演剧形式，但仍不是不严肃，孟吉执笔便于模拟刘庆曾可能问到的问题，并且像他的口吻。所以我们以问答形式表现。

8. 要防止敌人乱问一气以“考验”或“将一军”。如果有此情况，必须沉着慎重回答，切勿惊慌失措，并在谈话接受任务时表示“怕”和“危险”，又要说自己有条件和地方上有关系，再要请示工作办法和指示，以示对敌人忠实地做工作。

9. 潜伏电台一元化问题，不要让二处再派别的人一同来。

这样，高孟吉根据组织上的详细要求，绞尽脑汁写出了一份3000多字的《韩城归来》，以一问一答形式，模拟回西安后可能遇到的审查。经过县委和保安科领导的审查后，同意了他的对策，让他背熟，并且实地演习。史志春扮刘庆曾，他问，高孟吉作答，他们一遍一遍练习，直到高孟吉能够对答如流为止。

本来，做情报工作都要求单线联系，绝对不允许横向联系。但组织上也接受了高孟吉的意见。除了赵继义在铁路局工作之外，他们那帮哥们儿都是从十四五岁就在一起上学，工作后又在一起，好得形影不离，不分你我。这些人又都积极要求进步，没有一个人在乎个人安危。考虑到他们的特殊情况，高步林向高孟吉转达上级的意见：这个特殊群体不受单线联系的限制。他让高孟吉回到西安后，代表组织召集吕出等其他几个同志开个会，说明以后工作一律归口边保方面，高步林是他们的直接上级领导。在历史档案中，曾多次出现“这一夥子”、“那一摊子”这样的称呼，但从未有过“情报小组”一说。另外，高步林详细告知了高孟吉组织上需要的情报范围与方向，并且希望能尽快创造条件，实现空中联络。离开韩城的前一天晚上，高步林、史志春二人还对他反复进行了革命气节的教育，要求他严守党的机密，在任何情况下都不能泄密、不能暴露其他同志，即使在敌人屠刀之下，也要经得起考验。一直谈到凌晨3点，他们才睡下。高孟吉心事重重，一想到年迈的老娘和老婆、孩子，高孟吉的眼泪就夺眶而出。

第三节　高孟吉：受命重返西安

1949年1月10日，高孟吉天不亮就出城，在离城三四里的地方等着高勉斋。黑暗中，一阵马蹄声之后，一辆马拉的轿车停在他面前。和高勉斋一路同行的，还有一个他熟悉的小商人。马蹄踏着厚厚的积雪，开始向西安出发。离开韩城不久，天开始亮了。一轮红日从东方冉冉升起，阳光映照下，田野上的茫茫白雪像是披上了一层金色的薄纱。马车驶近，路边树丛里扑棱棱飞起两只野鸡。不顾外面气温寒冷，文艺青年高孟吉挑开轿车布帘一角，贪婪地欣赏着道路两旁的风光。在他的眼中，这一切都预示着“光明”。

高孟吉他们一行拿的是韩城商会的路证，沿路接受各检查站正常检查。在他们出发的同时，高步林还派出保安科的魏进财带着两名战士走另一条道儿，带着给高孟吉准备的书报、宣言和宣传品，以及用于桑寄来的农洋换的银元和金圆券等，直奔黑池寨。毛泽东的《新年献词——将革命进行到底》就在其中一份《人民日报》上刊登着。第二天傍晚，他们抵达了黑池寨。当时，高仰山的办公地点就在这里。支开随行的商人，高孟吉跟着高勉斋去见高仰山。不多会儿，魏进财也赶到，把钱和书报、宣传品交给了他们。高孟吉、高勉斋受到了高仰山的热情招待。高仰山是个非常细致的人，吃饭时，他又问了高孟吉、高勉斋的准备情况，还一再叮嘱他们要提高警惕，说话要小心。高仰山的陕北话听起来像是伤风感冒，但高孟吉体会到的，是只有亲人才会给予他的深切的温暖。

12 日一早，高孟吉他们还没到，高仰山已经派两名战士先赶到保宁坡顶，和守在这个解放区出口处的哨兵打了招呼，告诉他们有两个什么样的人、坐一辆什么样的马车将要经过这里。所以，高孟吉他们经过这儿的时候，哨兵只是略问了一下，就放他们过去了。中午时，他们已经出了封锁线，来到了国民党控制区的无量洞。这里有些卖饭、卖小吃的席棚，牲口也可以在这儿加料、喝水、换掌。他们刚在一个车马店下车，就有两个穿着极为破烂、像是大车店喂牲口的人过来，拦住他们要检查。尽管高孟吉他们出示了韩城商会的路条，这俩人还是蛮横地在他们身上乱摸。身上没搜出什么，他们就到车上翻。结果，他们从草袋里翻出了那些书报和宣传品。

“这是什么？嗯？”

高孟吉知道，他们一定是国民党军队的便衣特务。两个特务声色俱厉的样子，马车夫以及那个同车前往西安的商人吓得面如土色。

“来来来，借一步说话。”

■ 高孟吉又名高梦吉，此为他的绥署职员证

高孟吉并不紧张，他把其中一人叫到房子里，掏出身上贴有自己照片的绥署职员证让那人过目，并说明自己是二处的工作人员。

“绥署昨天有个姓刘的，已经从韩城回来了，没听他说还有个姓高的呀！”那人看过证件，愣了一下神，嘴里念叨着。

“我是二处刘处长亲自派到韩城工作的，任何人都不知道。你们如果不信，马上拍电报向二处查询好了。”

外面那位也被同伴喊过来看过证件，见高孟吉很镇静，就嘟囔：“既然是自己人，咋不早说，省得那么麻烦！”

他们上车继续走，走了二里地，又遇到一处军队的步兵哨检查。这次，高孟吉没等人家动手查，就掏出自己的职员证递过去，哨兵在递还证件时，还给高孟吉敬了个礼。

“时世太可怕了，你竟然两边能通吃！”马车再走起来，那个同车的商人忍不住发出感慨。半道儿站在路边撒野尿的时候，他很想跟高勉斋打听一下高孟吉是什么人，但话到嘴边却没敢问。这以后，他对高孟吉的态度就和之前明显不同，尽管态度殷勤，却有点敬鬼神而远之的小心谨慎。

还是从华阴庙坐上火车，他们 13 日下午 4 点回到西安。高勉斋去二府街刘昌祈处落脚，高孟吉去参府巷找他的表哥解常新。

14 日一早，高孟吉听到一个不好的消息：北大街 62 号高铭斋被抓起来了。上次离开西安去韩城之前，高勉斋和谢璇就是在高铭斋的商号里见的面。有人说他被抓是因为贩卖毒品，有人则说是因为政治问题。高铭斋被抓，会不会是因为自己回韩城近一个月没有消息，刘庆曾着急了？高孟吉很焦虑，他赶快跑到北大街 62 号高铭斋家，详细问过高铭斋的老婆。原来，警察在捕一个毒贩，赶巧高铭斋在人家家中打牌，就被一块儿抓进去了。也就是说，高铭斋是被误捕的，而且也不是在自己家里出的事儿。高孟吉这才松了口气儿，转身往北院门走。

见到高孟吉，谢璇一如继往地客气：

“辛苦了，老弟。”

一杯热茶已经递到了高孟吉的手中。

“真危险，这次去得太仓促，没准备好。要不是因为我是韩城人，在当地地理熟悉，你这会儿恐怕都见不到我了。”

高孟吉告诉谢璇，回家二十多天，他只在家住了四天，而且全是深更半夜进家门，白天门都不敢出。余下的时间，他都是在亲戚家东躲西藏，而且都是晚上上路。

“本来我可以早几天回来，一是下了几天雪，路不好走；二是我想要的情报资料一时没收集上来。”

说着话，高孟吉就把带来的书报、墙上撕下来的标语、宣言之类的东西翻给谢璇看。

“还不少啊。前几天，处长还问起过你呢，我说还没有消息。”这下，高孟吉心里踏实多了，看来，刘庆曾并没有怀疑到他。

因为刘庆曾当天不在，谢璇约他第二天再去。心里有事儿，高孟吉这一晚上彻夜难眠。好容易睡着一会儿，半夜磨牙，梦到的却是一嘴牙齿被二处的人敲光，人家还骂他是叛徒。见了刘庆曾，到底会是什么情形呢？尽管和史志春把这场景演练了无数次，但真实的刘庆曾会问些什么事情，他心里还是没数。

别看谢璇、刘庆曾跟他客客气气，若要是让他们知道他投了共产党，高孟吉可是很容易想象到什么样的事情会发生在他的身上。太阳庙门的“西北特别拘留所”，就是绥署二处专门关押政治犯的。别说是无名小卒，就是西安的文化名人、主编《秦风日报·工商日报联合版》的副刊《每周文艺》的郑伯奇、画家赵望云等人被关进去，还不都给打得半死！拘留所里打死个人，就像拍死一只蚊子一样随意。有种说法，自打 1940 年到西安解放，“西北特别拘留所”关过5万人，其中近万人没能活着出来。所以，这天夜里，高孟吉由不得常常往最坏处想。

好像老天爷是专门对应着高孟吉的心情。1月14日这天，西安下着微雨，天气极为阴霾。高孟吉早早来到绥署二处，等到上午10点，一辆吉普车开进院子，谢璇站了起来：

“处长回来了。”

随后领着他去见刘庆曾。刘庆曾的办公室陈设简单，墙上贴着大型的军用地图，刘庆曾的桌子不是通常的办公桌，而是一张八仙桌。桌子上铺着一块很厚的玻璃板，上面座着一部电话机；桌子旁边，有一盆很旺的炭火。这些陈设，让高孟吉感觉极为森严，尽管他已经不是第一次来这儿了。一进门，他脱帽恭敬地向刘庆曾鞠了一躬。抬起头来，他看到火光映照下刘庆曾的一张笑脸：

“这次你很辛苦啊！”

刘庆曾把他让到对面的椅子上坐下，让他把回韩城的经过讲一遍。再看刘庆曾，已经是一脸严肃。

“12月14日上午10点半，我和商人高汉卿乘东行快车，下午5点抵达华阴。15日因为伤兵移防，马车都被拉差，将近10点车才回来。我们雇了一辆车，当晚住在朝邑。16日抵达交界地带的雷村，第一次遇到共匪的士兵。在入口的地方我感到很害怕，让高汉卿上前搭话。高汉卿出示了韩城那边给他开的路证后，跟当兵的说：‘这是我弟弟高益民，他在西安教书，挣的钱养不活自己，我这次去专程把他接回来。’匪军一听，挺高兴，说：‘很好，咱们解放区不是同样可以做事吗？没关系。’我把身份证拿出来，匪军看了一下就让过去了。一路上的队伍根本不管老百姓的事儿，除非检查站很详细地查询，其他人都是不闻不问。”

高孟吉这样说，知道刘庆曾从二处派到解放区的别的特务那儿也会得到同样的说法。

“听说坊镇有个检查站，但我们车抵坊镇时，天已经很晚了，检查站的人睡觉了，我们算是偷了个机会，第二天天没亮就离开了这里。百良和芝川的检查站，我们都是绕道过去的。17号黄昏时赶到韩城，我们等天黑后才进城。当晚，我住在高汉卿的文具店里。18日天没亮我就出门，去塬上野儿坡我姨妈家住了两天才回家。”

跟刘庆曾说的这套词儿，他和史志春在韩城保安科已经演练多次，高孟吉说得一点没问题。正说着，刘庆曾突然插话了：

“你到韩城，什么人请你吃了饭？”

他的声音不大，但充满威严。他的那双眼在狠狠地盯着高孟吉。难道他得到了什么对高孟吉很不利的情报？

尽管高孟吉在韩城一直很小心，不是在保安科就是在沟北村自己家里，真是像他跟谢璇、刘庆曾说的那样，连回家他都一律选择深更半夜悄悄回去。可是，也保不定在什么地方会遇到什么人。消息传到刘庆曾的耳朵里，就会和《韩城归来》有出入。究竟是什么地方让他看出破绽了呢？保安科请他吃羊肉饸饹时人挺多，是不是有人把这事儿说出去，传到了特务的耳朵里？

“刘处长，韩城是共产党的天下了，什么人会请我吃饭？如果共产党会请我吃饭，那我回韩城潜伏还有什么危险？”

只是脑子一闪念之后，高孟吉马上就反问刘庆曾。他心说，如果刘庆曾再怀疑他，他就说他不去韩城了。他很清楚，刘庆曾这会儿是巴不得赶紧把特工电台派到解放区去。因为搞潜伏电台是胡宗南的主意，不把人派出去，刘庆曾还不好跟胡宗南交代呢。

“并没有什么人请我吃饭。只是我临走前一天，我表妹请我吃了一顿羊肉饸饹，她学校一位老师作陪。我表妹叫孙佩英，在县上第一完小教书。”

“嗯。”

刘庆曾眼神又柔和了下来：

“你继续说吧。”

看来，他并没看出高孟吉什么破绽。突然这样发问，他只是想诈一下高孟吉。说完韩城这些天的情况，高孟吉提出“一体化”的事儿。刘庆曾没有提出异议，只是问：

“你这次回去看，情形怎么样？机器准备怎么带进去？收集情报的人员你准备怎么布置？”

“根据我们这次的经验，进匪区后，只要路熟，夜里走就可以避开所有检查站和盘查。关键是高汉卿这家伙名堂太多，他以前贩过大烟，搞过走私，夜里走路他比白天还熟。”

听高孟吉这么说，刘庆曾乐了。他没见过高勉斋，对于这个人只有凭借想象去还原了。

“给我弄情报的人，都是跟我有血缘关系的人。我的表弟、内兄、表妹等。机器的带法我们考虑买一桶硫化青染料，分装两箱，把机器、电池分别装进去。因为这种货咱们这边坚决禁止运入匪区，而匪区则鼓励商人大量走私进去。我打听过，带这种东西进去，除了上点税，一般不会仔细检查。我已经跟我表弟约好，等我走后十天左右，把骡子备好在边界附近的村子等我。如果我到了，就可以用骡子把货箱驮着，晚上摸黑走小道儿，将检查站全部绕过去。这是我和高汉卿的初步计划，处长您看是不是妥当，或者还有什么更好的办法？”

“办法可以。不过，染料太贵，目前的市价每箱得两万金圆券，恐怕我们经济上也不许可。”

搞情报的刘庆曾可太清楚了，这种硫化青到了解放区，只有一小部分被用来当染料了，另外大部分都被共产党的兵工厂用来生产炸药包的导火索了。否则，这么贵，谁还用它染东西？

“我看你们最好带点别的货物。你先休息一半天，赶快领机器试验，带什么货随后再决定。”

接下来，刘庆曾的兴趣转移到了高孟吉带过来的东西。他带的书有1948年太岳新华书店出版的《四大家族》增订本、毛泽东的《目前的形势和我们的任务》、《中国革命与中国共产党》、刘少奇的《党章修改报告》，另外还有一本《中国史话》。

“这几本书我们这儿都有了，最好是新近出版的书。”

听刘庆曾这么一说，高孟吉赶紧翻开《目前的形势与我们的任务》指给刘庆曾看：

“这是今年十月间出版的增订本，其中有许多文件是新的。”

刘庆曾又翻着报纸：

“有最新的没有？”

“这张就是！”

高孟吉赶紧翻出那份1949年1月1日的《人民日报》，报纸一展开，毛泽东的《将革命进行到底》就跃入眼帘。《人民日报》从延安运到韩城，当时就得这么久。事后高孟吉还想过，刘庆曾这种人看了毛泽东的这篇文章，心里会是什么滋味呢？

接下来，高孟吉就把一张小纸片从袋中取出，递给刘庆曾，上面写的是韩城县政府各单位负责人的姓名。

“我表妹他们第一完小经常开会，所以她知道这些人，告诉我的。”

其实，这份名单是高步林、史志春故意让高孟吉提供给刘庆曾的。刘庆曾看过这张小纸片之后，很珍贵地收到他的笔记本里夹起来。

最后，高孟吉跟刘庆曾谈到了经费问题：

“这次路费花了6万农币，合20元硬币，都是从高汉卿和我亲戚处筹借的。现在，我已经身无分文了。”

刘庆曾一听，当下给二处三科管财务的经理股写了个条子：“请将高琪三十八年度一、二、三月之薪发给，主食粮亦照发。”

高孟吉此时在国民党这边已经把名字改为高琪，当时，他的薪水是每个月420元金圆券。因为通货膨胀，报上说他们新的薪水标准要翻15倍发放，但因为正式命令还没到，高孟吉从三科经理股领到的，还是按老标准计算的通知单：三个月共1260元金圆券，主食粮食147斤。

为买什么货物代替硫化青的事儿，1月18日高孟吉还见过一次刘庆曾。怕为买染料再扯皮耽搁时间，高孟吉提出买两箱火柴代替。一箱火柴只需要金圆券两千元，比硫化青便宜得多，刘庆曾一听便点了头，马上在一张纸上写下：

“发张杰同志工作费二千元，四个人主副食二月。”

张杰名字的由来，是上一次他们谈话时说到的。高孟吉当时一再表示，这个工作太危险，万一走漏消息，他和高汉卿全家的性命都保不住。刘庆曾听了，马上就要他改名叫“张杰”，并且随后手谕二处各单位“高琪改名为张杰”。

这次会见刘庆曾，高孟吉还故意提起了高勉斋的“阶级”问题：

“上次离开西安之前，谢组长可是亲自答应人家高汉卿的。这回在韩城，多亏人家帮忙；下次带机器去，更得指望人家呢。”

刘庆曾显出些许为难：

“这个问题暂时还不好解决。二处现在一个实缺都没有，不好办呀。你可以酌情给他点待遇吧。”

刘庆曾条子上说的四人，是他让高孟吉自行选用的人员，连高汉卿也算在内了。两厢比较，国共双方此时对待情报人员的态度，已可见一斑了。高步林派人在给于桑送去高孟吉的情报时，让机要通讯员给他捎去了一些毛栗子。于桑回信表示感谢时，还特地强调让当时也在韩城工作的妻子杨瑞要把毛栗子的钱给交了。共产党干部比国民党当官的清贫得多，尽管如此，他们在情报方面却舍得投入，其力度远大于国民党。

在技术层面，国民党方面就更差得远了。为了假戏真做，高孟吉跟刘庆曾也曾提出准备回韩城的口供以及发生意外空中不能联络时，陆上的交通联络问题。头一次高孟吉去韩城之前，听说高孟吉与韩城保安科的高步林科长是同村，刘庆曾就对高步林表现出很浓厚的兴趣。共产党在策反国民党，国民党何尝不想策反共产党呢？何况高步林这样一个角色可能知道些什么，刘庆曾是大体有数的。所以，高孟吉回到西安后，两次见面，他都问起过高孟吉有没有和高步林进行过接触。高孟吉告诉他，如果见了高步林，就得进行写自传、坦白等程序，这是每个从国民党阵营回去的人都必须做的。因此，他向刘庆曾请教怎么编一份口供回去应对高步林。同样的问题，在共产党方面，从黄龙地委到东府工委再到韩城县委，都是一把手和社会部长亲自过问，并且考虑到诸多的应对细节。国民党这边，则是刘庆曾一把推给密勤组长谢璇，让他具体给高孟吉指导；而当高孟吉去向谢璇讨教时，他只是笑着说：

“你看着办好了。这要看当时情形随机应变，现在我也没法儿告诉你怎么应对呀。”

第四节　革命公园：情报力量集结号

1926 年春，刘镇华率七万镇嵩军围困西安，李虎臣、杨虎城带领不足一万陕军困守孤城 8 个月之久。刘镇华放火烧掉城外 10 万亩麦田，强征民夫在城周围挖掘了一条 3 公里宽的断绝沟，企图迫使全城军民投降。“二虎”守城期间，西安死难者约 5 万人。镇嵩军被赶走之后，1927 年 2 月，冯玉祥率众公祭，修建了革命公园，它也是西安第一座现代意义的公园。公园里建立烈士祠和革命亭，革命亭左右各有一个死难军民的万人冢，供市民凭吊纪念。

按临行前高步林的布置，1949年1月15日，高孟吉就是在革命公园和他们这一批情报力量开的会。边保对自己的情报人员的准确称呼，就是“情报力量”。作为情报力量，高孟吉、薛浩然等人在韩城保安科都填有正式的表格，并且有化名、代号等。

西安的解放路，原先叫尚仁路。1934年，陇海铁路通到西安，政府凿通城墙，开辟了中正门，门外修建了西安火车站。于是，尚仁路就成了中正街。徐学章家就在车站北边，1月15日早饭后，高孟吉准备去徐学章家，走到铁道时，迎面碰到吕出、薛浩然、赵继义、徐学章等四人。他们告诉高孟吉，李福泳今天结婚，下午3点在中正街的禾禾居举办婚礼。因为时间尚早，他们相约一起先去革命公园喝茶。革命公园离中正门走路也就十来分钟。来到公园，他们选了一片清静的草地，让茶老板在草地中间摆上茶桌，放了五把躺椅。这周围20米范围内都没有游客。高孟吉买了些花生、水果和洋糖，大家边吃边聊。吕出、徐学章和高孟吉一样，穿着草绿色的棉军衣；薛浩然、赵继义穿的是长襟大衫。年轻人这样的打扮太普通了，并会不引人注意。高孟吉先把自己回韩城的经过给大家说了，薛浩然、赵继义马上兴奋地问他：

“组织上给我们的任务是什么？”

“继义的任务就是设法进一步联络二处的译电员秦福祥，这是一项专门任务，要从秦福祥这儿尽可能多地探访些重要情报。”

高孟吉说完，转向其他人：

“咱们其他人的任务，就是探听二处潜伏人员的住址和姓名，胡宗南将来撤退的主要路线，还有绥署的布署和打算，都是韩城那边想知道的。”

赵继义插话说：“秦福祥已经随绥署第一批撤退人员去汉中了，二处译电室主任牛光庭跟他关系挺好，今后看能不能朝牛光庭这个方向努力一下，弄到更多的情况。”

“西安军政各部门人员和机关住址的门牌号、电话号码，我们都已经详细地抄了一本了。”吕出接着说，“学章和福泳都已经直接参加到这些工作中了。大家现在都是自己人了。”

薛浩然告诉高孟吉，李福泳这次办婚礼，是接受了他们的建议，一切从简，向解放区看齐：

“下午你看了就知道，他这样结婚，恐怕在西安都是独一份儿呢。”

因为李福泳要娶媳妇，薛浩然把他数月积攒的主食小麦900多斤卖了，凑了250元金圆券和一袋洋面给了李福泳。这个时候，吕出处于失业状态，而徐学章、赵继义家庭都很困难。高孟吉把他从绥署二处领到的3个月4袋面粉的通知单交给薛浩然，由他代领后送给赵继义、徐学章家里。赵继义、徐学章再三推辞，高孟吉就给他们讲他家在解放区所受的待遇。他说他家既没有劳力，也没有土地，是纯粹的无产者——解放时，高孟吉家定的成分就是贫农。

“可是我现在已经没有任何后顾之忧了，因为组织上在照顾我的家人。现在，我不过是拿他们对我的方法，对待你们呀。”

听高孟吉这么说，吕出笑着连连点头：

“解放区的同志之间充满了温暖，哪像咱们这边。”

薛浩然也是权威人士：

“那边上级、下级都很平等，领导也一样刻苦耐劳，没有官僚习气。”

接着，他就谈了几件他在解放区的亲身感受。大家七嘴八舌，说得徐学章、赵继义羡慕得不得了，恨不得立马去趟解放区。

高孟吉还跟吕出等人说明了情报归口问题。在韩城，吕出被晋绥公安总局韩城情报站的秦波等人截去，使他没有和高步林取得联系。高孟吉回到韩城时，黄龙强自修、黑志德、于桑等人已经给东府工委和韩城方面发过电报，认为秦波他们的行为是“乱抓关系”的“无政府无纪律行为”。按照高步林的安排，高孟吉向吕出说明，以后的情报工作应当归口边保系统领导，同时必须断绝与晋绥方面的联系。在韩城，吕出将随身带过去的电台联络办法、呼号、密码本等许多情报资料都交给了秦波。高孟吉说了以后，吕出表示要把那些情报重新整理，然后交高孟吉再带回韩城。

当年西安人结婚，也还是尽可能地要讲究。婚礼请乐师是必须的，而且至少得三五个；那会儿西安城里，有时候守住一个街角，站上一个钟头看不见一辆小轿车。年轻人结婚如果坐不起卧车，也需要弄个大马车接新娘，饭馆里，摆上三四桌酒席已经算是最简单的了。但李福泳的婚礼全没照别人的路数来，压根没有请乐师。李福泳的媳妇苏秀峰，是徐学章他妈给介绍的。和徐学章父亲一样，苏秀峰的父亲也是铁路职工。她家住道北的丁字工房，和建国巷徐学章家也就几分钟的路。苏秀峰家子女多，临街开了间小杂货铺，李福泳他们去徐学章家，偶尔去那儿买个小东西，

1948 年夏，李福泳与苏秀峰的订婚像

常见到苏秀峰。据说，是李福泳先看上了苏秀峰，然后托徐学章母亲给介绍的。

2013 年 8 月，作者带着照相机专程去寻找当年情报力量们经常出没的建国巷和丁字工房。听说建国巷就在大明宫遗址公园南门附近，但作者问了不下十个人、从童家巷进去七拐八绕走了很远，才算找到了丁字工房和建国巷。这一带，新中国成立前就是铁路职工的聚居区，而现在仍然是。狭窄的巷道里，常能见到穿着铁路制服的人走来走去。作者在丁字工房街牌跟前拍照时，立即有两位中年妇女凑上来："光拍照，什么时候拆嘛？"这一带已经是标准的棚户区，居民们都盼着赶紧拆迁。建大明宫遗址公园

现在的丁字工房

时，整个道北地区大多数都拆迁了。可是，隔着一条马路，这里的拆迁却被搁置下来。丁字工房再往前走三五步路，就到了建国巷。这条巷道窄得只能过摩托车、自行车，地上污水横流、垃圾遍地。一条只有几十米的小巷，虽然也盖满了城中村一样的楼房，但据说仍在这里居住的人，只有十几户了。建国巷 6 号的门牌下，卧着一条看上去种不大纯的狼狗。不知道当年徐学章家，是不是在同一位置。

我们仍然回到 1949 年的 1 月 15 日，去看看李福泳的婚礼。苏秀峰和李福泳结婚时，年仅 16 岁。来喝他们喜酒的，除了李福泳的岳父，理所应当地还有徐学章他妈。李福泳的父母都远在湖北老家，这兵荒马乱的年月，来不了。加上吕出、高孟吉他们 5 个人，就坐了一桌。而且，新娘子穿的也是件很普通的旗袍，新郎穿的是一套军装，所以，别说在酒楼吃饭的其他客人不知道这是婚宴，连跑堂的堂倌也以为他们这是普通的宴请呢。之所以要这样办婚礼，就是因为李福泳以及他这帮朋友们都已经在价值观上向解放区看齐，要自觉地改造小资产阶级的虚荣心。

李福泳虽然结了婚，但他住的还是黄家庄电台的宿舍。那天在禾禾居吃完饭，已经很晚了。赵继义、吕出、薛浩然也住在了黄家庄。高孟吉手上掌握着于桑批给他的一些经费，所以，1 月 16 日上午，高孟吉请这哥儿几个以及李福泳两口子到城里的馆子吃了顿饭。饭后，高孟吉给大伙儿派了些活儿。五庙岳门 26 号的国防部二厅无线电工作队，是边保方面十分感兴趣的一个点。吕出去那儿找了一个在侦查台工作的老同学，弄到了一份无线电工作队的详细组织机构和定向台、侦查台分布的情报资料。原先，根据薛浩然的汇报，高步林他们是想通过发展丁元善，由丁去找他在五岳庙门侦查台工作的好朋友潘某弄到无线电工作队的情报。现在，吕出

■ 狭窄的建国巷

■ 建国巷 6 号污水遍地

出色地完成了任务，发展丁元善为情报力量的工作也就没必要开展了。

李福泳是绥署通讯四团的台长，各营、各台都有他的老同事、老同学。他弄来了绥署各部队番号、电台呼号及波长的详表；薛浩然、赵继义、徐学章等人也没闲着，他们都在利用自己的各种关系想方设法弄情报。

高孟吉自己跑到刘昌祈那儿，请他帮忙弄了一张“西安市行政区域详图”。另一天，他去绥署机要室找他的潜伏电台负责人程再颐，赶巧程再颐不在房间。见他桌子上有份绥署二处在解放区边沿潜伏的十个情报组的派遣表，其中有情报组长、电台台长、姓名和地址等。这是份绝密文件，高孟吉立即顺手牵羊把它装在了口袋里。他的心脏抑制不住地狂跳着，出门虽然装得没事儿人一样，但实际上恨不得夺路狂奔。

此后，再回韩城，高孟吉除了带回了小型特工无线电收发报机各一部之外，一共带回了他们收集到的情报资料如下：

1. 西安绥靖公署情报处（二处）情报组密码二套；

2. 绥署二处机构设置、处长及各科负责人简历；

3. 配属西安绥署的陆军通讯兵第四团的组织人事，营、连、排军官姓名、人员编制、电台对外联络时间、波长、呼号等。

4. 胡宗南总部人事配备，特别机要室主任王微的情况，以及机要室的工作制度，主要骨干的情况等。

5. 胡宗南在陕西所辖的几十个师、旅电台的呼号、波长、联络时间以及部队驻地等。

6. 绥署各部队使用的无线电话、暗语密码、对空联络通话密语两种。解放军掌握了胡宗南军队这些密语以后，从电台上得到其呼救的讯号，即可采取行动围歼敌军。一野六军参谋长陈海涵在后来的回忆中就谈到：“这种密语本，在我战场侦察工作中，起到了很大的作用。”

7. 第 5 兵团组成情况。1948 年 3 月 1 日瓦子街战役后，胡宗南以整编 1 师、38 师、65 师、36 师等四个师 11 个旅组成的第 5 兵团，由裴昌会指挥，为战略机动兵团。其主要任务就是阻止解放军南下，并增援被围困的据点。

8. 胡宗南总部机要室在兴善寺 1948 年 4 月间举办的特工机器使用训练班情况及其负责人，配属二处情报组情况。

9. 西安地区党、政、军首脑姓名、住址以及内部电话号码等。

10. 绥署各军师代号。当时，胡宗南为保密，给各军师编了代号，如 36 军代号“秦岭”、67 军代号“宇宙”、17 军代号“歌舞”、65 军代号“昇平”等。在报话两用机呼救时，即呼代号，不叫番号。

11.《西安行政区域详图》及城防工事构筑情况测绘图。

12.1948 年冬，绥署二处在解放区边沿，西起淳化、东至合阳一带，派了十个潜伏组。高孟吉从程再颐那儿弄到潜伏组一览表，其组长、电台负责人姓名、潜伏地点一目了然。此后，这十个组被边保系统逐一破获，一网打尽。

13. 荔北战役后，胡宗南军队经过整顿后的部署，其装备、驻地、官兵士气等情况。

14. 国防部二厅无线电工作队组织、工作情况。

15. 国民党军事委员会军令部驻西安电讯监察台的性质、人员组成、工作任务等。

16. 胡宗南和陕西省政府主席祝绍周之间的矛盾情况，他们明争暗斗、互相倾轧的内幕。

17. 胡宗南军队军心涣散、关中地区人心惶惶、一片混乱、西安城内老百姓的街谈巷议。

18. 吕出、薛浩然、徐学章、李福泳、赵继义以及王冠洲等人的

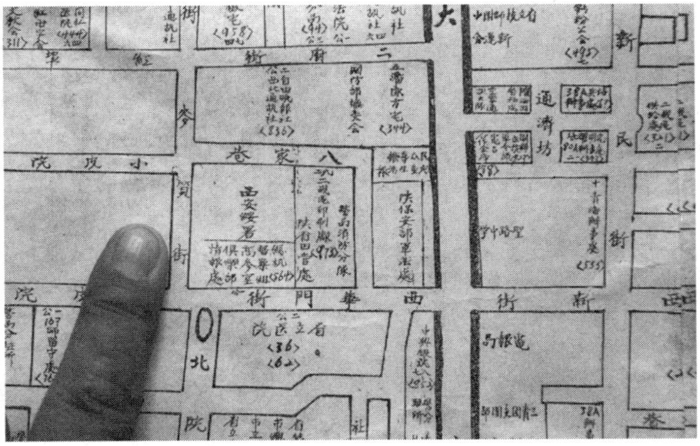

■ 西北局社会部于 1949 年 3 月绘制、准备用于西安解放的《西安城市图》中，西安绥署等单位的电话就是高孟吉、吕出等情报力量人员搜集来的。

照片及简历补充材料。

收到这些情报后，高步林将这些文件、密本、地图、敌社情资料以及高孟吉在韩城保安科写的《西安之行》报告，派一个警卫班护送到了黄龙。黄龙保安分处处长兼黄龙社会部长于桑代表组织专门给高孟吉写了一封热情洋溢的信：

高、史二科长秘交孟吉同志亲收

孟吉同志：

接到您给我的信及其它机密材料，我们很是高兴的。您及其他同志在对敌斗争中，已经打了大胜仗，争取了第一阶段的伟大胜利。这个胜利主要是您及其他同志的功劳。好吧！让我们共同欢呼“毛主席万岁！”来共同庆祝这个伟大的胜利吧！

您这次进来的情况及带进的材料，我已及时电告西北局了，此间及上级各位首长，对您的工作是非常重视和关心的，您提出的要求也一定能完满地实现。今后工作——这就是第二阶段的工作，我已经写信给白书记、段县长及高、史科长了，希望您们共同研究布置。第二阶段的工作能否胜利的关键，在于保守秘密，这一点望特别注意。

孟吉，你们为人民做了一般人做不到的工作，而且取得了显著的胜利，已证明您是忠于人民事业的战士和伟大人民的儿子。在这中国反动统治即将被推翻、多灾多难的中国人民即将得到完全解放，独立民主富强的新中国即将诞生的前夜，望努力工作，为完成组织所给予您及其他同志的历史任务而奋斗！好！让我们再一次共同高呼：“祖国是我们的！”

新年快乐！勉斋不另，并代为问候！

于桑

一九四九年一月二十九日晚十时

第五章　棋手与棋

第一节　周兴："中共的特务头子"

1936 年 10 月，斯诺在红都保安（今陕西志丹）采访毛泽东时，提到了周兴。斯诺说："国民党方面认为，周兴是中共的特务头子。"毛泽东马上回答："我认为，周兴是无产阶级的宝剑！"作为一个职业记者，斯诺对周兴这样的人物当然有着浓厚的兴趣。1936 年 10 月 9 日，斯诺对西北政治保卫局局长周兴进行了专访，后来，他的《中共杂记》一书的第六章

■ 美国记者埃德加·斯诺

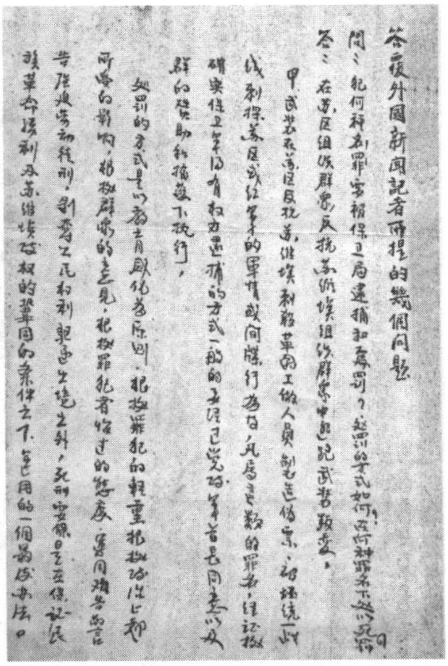

答覆外國新聞記者所提的幾個問題

■ 西北政治保卫局关于斯诺采访周兴的记载

中，对中共的保卫机构作了专题介绍。

周兴本来叫刘旧邦，1925 年入团时，他不能接受“旧邦”了，填表时改叫刘维新。周兴是江西永丰人，他们家有个生产爆竹的作坊。周兴上过几年私塾，之后做过学徒、杂工、私塾老师和店员。1927 年，22 岁的周兴从家乡来到南昌，在朱德的公安局教导团当兵，随部队参加了南昌起义。参加革命之后，怕连累家里人，改名叫周兴。“周”与“刘”是谐音；“兴”与“维新”音义都相近。这名字他一直用得好好的，直到边保来了个叫秦平的年轻秀才，跟他说了“请君入瓮”的成语典故，他才知道自己无意中与唐朝一个叫周兴的酷吏重名。

唐朝的周兴，是武则天重用的酷吏之一。此周兴喜欢滥杀无辜，而且创造过多种刑法，用刑残酷。天授二年 (691)，有人告周兴与左金吾大将军丘神勣、来子珣谋反，武则天让另一位酷吏来俊臣来收拾周兴。来俊臣问周兴：囚犯大多不服罪，你拿他们怎么办？周兴哪儿知道自己已成被告，顺口就说：把他们装进一个大瓮里，四周用炭火烧烤它，囚徒没有不服罪的。于是，来俊臣让人取来个周兴用过的大瓮，在四周用炭烧，对周兴说：“请君入瓮。”成语典故由此而流传下来。周兴虽然发明了烤人用的大瓮，但他却没有勇气去体验一下被烤灼的滋味，闻言立马叩头服罪。武则天念其给自己卖过命，于是从轻发落，流配岭南。当年正月，周兴在赴

■ 周兴与毛泽东的合影

岭南的道上被仇家所杀。

■ 周兴一家人在南京

1930 年，周兴开始担任江西省苏维埃政府肃反委员会秘书长、侦察部长、政治保卫局执行部长，开始了长达 28 年的专职保卫工作生涯。西北政治保卫局刚成立时，周兴是侦察部长。两个月后，首任局长王首道调任红 15 军团政委，参加东征、西征；周兴就接替他出任西北政治保卫局的代局长、局长。1937 年 10 月，西北政治保卫局改为陕甘宁边区保安处之后，周兴就成了边保的处长，在这个位子上一直干到了 1949 年 3 月，直到他调任南京市公安局的首任局长。

“西安事变”之前，驻防延安的是杨虎城的 17 路军。1937 年 1 月，杨虎城将部队调往关中地区之后，中共中央机关迁到延安。刚到延安的时候，毛泽东等中央领导就住在凤凰山下。那时候，整个延安也就两千多户人家。当年的延安城，只有现在延安宝塔区那么大，也就凤凰山、嘉岭山、清凉山三座山围困中的那一小块平地，就是今天延河与南河之间那一小块夹角，东西一条长街，集中了一些平房。后来，延安城慢慢有了三四千户人家。1938 年 11 月，延安城遭到日本人飞机狂轰滥炸，城里的机关、学校和居民大多疏散到了城周围的山沟里。只有驻扎棉土沟的边保和边区保卫团，还留在原来的延安城。有一回周恩来跟周兴开玩笑，说半个延安城都让你占着，你就叫“周半城”吧。这样，大家开始把周兴叫“周半城”。

在延安，毛泽东表扬过两个人爱学习，一个是胡耀邦，另一个就是周兴。长征过草地时，周兴得了肺病，发高烧、吐血，差点没了命。在延安，只要天气好，周兴都会早早地起来晒太阳，进行日光浴。他喜欢跑到凤凰山一个僻静的山坳里看书。那些年里，这个只上过几年私塾的红军干部，硬是通读了《资本论》等很多大部头的理论书籍。据跟他共过事的赵苍璧回忆，周兴读书，有时候一本书要读三四遍，而且每遍都加眉批，一次用红铅笔，一次用蓝铅笔，最后用钢笔，写下学习心得，并在书的末尾签署读完日期。

除了看书，周兴还有很多爱好，台球、桥牌、跳舞、打猎样样喜欢，但要说最当事儿的，还是游泳。说起来，他和于桑有不少相似之处。参加革命之前，都上过私塾，当过学徒；都是参加过长征的老红军，长征时都生过大病；另外，四川人于桑也是个酷爱游泳的人。

在边保，周兴是处长，也是资历最老的人。他这人性子直，爱发脾气，动不动就会训人。训人的时候，还听不进人家的解释。所以，他的毛病就是有时候比较主观。也是因为他太主观，他手下不少干部当面顶撞过他，在边保时如此，新中国成立后，也是如此。

因为长期干保卫工作，周兴给人的感觉是面孔很冷，平时不苟言笑。加上他脾气暴躁，动不动会训人，所以，部下大多都挺怕他。但部下为工作跟他争得面红耳赤，这种情况也常有。只要人家说得在理，过后，他绝不会耿耿于怀。他倒是认为，对领导唯唯诺诺的人，不见得是好干部。对知识分子干部，周兴还特别高看。告诉他与唐朝酷吏同名的秦平，以及抗大毕业的苏明德，在边保期间都没少蹭他的小灶吃，而周兴的老婆、孩子都没跟他享受过这待遇。起初，边保的干部大多是中央红军和陕北红军出身的工农干部，在周兴主政之后，他连续好几年都从抗大、陕北公学给边保要人，使知识分子干部的比例大幅度增加。边保也因此成为全国公安干部的摇篮，新中国成立后遍布全国各省市区和中央各大机关，当过公安厅长的有数十位，当过中央委员的有六位。

本来，红军的保卫局是只管保卫、不做情报的。但到了边保时期，按照中央情报部的部署，周兴开始一手抓保卫，一手抓情报。起初，边保的情报工作，无非是派一两个自己人，化装成货郎一类的人，到国统区走上一圈，把自己看到、听到的情况回来汇报一下。1938 年，边保开始建立自己的据点，在绥德、洛川两地，以抗敌后援会、抗大的名义活动。1939 年，边保增设了赵去非负责的富（县）甘（泉）据点，并由李启明负责绥德的据点。边保的情报工作算是从无到有了，但是怕担下影响国共合作的罪名，还不敢放开手脚开展工作。

1940 年底，中共中央社会部作出了《关于开展敌后情报工作的指示》，边保召开了第一次外勤工作会议，决定在各地区都建立外勤据点，各专区保安分处和县保安科也都有了情报力量。他们开始将触角伸向国统区，在国民党的特务机关建立内线。

陕甘宁边区的边界地带有个叫杨宏超的小学教员，在他所在的小犄村收到了国统区寄来的一封策反信。杨宏超没经过这事儿，不知道该怎么应对，就把信寄给了他的叔叔杨宗耀。杨宗耀是关中地区的老党员，曾经掩护过习仲勋搞地下工作，一看信的落款，知道策反人张占英是个叛徒，跟国民党旬邑县党部有关系。杨宗耀把这事儿汇报给了边保关中外勤组的组长曲及先，曲及先跟关中地委书记习仲勋一商量，决定将计就计，借这个机会让杨宏超打入中统。边保情报科长布鲁亲自跟杨宏超谈话，教他过去以后如何获取信任。杨宏超汇报了一些边保提供的假情报，赢得了中统的信任，当上了专任调工。杨宏超获悉中统对边区的派遣计划、活动对象名单，查知中统在边界地带活动的几个特务，分几次抄回了国民党《党网活动细则》。根据杨宏超提供的情报，关中外勤组副组长秦平整理了一份《中统陕室特务一瞥》，受到周兴的肯定。杨宏超被批准为特别党员。绥德的李启明发展了鲁南情报组，还派边保七里铺一期学员毛培春打入了军统。军统在兰州搞了个专门针对陕甘宁边区的“兰训班”，毛培春向边保提供了“兰

■ 中年时的杨宏超

■ 毛培春

训班”的全部学员名单。这些特务一进边区，就全被边保掌握。

1943年“抢救运动”期间，边保的情报工作几乎全面停顿。边保和各分区保安分处奉命把边境地区的外勤人员都调回审查，连好不容易打入国民党特务机关的杨宏超等内线人员，都被调回接受审查。杨宏超还被打成特务，到处展览示范，等运动过去，他的身份早就暴露，没法再做情报工作了。慑于延安的高压气氛，有些从国民党特务机关拉出来的人，也不敢再和边保联系。边保留在边境地区搞情报工作的，只剩下关中的秦平与洛川的赵去非两人。情报工作下降，又影响到保卫工作。过去边保通过潜伏在国民党特务系统的内线，能知道派到延安的特务。到了这会儿，这种反特方式就难以进行了。

到抗战胜利，边保的情报工作又得到加强。这时，情报科的外勤干部增至一百多人。除了加强了富县据点，还恢复、新建了关中、陇东、三边、临镇、延长等情报组。各保安分处，都有了情报股或情报科。情报工作已经成为边保各项业务工作的首位，连周兴都会亲自联系像黄龙圪台街田文元这样的情报关系。除了扩大工作范围，边保情报工作的手段也多样化了。比如，1944年驻在延安交际处的国民党政府军联络参谋，负责收集延安方面的情报，每天向重庆拍发密电。边保派人以服务员的身份，先后数次密取抄录了他们不断更新的密码本，由边保报中央情报部转送军委二局，破译其往来电报，获得了不少重要情报。日本投降后，蒋介石于8月14日、20日和23日三次电邀毛泽东去重庆谈判，如果仅从电文上看，蒋介石是一片诚意、日月可鉴。但他葫芦里究竟卖的是什么药呢？共产党方面就是从国民党联络参谋与重庆的来往密电里得知蒋介石真实想法的。

1945年1月，边保情报科还建立了测听电台，负责测听已取得密码的榆林、安边、CC系统的无线电报；不久又增加测听洛川、榆林、西峰、西安、重庆间的无线电讯。在中央社会部的帮助下，边保测听和破译干部达到17人。他们获得了中统陕西省室与洛川、榆林、西峰间的秘密通信，发现了一些潜伏在边区的国民党特务和交通人员。他们还逐步摸索研究出胡宗南军队系统电报密本4种，获得中统密本13种，破了390个密表。可惜，边保的测听电台存在的时间不长。当年11月底，边保就把测听机构全部交给了联防司令部管理。

1947年11月1日至25日，西北局在陕北绥德县义合镇召开了各地委（绥属县以上）及边区一级机关干部党员大会。到会的约800余人。会议以传达贯彻全国土地会议的决议与精神为中心，检查部门的各项工作，检查干部的立场，发扬批评与自我批评的精神，彻底翻底子。贺龙、习仲勋、林伯渠、马明方、王维舟等都参加了会议。会议由贺龙致开幕词，习仲勋做总结。会议当中，贺龙作了报告。这次会议有两个批判典型，一个是贾拓夫，一个就是周兴。

红军长征中，贾拓夫是唯一一名陕北干部。1932年，20岁的贾拓夫担任中共陕西省委常委，负责宣传工作。1933年夏季，中共陕西省委被国民党破坏，贾拓夫到江西瑞金向中央汇报工作，之后就留在了中央苏区工作。长征开始后，他担任红军总政治部白区工作部长，负责筹粮。红军长征，一开始的想法是到北边的中苏边境，借助苏联的势力重建根据地。贾拓夫向毛泽东报告了刘志丹领导陕北红军的活动情况，建议中央到陕北立足。1935年9月20日，毛泽东在看了报纸关于刘志丹红军的报道后，结合贾拓夫说的情况，在哈达铺一座关帝庙里，毛泽东在给团以上干部讲话时提出，中央红军的目的地就是到陕北，与刘志丹会师。一周后，在中央政治局召开的榜罗镇会议上，贾拓夫又一次汇报了陕甘根据地的情况。会议正式决定，中央率领陕甘支队进军陕北，以陕甘根据地作为长征的落脚点与领导中国革命的大本营。奉中央指示，贾拓夫率领一个连的红军，带上一部电台担任先遣队的前哨，寻找还未互通过消息的陕北红军。23岁的贾拓夫身负重任，日夜兼程，沿途搜索前进，很快在甘泉寺下寺湾，遇见了从陕北前来迎接中央红军的红15军团政委程子华和党的陕北领导人郭洪涛。贾拓夫向他们介绍了中央红军长征的情况和党中央决定以陕北为立足点的决定，沟通了中央与陕北地区党和红军的联系。中共机关和陕甘支队随后南下，在甘泉县与陕北红军和红25军会师。

1947年11月，义合会议召开的时候，贾拓夫的职务是中共西北局常委、西北财经委员会副主任。西安解放后，贾拓夫成为西安市的第一任市委书记和市长。后来，他主要从事经济工作。作为陈云、李富春的助手，他编制了新中国的第一个五年建设计划。这位被毛泽东称为“党内贾宝玉”、“陕北的才子”的人，在“大跃进”期间一直保持着清醒的头脑，因为“说老实话”曾遭到批判。1959年“庐山会议”，贾拓夫跟着彭德怀倒霉，被定为“右倾机会主义者”，撤销了国家计委副主任和党组书记的职

■ 解放后西安市首任市委书记兼市长贾拓夫

务。从这以后，他就不断地挨整，直到 1967 年 5 月死于非命。

顺便说一下，义合会议之后的土改工作搞得非常左。在所谓坚持“贫雇农路线”反对“中农路线”的口号下，下面开始乱斗、乱扣、乱打、乱拷、乱没收财产、乱扫地出门。有人甚至提出“志丹四大家族”，将刘志丹和他的战友马锡五、王子宜、曹力如的家属，列入土改对象。连警二旅旅长张达志的弟弟都曾被吊打，索要银元。张达志后来是开国中将、曾任解放军炮兵司令员。土改中，有的烈士家属被扫地出门，有的劳动英雄因家有余粮被当成斗争对象。1948 年 1 月 19 日，习仲勋在给中央的电文中指出：“由于义合会议潜伏一种‘左’的情绪，由于晋绥的直接影响，土改一到农村，就发生极左偏向。”他还说：“在老区，有些乡村贫雇农很少。其中，有因偶然灾祸贫穷下来的；有的是地、富成分下降未转化好的。有因好吃懒做、抽烟浪荡致贫的。”“由他们起来领导土改，就等于将领导权交给坏人，吓得区乡干部有逃跑的，有自杀的。”由此，习仲勋大胆地下了结论：“真正好的基本群众在中农阶层和一部分贫农中。”10 天后，毛泽东看了他的报告，做出批示：“完全同意习仲勋同志的意见。华北、华中各老解放区有同样情形者，务须密切注意改正‘左’的错误。凡犯有‘左’的错误的地方，只要领导机关处理得法，几个星期即可纠正过来，不要拖延很久才去纠正。同时注意，不要使下面因为纠正‘左’而误解为不要动。”不久，中央由周恩来起草的《关于老区半老区土改问题的决定》颁发各个解放区。

习仲勋这个报告给毛泽东留下了很好的印象。1952 年，有回薄一波去给毛泽东汇报工作，当时，毛泽东正在看一个习仲勋从西安发来的、关于西北地区土改、统一战线和民族工作方面的报告。“你觉得习仲勋这人怎么样？”毛泽东对手上那份报告挺满意，他随口问薄一波。薄一波马上就用“年轻有为”这句话作答。当时，习仲勋还不到40岁。在延安，薄一波曾亲耳听过毛泽东用这句话评价习仲勋，所以他也这么说。“我看现在可以说是‘炉火纯青’了。”毛泽东看上去显然兴致很高。

还是回到1947年冬天里的义合会议。会上批贾拓夫什么，这里暂且不讨论。周兴和保安处的工作，被认为右倾了。赶上战争中保安处刚出了个叛徒韩继恩，确实给工作造成了被动。这次会议上，脾气暴躁的周兴却显得十分沉稳，除了认真做了自我批评，他也不肯给自己乱扣帽子。尽管不久毛泽东就说义合会议过左了，但这以后，保安处的情报工作实际上就处于停滞状态，大家都怕了。延安光复后，周兴的工作重点主要是恢复边保的正常工作。直到1948年9月西北局发出由李启明执笔起草的《关于加强情报工作的指示》即《申鱼指示》后，边保的情报工作才得以再次被加强。高孟吉、薛浩然、吕出等情报力量，就是在这样背景下受到重视的。

第二节　高孟吉：腊月里的最后几天

1949年1月20日，美国总统杜鲁门发表就职演讲。他提出美国全球战略的四点行动计划，并着重阐述了第四点，即对亚、非、拉美不发达地区实行经济技术援助，以达到在政治上控制这些地区的目的。这就是“第四点计划”，又名“开发落后区域计划”。因为这个“第四点计划”，历史上将这一天视作苏美两极对峙“冷战”的开始。

远在古城西安的高孟吉，对杜鲁门连任美国总统还一无所知。这次回到西安，高孟吉是在参府巷表哥解常新这儿住着。这天上午，他上街花1700金圆券买了一箱火柴。先前一天，他让高勉斋先花50元金圆券买了个空火柴箱送了过来。他把从绥署二处领来的小型特工无线电收发报机和电池分别装进了两只火柴箱子，上面各放了半箱火柴作为伪装，然后将箱子钉死。下午，他就去绥署二处向谢璇、刘庆曾辞行。

“从西安到朝邑以北这段，你看是派人送好，还是拿一个公事好？”

谢璇指的是高孟吉伪装在火柴箱里的机器，所谓的“公事”，就是由绥署二处出个证明，路上有人盘查，拿出来让他们看看。

“都可以，不过，派人送的话，知道这事儿的人就多了，害怕把这事儿给暴露了。最好写一张有力的证书，我自己拿上。遇到检查，我拿出来悄悄让他们看一下就行。这样的话，隐蔽性更强些。”

谢璇觉得他说得有道理，掏出钢笔马上写了个东西，拿去让刘庆曾看。刘庆曾签了个“发”字，随即交书记员缮写盖章后，发给了高孟吉。接下来，高孟吉在谢璇引领下再去见刘庆曾：

“报告处长，我已经准备好了，想明天早上就出发。处长还有什么吩咐？”

“很好，你明天赶快走。到了那边以后，你尽快把匪军在西北的准确数字调查一下，电报过来。最近匪军的番号仍然是五个纵队，但实际人数已经减少，据我们收集到的情报说，一部分匪军已经经宜川过到山西去了，你可以调查一下。另外，匪军有大批弹药箱子暴露在野外，你设法看看箱子里面是不是空的，要不然怎么敢这样放在外面？难道不怕咱们的飞机轰炸吗？”

刘庆曾没说露天放置弹药箱子的具体地方，接着往下说：“你再在禹门口布置专人查报一下黄河的渡运情况。如果可能的话，宜川方面也派人时常采访。”

布置完任务，刘庆曾很动情地跟高孟吉说：“你是胡先生培植的，希望你这次出去，任何环境利诱不了你。你这次敢冒险带机回去，我们对你的这种精神十分钦佩，希望你再努力。祝你胜利！”

1949 年 2 月中旬，在高孟吉走后，刘庆曾还向大荔派出一组潜伏电台。派去的特务名叫杨兆春，报务员叫薛振海，他们于 2 月 19 日带着电台来到解放区。刘庆曾做梦也想不到，杨兆春从澄城返回西安之前，已经被于桑策反。这个杨兆春早期就是个共产党员，后来被捕后叛变自首。杨兆春于 1948 年 10 月 20 日秘密潜入已经解放了的澄城县，刘庆曾给他的任务是：“发展特务组织，侦察山西匪军是否渡河，渭北匪军是否西移。”杨兆春回到澄城后，悄悄地给中共西北局写了封信，表示自己幡然醒悟，想重新回到共产党的怀抱。这封信转到了黄龙地委社会部长于桑的手上。于是，于桑和杨兆春谈话后，布置他几次回到绥署二处，获取刘庆曾的信任，然后再带电台、报务员回来潜伏。后来，根据报务员薛振海提供的情况，公安机关破获了绥署在韩城、朝邑、大荔、洛川等地潜伏的电台和情报组织。

这是后话。

1月20日，离开绥署二处，高孟吉返回参府巷时，吕出、薛浩然、赵继义已经在解常新家等着他了。他们把各自搜集的情报资料以及自己的照片交给了他，并且在这里跟他告别。高孟吉去韩城，是执行绥署的秘密任务，因此他们不能去火车站送行。接下来，高孟吉去找刘昌祈取了地图。他没跟刘昌祈说弄这地图是干什么用；刘昌祈也没问，两人心照不宣。

1月21日一早，高孟吉就和高勉斋叫了辆洋车，把他们连人带箱子拉到了火车站。去得稍晚一步，8点30分的人货混合车已经开走，而10点30分的东行快车不让装火柴，两人干瞪眼看着这列客车开走，只得拉着火柴箱子在火车站附近的一个小客店里投宿一宿。这一天一夜，两人简直如坐针毡。身上带着那么多情报资料和地图，万一刘庆曾变卦了，再追他们回去怎么得了？另外，火车站小旅社是警察、便衣盘查的重点，虽然有绥署二处的证明在身，但万一碰见个较真儿的，非要检查不可呢？有机器、有情报，他们哪儿都不敢去，就在旅社里待着，而且相互一句话都懒得说，非常焦虑。半夜，果然有警察来查店。警察的样子很凶，可高孟吉拿出绥署二处的证明给他一看，为首的警察态度马上就客气了："打扰了！"高孟吉这才亲身感受到这张证明的分量果然不一般。但知道归知道，庸人自扰式的提心吊胆却还是挥之不去，一夜都睡不安稳。

第二天一早，天不亮他俩就起来，雇了个搬运夫把两只木箱子搬到火车站过磅。手续办完了，坏消息又接踵传来：本来8点10分到达的混合车这会儿才到宝鸡。10点30分，东行的快车都开走了，那辆混合慢车还没到。要是再走不了，可怎么办？两个人像两只热锅上的蚂蚁，急得不得了。直到11点半，月台上打钟了，说那辆混合车已经开到了咸阳。不一会儿，车真来了，他们随着兴奋的旅客们一起冲了上去。当晚7点50分，火车抵达华阴。这

■ 高孟吉带回电台时所用的木箱。1990年摄

■ 高孟吉带回电台所乘坐的轿车。1990年摄

里有个叫“同义兴”的小客店，老板也是韩城人，高勉斋认识。他们在这儿落下脚，才算出了口气：“我们的任务算是完成了十分之八了吧？”这天晚上，也没有人来查店，他们睡得挺安宁。店老板还帮他们雇了一辆马车，连人带货运到韩城，说好400金圆券。此时，400金圆券相当于420万边币。

23日早上天一亮，他们坐上马车出发，一路北上。沿路过泾河、渭河，都有人来检查。但只要高孟吉把那张证明一亮，他们二话不说就放行，马车内的东西连看都不看。到朝邑，保安团检查如此；到旗杆店，十九绥区的便衣也是如此。但对别的旅客，可不是这样。在旗杆店，有个大荔商贩带了四支钢笔、两节电池还被旗杆店的两个便衣搜去了。

当天晚上，高孟吉、高勉斋他们住宿的地方，是国共控制区之间的雷村。雷村现在的名字叫华塬镇，位于金水沟之南；金水沟之北，就是东府工委社会部所在地、距合阳县城40里地的黑池寨。本来，雷村是国民党的控制区，这里还驻扎有绥署二处的情报站。但到这个阶段，雷村白天已经被共产党一方控制。但是，晚上解放军上了塬，这里就成了土匪时常出没的地方。睡到半夜，狗叫声响成一片，接着又有枪声，高孟吉、高勉斋心说坏了，土匪来了。

土匪是乱世的产物。说到1949年的土匪，军统沈醉讲到过的一个故事可以佐证。

军统大特务黄逸公原先是个共产党，被军统逮捕后叛变，被戴笠任命为军统上海特区行动组的副组长，专门抓他认识的共产党员，经他的手前后抓了上百人。张国焘投了国民党之后，名为军事委员会的中将委员，实际上是军统特种政治问题研究室的少将主任。后来，号称要“拉垮共产党”的张国焘只会纸上谈兵，实事儿没干成什么，渐渐地不招老蒋和戴笠的喜欢，担任了张国焘秘书的黄逸公也因此受了些连累。军统变保密局之后，本来毛人凤还器重他，让他当了个二处的副处长。李宗仁当了代总统后，老蒋指示毛人凤不能把保密局交给李宗仁，为了应付代总统，国防部另外成立了一个保密局，抽调原保密局的徐志道副局长过去当局长，黄逸公也被派过去当了个业务处长。本来，这个新保密局是个空架子，全局就两个处、三四十个人，徐志道领了国防部的经费，转手还得交给毛人凤。但时间一长，徐志道难免就有了想法，要和毛人凤分庭抗礼。这样一来，毛人凤怪罪徐志道的同时，也怪罪到了黄逸公，认为是他不甘心当空头业务处长，在制造纠纷。等国民党大势已去，国防部从广州逃到重庆，黄逸公想去台湾，毛人凤没同意。等到重庆、成都相继解放，黄逸公只好带着老婆、孩子随着一大批中、下级军官向西康逃难。还没到达西昌，就遇到了土匪抢劫。

这里的土匪抢劫特别完全彻底，除了行李，男女老少，包括抱在怀里的婴儿，里里外外全部衣裳、鞋帽都得留下。这帮惯匪一般选择四面环山的地方动手，等难民进入他们的圈套内，就四面开枪、呐喊，几十、上百人一起冲下来。他们先把男人和女人小孩儿分开，让把肩上挑的、手上提的放下，稍有反抗就一枪撂倒，杀鸡给猴看。接下来，他们剥光男人的衣裳，用竹板强行打跑。剥光一个，打跑一个。周围都是几十里的荒山野岭，连个求助的地方都没有。土匪剥光男人后，再对付女人和小孩儿。男人赤身裸体还好说，女人能拾到一只破草鞋遮挡一下下身，就算走运了。有的十几岁的大姑娘赤身裸体随着大人跑了两三天，遇到妇女给上一块麻袋片，都会感激涕零。这个黄逸公就属于最早被剥光的男人之一，他朝着四川方向跑了两天多，才碰到了解放军的先头部队。人家盘查时，黄逸公赶紧自报家门。于是，他马上受到了优待，发了衣服鞋帽。他就这样成了沈醉的狱友。

一夜提心吊胆，清早，解放军从塬上下来，雷村街道上出现了背着枪的战士，高孟吉这才放心下来。因为走的路太长，拉车的骡子蹄子跛了，车夫让他们另雇一辆车。高孟吉一想，这也好，省得国统区来的车夫看到他们在解放区见到什么人，就花130万农币雇了头牲口，把货送到了黑池寨。

下午，他们在黑池寨再次见到了高仰山，高仰山非常高兴：

“步林派白碧安带两名战士，在我这儿已经等了你们好几天了。好好

■ 高孟吉所乘轿车脚夫薛生全。1990年摄

■ 1948年时的白碧安

好，总算一切顺利。”

高仰山安排他们在预定的旅社住下，虽然当晚白碧安也到了高仰山那儿，但高仰山并没有安排他们见面。26岁的白碧安原先在延川县保安科工作，1948年5月调到了韩城保安科。韩城保安科的李福成拉着头骡子来接高孟吉、高勉斋。二人把行李让骡子驮着，和李福成一起摸黑走了10里，住在了一个小村子里；两只装机器的火柴箱子则由白碧安以贸易公司的名义驮往韩城。

25日天亮后，他们继续徒步赶路。下午，走到距韩城县城10里地的高神殿，他们让李福成拉着骡子先走。怕遇到熟人，他们只能等天黑以后进城。回到韩城保安科，李福成把高孟吉写的条子交给了高步林：

四哥：

恐怕你们急坏了，但迟回两天也罢。我们已胜利地凯旋归来了，等一会儿吧，天一黑即来。

再会。

琪弟

元月二十五日下午

“琪”是高孟吉在沟北村里的小名。看了条子，高步林、史志春漫卷诗书喜若狂，高兴地一蹦老高。他们飞奔过去找到白耀明和段杰，把这件高兴事儿与他们分享。晚上，等高孟吉、高勉斋回来时，白耀明、段杰和高步林、史志春他们都守在保安科。迫不及待地看了高孟吉他们带回来的那些情报资料，他们兴奋得像是过年一样。

再说白碧安。当时，白碧安并不知道那两只火柴箱子里装的是什么，只知道里面不是火柴，因为它们搬起来挺重。两天行程160华里，25日天黑时，他走到了韩城境内。本来，高步林让他要避开检查站，但他并没有意识到箱子里的东西有多重要。于是，他在把货驮子搬进马陵庄检查站后，才派人回去向高步林作了汇报。2013年8月，作者在咸阳胜利街市委家属院见到了91岁高龄的白碧安老人。老人耳不聋、眼不花，而且行动自如。说到那次任务，老人有点委曲："虽然我不知道那两只火柴箱子里装的是什么，但我也不敢马虎。当晚，货驮子从牲口背上卸下、放在房子里，我就钻到那底下睡了一宿呢。"老人是陕北清涧人，虽然二十来岁就离开了陕北，但陕北口音仍然很浓重。

听了来人的汇报，高步林生怕再出意外，马上让来人把一张条子捎给白碧安：

碧安同志：

想不到你们未按原来计划进行这个十分重要的工作，也未能按当时实际情况变化来用各种方法设计不要暴露。由检查站把此货以检查名义抬至检查站实在不宜。现在为挽救这个事情，因之决定由苏有田拉来骡子一头，你在马陵庄用给别人捎货或你们原来口供如何，来把货交给商人苏有田，在天快黑的时候要他动身，你二人离三四丈远护送。天快黑看不见人时，三人一路同行，但必须注意：

1. 这个东西不被任何人检查、上税，由你负完全责任。发生检查，你上前说话，就说这货物是贸易公司卖给我们的必需

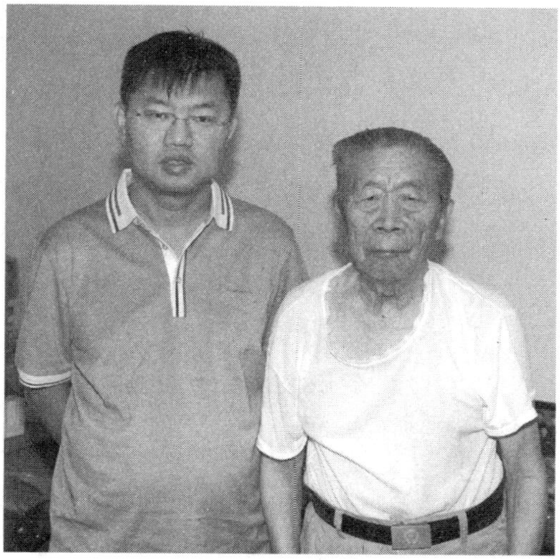

■ 作者与白碧安老人合影

品，无需检查。

2.晚上三人负责把骡子拉上，绝对防止暗冰滑倒或碰到什么地方，因货物重要不能被碰或跌倒，发生那样的事就糟了。

3.防止意外事情发生，或土匪抢劫。沿路随时多操心，这都是事先的预计。

4.进城当然要天黑才行，而且必须走西门。我们派专人在西门外等候拉回科里（便衣）。

5.告诉这几个同志绝对保守秘密，任何人不能讲内部一句话，或一个字。别人（指自己人、干部、战士）问去哪里，就说去禹门口驮回私渡货物，准备处罚即可。以上事情你看实际情况予以处理，要细心，吃苦完成此次的光荣任务，回来再详细谈吧。

此致布礼（绝对秘密）！

高步林、史志春

1949年1月25日晚

当晚，高步林另派人把货运回了韩城，白碧安回到保安科交差后回家。

就是这样一个工作疏忽，连黄龙地委和社会部后来都受到了边保方面的严厉批评：

这次你们派人到边境去接十一号（高孟吉的代号）的事，本应“假事更当真事办。”就是说既要使十一号安全带台进来，同时又不致暴露了与我方的关系，即使敌人派人盯梢也不致发现。另外我方丢失的人绝对不能使知道，知道的人多了就容易出问题。因之，这次十一号回来，本应该以敌人秘密运入电台的面目出现，只是在通过封锁、检查有困难时，我才派人秘密加以帮助通过即可，另外布置便衣沿途加以秘密监视，这样对内对外都是秘密的，敌人既不会发觉，我方无关的人也不会知道。但由于你们没有具体细密地告诉下面，因此在执行时就发生了很大偏差。关于此事你们立即加以追究检讨，事前是如何布置的，如何发生这样不应有的事件，经过与原因是什么，并把检讨写成书面材料报告我处审查。另外，这次十一号带台回来通过边境进入内地到底有多少人知道？郝振中（东府工委社会部干部）等是否知道火柴箱内装的是电台？如果知道的话，必须通知他们严守秘密，只要由碧安带信通知他不必检查即可，其他的人不能过问，这是秘密工作，有上级指示他只能按指示执行，无权过问其内容，违反上级指示应执行纪律。

25日深夜，高步林整整熬了一宿，仔仔细细地把高孟吉带回的情报研究了一番，他感到非常欣慰，多年情报工作的经历让他深知这些情报的价值。同时，按照情报工作的保密规定，他亲笔给这些情报外勤力量和交通员们编写了化名及代号，并即刻上报给黄龙公安分处的于桑处长。

49.1.26

真姓名	化　名	代　号	备　考
高孟吉	孙　健	11	
吕　出	志　远	21	
薛浩然	里　北	16	万国祥
李福泳	赵　琳	26	
赵继义	汪　海	31	
徐学章	方　平	36	
高勉斋	静　方	10	
刘昌其（祈）	林　山	46	
张永才	南　塬	51	

从此，力量们有了自己的代号与化名。在以后所有文件、报告、信件及电报中出现的只会是这些代号和化名，最后设计的密码、波长、呼号等也是依此分别为力量们定制的，但力量们并不一定知晓。

只休息一天之后，27日一早，高步林又把白碧安叫来，当面布置他再到黄龙跑一趟：

“这几份情报很重要，是彭德怀司令员打仗时要用的，一定要在两天之内送到。”

高步林让白碧安带一名战士上路，白碧安问给几头牲口？高步林说，就一头。两个人，一头牲口，那就得有一个人走路。白碧安急了：

“240里路，两天赶到，徒步恐怕很难赶到吧。”

当时，黄龙地委驻扎洛川土基镇，距韩城240华里，沿途要经过合阳、澄城和黄龙三个县。

“没办法，只能弄到一头骡子。”高步林如此回答。

白碧安只好一个人骑着骡子、背着枪出发了。出门已经是腊月二十九了，天降大雪，路断人稀。白碧安这回知道自己带的情报有多重要了，顶风冒雪沿着黄龙山昼夜赶路。第一天很顺利，天黑之前已经走过冯塬十多里，但仍然不足一半路程。也就是说，到土基还有一百好几十里路，而且其中有七八十里山路。当时，黄龙山仍有土匪出没，像他这样单枪匹马夜闯黄龙，相当危险。白碧安有点后悔没带那个战士一起走。

年三十这天，白碧安动身特别早，吃早饭时已经赶到了澄城县的吴家桥。他遇到的第一个困难是，买不到吃的。过年了，小镇上的店铺全都关门歇业，一大早，街道上连人都很少见。白碧安敲开一家饭铺的门，跟店家说好话，人家才给他弄了点吃的。出小镇向西10里，过一个小桥，就要进山了。这时，那匹骡子看来感觉到了山路的艰险，发起犟脾气，死活不肯上桥。白碧安跟牲口打架，累得满头大汗，连个帮忙的路人都遇不到。费了九牛二虎之力，他才算把骡子降服。看来骡子不肯进山是有道理的，荒山野岭，全是小路，这一头钻进山，就是没完没了的沟壑峻岭。

第二个困难是，想见人，又怕见人。黄龙山本来就人烟稀少，过年三十，哪儿还有行人？可白碧安没走过这条路，心里没底儿，老想找人问问道儿。想见人，却又怕见人。万一遇到土匪，可怎么办？自己丢了性命事小，可误了送情报，就是大事了。好在那头骡子去过土基，老马识途。山谷里，白碧安除了骡子的蹄声和鸟儿的鸣叫声，什么声音也听不到。连续几个小时，白碧安手枪上膛，不敢下马，思想高度紧张，随时准备战斗。直到听到了犬吠声，他才稍稍松了一口气，知道有人家了。

走上一个小山坡，灯光点点，果然有几户人家。这时，已经是晚上十一二点，小村庄灯火明亮。那年月，家家户户过新年，都是要守夜的。还是早上吃的饭，白碧安饿得前腔贴后腔。他决定，不走了，去找村长。可找了几户人，人家都不肯告诉他村长家住哪儿。过去人们的观念里，大年三十上门的客人，一般都是来催债的，所以，村民们谁都不愿留白碧安在家过夜。有人给白碧安暗示了村长家，找到村长，村长的冷淡和无奈也就可想而知。村长家一共五口人，老两口、小两口和一个小孙子，住两孔窑洞。主人给白碧安弄了一盘白菜拌豆腐以及二两黄米制成的年糕。晚上，白碧安住在老两口的窑洞里。第二天一早，他除了付清了伙食和草料钱，还按风俗给了这家的小孙子一份压岁钱。这下，白碧安把村长一家感动坏了。先是老两口拉住他的牲口不让走；听到动静，小两口也赶过来拉住牲口。咋了？要让他吃饭，不吃不让走。转眼间，热气腾腾的白面馒头、煮熟的肉就端上了桌。那年月，这两样儿老百姓平时哪儿舍得吃？就着几片大肥肉，白碧安吃了一个白面馒头，赶紧上路。从这个村子，到黄龙保安分处所在的土集还得穿过一条大沟呢。那一家老小五口人把他送到了大沟边，目送他走远才回去。

紧赶慢赶，大年初一早上 9 点多，他终于走进了黄龙分区保安分处的院子。见到白碧安风雪中送来的情报，于桑十分激动。这个时候，保安分处厨房的饺子还在锅里煮着呢，于桑跟白碧安说："你是咱们的大功臣。吃了饺子，你好好睡上一觉。放心，牲口有人喂！"

白碧安送到黄龙的情报，是 1 月 26 日高步林、史志春帮着高孟吉整理出来的。为此，他们忙了一整天。当天晚上，他们把高孟吉送回了沟北村。

按规定，外人回来，尤其是从国统区回来的，要向乡政府申请登记。1 月 29 日是大年初一，高步林从县上回到沟北村。高孟吉特意请了同村的乡书记和一位师范教员跟他一起去看望高步林："哎哟，四哥，还认识我不？我是孟吉呀。你看看，咱们好多年没见面了啊。"当着乡书记和那位教员，高孟吉和高步林还演了个小节目。

第三节　李启明：边保情报工作的操盘人

延安光复后，边保的领导除了处长周兴之外，两位副处长各有分工：赵苍璧分管侦察，李启明分管情报。1948 年 7 月，赵苍璧虽然仍是边保的副处长，但他已经调到河北平山中央社会部工作。全国解放在即，社会部急需培训大量干部接管大城市。中央社会部调赵苍璧过去，就是让他编一个侦察工作方面的教材。这以后，赵苍璧没再回边保。北平一解放，他

■ 李启明

去北京市公安局当了治安处长；再后来，他又随周兴去了南京，当南京市公安局的副局长。边保情报工作的操盘人，实际上是李启明。

介绍李启明之前，先说一封信的故事。因为写信的人，就是他的一个情报关系。

解放战争之初，国共之间打了一场大同、集宁战役，这一战役以傅作义占领集宁、解除了解放军对大同的包围而结束。

1946 年 9 月 20 日，痛恨内战的傅作义在《奋斗日报》上发表了一封《致毛泽东的公开电》，一天后《中央日报》全文转载。这篇电文全文如下：

延安毛泽东先生，溯自去年日本投降，你们大举进攻绥包，放出内战的第一枪。愚鲁如我者，当时还以为这是你们一时的或一部分的冲动，决不会成为你们党的政策，故会于十月二十四日，致电先生，作坦白恳切的呼吁。但一年来的惨痛事实，竟证明这是你们经过长期准备的计划，并不是一个偶然的错误，因而和平商谈永无结果，而全面战争乃日益扩大。

最近由于你们背弃诺言，围攻大同，政府以和平的努力，均告绝望之后，本战区国军才迫不得已而采取行动，救援大同。但这是悲痛的，并不是快意的，其目的仅仅在于解救大同之围，解救大同二万军民。然你们相信武力万能，调集了十七个旅，五十一个团之众，企图在集宁歼灭国军，城郊野战和惨烈巷战，继续达四昼夜，然后你们终于溃败了。

当你们溃退的前一天，延安广播且已宣布本战区国军被你们完全包围、完全击溃、完全歼灭。但次日的事实，立刻给一个无情的证明，证明被包围被击溃被歼灭的不是国军，而是你们自夸所谓参加“二万五千里长征”的贺龙所部、聂荣臻所部，以及张宗逊、陈正湘、姚喆等的全部主力。

我不相信这是一军事上的胜利，因为诚如你们所说，本战区国军武器最劣、人数最少、战力最弱，好战心理更不如你们，虽然失败，似乎是应该的。但我们没有失败，失败的却是你们。所以这不是一个军事上的胜利，而必须称之为人民意志上的胜利。在这次战役中，你们摆在战场的尸体，至少在两万人以上，我们流着眼泪，已经将他们掩埋了。你们在溃退途中，因恐惧国军追击，竟至拼命奔逃，口鼻冒血倒身路边者比比皆是，这是一幅如何悲惨的图画。

我不禁要问，是谁杀死了他们？我按住心口问我自己，如果作战是为了我个人的私欲，或一部分人的私利，那不就是我杀死了他们？我是一个最大的罪人，我应该遭受天谴。如果他们是在你的错误的领导之下，逞兵倡乱、祸国殃民，那就是你杀死了他们。在夜阑人静时，你应该受到责备，受到全国人民的惩罚。

现在确已过了一个阶段，经过一年来的血的教训，你们应该有所警悟，重新检讨你的政策，重新研究你们的路线。一个代表人民的政党，在决定一政策时，无论如何，应该问问人民，看他们最痛恶的是什么？最需要的是什么？今天人民所最痛恶的是交通破坏，战事无已；所最需要的是和平安定、休养生息。虽然你们一再宣传民主，但人民不要战乱，你们却偏偏制造战乱；人民害怕贫穷，你们偏以制造贫穷，作为扩大战乱的资本；所谓民主云乎，你们又一再毁谤政府，但政府在人民心目中，是有劳绩的、有威信的，绝不是任何毁谤所能动摇。

即使政府今天存着若干缺点，需要改革，但人民厌恶你们制造战乱，厌恶你们破坏交通，厌恶你们翻身算账。较之要求政府进行若干改革，其轻重缓急之差，不可同日而语。因为后者只是好与不好的比较，而前者却是人民眼前能活不能活的难关。人民今日最起码的要求，只是能在和平安定中活下去，绝不奢望在你们的战乱中再翻几个拼死的筋斗。政府若干缺点所影响于人民生活的，较之你们破坏交通、穷兵黩武，所加给人民的苦患与死亡，简直是一与二万倍之比，这还不现实吗？还不明白吗？人民如何同情你们？

我们不妨再作一个假设：你们如果有力量一举而推翻现政府，建立起你们新政权，不论人民是否同意你们的政策，总还可以获得一个安定。但是你们今天所赖以倡乱的武力，又不足以实现这个野心。据你们自己宣传，估计至少还得十年，目前你们只希望造成一个武力割据的形势，来继续斗争，这就是说你们准备继续十年的斗争、十年的战乱。斗争战乱中，现有的各阶层人民，非死于炮火，即死于饥饿，要他们完全毁灭，试问人民如何能同情你们？十年的斗争之后，大地已无噍类，又怎样能实现你们的目的，因而你们十年战乱的计划，也就绝对没有实现的可能。

即以最近的事实为例，本战区国军是你们认为人数最少、武器最恶、战力最弱的部队，然你们竟一败于绥包、再败于大同、三败于集宁会战，试问如何与其他精锐的国军为敌？你们或者还准备万一割据不成，可以钻山打游击，但内乱和抗日是完全不同的。抗日是人民一致的要求，所以你们可以假抗日之名，骗取人民的掩护，内乱是人民一致厌恶的，倡乱的你们又如何在人民之中立足？

正确的道路，只有一条，在宪/政常规中，共产是有前途的，但武力倡乱分裂割据，则必遭毁灭。请仔细想想，当去年胜利之初，你们提出民主，同情你们的人有多少？经过一年来的事实证明，所谓民主和平只有你们的宣传，而倡乱割据才是你们真实的行动，到今天国内外同情你们的人，又有几个？对于你们的政策，这不是很显然的测验。做一个自命为革命领导者，应该懂得所谓革命形势是客观实在的，并不是主观强求的，否则削足适履，以人民之所恶加之于人民，是永远不会成功的。

所以我热诚希望你们接受血的教训，立刻改变政策，放弃武力万能的观念速参加政府，结束内乱，让全国人民开足马力，来建设我们的国家。我个人始终未曾以共产党为敌，更没有准备和共军作战，我毋宁是一个同情共产党的人。你们曾经坚决主张抗日，你们有坚决奋斗的精神，我都钦佩，只有今天的战乱政策，是万分错误。为国家为人民设想，我请先生立刻放弃这个政策，促成宪政，实现军队国家化、政治民主化，来和衷共济，一致努力。只要毛先生参加政府，以政府一员的资格向国府保荐贺龙或你们任何一位先生接替我的现任的职位，我不但首先衷心欢迎，并愿尽力促成。你如果不嫌的话，我自己愿在毛先生部下当一个最低级的职员，而绝对忠实的服从你。

这样一个和平统一民主的中国，是全国人民要求的，是美苏两国共同希望的，也是世界各国一致同情的，我们既与美国保持亲密的合作，更与苏联永保亲密的邦交，美苏关系，世界和平，均可因而获得坚固的保障。先生一转念间，不仅中国可以致和平，人类亦将同蒙其惠，是成是败，为祸为福，现在正是你们选择的最佳机会。

傅作义行伍出身，他这封致毛泽东的公开信，当然由别人捉刀代笔。那么，谁替他写的这篇文章呢？这个人名叫阎又文，傅作义的小同乡，时任傅作义张垣绥靖公署政工处副处长、《奋斗日报》社长和傅作义的秘书。鲜为人知的是，阎又文是一名中共地下情报人员。当时，傅作义让他写这封信，阎又文很纠结。不写会暴露自己，写了就会令亲者痛、仇者快。他向上级汇报，上级答复，让他大胆地写，基本精神就是要让傅作义一方得意忘形，让解放军一方对敌人无比仇恨。阎又文利用写信机会，走访了董其武、安春山、郭景方等将领，摸清了傅作义部在大同、集宁战役取胜的原因。

阎又文的上级是谁呢？边保。具体说，就是李启明与周兴。

1937年底，傅作义就任国民党第二战区北路军总司令，所部35军扩编为两师一旅，移防晋西北柳林镇，与八路军120师隔三川河相望。三川河上游至寨东、杨家港有温泉，水温18摄氏度至20摄氏度，河水冬天不结冰，天愈冷愈热气蒸腾，蔚为壮观，俗称“抖气河”。抖气河一带严冬若春，每年冬令引来成群结队的鸳鸯，双双戏水，成为当地一景。三川河流至柳林镇，河水十分清澈，又被称为“清河”。这个时期，国共双方信使往来不断，互通情报，关系相当好。傅作义本人对周恩来非常佩服，也多次拜会毛泽东，毛泽东还送过他不少书。1938年初，通过120师政委关向应、政治部主任甘泗骐，傅作义还从延安陕北公学和抗大要了好些学生，充实到他的部队里。他仿效八路军，在他的部队里从上到下设立了政工部门，其中很多部门是由延安派来的干部担任的。参照八路军的《三大纪律八项注意》，他制定了一个《十项纪律》，对行军、作战和宿营等方面的群众纪律都作了规定，使他的部队所到之处也深受群众欢迎。阎锡山因此调侃他，把35军带成了“七路半”。1938年12月，傅作义被南京国民政府任命为第八战区副司令长官兼第二战区北路军总指挥，他从此摆脱了阎锡山的控制。回到绥远后，1939 年 5 月，傅作义还在河套百川堡搞了个“抗战建国讨论会”，轮训各级党、政、军干部，共产党员也在轮训范围之内。

在傅作义联共抗日期间，傅作义北路军司令部有个叫潘纪文的中共党员。在司令部作政治工作期间，潘纪文发展了两个秘密党员，一个是山西大学毕业的阎又文，傅作义的随从秘书兼《奋斗日报》社长；另一个是北京大学毕业的杨子明，傅作义的新闻秘书。1940 年秋，国共关系再度紧张，傅作义的态度也由联共抗日转为反共抗日。这时，潘纪文等身份公开的中共党员被礼送出境，而河套地区的中共地下党组织则遭到了毁灭性的破坏。1945 年 8 月，傅作义就任国民政府第 12 战区司令长官。因为阎又文、杨子明这两个情报关系是由边保掌握的，周兴、李启明决定，派人和这两个情报力量重新建立联系。他们选择的人，名叫王玉。

王玉又名张治公，陕西礼泉人，1939 年到延安参加革命。周兴和时任边保情报科长的李启明跟他谈话之后，由情报科三边情报组安排派往绥远。王玉的身份是阎又文的表弟，一个皮货商人。边保给他的任务，是通过阎又文、杨子明了解傅作义部队的实力、傅的作战计划和傅与蒋介石的关系等。可是，因为战争形势紧张，王玉第一次去，没能抵达绥远，无功而返。1946 年初，王玉再到包头，一个偶然的机会，他结识了傅作义第 12 战区长官部机要室秘书薛起禄。傅作义治军很严，他手下的军官没多少机会贪污腐败。但物价飞涨，军官也有家小，大家都想过得宽裕一些。交往一段之后，听王玉说他的皮货生意获利如何如何大，薛起禄动了心。王玉又许诺如果他入股，两年后加倍奉还。于是，薛起禄约他的机要室的同事一起，集资 20 两黄金，在王玉这儿入了股。这样一来，薛起禄跟王玉的关系

■ 王玉

自然就不一般了。他给王玉弄了15张空白介绍信，这下王玉在国统区就畅行无阻了。1946年2月，王玉到了归绥，几经周折终于见到了阎又文和杨子明。通过他们，王玉得到了傅作义军队实力、师以上将领情况、特别是傅作义军队即将进攻绥东解放区的情报。因为时间紧迫，王玉走正常程序回定边报告，已经来不及了。于是，王玉直接穿过封锁线，来到晋绥军区司令部汇报。不巧贺龙到晋绥分局去了，接待他的副政委甘泗淇、政治部主任孙志远对他提供的情报将信将疑。尽管如此，王玉后来第三次由边区来到包头，和另外两个人开了个商店，凭借薛起禄这个靠山，往来平绥线上，跟阎又文保持密切联系，不断地把重要情报汇报给甘泗淇。再后来，傅作义总部东移，边保感到鞭长莫及，再加上晋绥方面对这一情报关系十分需要，义合会议后，周兴把王玉叫到义合镇，通知把他调到中央社会部工作，他这一组情报力量移交给了晋绥公安总局，之后又由晋绥公安总局移交给绥蒙公安局。1948年，在李克农、罗青长的领导下，王玉还三次从中央所在地河北平山前往北平，从阎又文、杨子明处获取情报。

说了王玉、阎又文他们，还是回到正题上来，说说李启明。

李启明出生于1915年9月，山西神池县人，他的父亲李滋华在阎锡山部队当过校官，抗战期间病逝。1929年，李启明从家乡的小学毕业，去太原报考山西省立第一中学。这所学校在山西太有名，这一级只招80人，考生却有好几百。李启明以第二名的成绩考入省立一中。1932年，李启明从省立一中毕业，考上了山西医专预科。如果顺着这条道路往前走，后来的李启明也许会被人称为李医生了。但是，在省立一中和李启明住一个房间的，是一个共产党员。这个叫尹毓兰的小伙子，对李启明的人生产生了重大影响。除了学好功课，李启明还看了好多进步书刊及宣传马克思主义的小册子。后来，尹毓兰被阎锡山抓了，判刑10年。山西医专预科开学后，李启明去监狱看他。尹毓兰告诉他，冯玉祥在汾阳办了军校，让他赶快离开太原去汾阳。从此，李启明离开了太原，也再没回过老家，和家里断绝了一切联系。

1931年，冯玉祥中原大战战败后，退避到了山西汾阳。他把跟随他过来的军官学校和郑州宪兵学校合并，成立了一个汾阳军官学校。除了原来的学员，他又在各地招了些青年学生。1932年2月，冯玉祥在张家口电令汾阳军校赶快扩编，准备北上抗日。李启明就是这次扩编招进军校的。

在汾阳军校，李启明当年9月就加入了中国共产党。1933年5月，李启明随两千军校学生军编入察哈尔抗日同盟军。同年7月，同盟军在吉鸿昌的指挥下，攻占了现如今已经严重沙化、当年却是察哈尔重镇的多伦，一度把日本军队全部赶出了察哈尔省。这也是“九·一八”事变之后，中国军队首次从日本人手里夺回失地。但是，蒋介石要实现全国的军令统一，不能容忍冯玉祥另立山头的行为。此后，两万日本和伪满洲国军队对多伦进行反扑，国民政府军队也逼近张家口，8月份，冯玉祥不得不宣布察哈尔抗日同盟军解散。同盟军大部分被西北军旧部、已经被蒋介石收编的宋哲元整编，不愿归顺蒋介石的方振武、吉鸿昌转入河北昌平一带，最终战败。方振武流亡海外，吉鸿昌逃到天津后被抓，后来在北平被判死刑。1934年11月，39岁的共产党员吉鸿昌死于国民党陆军监狱，临终留下著名的诗句：“恨不抗日死，留作今日羞。国破尚如此，我何惜此头。”

1933年，宋哲元因支持冯玉祥组建察哈尔抗日同盟军并反对何应钦武力攻打同盟军，被蒋介石免去了察哈尔省主席。李启明所在部队开始清洗“不稳定分子”，他在那里待不住了，就和别人结伴坐火车跑到潼关，再一路折腾来到西安。经一位有名望的山西同乡写信介绍，李启明与另外两人一起参加了杨虎城办的步兵训练班，每天在新城广场上操训练。对李启明来说，步训班当然不是久留之地。他留意到报上有国民党部队在陕北围剿刘志丹的消息。有一天，李启明在街上碰到了一起在汾阳军校待过的江旭，此人是个共产党员。江旭告诉他，红26军在西安设有联络点，并且介绍李启明跟联络点接上了头。步训班每天要派两名学员在灶上帮厨，其中包括上街买菜。利用这个机会，李启明跟那个同学跑到了联系点，在那里换上便服、隐藏了一周之后，李启明和其他几个人在交通员的带领下，穿过封锁线，进入了陕甘根据地，并且于1934年底在陕甘苏维埃驻地南梁见到了习仲勋、刘志丹等人。

红26军的前身是谢子长、刘志丹领导的陕甘游击队。说是一个军，实际上只有一个团，即26军42师第2团，团长王世泰，政委杜衡。红军初创阶段，都是这么个路数。南昌起义失败后，无处立足的朱德、陈毅等人带着一个团的兵力在广东鹅形（今韶关一带）接受了时任国民革命军16军军长范石生的收编。范石生是朱德云南讲武堂的同学，两人还是拜把兄弟。别字“玉楷”的朱德，化名王楷，出任了国军16军140团的团长。

后来，中国共产党的第一支军队——中国工农红军就是在这个国军 140 团的基础上产生的。1928 年 1 月 23 日，换上赶制的一面镰刀斧头旗帜，国军 140 团就变成了红军第四军。之所以称第四军，是因为当这支部队的大多数官兵都来自原来的国民党第四军。后来，古田会议整顿的，也是这支第四军。

1933 年，红 26 军强行南下三原，战败。同年 11 月，红 26 军 42 师重新组建，刘志丹、高岗先后担任过师长、政委，但这个所谓的师也只有五百来人。李启明在 42 师先后任三团副连长、连长和红军军政学校军事教员，参加了陕北根据地的反“围剿”战斗。在中央红军早已经纠正了“肃反”扩大化的时候，信息闭塞的陕北红军“肃反”却正如火如荼。1935 年 9 月，红 25 军到达陕北，和陕北红军组成了红 15 军团。红 25 军的参谋长戴季英担任了政治保卫局的局长，陕甘、陕北根据地好些党政军干部都被抓了起来。在瓦窑堡，关押李启明等人的房间与关押习仲勋等人的房间是两隔壁。过了几天，高岗、刘志丹也被关到了这里。李启明亲眼看见高岗穿着大衣，被关押在另一个院子。戴季英这人比较左，既专横又主观，喜欢搞刑讯逼供。上海中央特科派往陕北联系红 26 军的张庆孚是个上海人，身体比较胖，他来的时候，带着一部电台，是由王超北护送到陕北的。那年头，红军队伍里胖人不多，白白胖胖的张庆孚让戴季英怎么看怎么觉得可疑。为此，张庆孚在审讯中挨了不少打。他大骂审他的人是法西斯，于是，那伙人打得更起劲。在被关押的人中，他就成了挨打最多的人。

李启明的情况却很特别。自打被关起来，压根没人来审过他。中央红军到达陕北后，李启明是以犯人身份白天帮西北保卫局刻蜡版，晚上回牢房睡觉。中央纠正陕北红军的“肃反”扩大化之后，李启明留在文书科任秘书。1937 年 1 月，中央机关迁到延安，李启明成为西北政治保卫局周兴局长的秘书。

1938 年 6 月，边保在延安城外的七里铺举办了第一期情报侦察干部培训班，李启明成为这个班的学员。这个保卫干部的“黄埔一期”共有 36 人，其中 8 名女学员，包括后来成为邓小平夫人的卓琳。学员们上课没课本，但讲课的人个个厉害。请来的教师包括陈云、李富春、徐特立、康生、潘汉年、李克农等。经过半年培训和一个月的实习，一期培训班才算结业。但李启明只上了两个月，就被派出去独当一面搞情报。他先到瓦窑堡，再到绥德，公开身份是八路军绥德警备司令部的联络参谋。他带着边保的陆伦章在绥德搞了个“抗敌书店”作为情报密点，陆伦章就在这儿当店员，专门介绍进步书籍，吸引青年学生。通过书店，李启明认识了国民党绥德保安司令部上尉书记鲁南和绥德专署准尉传达长龚震。大家都是年龄相仿的小伙子，还有些共同的爱好。李启明爱唱京剧，这二位是山东人，爱唱鲁剧；俩人都对国民党满腹牢骚，对共产党很有好感。交往深了之后，这二人对李启明无话不谈，最后都接受了李启明交代的情报收集任务。接下来，李启明又发展了保7团的团副张振声。在国民党绥德县党部工作的慕青，本来就是革命烈士后裔，对共产党十分向往。他也主动找到李启明这儿来。

不久，李启明在绥德街头又碰到了他七里铺一期同班同学毛培春。原来，跟他一样，毛培春没等结业，就被组织派到了阎锡山的国民党第二战区长官司令部，在政治部文工团任职。日军侵占山西之后，毛培春随政治部来到了绥德。而这个政治部的主任，是国民党绥德专署专员何绍南兼任的。如此一来，李启明在绥德建立的这个情报组，就渗透到了绥德的保安司令部、专署和政治部。通过这个情报网，李启明掌握了何绍南贪污赈灾款十几万元的证据。那个时候，绥德在行政上还属国民党管辖。中共绥德特委机关，公开的身份是警务区政治部的民运科。1939年10月，绥德警备区的司令兼政委是王震，王震的359旅就驻扎绥德。对于“摩擦专员”何绍南，共产党方面恨之入骨。这一年冬天，有一回彭德怀路过西安，在国民党天水行营主任程潜处偶遇何绍南。程潜的参谋长晏勋甫指着何绍南刚刚跟彭德怀说出何的名字，彭德怀气得立即指着他的鼻子就是一通臭骂，说他是反共最得力的人。手上有了何绍南的证据，共产党就跟他不客气了。1940年正月初十前后，王震让警备区政治部剧团组成武装宣传队，罗列何绍南八大罪状的具体事实，以照片、画像和由演员化妆的各类人物，在绥德城内外大张旗鼓地进行揭露。正月二十三，何绍南一伙在绥德待不住了，半夜一把火烧了库存的弹药、物资和文件档案，跑掉了。

再说边保七里铺一期学员毛培春。赶走何绍南之后，毛培春相继转移到榆林、洛川、耀县等地，并且加入军统，担任了西安宪兵司令部特高组中校参谋。1945年爷台山反击战、1947年8月沙家店战役、1948年3月宜川瓦子街战役以及 1948 年 4 月宝鸡战役，毛培春都传出过胡宗南军队调动及配置等重要军事情报。奉周兴、李启明之命，毛培春随国民党军队从延安南撤。走到白水县石头村，他所在的部队遭到国民党飞机的误炸，毛培春中弹身亡，时年 30 岁。他死后，国共双方都为他开了追悼会。享此哀荣的，史上恐怕再找不到第二人了。

1944 年，李启明和中央社会部副部长李克农的长女李宁结婚。李克农、李启明都是搞情报的，人们可能想当然会认为，李启明是李克农看上的乘龙快婿。其实，李启明和李宁的结合，真没李克农太多的事儿。抗战期间，延安是个男多女少的地方，男女比例达到了 18：1。能投奔延安的女青年就成为尚未婚配的老干部追逐的目标。但是，老干部大多文化程度低，而女青年大多有文化。像薛明之类的女青年早早放出话来，坚决不找老干部，要找有文化的年轻干部作配偶。不过，薛明后来还是食言，照样嫁给了老资格的贺龙。李克农的长女李宁也和薛明一样，一心要找个有文化的年轻干部。李宁懂俄语，她从延安大学俄文系调到边保后，在一科做内勤，他的科长就是李启明。李启明只比李宁大三岁，高大英俊，他虽然

■ 高步林 80 年代初与时任云南省委书记李启明、云南省外办主任李宁在昆明合影

资格挺老，但他却有文化。两人低头不见抬头见，就有了感情。李克农听说他们谈恋爱，也就是通过周兴等人了解了一下李启明的情况，其他的事情都没管。新中国成立后，上级本来要让李启明去国外当大使，这事儿让李克农给拦了：你又不会外语，到了国外不是受活洋罪嘛！于是，李启明就留在陕西工作了许多年，50年代初，任西北公安部部长、陕西省公安厅厅长，副省长等，60年代初任陕西省省长。

李宁当过陕西省公安厅的常务副厅长，徐汀在省厅文化保卫处当副处长时，李宁正好分管徐汀的业务口。李宁是个典型的职业女性，不会做饭，全身心都投入到工作上，连上厕所都常跑着去。有一回徐汀给李宁打电话，一听接电话的是李启明，徐汀吓得连自己名字都没敢报，就赶紧把电话给挂了。李启明一向很严肃，做事非常认真，不仅老边保的人都怕他，陕西省公安厅的干部同样都怕他。他身材高大魁梧，走路挺胸抬头，目不斜视，有一股不怒自威的气势。“文化大革命”中批斗李启明，称李是陕西“镇反”不彻底的罪魁祸首。挂着十几斤的大牌子，会场上造反派口号震天，但李根本不屑。他一口报出从第一期至第三期镇反全省各抓了多少人、杀了多少人，然后报出三期镇反总共抓了多少人，杀了多少人。说出这些数字，他连想都不想。紧接着，他用浓重的山西话又大声地补上了两句：“相当彻底，相当彻底！”他的超群记忆与大义凛然，连在场的造反派都为之折服。

第四节 “十一号”的“第二阶段”

1949年1月29日，大年初一。

在黄龙保安科，白碧安吃完饺子，开始呼呼大睡的时候，于桑就开始伏案工作了。高孟吉回到韩城，就成了他们手中的一粒重要的棋子。怎样下好这步棋，对今后绥署方面的情报工作意义深远。

首先，他给高孟吉写了前文提到的那封热情洋溢的信，对他和高勉斋进行鼓励；接下来，他对第二阶段的工作提出了一个思路。经黄龙地委书记强自修审批、修改，于桑让白碧安捎回了一封以强自修、于桑署名，给韩城县委书记白耀明、县长段杰、保安科长高步林、副科长史志春的信，内容如下：

白碧安同志专送信和十一号的材料于二十九日早上已收到并将情况电报西北局与前总了，约在三十日晚接收他们电示。为了争取时间，特将下列问题先给您们写封信，约二月一号您们可收到。如果西北局和前总的电示与我们的内容有矛盾的话，即再另写信与您们。希先照此信意见布置工作。

一、十一号按我们所预定计划胜利归来，并带回有价值的情报及完成我们在敌内的情报工作布置，我们非常欣慰。不管从哪一方面讲，我们争取了第一阶段的胜利。因此，请代为致慰十一号同志，希望继续努力，以便争取第二、第三阶段的更大胜利。为此必须：

甲、按照十一号预定计划与时间，和敌人在空中取得联络，但不要急于给敌人拍发情报，只告诉敌方："按预定计划到达了目的地，一切正在秘密布置中。如不发生变化，预计某时间之前可布置好"等等。其目的是：一方面取得敌人的信任，另外看敌人有什么要求，然后再根据这些要求供给敌人一些情报。但刚开始时，情报不宜太多，只要不妨害我军行动，一般情报可以给敌方。但每份情报须您们四人共同研究决定后再发出，否则于我不利。这一点希与十一号共同研商决定。

乙、潜伏电台的地址要绝对保守秘密，顶好按计划执行潜伏在乡下某人家，并嘱托该老百姓，不管见了什么人，哪怕是我方各级军事首长，也不能暴露这件事。否则，会引起严重后果的。

丙、西社部（作者注：即西北局社会部，亦为边保）此前拟派秦平和黄斌二同志来韩城，秦平领导情报业务，黄斌领导电台业务。今天我又打了电报要他们赶快把人调来，并已要求派一5瓦特或15瓦特的电台来，与二十六号同志取得情报联络。这一点如果经营得好，不管敌人撤到哪里，都可以知道其动态。干部及电台问题，我们争取在二月十五号前解决，以便加强领导。

丁、与十一号商量，能否很快派出一人，与敌取得陆上联络。其任务：1. 了解敌方动态，我方布置是否为敌所发觉，并请示今后的工作；2. 了解我们的工作关系是否发生问题，并再三嘱托刘昌祈切勿将十一号消息告诉任何人，同时设法把刘拉住，要刘与我写一份情报或履历之类的东西，其目的是为了堵塞刘之嘴，使其今后再不敢向别人暴露十一号消息，否则就会连累他。

最后，我们在第二阶段的基本工作要达到：

1. 与敌报告情报的目的，是为了更加取得敌人对十一号的信任，更加巩固十一号在二处的地位而由此爬上领导位置。因此，现在就要慢慢设法如何找代替十一号在韩城工作的人。当然，这种代替人或由我们派去秘密干部接任，或由十一号推荐我力量之十六号等接替亦可。总之，先做思想准备，暂不做决定。又如何找借口，让十一号能回到敌人内部。不过，此项工作起码要有三个月的时间，太短恐引起敌人的怀疑。

2. 认真与敌内的我方同志把空中联络建立起来，其中密码联络技术要深刻研究，并经常改换防止敌人发现，以便随时取得联络，这样就可及时知道敌人的动态。同时，还得布置二人、二台以上关系，否则，如果敌人把二十六号调走，就又失掉联络了。因此，这一工作想十一号将来在外亲自布置则很难实现。

3. 如十一号在三个月后回到敌内之后，对敌潜伏在韩特工台的处理，到那时可采取两种方式：一种是利用该台放到边境设法控制其他潜伏台。如办不到的话，就可公开破获打击敌特。这是第三阶段的计划，到时看情况再说。

4. 要争取第二阶段的胜利，关键在于保守秘密，一不小心就会前功尽弃的。希望您们注意、注意、再注意！

按照于桑的设想，高孟吉回韩城执行“潜伏”任务只是一个铺垫，目的是在几个月之后再派回去。

收到于桑转来的情报和所拟的报告之后，2 月 2 日，边保以处长周兴、副处长赵苍璧、李启明署名，立即回复了他。其实，这个时候赵苍璧已经在河北平山中共中央社会部工作，但因为他仍担任边保的副处长，边保行文仍沿用三位处领导联合署名的方式：

从你们的来电看，十一号回韩是上月二十三日，但不知为何延至二十九日你处才发电通知我们。我处看到你的电文已是二月一日，当晚即复你一电。记得上次十一号回来也是过了好多天，直到他快出去时才通知我们的，这样就使我处的意见，不能即时通知你们作参考。本来，我们的意见，上次十一号出去就不必再回来了，敌台可由他向敌另荐别人带入，这样做为了：

1. 要十一号打入绥署，立即起收集与组织情报的作用，如果回来，这工作就会受到损失，而且在相当时间内不能出去。

2. 十一号再出去必须经过适当设计才能打回敌内去，弄不好就会暴露。而且使我们处理敌人那架电台会发生许多顾虑。但由于你们报告的晚，当我们给你去电时，你们已经通知韩保，要十一号自己带电台回来，时间不允许将我处意见传达下去。因此在处理十一号的问题上，使我们处在被动的地位，使今后的设计发生许多困难。根据以上经验，今后凡敌内重要力量来往与报告，必须即时报告本部，以便即时提供处理意见。

对强自修、于桑给韩城方面许诺解决电台、干部的问题，上级也提出了批评：

你未加深思熟虑，对下级就轻给约许也是欠妥的，比如答应给十一号另派一架五瓦特或十五瓦特电台的问题就是一例。而且你还指示他们说争取在二月十五日前解决之。在这样的问题上，你们既不取得上级批准，为何轻开支票答应派台去，使下面把工作主要方向都依靠到这上面来，这将会使他们丧失了工作的主动性，而且安设这样的工作台，在上面还有许许多多的周折，这点你们完全未加细致考虑。又如你们通知韩城说："西社部前拟派秦平、黄彬二同志来专门领导这一工作，今已打了电报要他们赶快调来"也是不妥的，调秦、黄是你们的要求，我们复以已去电前总去调，但调来与否也是不能决定的。你们现在将没有完全确定的问题即向下传达，只有坏事没有好处的，希今后注意这一问题。

对于领导的责备，于桑在 2 月 11 日黄龙保安分处给陕甘宁边区保安处的报告中，是这样解释的：

1. 十一号于四八年十二月十七日回韩住保安科，我们于二十八日晚从刘（文蔚）、高（仰山）、白（耀明）、高（步林）专门派通讯员送来的信中才知道，十一号已回韩。在二十四日前，十一号同高步林同志奉刘、高等命来地委，走到半路因下大雪又回韩后，才派专人送信来地委。我们接着信后一面请示强书记，一面电报您们请示，是在一天加一个晚上完成了这些事情。这在我们十二月二十九日给刘、高等的信上说："十二月二十四日的信，于二十八日晚收到，当晚因太迟没有来得及电报西局，第二天早上电才发出。下面，只是与地方强书记讨论并得强书记指示综合答复如下"得到证明。十一号第二次进来是四九年一月二十五日，前电报二十三日系错误。但我们是在一月二十九日早上由白碧安同志送来专信才知道的，当即与强书记讨论后，除了给白、高等写回信外，并电报您们。这从我们二十九日的信中可以得到证明。

2. 十一号第一次回来，我们接到下面住好，于 1948 年 12 月 28 日即电报您们，31 日接到电示，就在当时即派人把二十九日我们给刘（文蔚）、高（仰山）、高孟吉的指示信专送延安。至此后，直到一月二十六日才收对十一号的工作指示信，其中又相差二十余天的时间。因此，我在一月三十日晚信上所说的"得这数指示，不分昼夜研究上述指示"就是指上面情况而言的。

2 月 7 日，西北局社会部还给强自修和于桑写了封信，关于高孟吉下一次的工作，又提出了一些补充意见：

1. 关于十一号带来的电台与敌空中联络问题的处理，你们在未接西社部通知前不能允许十一号电台与敌进行联络，你们应立即将这次十一号出去的经过，出去后向敌人报告了些什么，如何安台，供敌一些什么情报，敌人对他的态度如何，给了什么任务，约定什么时间开始空中的与地下的联络，约定了什么密码本、加码表，都应详细写来报告，以便详细研究后向你们提供一些意见，并决定该台是否与敌空中联络，或何时联络与如何联络等问题。这些材料我们立即等着要知道，请你们争取时间送来。另外，即使以后决定十一号台可与敌联络，你们给韩城白、段、高、史的信中提出可供敌的情报办法也是不妥当的。这样的事，首先你们在取得上级同意后方好对下级指示。第二，在目前不论任何大小军情，即使“不妨害我军行动”，我们的意见不能供敌。第三，其他假情报供给办法，你们就在有详细计划，指出范围，并规定好审查办法（除白、段、高、史审查外），定期（一礼拜或多少天）把发报的原稿（汉文）、收发报底（码子）、来电译文等送上级审阅。另外，即使决定十一号台与敌可联络，但他在布置好控制台（另外有台监视该台发报）与控制的人（我方报务员与领导干部）后才能与敌联络，而且密本要由我方保管，电文要由我方译，收发报时要我报务员在旁才能联络，这一条你们必须规定制度，要十一号遵守，这在逆用敌台时必须严格注意。因此你们在这些工作尚未完成前即指示韩城要十一号可与敌联络是存在缺陷的，（虽然规定“不急于与敌拍发情报，只向敌报告说按预定计划到达目的地”，但这指示也只说了不急于发情报，还不是说不得发情报，这里存在有漏洞。）

关于高孟吉工作的问题，于桑在2月11日给边保的信中这样解释：

一、我们在布置十一号工作有漏洞，甚至有严重的错误，其表现正如来示中所指出的：

1. 违背指示。您们指示不要十一号带台来，而我们要十一号带台进来，因此组织工作处于被动。这一点是一严重错误。但是否违背呢？我认为是这样的：

（1）从总的精神来讲，是没有违背打入绥署长期埋伏的工作方针的。这从我们多次与刘、高、高等的信中可以看出这一精神来的。如四八年十二月二十九日信中第二条：“孟吉今年工作总方向是长期埋伏在二处系统内，从特务内部来破坏敌人”。四九年一月二十九日的信中又说：“与敌报情报的目的是为了更加取得敌人对十一号的信任，更加巩固十一号在二处的地位”等。这都证明与您们四八年十二月二十九日电示：“高应力争藏在二处工作”的精神不相违背。但藏的方法就有直接、间接的问题，这样在方法上就未坚决执行电示。

（2）直接建台电示原因。第一，我当时这样想：十一号不一定能推荐人代替他进来，即使推荐了人进来，十一号能否就潜伏二处工作还是值得研究。如推荐他人使特务混进来，处理就发生困难。因为假若马上破获，那就可能引起敌人对十一号的怀疑。第二，如果拒绝十一号带台进来，又找不到妥人带台进来，那么我们就会不仅得不到电台，而且很可能把十一号搞垮。因为敌要他进来，我们又不准他进来，这样敌人是否要用他就很值得考虑。第三，最重要是我们接到您们二十九日电示，是在我们对十一号工作指示信送走后才收到。直到元月十五日早，段县长来土基才把十一号出去情况材料信件带来，由这才知道十一号是元月十号早晨离韩的。

2. 元月二十九日给白、段、高、史的指示信，除了完全同意来示中所指的错误外，以来示遵办，并已去信禁止与敌联络。根据二月七号指示信内容精神，马上写信告诉他们。

3. 1948 年 12 月 29 日我们给高（步林）等信上写："携台来韩过封锁线时，您们必须派专人接应，否则会发生误会"这一指示不够明确是实。但据说韩保派人去边境上接应时，具体指导由仰山同志负责的。在接应中弄出的岔子，应该派人追查。还未查清，以后再报。

韩城保安科本来是要高孟吉以商人的身份作掩护的。要经商做生意，就需要本钱。因此，2 月 7 日，高孟吉曾经给高步林写信，需要至少 2000 万农币作为资本。韩城保安科给黄龙保安分处打报告，要的是 3000 万农币；于桑报告边保之后，边保的答复是："我们的意见'假的当真的办'。对十一号的指导及其掩护按敌人的意图布置，所需掩护费，应向敌人索取。我们供给不但不妥，却易产生漏洞。"

为了伪装小型电台，高孟吉在西安花了 1700 金圆券买了一箱火柴；高勉斋花 50 金圆券买过一只空火柴箱。这样的花销没有超出刘庆曾批给高孟吉 2000 金圆券的专项经费，但不知为什么，2 月 7 日高孟吉给高步林的信中，还提到"勉斋之火柴应照市价返回给他"，不知这是他自己的意思，还是高勉斋的意思。

1 月 30 日，边保以西北局社会部名义向西北局、西北野战军打报告，要求在敌区建立空中联络。本来，边保自己有多部电台，但由于战事紧张，西北野战军电台不够用，彭德怀把边保的电台全都调拨给了部队。因为边保这边没电台也不方便，周兴本来想留几部，打了点埋伏，彭德怀知道后，发了脾气。为此，周兴还挨了处分。直到此时，除了需要人员操作高孟吉带回的电台、薛浩然、李福泳的电台要与边保方面联络，另外，国民党新编第99师师长赵国桢要求延安方面派报务员、译电员去控制该师电台，以便给共产党方面提供情报；驻耀县的军统西北特技组组长杜志芳要求通过电台与边保方面进行联络。此外，边保陇东分处要求派三架小型电台给他们，说在兰州、平凉等地有安设密台的地址；黄龙分处西安情报站也要求派台去西安。边保还获知国民党陕西省政府、省保安司令部、第十专署、长安、三原、富平、礼泉、高陵、乾州等县几个电台的呼号、联络时间，需要安装专台窃听敌台电报。因此，在报告中，边保提出要报务员、译电员以及各种型号收发报机若干的意见。2月5日，西北野战军副参谋长张经武就给周兴、李启明批示："社会部情报台不日成立。韩干亦选派。"韩干，指的是派往韩城的电台管理干部。2月6日，边保周兴、赵苍璧和李启明马上给于桑写了信，介绍报务员李在良协助控制高孟吉带回的电台，李在良被编为12号。2月17日，边保又派一科即情报科的副科长袁心湖来韩城，布置高孟吉的工作。

这里，有必要介绍一下袁心湖，因为他在后面边保与情报力量的空中联络中，起到了很重要的作用。袁心湖，湖南新化人。原名邹高清，字定才。1935年考入北洋工学院。北洋工学院的前身，叫北洋大学堂，再往前，叫天津北洋西学学堂。这个由天津海关道盛宣怀创办的学校，是中国近代第一所现代意义上的大学。后来，国民政府对北洋大学和北京大学进行科系调整，北洋大学专办工科，法科移交北京大学，这样就有了后来的北洋工学院。现在的天津大学，前身正是这个北洋工学院。

邹高清入学两年后，"七七事变"爆发，抗战开始。1937年7月30日，天津沦陷，北洋工学院被炸。热血青年邹高清参加抗日救国军南下，不久，他听说学校师生迁到了西安，赶紧又赶到了西安。此时，国民政府教育部下令，以北平大学、北平师范大学、北洋工学院和北平研究院等院校为基干，设立西安临时大学。1938年3月，西安临时大学又改称为国立西北联合大学。再往后，没等毕业，邹高清就通过西安八路军办事处介绍，来到延安。从此，共产党阵营里又多了一个高智商、高学历的战士，只不过，他从此不再叫邹高清，而是改名叫袁心湖。新中国成立后，组织上曾经想让李启明到国外当大使，这事儿让他的岳父李克农给拦了；懂外语的袁心湖却被派到国外工作多年，从1955年起，他先后在中国驻埃及、叙利亚使馆当参赞，还当过中国驻巴基斯坦的总领事，一直到1968年才回国，担任总参情报局一局的局长，之后，他在国家安全部副部长任上离休。

到延安后，袁心湖曾被派到傅作义的绥远省政府，担任宣训科的科长，直到1940年傅作义的“七路半”画上句号。和他一样，袁心湖当时的妻子许百川也是大学生。许百川是陕西白水人，父亲是国民党的一个旅长。在延安期间，他们都在边保工作。李启明升任边保副处长、张继祖接任情报科的科长后，袁心湖担任了情报科副科长。李启明、张继祖和袁心湖的共同特点是：文化程度高，懂电台，懂密码。

根据西北局社会部2月7日的指示，强自修、于桑在给韩城县委、县政府和保安科的信中，除了要求韩城方面按西北局社会部的要求，即使不妨害我军行动的大小军事情报也不能提供、其他假情报提供的范围和纪律，还提出了一些具体指导意见：

> 电台安置的位置不能在街上，因为在人口集中的地方，十一号过去又不是商人，这样容易暴露。因此，我们意见最好安置在比较偏僻的乡村，找个亲朋掩护是不容易暴露的。十一号不必要向乡政府登记，只要能掩护住就对了。

第五节　董钊与他的小舅子

1949年1月29日，韩城县保安科给边保上报了一份绝密文件《一年来外勤工作的总结》，在谈到情报工作存在的问题时，有这样一段内容：“目前韩城几个重要力量及交通都是保守秘密不够。以为这人表面上进步，说两句革命的话，就将重要的消息告诉别人，如电台问题。现在弄得董钊妻弟同都生都知道此（事），如果这样下去，不及时解决，将会前功尽弃。”

这个同都生由此引起于桑、李启明等人的强烈关注。这里，且放下同都生，先说说他的姐夫董钊。因为董钊不是一般的人物，所以这一问题才显得极为严重。

董钊，字介生，1901 年生人，西安市西关外东桃园村人。这个东桃园村，就是现在的“大唐西市”，一处热闹的仿古街市。董钊早年丧母，他爸是清朝的武举人，家境不错。但是，董钊的哥哥董锐是个败家子，等他长大成人，也就把家给败了。董钊跟他哥截然不同，从小爱读书，省立第三中学毕业后，考入黄埔一期，与胡宗南、陈赓、左权、陈明仁、杜聿明等一干人是同学。攻打延安时，董钊和刘勘分别是胡宗南的东路总指挥和西路总指挥。人们当然会以为董钊跟胡宗南的关系很铁，其实，不是这么回事儿。

黄埔毕业后，董钊先到驻扎河南的胡景翼国民第二军当连长、营长，然后到南京，受黄埔同学会委派，到北平当“军事杂志”的推销员。实际上，他这个差事就是搜集北平方面的政治、军事情报，为蒋介石统一北方服务。为时不久，他又被调到汉口，做国民党第 48 师的党务特派员。1930 年，他还担任过“复兴社”的小组长（“复兴社”是军统的前身）。应该说，董钊是个很有才干的人，再加上黄埔一期的背景，他屡屡得到提拔。1932 年，陕西武功人王懋德跟老蒋当面请求，让董钊到他任师长的国民革命军第 20 师当了参谋长；3 年后，陈诚又推荐他，当了第 28 师的师长。红军长征中，董钊参与了围追堵截，一路跑了五六个省，但没打什么像样的仗。“西安事变”发生时，董钊的部队正驻扎武汉。接到勤王的命令，董钊进入潼关，还和东北军进行了激烈的战斗。这边正打着，那边事变和平解决了。董钊带兵渡过渭河，在蒲城休整一段时间后，接国民党西安行营顾祝同的调令，带着他的 28 师开进西安，兼任西安的警备司令，算是衣锦还乡了。

1938 年，日本人打到了风陵渡，董钊奉命去守潼关；不久，台儿庄战事吃紧，他又去驰援台儿庄。台儿庄战役结束后，董钊又开往山东的郯城地区，去阻止由青岛登陆的日军，结果在郯城的南北劳沟地区，28 师与日本板垣师团山田铁联队遭遇。由于董钊指挥有方，将士用命，激战十余天，他们以伤亡三千多人的代价，打垮了山田铁联队，缴获了大批的枪炮、弹药和装备器材。当年，28 师撤回汉口后，国民政府认为董钊功勋卓著，提升他为 16 军军长，兼任 28 师的师长。

1939年春，驻西安的国民党第10战区司令长官蒋鼎文把董钊调到西安，并帮他完成了16军的建制。

蒋鼎文生于1895年，浙江诸暨人，浙江陆军讲武堂毕业，和卫立煌、陈诚、顾祝同、刘峙并列国民党早期的“五虎上将”。此人参加过讨伐陈炯明、北伐战争、蒋桂战争、蒋冯阎战争等，也参加过第三次、第五次对中共的围剿。除了能打仗，蒋鼎文还有两大爱好：一是女人，二是赌博。在陕西省当主席时，蒋鼎文有10个老婆，其中1个正室，9个小老婆，就这，他还在外面养着唱京戏的粉牡丹之类的情人；说到赌博，蒋鼎文大概是家传。因为他“嗜赌如命”的老爹导致家道中落，他才在辛亥革命后投笔从戎。但是，蒋鼎文比他老爹有过之而无不及。中原大战之后，有“飞将军”名声的蒋鼎文当了陇海路西段警备司令。他和另外两个军长顾祝同、上官云相会师郑州，聚兴豪赌。蒋鼎文一夜输光了全师官兵3个月的薪饷。第二天，军需处长需要发饷，蒋鼎文两手空空，急得团团转，只好硬着头皮去见蒋介石。蒋介石大怒，立即命他向顾祝同等讨回输款。但顾祝同推说，钱已作为犒赏发给官兵了。蒋介石无奈，只得给蒋鼎文一张5万元的支票，帮他渡过难关。

西安事变时，张、杨也扣留了在西安的陈诚、蒋鼎文、卫立煌等国民党军政大员。当时，西安的气氛非常紧张。如果有机会翻阅当时西安城的旧报纸，读者就会发现，12月13日至15日连续3天，西安所有的报纸全部停刊；16日报纸重新刊出，之前乱七八糟的广告也一律停刊，报纸非常严肃；再往后，才慢慢恢复正常。在西安全城戒严的时候，据说，张学良采纳了蒋百里的意见，挑了一个他最讨厌的人出去传消息，以示无私。被张学良挑中的人，就是蒋鼎文。12月17日，张学良让蒋鼎文带着蒋介石给宋美龄和何应钦的信函，从西安飞往南京，向南京国民政府传递信息，并陪同宋子文、宋美龄赴西安谈判。当蒋鼎文即将离开南京时，其夫人蔡文媛在机场哭哭啼啼、不愿其夫再入“虎穴”，自投罗网，但宋美龄对蔡说：“你是一个国家大员的夫人，一切事情应以国家为重，不能凭夫妻感情来阻止丈夫为国效忠。”

当飞机飞抵西安时，张学良亲往机场迎接，张学良拍着蒋鼎文肩膀说：“铭三兄，你是好汉，果然不怕死，又回来了。”

蒋鼎文答道：“副司令是大好汉，我是小好汉。”

结果，大好汉果然陪着蒋介石飞去了南京，从此开始了漫长的被软禁生涯。西安事变后，“拼命三郎”蒋鼎文大受蒋介石的器重。主政陕西后，蒋鼎文大肆经商敛财、逛嫖滥赌，成了著名的“腐败将军”。日本人打到河南后，在黄河边的济源县，就曾到处张贴蒋鼎文一手抱美人、一手提钞票的宣传画。

董钊到了蒋鼎文手下，作为国民革命军第34集团军总司令驻扎西安的胡宗南就感到不爽。他认为蒋鼎文、董钊是在西北培植个人势力，于是挤走了蒋鼎文，把16军下面的三个师长调走的调走、免职的免职，整得董钊成了个有职无权的空头军长。董钊知道胡宗南跟蒋介石的关系不一般，没干以卵击石的事儿，咬着牙对自己部下的调迁、指挥、教育、训练不闻不问，只是照例周转公文，终日在家闭门读书。

说到家，董钊先后有三任妻子。发妻是长安人，生了个儿子后死去；续弦董成英，没有留下儿女。三房同毓君出自韩城芝川镇一书香门第，父亲同伯亭是北平朝阳大学法学系毕业，曾任国民党高等法院第三庭的庭长，同毓君也跟随父亲在法院当书记员。嫁给董钊之后，同毓君辞了工作。去台湾之前，她给董钊生了三个儿女。

董钊的家在西安的小庙巷，这院是自己修的私邸，共有大小房子十余间。董钊父亲去世后，留下继母由董钊赡养。小庙巷的房子盖好后，一家老小都住在这儿。董钊在长安的杜曲置了几十亩水田，找了个河南唐县的农民吕书祥给他代耕。吕书祥是董钊的侍从副官吕书敬的亲弟弟，所以董钊很放心。至于吕书祥每年交多少粮食或者租子，董钊家里根本不计较，主要是怕地给撂荒了，可惜。

解放战争开打前，董钊在胡宗南的手下，一直不得志。一度，他的16军军长一职，还被胡宗南的亲信接替。1943年，胡宗南已经是第一战区司令长官，他把董钊任命到陕北，给邓宝珊当副手，担任晋陕绥边区副总司令。不用说，这个时候，他的任务就是防范共产党军队。可是，董钊手下只有一个第22军和一个不健全的新编第11旅，兵力十分单薄。董钊弄了个扩军计划，跑到南京报给蒋介石。因为这个计划涉及抗战之后的国共格局，蒋介石对此很赞许，马上批准。可胡宗南知道后，认为董钊又是在培植个人势力，马上也飞到重庆。回来时，胡宗南跟董钊同乘一架飞机。有了胡长官的坚决反对，董钊的扩军计划最后只能流于纸上谈兵了。

接下来，胡宗南又把董钊任命为国民革命军第38集团军总司令。这回老胡够意思吧？拉倒吧。这个集团军下面并没有建制，董钊驻扎甘肃平凉，手下只有一个警卫营。赶上日本鬼子进犯西峡口，而董钊打日本人又有心得，老胡这才让他赶到洛南设了个总指挥部，指挥第1军罗列部和第90军严明部对日作战。这回，董钊赶上了好时机，仗没怎么打，日本人投降了。等他回到平凉时，老百姓拿他当英雄看待，夹道欢迎的人群长达数公里。说起来，董钊人生最风光的时刻，非此莫属了。

打这儿以后，胡宗南没再给董钊小鞋穿。打延安时，董钊当了东路指挥官。可延安丢了以后，再回到西安，董钊就没再担任整编第1军的军长，而被委派为国民党第18绥靖区司令官，管5个专区40多个县，以及3个保安旅。1948年6月，把持陕西政务4年之久的绍兴人祝绍周辞掉了陕西省主席一职。风雨飘摇中，这把交椅传到了一介武夫董钊手上。除了跟着胡宗南的指挥棒打转转之外，这位国民党最后一任陕西省政府主席对陕西的政治、经济、文化、教育等诸多方面可以说毫无建树了。

董钊有两个小舅子，一个叫同慧缘，一个叫同都生。因为有文化，又年轻，都属于端起碗来吃肉、放下碗来骂娘的主儿，对国民党的腐败无能也一肚子牢骚。同慧缘跟高勉斋的弟弟是同学，俩人关系还不错。同伯亭家是韩城的大户，1947年秋韩城第一次解放时，游击队打着高勉斋的旗号到同伯亭家搜过枪。1948年，有一回高勉斋受刘文蔚、高仰山、高步林他们的指派，说二纵王司令打西安需要一张西安的城防工事图，让他到西安找高孟吉弄。高孟吉一听要这东西，说实在没辙，因为城防工事图属绝密文件，就王微那儿有。他官儿太小，就是请客送礼也弄不来。那时节，就是后来玉祥门外就义的胡轩在西安东躲西藏的前后脚。西安的旅店查得特别紧，高勉斋又没有身份证，只能在韩城老乡处这儿混一宿、那儿混一宿。沟北村有个叫高亚民的，与高勉斋年纪相仿，俩人关系还可以。高亚民在青年路的三青团工作，高勉斋晚上就在人家的办公室里落脚。有一天晚上9点多，高勉斋一进办公室，高亚民就告诉他，这里待不成了，赶快走。为啥？原来，高亚民是同慧缘的大舅子。高亚民从大荔高师毕业，初来西安时，是经同伯亭推荐，在董钊的司令部当了个上尉书记。高亚民对此很满足："咱没在军队干过，这回董先生还任命咱当了上尉书记，每月能发两千多万元，可以咧！"高勉斋虽然在高亚民这儿落脚，却知道跟他不是一路人，不能跟他交什么底儿。这天下午，同慧缘专门来找高亚民，说他爸听说高勉斋到了西安，已经给董钊打了电话，另外还捎了张条子，要让董钊全城搜捕共匪高勉斋。同慧缘之所以要救高勉斋，很重要一个原因是他跟高勉斋的弟弟曾经是同学。得到这个信儿，吓得高勉斋赶快离开青年路，半夜叫开刘昌祈家的门投宿。

解放前，西安也就五十来万人，西安的韩城人圈子也没多大。不知谁的嘴巴不严，高孟吉他们电台的事儿，居然连同都生都知道了。尽管同都生思想进步，而且跟人说起过想去延安，但对他这样的人，高步林他们是非常慎重的。不光他知道，刘昌祈也知道。所以，这两人让边保方面相当紧张。

对于刘昌祈，强自修、于桑指示韩城方面的白耀明、段杰、高步林、史志春：

> 了解我们的工作关系是否发生问题，并再三嘱托刘昌祈切勿将十一号消息告诉任何人。同时设法把刘拉住，要刘与我写一份情报或履历之类的东西，其目的是为了堵塞刘之嘴，使其今后再不敢向别人暴露十一号消息。否则就会连累他。
>
> 对于同都生，我们可利用他表面上的进步，可秘密把他弄来（或约定密下，但要绝密）。要他把所知道敌内的机密、尤其是董钊的一切情况，详细给我写出。要他办一个为革命工作的手续，约定化名、代号，要他宣誓永远为革命工作，然后再教育和鼓励他，尤其是灌输他保守秘密，否则就有生命危险等等。这样做的目的，是为了抓住同的证据，防止他乱讲十一号与我之关系，并不是真正要他与我工作，当然，他确实愿为我工作亦不拒绝。我们在表面上要对他很热情，并防止他与敌见面，同时也不要提出要他回敌区工作。如果他提出要去敌区的话，还可以给他书，推说让他秘密学习一个时期再说。这些工作做完后，觉得他还不保险的话，我们可请示延安是否秘密把他弄到延安学习或另行处理，这以后再看情况发展而定。
>
> 对同用这种方法能否行通，请酌情考虑研究。

那么，这俩人的表现究竟如何呢？高步林他们认为，刘昌祈表现不错，而同都生表现不好。至于怎么个不好法儿，没有详加说明。“约定密下”，应该就是秘密处决的意思吧。

汇报到边保，周兴、李启明对此也高度重视。他们以“西北局社会部”名义，答复强自修、于桑：

关于刘昌祈与同都生的问题，基本上同意你们给白、段、高、史的指示，但还应仔细研究方法，如何就能叫刘昌祈办了手续。同都生现在何处，又如何能将他叫回来，在这一企图尚未达到前，是否可设法监视同都生，看他是否坏我们的事儿，最好是设法将他们二人都弄回来送延安学习，勿留在外面。同既是董钊妻弟，顺便一开口，事情一切都完了。但如何去完成这些企图，还靠你们与十一号仔细研究，我们不了解具体情况，无法提供具体意见，但这两件事都必须认真进行，万勿自流，致使不失坐成大错。

时隔 9 天之后，西北局社会部再次发出指示：

同都生依你们上次报告所提办法，务必说服其来延学习，防止发生意外或使同产生误会。

两天后，也就是 1949 年月 2 月 18 日，于桑在给高步林的一封信中要求：“同都生希即说服动员来延学习（但态度要诚恳，方式要讲求，不让他发现我们是因为怕他破坏十一号与我们的关系而这样做的），防止发生意外，或使同产生误会。来时最好派一个干部送洛川的分校，我们再转延安。”其实，他不知道，这件事儿高步林他们已经解决。就这同一天，已经到韩城来指导工作的边保情报科副科长袁心湖就从韩城给周兴、李启明报告，同都生“已赴延大总校”。同都生曾自动跟高步林谈到过高孟吉，高步林跟他叮嘱，不论真假，都不许乱说，没有正面点破。经查，同都生在韩城没跟别的人说过，这就是袁心湖电报里提到的“同在韩无甚对象。”

本来，同都生的问题似乎已经解决，没想到后来居然又节外生枝。同都生对自己竟然引起那么多情报老手关注，当然一无所知。他本来已经高高兴兴地随延大一批人奔赴他十分向往的延安，准备到延安大学总校学习，谁知行至中途，总校又不要这批人了，把他们转到韩城的延大财经分校。于是，同都生稀里糊涂地又回到了韩城。他这一回来，又让袁心湖和高步林他们分外紧张。3月份，边保已经更名为“陕甘宁边区政府公安厅”。3月29日，袁心湖、高步林、史志春又联名给“周、赵、李”写了封信，“请总处与延大商量，要延大由分校调几个学生到延大总校去，此地保安科才好与分校总支商量调同去延。不能由此地单独调同一人，方式有些突然。”

此后，从保存下来的边保文件上看，再没有关于同都生的话题，想必这一问题是得到了妥善解决。

第六节 “小学教员”与冒牌商人

1949年2月18日，边保情报科副科长袁心湖在到韩城的第二天，给边保的周兴、李启明发了一份电报，对高孟吉的事做了如下汇报：

> 我来韩，步林已作如下布置：十一号用自下而上经友人推荐以小学教员掩护，离城五里，已办妥。十二号（边保派来的报务员李在良）拟以小商贩掩护，住城内一僻院，控制电台。

3月22日，袁心湖又给于桑写了一封信：

> 关于掩护问题，已电此函总处，此信不必转。
>
> 关于十一号之掩护，我来此时，高科长已与此地党、政共同研究布置好，十一号且已入校，我再和高科长详细研究，觉得这种掩护有道理，是比商人掩护更好。
>
> 第一，十一号完全不像商人，也从不会做生意，是一年轻学生气派，别人一看就会起疑端。且十一号在韩旧日同学甚多，均参加学习或工作，如他一人搞小商，那些人必更疑惑，必有“你既回来，如何既不学习，又不工作，而要落后做商人，其中恐有问题”之猜疑，反

而容易暴露。如以教员掩护则合身份，且以小商掩护，必须有相当资本。十一号家境贫，资本来源容易引起怀疑。

第二，今年十一号实际上没有多少工作的。电台放在城内一僻静小院，由十二号保管，平时放置不架台，必须联络时架一下，几分钟后又可拆掉，决不会暴露秘密。将来联络一月一两次，联络时，十一号可以去一下，平时十一号完全不必去。基本上说来，对敌应摆出困难，要说联络有很大危险，次数要非常减少，这不会引起敌人的怀疑。因事实上十一号台大胆进来，已比敌其它算是顺利的了，如果再多联络，反而会引起敌人“十一号台如此顺利，别的台进也不敢进”的奇怪感觉。

第三，对十一号仍要有控制。以教员掩护最易控制。因教员圈子小，平时功课甚忙，没有时间外出，又是集体生活，最易发现其毛病。以小商贩身份则相反，活动范围甚大，无法作严密控制。

第四，对敌人之情报要求也可因此而缩小，因为小学教员活动范围最小，且工作甚紧张，如此即可向敌提出情报困难。以商人掩护则相反，活动范围大得多，和敌人要求必更大，不但可能要求十一号不止活动于韩城，而要求其活动于别的地方。你说以一教员掩护必将扩大敌人情报要求，是否指十一号变成干部了，可能事情多一些，其实不然。此次十一号活动当小学教员，介绍人（十一号朋友）均持怀疑态度，一面介绍一面注视，故这些情况十一号即可向敌说明，向敌提出困难。实际上小学教员的圈子比商人小得多，像这类由过去敌伪人员转成的小学教员，其圈子更小，故决不会扩大敌人情报要求。

第五，如以商人掩护，生活散漫，说不定会出什么乱子，我们教育也困难。但以小学教员掩护，则其本身即甚紧张，且参加革命的具体生活对其思想意识教育有很大好处。

第六，以小学教员掩护比以商人掩护将来好出去。将来出去无外两途：一即说被我怀疑发现有人注意。一即已找好代理，可以出去了，不必再待在里面。其中大以采取前者为最妥，采取后者很难使敌人相信。如以小商贩掩护则即会以被怀疑之借口出去，但敌人仍将设法再派进来。如以小学教员掩护，则以被怀疑之借口出去后，可以杜绝再派进来的路子。因为小学教员一跑出去就不能进来了，而商人跑出去还可进来。

第七，以小学教员掩护，万一发现其不妥时，还容易转业。如采取行政上之精简辞退或可借口小学教员不能维持全家生活须改经商等办法。但一经商，即不易改成别的职业。

第八，目前以小学教员掩护还可解决本身和全家一些生活困难，但以小商贩掩护，首先即必须一大笔掩护费且须一人替他做饭，搞不好他即要亏本。如此我方经济负担太大，在目前困难的具体情况下，亦还不能不予考虑。因有这许多理由，所以我同意他们这样做。如果不好，也可以改，且容易改。

以小学教员掩护，确实如你所说，不能随便来往敌我区。但是我想，我们不要十一号在最后出去之前再往返于敌我区，一因这种办法对我来说多少包含一些危险性，二因如此多来往，万一十一号在敌人面前出个漏洞，还可能出更大危险。三因现在张永才这一交通即可胜任，而且将来当十一号派出之后，要设法杜绝敌人再派进来之道路。

十一号之学校离保安科只五里，接头谈话是容易的。

这封信里，袁心湖还跟于桑提到了他对高孟吉的看法：爱穿个好衣服、喜欢女人，回到韩城后，就和他表妹有些缠绵。其实这事儿也很难说是高孟吉有什么想法。他是个文艺青年，长得挺帅，见过世面，又从大城市来。何况，教书以后，又和表妹成了同事，低头不见抬头见。涉世未深又有些文化的表妹喜欢他，爱和他在一起，也属人之常情。1949 年 4 月 10 日，在一封于桑和袁心湖联名写给“周、赵、李”的信中，说了这样一件事儿：韩城县委宣传部的强伯重要找对象，高孟吉表妹学校同事段老师给强伯重介绍了高孟吉表妹。一听说的是这一位，强伯重马上就表示不解，因为他听说这个姑娘在跟他表哥谈恋爱，还知道他表哥是从西安绥靖公署秘密回来的，还秘密出去过。言下之意，人家知道高孟吉是跟韩城县保安科有关的人。段老师觉得奇怪，就跟一个朋友念叨过这事儿。这个朋友觉悟比较高，觉得这个情况非同小可。正好这人跟高步林又认识，就专程跑到保安科，把这事儿告诉了高步林。听说这情况，高步林吓了一跳。他先找高孟吉谈了一次话，警告高孟吉和表妹相处要注意分寸，坚决不能谈恋爱，而且要管住嘴巴，不能跟任何人随意胡说。此后，他又找了一个合适的人，选了个很自然的机会，给段老师递了几句话。段老师不是听说高孟吉是绥署的人，之前回过韩城、还曾被保安科秘密派出去过吗。递出去的话，意思就是说保安科对西安回来的高孟吉是持怀疑态度的。段老师不像个有城府的人，他一定会把话捎给宣传部的强伯重，从而消除些影响。

保密不光在韩城成了问题，一野前总居然也有不少人知道了十一号这码子事儿，不知在哪个环节出了问题。袁心湖只好到前总专门跑了一趟，让组织上管一管那些嘴巴不严的人，不要再乱嚷嚷。鉴于漏洞这样多，于桑、袁心湖认为，与其把高孟吉再派出去，不如不派出去更保险："一只鸟在手里，比两只鸟在空中有利些。"当然，是不是再把高孟吉派回西安，最终决定权还在李启明他们那儿。

与此同时，被编为"十二号"的报务员李在良也不安心在韩城工作，闹着要回延安。3 月 31 日，他给于桑专门写过这样一封信：

> 我来韩后整整一个月了，什么亦未做成。昨天开始准备联络，但发报机发生故障，经过长时间的检查，现只发现 RFC（作者注：高周阻流圈）中断，不能使用并且无法修理，只有另外配一个。但在配时，还必须根据机器本身的其他零件，线的多少、阻力的大小等方面配得适当，方可使用。否则，无补于事。我自己的能力有限，不能搞好，还须另设法。
>
> 此次，我自己的意见是：无论如何不能在这工作，最好在现在不能工作的时间内，让我回延一次，一方面看一下我家中来的嫂子，了解一下家中的情形，因我离开已十多年不曾见他们。同时看一下病中的爱人，因她前次来信说，她已病不能继续报务工作，要改行，所以看究竟如何。另一方面，主要的回延谈一下工作问题（调人）。在工作未开始前搞好，免得中途找麻烦。所以请你无论如何解决这个问题，我现在这里等示。

4 月 12 日，高步林、史志春在给于桑的信中，再次提到了李在良不想在韩城待，闹着要走。这个时候，李在良又给于桑写了三封信，这三封信高步林他们一并让通讯员转到了于桑手中。情况报上去一天后，陕甘宁边区公安厅以“周兴、赵苍璧、李启明”的名义答复如下：

> 对十一号带进来，我们的方针是造成必要条件后把电台破获，将十一号派（挤）出，现在电台进来已两个多月了，关于“造成电台派人的条件”不知是如何进行的？进行到什么程度了？袁科长深入了解后应商同于处长、高步林同志、史志春同志提出一个处理意见来，此事绝不能稍有自流，时间拖长了处处会出漏洞，将使我们防不胜防，即使不会出大的漏洞，而花费很多力量应付此事也是不合算的。同时越拖得久，将来在派遣上可能困难越多，如我们要把十一号从韩城挤到西安市去，就比从韩城挤到汉中去容易得多。此事我们必须采取主动的进攻的方针，不能被动地顺敌人的意图做（不要局限于一定等十一号觅好交通，和敌联络探知敌人对十一号的态度及要求后才设计下一步的做法）。上述方针在你们指导工作中不知是否很明确，如果很明确的话，例如：十一号与敌之地上交通联络问题、十一号和敌之空中联络问题、十一号、十二号及电台之掩护问题、十二号工作不安心问题、前总及其他人对十一号台怀疑问题、耳机问题等，均可围绕上述方针解决之。十二号还是说服其安心工作，另外换人虽有好处，但也有很多困难和缺点，最少又多一个人知道，现在除说服其安心工作并注意保守秘密外，工作中还要注意和照顾到将来十一号派出后，十二号能从容地转移或撤退，就是十二号公开了，也不至影响到十一号的工作。

4 月 14 日，史志春给于桑、袁心湖写了封信，通报了一些事情，其中有这样两件：高步林生病了，每天都在发烧，大夫看过，说不清什么病因。两天前，应该就是写完上一封信之后，他已经交清手续，回家养病了；另一件事，就是李在良已经坐卧不安，吵着闹着非回延安不可。就在这一天，病中的高步林也提笔给于桑、袁心湖写了一封信，其中重点提到了李在良：

> 十二号数次要求决心离此赴延安，经我们多次劝解，说明工作重要性，但思想上安不下心，因之请考虑。如果过于勉强，放在马耀南

（作者注：出面掩护李在良的韩城商人）处，事情会弄糟的。如此可否另外物色党性强的同志、真正埋头苦干的去马处，那个地方和商会都还有发展的。这个问题早不安置设计，如敌人派来检查他的工作时，要看地址等就一下准备不来了。希作最后决定，最重要问题还是电台控制。

李在良几乎每隔两天就要给于桑写一封信，催问延安是不是派人来接替他了。4 月 19 日，于桑夫人杨瑞从韩城动身去大荔找于桑，要不是接替高步林成为韩城保安科长的史志春劝阻，李在良差点就跟杨瑞一路同行去面见于桑了。22 日，史志春又给于桑、袁心湖写了封信，专门说李在良的事儿：

十二号最近住在这里心里很不安，我将你们俩的信转给他，并且给他讲：你对保密工作应特别注意，因为这件事关系实在太大了。但他并不因此耐心，相反的，就在最近三两日大会起客来了，进一步违犯纪律，将客引到楼上去，机器可能被别人发觉。为此，我将机器在昨晚已全部收拾起藏于密室。今日他要求趁此机回分区暂住，如需要时再返韩。注：经说服现已不准备来了。

■ 于桑（中）、杨瑞与警卫员刘三祥

而李在良在4月23日和4月24日也给于桑、袁心湖一连写了两封信：

于处长、袁科长：

前去数信，想已收到了吧！但等候多日未得答复，烦之甚也。

既然工作是非常重要，但终是如此置之不理，莫说无知的我，任何人也许都要发急的。这样的耽搁，使我学习几年的初始成绩，已废弃大半，这是我最痛苦的，并且形势如此飞快发展，已将上到前总野战军的机会错过，再延误下去，我的技术将要全部丢光，现在恐已不能单独工作了。乞望很快让我动身，以挽救我的技术，并进而学习新的能力，迅速回延到电台见习一个时期为盼，以待有机会赴前方。这一次的工作，已使我不能再待下去了，请组织另遣各方善良者来担负，我是无论如何不能做这一工作的了。再三恳乞，速复为盼。

第二封信内容如下：

送来两瓦半机器，全部收到，并已于二十三日五点钟开始按指示进行。但已过三个联络时间无效。其原因：

一、我未曾用过这样的机器，各种设置都不知如何使用，所以机器调不起，无线的架法亦不知怎样才行。使用不了机器是最大原因。

二、机器上没有波长曲线表，指定的波长不知应在何处守听，只能按照广播电台的波长大约的冒听，所以，已过的三个时间内亦未曾听到对方。

现离二十五日尚留三个时间，恐不能成功。特请示如何办？

我的工作问题，是否得复？请告。希望很快让动身吧，早晚一样的，不要将我的技术尽皆丢掉，早点让我走吧！

尽管李在良心急如焚，但组织上仍然迟迟没让他走。因为到了5月14日，在于桑已经调走、曾泉生为大荔分区公安分处代处长时，史志春给曾泉生与袁心湖的信中还提到：

十二号的掩护一直到现在还未埋下去（原计划到商铺内），因本人坚决不愿意。因此，十二号本人还住在科内，这个情况你们知道的，但此事究竟还是要十二号马上做商掩护，还是现住科内，等于（于桑）回后再答复，还是应该怎样？请复。

因为高孟吉带回的电台最终没有和绥署取得联系，所以，边保派来的“十二号”李在良最终没有发挥多大作用。

第六章　交通员们

第一节　高勉斋：国共都用的情报员

高孟吉第一次收到的那封高步林写给他的信，只有掌心大，字很小。这封信是怎么带给他的呢？是放在鞋底夹层里带去的！高勉斋有双特制的布鞋，鞋底子两边缝好，中间部位却留了个缝儿，可以塞进去一张纸条子。这双鞋比较新，平时高勉斋不穿，只是在过检查站时，才穿在脚上。

1984 年 10 月，陕西省公安厅曾在新疆乌鲁木齐召开过一次“陕甘宁边区南线外线工作座谈会”，会上，高勉斋讲过这样一个故事：

1948 年 8 月，刘文蔚、于桑、高仰山以及韩城方面的白耀明、段杰、高步林等人开会，因解放军打西安需要一张西安的城防工事图，会上决定让高勉斋到西安跑一趟，设法弄到这张图。到了西安，高勉斋先住青年路的乡党高亚民家，后来因为董钊老丈人举报了他，他在青年路住不成，半夜投宿到二府街刘昌祈家。为了防备登门查户口的，高勉斋钻在刘昌祈的床底下，床沿外面用煤堵着。躲了一宿之后，刘昌祈才把他安顿在自己的单位宿舍里。后来，刘昌祈帮他弄到了这张西安城防工事图。这图拼起来，有两张方桌桌面大，不好携带。他让刘昌祈老婆给他缝在了棉袄里面。可是，当时西安所有的城门口都设有木栅栏，国民党军警专门在那儿设岗盘查，搜寻形迹可疑的人。棉袄里藏这么大个秘密，要装得若无其事可不容易。怎么出城，成了个问题。

后来，高勉斋让刘昌祈给他借了一身阔佬的行头，包括呢子大衣、皮鞋、礼帽、手杖、墨镜等，高勉斋就是穿着这样的行头，大摇大摆地出的北门。

按高勉斋的说法，8月份，组织上让他去西安第二天，他就动了身。在西安期间，到处在查户口，他没有身份证，也不大可能在西安久留。那么，这个季节怎么会穿棉袄、呢子大衣呢？看来，高勉斋对时间的记忆出了问题。但是，作为一个优秀的交通员，高勉斋是个胆大心细的人，这一点是没问题的。

高勉斋生于1919年，在沟北村，如果论辈分，高步林得叫他叔叔。高勉斋是个小商人，韩城保安科的《外勤秘密人员登记表》显示，他的经济状况为："家有15口人，50亩地，房屋20间，牛马各1头"。应该说，他的日子比一般老百姓还是要强许多。在旧社会，能当个商人也是很不容易的。男孩子一般长到十四五岁，就不上学了，托人介绍当个学徒。学徒在一些地方也被称为相公，前文提到，周兴、于桑都有一个共同的经历，就是在店铺里当过学徒。这学徒不是说一来到店里，就开始学着站柜台、当营业员，实际上就是个不花钱的勤杂工。要是介绍到行店，人就得比较壮实，有把子力气，能抬货、挑水；如果介绍到零售商店，那差不多就行；假如孩子长得秀气，人也机灵，就可能给介绍到京货店、药铺之类的地方。学徒进门，得先给掌柜的叩头，如蒙录用，才由半芷引见全店人员。何为"半芷"？就是干了两年的学徒。这小学徒进来，便要上至二掌柜，下至学徒，见人作揖。学徒开始，人家给的活路无非是打扫前院、后院和营业场所之类，早起提门、扫地、挂幌子，都是他的事儿。在西安城，小学徒如果姓李，就被称为"李相"；当了"把式"，也就是店员，称为"李大"；再高一点，称为"李师"。头一年的学徒，别说学业务，就是给顾客取烟倒茶，也是掌柜、把式让干才能干。学徒一般三年没有工资，到了过年，掌柜的想给你发多少就是多少。学徒在店里住，店里是不给预备床铺的。睡哪儿？支凳子、睡铺柜，天麻麻亮就得起来。白天干这些杂活儿，晚上学徒还得跟着管账先生打算盘。谁的算盘打得好，谁就升得快。老板看得上眼，才能留下继续学徒。这样干上几年，要是掌柜的中意，才能升格为站柜台的店员。

1943年8月，24岁的高勉斋在宜川摆了一个小杂货摊儿。宜川地处国共控制区的交界地带，政治生态比较复杂。这个时候，和他一起在店铺当过店员的邻村乡党田安定，已是边保临镇检查站的情报干部了。一次，田安定找到高勉斋，让他帮忙把国民党宜川县党部的党元恺约出来。党元恺曾经是个共产党员，后来叛变，投了国民党。高勉斋约来了党元恺，让田安定跟他进行了一次密谈。后来，高勉斋听说，田安定是要让党元恺重新为共产党工作，党元恺答应下来，并且把他知道的国民党宜川方面的一些情报写成了书面材料，交给了田安定。这次，田安定也让高勉斋把他所知道的宜川国民党驻军和特务活动情况写成了书面材料带走。高勉斋一个小商人，边保方面何以问他国民党特务的活动情况呢？这是因为他很可能还是国民党方面的谍报队员。从高勉斋来说，有这么个身份，他在国民党控制区做买卖出入就方便。但自打和田安定接上了头，他就又成了共产党方面的情报员。一个人脚踩两只船，他究竟算哪边的人呢？这就不看他怎么说，要看他怎么做。后来，韩城二次解放后，高步林明知高勉斋给国民党做过谍报队员，仍对他委以重任，并且没有跟他当面说破过这件事，其实就说明了一切。

有学者说，20世纪20年代，国民党是党中有党——那时候，国共合作，很多共产党员是从国民党员中发展出来的；30年代，是国中有国，除了有中华民国政府，还有中华苏维埃政府存在；到了40年代，就成了一国两制，中共控制的陕甘宁边区在国民政府中是有合法地位的。合法归合法，但国民党对陕甘宁边区一直实行的是封锁政策。1944年，上面给宜川派了个缉私处，专门查来往边区运物资的脚户，目的是不让禁运的物资流入陕甘宁边区。韩城的“大红袍”花椒很有名，花椒成熟了，椒农得通过脚户把花椒卖到外地，才能赚到钱。这年开春，有个田安定同村的脚户田明子跟一帮老乡牵了八头骡子，驮了花椒往边区走。走到宜川东崖底，他们被缉私处给拦下。缉私处一个阎股长人挺凶，说脚户们通共，硬是把八头骡子和八驮花椒都给扣了，还派到旅店里捉拿跑掉的脚户们。脚户们不敢住店，就找乡党处躲藏。有人就躲到了高勉斋住的小楼里。不久，高勉斋得到消息，阎股长把八头骡子已经卖给了山西的脚户，而花椒卖给了宜川的商铺，钱呢？当然是那帮人私分了。这工夫，田明子把消息也捎给了田安定，田安定专门从临镇来到宜川，和高勉斋商量收拾阎股长的办法。正好，韩城同乡贾自省在国民党宜川县政府做事，高勉斋和两名脚户找到贾自省，让贾自省帮忙写了一份状子，他写之后，高勉斋用复写纸抄了八份，分别寄给了国民政府、中央税警团、陕西省政府、陕西高等法院、洛川专署、宜川驻军27师、宜川县政府、宜川缉私处处长等。这批花椒，应该有高勉斋的。诉状上，他是当事人之一。高勉斋等人称，他们的花椒是准备卖到宜川的北垣一带，并非送往边区；就算他们犯法，财物理应充公，也轮不着阎股长等人卖掉私分。状子寄出两个月后，上面派人来，把阎股长等二人押解到西安，一年后，这俩人都被枪毙。后来，缉私处把骡子也还给了脚户们。打这儿以后，缉私处就不再为难往边区运货的脚户们了。

情报人员原则上都是单线联系，和高勉斋联系的，就是田安定一个人。1945 年，随着抗战走向胜利，国共之间的情报战不断升级，田安定来宜川找高勉斋的频率也越来越高。每次，高勉斋都会把他搜集到的宜川国民党方面的情报写出来交给田安定。1945 年的秋季，有同乡跟高勉斋说，有人告他私通红区，让他快跑。得到信儿，高勉斋当晚就离开了宜川，跑到了临镇检查站找田安定他们。他跑了和尚，跑不了庙，宜川的国民党督察处收了他的杂货摊子，还把他妈抓去关了半年，后来花钱活动才放出来。

到临镇后，受临镇检查站负责人张峰、石志文的指派，高勉斋先后几次回韩城，办了这样几件事：搜集韩城三青团的组织和活动情报；在韩城引人注意的地方贴标语；搞到一张韩城地图。

标语的内容都是组织上事先交代的，有“打倒卖国贼蒋介石”“打倒国民党反动派”“反对美帝国主义帮助国民党打内战”“打倒美帝国主义”“中国共产党万岁”“毛主席万岁”等。回到韩城后，高勉斋跑到郭庄村找到好朋友王仲民。王仲民是个小学教员，字儿写得不错，能给他写这样的标语，其思想方面当然跟高勉斋一拍即合。王仲民在宿舍里偷偷给他写好，半夜三更，高勉斋从郭庄桥一路贴到了北渠滩旁。第二天，县上就到处听人说，发现了八路军的标语，让高勉斋十分得意。

找地图这事儿，还真把高勉斋难住了。他是韩城人，对当地很熟悉，可他不会画图，上面要的不是韩城大概的地理方位，而是有精确坐标的地图，解放军打仗要用的。韩城不能算大地方，当年很少有挂当地的地图呀。找了几个月，11 月的一天，高勉斋到田许庄木器厂去办个事儿，偶然碰见河南中医徐先生。因为俩人以前有过交道，徐先生就让高勉斋到家坐坐。徐先生家就在木器厂旁边。一进去，徐先生跟他让烟，就发现高勉斋的眼睛直了——原来，徐先生的房子里，挂着一张韩城地图。高勉斋掏了 10 块钱，把这张地图买下。第二天，高勉斋约了个郭庄村的商人做伴，俩人带了一些纸烟，一起往临镇方向走。那个同伴压根不知道高勉斋还带着一张地图。他们俩夜行晓宿，先到延川，准备再去临镇交任务。可是，赶上国民党准备进攻边区，来往客商不准上也不准下，把高勉斋他们困在旅店里整两天。不得已，高勉斋去找了延长县的保安科长，保安科长李光荣对他将信将疑，口说无凭，让他留下地图。这时，高勉斋脱下棉衣，从反面取出地图交给李光荣。于是，李光荣派人把他俩送到了临镇检查站。张峰、石志文见了他，非常高兴，让他回韩城后，再把当地的国民党驻军番号、数量、驻地等情况弄回来。高勉斋回到韩城，已经到了腊月；等他把领导交代的任务完成，已经到了1947年3月。这时候，胡宗南已经进攻延安了，临镇检查站张峰、石志文等人都成了东躲西藏的游击队员，高勉斋从此跟他们失去联系。

这里，捎带着说一下石志文。这个石志文是延安人，榆林中学毕业，1939年，23岁的他在甘泉担任一所小学校长兼教员的时候，被边保富甘据点的负责人赵去非发展为秘密情报员，并且加入了中国共产党。1940年，陕甘宁边区政府将边区23个县的国民党党政部门人员赶出边区，赵去非与石志文演了一场苦肉计，由甘泉县保安科公开将石志文抓起来，再由当地士绅保出来。于是，石志文被赶出甘泉，跑到了西安。在西安，通过榆林中学这样一个关系网，石志文进入了中统的一个训练班，毕业以后，作为国民党中央党部调查统计局设在洛川分区的一位特务人员，他被派到甘泉县的临镇收集陕甘宁边区方面的情报。在临镇，和赵去非一见面，石志

■ 赵去非（左）、石志文（中）于80年代合影

文做的第一件事，就是把他中统训练班的 42 个同学统统“出卖”，写材料就写了几天几夜。再后来，石志文的身份暴露，回到延安。高勉斋和他接触时，他又被边保派到临镇检查站工作。

1947 年四、五月份开始，高勉斋和游击队长任江彬接上了头，帮着游击队做些事情，这期间，他仍然做的是隐蔽工作。但是，韩城第一次解放后，高勉斋的身份暴露了。可能一些游击队员没有预料到国民党军队会卷土重来，他们跑到董钊老丈人家搜枪支时，说是高勉斋让来的。九、十月间，国民党十几个警察、特务到沟北村抓高勉斋，高勉斋得到消息躲了起来。结果，来人把高勉斋的老婆打了一顿，又把高勉斋的哥哥高月亭绑到赵村，严刑拷打。最后，高月亭在县城关了一个多月，家里花了好些钱才保出来。

这一个月，高勉斋是在师作桢家的地窖里躲过来的。师作桢是韩城井益村人，当时的身份是国民党的乡长。在那样一个国民党大势已去的时节，但凡有点头脑的人，都会想到给自己留点后路。所以，白天躲在地窖里、夜里出来活动的高勉斋，这段时间里除了给游击队弄了两罐子弹，还凭三寸不烂之舌策反了国民党盘惠乡的乡长吉士纯。盘惠乡驻扎着国民党 72 团的一个连，专门负责搜索共产党盘道川游击队的。这个连一有动静，吉士纯就把情报报送给高勉斋，高勉斋半夜交给游击队联系的一个油坊，这样，国民党军队多次进山围剿游击队，都无功而返。此间，国民党 53 旅进驻韩城县城，城防营长是高勉斋熟识的别振武。1942 年，别振武带兵曾在沟北村驻扎，他就住在高勉斋家，跟高勉斋处得不错。听说别振武来了，高勉斋动了策动别振武起义的念头。他跟任江彬一汇报，任江彬说：“好呀，你

■ 作者与任江彬的儿子任文轩合影

觉得有把握，就去试试。”一边说着，任江彬一边摸出一颗手榴弹递给他。“我拿着这东西干啥？”高勉斋挺不解。“别振武要是同意起义，当然啥事儿没有；要是不同意呢？人家给你用刑，你扛得住吗？你要是扛不住，不就得把游击队的事情都跟人家说了？要是谈崩了，你就把手榴弹拉了，大家同归于尽。”高勉斋也像个游击队员一样，把手榴弹别在裤腰带上。但一想到家里上有老、下有小，自己还有生意、有人还欠着他的钱没给，他就把手榴弹留在了地窖里，没敢进城去。

韩城的形势这时候也越来越严峻，连游击队都不得不东渡黄河，躲到山西解放区去了。游击队临走，任江彬到师作桢家见了高勉斋，让他赶快离开韩城，找地方躲起来。于是，高勉斋这才躲到了西安。听村里人说高孟吉在南关观音堂搞无线电，他就设法找到了高孟吉。于是，这才有韩城二次解放后，高勉斋跟高步林提起高孟吉、高步林派他去给高孟吉送信的事儿。打这儿起，高勉斋才正式成为共产党方面的一个交通员。

奉高步林之命，高勉斋带着高步林的亲笔信去西安，还干过两次不成功的策反工作。韩城绅士贾玉哉，当过国民党的旅长，在西安和一些头面人物都有交道。高步林把贾玉哉的弟弟贾自省找来，让他带着高勉斋去西安见他的五哥贾玉哉。高步林专门交代高勉斋，贾自省的住处他得知道，但他住在哪儿不能让贾自省知道。到西安第二天，贾自省带高勉斋见了他五哥，高勉斋把高步林的亲笔信交给了贾玉哉。贾玉哉接信后，对高勉斋倒也客客气气，说他先想一想，第二天再答复他。第二天，他们再去。贾玉哉拿着一张《西安日报》给他们边念边说：“第一条，惩办战争罪犯。共产党这条件是不是太苛刻了，啊？47个战争罪犯，呵呵，连我们蒋委员长都成了天字第一号的战犯，这还行吗？”这次，他对高勉斋就明显冷淡。但是，贾自省立功心切，老想再劝劝他五哥。本来高勉斋不想再去找贾玉哉了，但架不住贾自省反复给他做工作，过了几天就又和贾自省去了趟贾玉哉家。这次，贾玉哉对他已不客气，居然口口声声要去找胡先生，请他出兵收复韩城。对贾玉哉的劝降只能到这里。西安解放后，贾玉哉被镇压了。

韩城还有个人物叫王友直，在当西安市的市长。高步林找到王友直的哥哥王友益，让他带高勉斋去给王友直送信。

王友直原先也是个共产党员。如果他一直待在共产党阵营，以他的资历，说不定会是个很不得了的角色。王友直生于1902年，1924年考入上海大学，也就是说，他比刘文蔚还要高两级。同年，他加入了共进社、共青团和中国国民党。1925年3月，孙中山去世。主张“联俄、容共、扶助农工”的孙中山，受到了苏联方面的尊崇。1925年10月，苏联驻广州国民政府总顾问鲍罗廷在国民党中央政治会议上宣布，苏联将在莫斯科建立孙中山劳动大学，这就是后来的莫斯科中山大学。首批学员300名，其中广州180名，上海50名，京津地区50名。另20名呢？是就由鲍罗廷亲自推荐，其中有蒋介石的儿子蒋经国、邵力子的儿子邵志刚、李宗仁的内弟魏允成、于右任的女婿屈武等，都是国民党达官贵人的子弟。当时，莫斯科中大招生，甚至动摇了黄埔军校第一、第二期学员的军心，人人都想去上中大，气得蒋介石封了口，一个也不许去。但是，规矩永远是给规矩人定的。有个叫邓文仪的黄埔一期学员悄悄报名，考上了中大。他拿着录取通知书跑到汕头前线找校长软磨硬泡，结果蒋介石法外开恩，给他签了字。后来，邓文仪官至国民党内政部次长；同为黄埔一期、而后来当了八路军副参谋长的左权，则根本没理睬校长的禁令，邓文仪前脚一走，他后脚打起背包就走了。王友直应该就是上海那50名学生之一。后来，他在莫斯科中大的校友还有王明、博古、张闻天、邓小平、杨尚昆等人。1925年11月，莫斯科中山大学举行了隆重的开学典礼，主持开学典礼并做了精彩讲话的人，就是苏联政治局委员托洛茨基。当时，他在共产国际和苏联享有的声望是仅次于列宁的。

王友直是被中共中央派到莫斯科中大学习的。列车行驶到海参崴的时候，他由共青团员转为联共党员。在莫斯科中山大学，王友直的下铺就是当时还是共青团员、正在积极申请入党的蒋经国，而邓小平是蒋经国所在团小组的组长。后来，王友直能当上西安市的市长，和蒋经国的举荐分不开。中大的学制为两年。1928年，王友直毕业后，曾任苏联远东边疆苏维埃政府少数民族部副主任，兼伯力市苏维埃政府少数民族部主任、列宁学院翻译等职。由此可见，王友直的俄语是非常好的。1931年，王友直回国后任中共上海浦东区委组织宣传部长。1933年，王友直被捕，1934年出狱后脱党。他先后担任过《中国日报》编辑、中央陆军军官学校星子特训班政治总教官等职。1937年回陕西后，王友直曾任陕西各界抗敌后援会常委兼主任秘书、第10战区抗敌动员会秘书处处长、省教育厅厅长。

1947 年 7 月 1 日至 1949 年 5 月 18 日，王友直担任了 1 年零 11 个月的西安市长。这个阶段，还是西安历史上唯一的直辖市，当时叫国民政府行政院的“院辖市”。

■ 闵继骞

王友直其实已经给自己留了后路。

1948 年八、九月间，行政院电令西安市政府将原来的地方武装“基干队”改名为“民众自卫总队”，作为地方团队，由他兼任总队长，警察局局长和警备副司令分别兼任副总队长。本来，王友直觉得西安财政困难，不想扩大组织。但这时候，王超北找到了他，策动他起义。要起义，就得有武装力量，这样一来，扩大“民众自卫总队”就有了必要。王友直就着手扩编“民众自卫总队”，并请王超北推荐一个常务副总队长人选。王超北推荐的，是黄埔军校七分校西安办事处闵继骞。闵继骞虽然不是地下党，但他早就跟王超北有联系，王超北对他知根知底，用起来有把握。这件事，王超北也是向中共中央调查部做过汇报的。

让闵继骞当这个副总队长，得胡宗南点头。但如果让王友直提出这么个人选来，市政府秘书长汪震就成了关键。秘书长怎么比市长还牛？还真是这么回事儿。因为汪震是胡宗南绥署的人，而绥署有权力监督陕西省、西安市政府。也就是说，汪震其实就是绥署派来监督王友直的。如果王友直贸然提出闵继骞，而汪震不同意，这不就坏了菜？王友直、王超北两人商量的结果，就是让闵继骞自己先做绥署内部的工作，等做通了，他再报给胡宗南。本来，闵继骞是要走汪震的路线，但他和汪震没交情，说不上这话。于是，闵继骞就跟七分校教育长刘钊铭说了，想让刘钊铭跟汪震去说情。但刘钊铭有自己的小九九，他认为，安排了闵继骞，就是安排自己的势力。而他本身就是胡宗南的红人，犯不着绕着弯去求汪震。于是，他跟胡宗南直接做了汇报，让胡宗南直接给汪震下了个手令。等汪震拿着胡宗南的手令来找王友直，王友直就是一副顺从的样子：“只要是胡先生派来的，我个人没意见。”这样，闵继骞一到任，王超北实际上就掌握了这支两千二百多人的地方武装。后来西安没有遭到大的破坏、解放军能顺利进城，这支地方武装起到了重要的作用。

不过，王超北与王友直的联系，高步林无从知道。他们那会儿搞策反，也是广种薄收。可是，王友益领着高勉斋来到王友直公馆，门都没进成，就被王友直的老婆给骂出来了。原来，王友益这人不是个东西。王友直在苏联留学、工作期间，他以为弟弟不会回来，就动了歪主意。有人要娶媳妇，他私下里准备以300块银元的价钱把王友直的老婆给卖掉，在遭到王友直老婆拼死反抗以及家人的反对后，这事儿才拉倒。后来，王友直回陕西后，偶尔也接济王友益一点钱，但生怕老婆知道。现在，王友益居然还敢找上门来，王友直媳妇没放狗咬他，就算不错了。知道了这么回事儿，高步林的策反信，高勉斋也就没法再送给王友直了。

搞情报工作，找到一个合适的交通员，其实是一件不容易的事儿。比如，高步林就曾派一个叫薛中儿的人去找过赵继义。这个薛中儿到了赵继义家，不看人家家里都有些什么人，大谈共产党、八路军如何如何好。那时候，西安城是何等的森严氛围。赵继义家跟薛浩然他们电台是相邻而居，来来往往的人很杂。他们家里来了这样一个赤色分子，这要传出去，还不够赵继义喝一壶。这个薛中儿吓得赵继义几天不敢回家，甚至准备逃出西安躲一阵儿。这件事，高步林在韩城保安科的《一年来外勤工作的总结》里专门提到过。

作为交通员，高勉斋是个优点十分突出的人。他胆子奇大、社会交往能力强，这让他能够多次成功往返韩城和西安之间，完成组织交办的任务。他给高孟吉他们这一组情报力量两趟办事。没点随机应变的本事，他早出事儿了。比如直接面对绥署二处谢璇这样的特务，高勉斋毫无慌张之色，让谢璇都想给他弄个“阶级”，专门给他们搞情报。可见此人的心理素质非常好。

高勉斋身上有股机灵劲儿，时常能干点交通员职责以外的事情来。和高孟吉一起把电台往韩城运的途中，他们曾在华阴庙的马家旅社住过店。那天下午，落下脚之后，他和高孟吉两人去上厕所，遇到个高孟吉的熟人。这人拉着高孟吉去他的房间，高勉斋也跟着进去。原来，这人就是绥署二处的赵继富。听他说，他是奉命长期潜伏在朝邑县西关32号的某商号，还说他一个同事在韩城已经搞了很长时间情报。赵继富跟高孟吉说，那人对这一路很熟悉，建议他们可以搭伙一块儿去韩城。正说着，这个特务进来了。赵继富介绍高孟吉之后，此人跟高孟吉握了个手。高勉斋偷眼一看，发现这人长得有特点：嘴角有颗黑痣，上面还长着几根长毛。因为带着电台，高孟吉、高勉斋他们不可能跟一个特务结伴去韩城。回到韩城后，高勉斋把这一情况跟高步林做了汇报。1949 年 3 月份，有一回高勉斋经过韩城西街口的新华书店，突然发现那个“一撮毛”正在书店看书。高勉斋悄悄跟踪他，一直跟到北关，发现他在隆兴客栈 8 号房间的住处。他把情报报告给高步林之后，保安科派人在大街上抓捕了“一撮毛”。

隆兴客栈因此受到保安科的关注。1949 年夏，韩城保安科的科长已经是史志春。一天，史志春给了高勉斋一些大烟土，让他以毒品贩子的身份跟隆兴客栈的老板辛公浦交朋友。原来，辛公浦原先是国民党军队的一个团长。他老婆原来是阎锡山的军师、曾任山西省主席赵戴文的儿媳妇，后来，赵戴文儿子死了，她改嫁给了辛公浦。经过很长一段时间侦查，隆兴客栈的一个伙夫告诉高勉斋，辛公浦房间半夜有“嗒、嗒、嗒”的声音，高勉斋认为是发报的声音，把这情况汇报给了史志春。但这个时候，全国大多数地方已经解放，上级已经不允许再用毒品搞情报。高勉斋的工作也就到此为止，至于隆兴客栈到底有没有发报机，他也不知道了。

高勉斋精明能干，但缺点也同样突出。首先是他身上的商人习气。在韩城保安科的记录上，高勉斋是所有情报力量中领取特别经费最多的人。他领取的经费项目包括：招待费、家庭照顾、生病休养、路费、活动费等，1949 年 1 月，他和高孟吉回到韩城后，两人分别领到 10 块和 20 块银元的奖励。高勉斋做事处处要算经济账，这让热血青年薛浩然、吕出等人很看不惯。1949 年 1 月 15 日，高孟吉与薛浩然、吕出、赵继义、徐学章等人在革命公园聚会时，薛浩然、吕出等人一听高孟吉是和高勉斋一起回西安的，就七嘴八舌谈起了对高勉斋的不满，认为高孟吉对高勉斋的思想境界评价过高了。大家都建议今后要另换交通员联系他们。这天，吃过李福泳的婚宴，高孟吉到北大街高铭斋家去找高勉斋。他们原本约好在这里会面，但高勉斋却出去跑生意去了。后来，他们在刘昌祈家见面时，高孟吉就跟高勉斋发了一次飚，吓唬他已经通知保防队要抓他。这以后，高勉斋才老老实实在宿舍里待了两天。

高勉斋社会交际能力强，在西安认识的人多。但是，作为交通员，这是他的长处，同时也成了他的短处。因为他这人性格张扬外向，喜欢出风头，总想让别人对他高看一眼。遇到他眼里的进步人士，他好像生怕别

■ 高健（高孟吉）与高勉斋于80年代末合影

人不知道他在为共产党做秘密工作。对他身上存在的这个问题，高步林曾向组织上做过汇报。于桑是个很讲究领导艺术的人，他在信中多次鼓励高孟吉和高勉斋，并且让韩城方面也要对他们多鼓励。但对于高勉斋存在的问题，于桑也忧心忡忡。1949年1月29日，强自修、于桑在以黄龙地委名义给韩城县委的信中，对高勉斋就专门提到："十号希严格批评他的不对，也适当鼓励他的成绩。对他批评的目的：一切是为要争取他，不要对他冷淡。不过对这个人我们要下最大决心教育他，争取继续为我工作。因为不如此就会更坏事儿。只要他政治上没问题，我们是可以教育好的。只要与他订出绝对服从组织、保守秘密两条，严格纪律后，再坏事就用纪律制裁。对十号处理就是如此。"

陪高孟吉从西安带回电台之后，他再也没有作为交通员被派出去过。

第二节　张永才：中央陆军军官学校毕业的解放区村长

高孟吉离开西安之时，刘庆曾、谢璇曾和他提到过陆上交通联络之事。谢璇告诉他，他这个潜伏组，编号为"307"组。在绥署这边，高孟吉的化名是"张杰"，而与他联络的谢璇化名"程相如"。如果派人送信，他们约定的联系地点在北院门134号树德生茶庄。

高孟吉回到韩城后，在电台不能与绥署二处建立联系的情况下，如果不派出交通员，他就会和绥署慢慢失去联系。失去联系，也就失去信任。而对于高孟吉，边保方面一直主张把他再派回西安，打入绥署核心部门，从而发挥更大作用。所以，从高孟吉一回到韩城，韩城保安科就在为他物色交通员。因为高勉斋在西安有太多人认识，再加上嘴巴不牢，他充当敌方交通员已经不让人放心。这个时候，高孟吉想起了他的一个同学张永才。

■ 张永才

张永才是韩城西庄东王村人，与高孟吉年龄相仿。1941 年初夏，张永才小学毕业前夕，胡宗南的战干四团童训班来招生。因为管吃、管住，出证顶替征兵，毕业后还给分配工作，好些家境贫困的孩子报了名。张永才他们西庄小学一次走了 30 多个孩子。在华县，他们训练一年后，分到了机踏车连。机踏车到底是什么东西呢？别说咱们不知道，张永才也不知道。因为他在机踏车连当了几个月的童子军，连机踏车是什么样子都没见过，每天的任务就是上山伐竹砍柴。1941 年底，他考上了西安北校场中央陆军军官学校七分校通讯军官训练班，和高孟吉、吕出、薛浩然等人成了同学。一年后，他被分到了军队，先后在 48 师、西交总队、新 2 军等处服役，驻扎过甘肃玉门、敦煌、新疆哈密、吐鲁番和迪化等地。干通讯的，常常由一个部队调到另一个部队。抗战胜利后，他被从新 2 军驻迪化办事处电台调到驻扎呼图壁的新 45 师。抗战结束，张永才本来就想早点回家娶妻生子，这会儿却越调越偏远，因此一肚子牢骚。从这时起，他就开始装病，不肯接受新的工作任务。与此同时，也花了点钱，找关系打点行贿上司。直到 1947 年 5 月，上面才给他批了短假，让他回家。这一回家，他就再也不想回国民党军队。韩城二次解放之后，张永才在乡上、村上都当过干部。瓦子街、荔北战役期间，他带着村民们去抬过担架。高孟吉托人捎信儿找到他的时候，他在他家乡的村子当村长。这个时候，张永才看上去，已经浑身乡土气息，和一个大字不识的农民已经没什么区别了。

经高孟吉介绍，张永才在沟北村见到了高步林，两人长聊了一次。当晚，张永才就在高步林家住了一宿。高步林主要是了解他这个人，临分手，高步林跟他说：“以后有事情让你做，我会通知你的。”过了一个来月，一天晚上，高步林派人把他先叫到沟北村，然后又带着他一起回到县城。在县保安科，高步林告诉他，要派他到西安走一趟。之所以选他去，就是因为他和高孟吉是七分校通讯班的同学，同为王微的学生。他到西安带的任务是：首先，跟李福泳、薛浩然、吕出、徐学章等同学打听一下，高孟吉到韩城之后，绥署二处有什么反应；第二，如果没有什么坏消息，就去北院门134号树德生茶庄把那封高孟吉写的信交上；第三，主动跟茶庄接待人提出，要面见刘庆曾处长。争取从刘庆曾的口气、表情中，得悉对高孟吉的反应，以及他要交代哪些事情。为此，高步林、高孟吉和张永才一起，弄了个两三页的提纲，上面除了写有高孟吉给刘庆曾汇报的内容，还准备了一些“问答题”，估计刘庆曾、谢璇会问些什么问题，怎么回答，都写了出来。当天晚上，他们让张永才把内容背下来，并且演练了多次。怕被人发现，第二天天不亮，就把张永才派了出去。为了慎重，连车都没雇，就是步行出发。

张永才出发的时间是1949年2月20日，头一天晚上，他是在黑池寨落的脚。第二天，过了黑池，就进入国统区的朝邑。朝邑城除了北门之外，其他几个门都封了。虽然有地方武装人员检查通行证，但也不严，走走形式而已。让张永才费了点周折的，是如何过渭河。平时，人们一般是从仓头镇过河，但这里的渡船都被封了。哪儿能过河呢？说是三河口，就是渭河、泾河和洛河的交汇处，离这儿还很远。张永才边往三河口走边打听，一个当地老乡告诉他，从比较近的大华路渡口就能过河。第二天一早，他从大华路渡口顺利过了河，还赶上了上午10点多到西安的火车。当天下午5点，他在西安火车站下了车。

到过西安的朋友都知道，西安有个新城广场，还有个新城区。在新城广场陕西省政府东、南、西三面，现在都还保留着一小段老城墙。西安有保存完好的明城墙，为什么城中还有城，并且有城墙呢？这就要说说“新城”的来历。

明朝开国之初，朱元璋封其次子朱樉为秦王，在西安建秦王府。秦王府占地1000亩，南北长671米，东西宽408米，墙高11.5米，极为宏伟壮丽。王府有内外两道城墙，外城为夯筑土墙，称为“萧墙”；内城外壁由青砖砌成，称为“砖城”。砖城之内为宫殿区，有承运殿、存心殿、承庆宫等建筑物，还有各类房屋 863 间，大小门楼 46 座，规模宏大。秦王府称王城，但老百姓习惯称其为“皇城”。西安至今还有“皇城东路”这样的路名。“皇城东路”所指的“皇城”，应该是当年的“砖城”；而“萧墙”的范围，则以如今的北大街、东大街为界，向北、向东和明城墙连接起来，东西南北各开一门，东曰体仁，西曰遵义，南曰端礼，北曰广智。到了清初，端礼门改称端履门，取《左传》“先王之正时也，履端于始”。现在的钟楼，就位于秦王府的西南角。李自成攻入西安后，还曾把秦王府改为大顺王府。

到了清代，政府把一半的八旗兵派往全国各地，控制各重要城市和水陆要冲。为防止满人被汉族同化，他们在各地都修建“满城”，把满人和别的民族分隔开来。1649 年，清政府拆除明朝的秦王府，把它改建为“满城”，专供八旗驻防军和军人家眷居住。不久，秦王府的砖城又被改建为八旗校场。1683 年，清政府又在满城正南面修筑城墙，建成一座“南城”，用以驻守汉族军队。由于政治中心他移，陕西总督部院行署驻南院，巡抚部院署驻北院，秦王府日渐衰落。特别是川陕总督年羹尧拆毁秦王府，用其材料修了城隍庙、广仁寺、东岳庙，秦王府一切荡然无存。砖城后来划归满族居住区，成为八旗军官跑马演武的教场。不过，旗人并没有老老实实待在满城里不出来。辛亥革命时，西安城墙上插上了“兴汉灭满”的白旗，东城楼北边第一个炮台杀旗人，不管男女老少，杀了上百人。血由城墙上流到城下面，惨不忍睹。此间，秦王府已被夷为平地，荒无人烟。1926 年为纪念击退镇嵩军围困西安城的胜利，国民联军将“满城”更名为红城，1927 年民国陕西省政府从北院门移至红城，易名为新城。到了 1928 年，政府开建了西安第一条泥拌碎石路，这条全长 1.9 公里的路当年叫崇仁路，现在叫解放路。如今与解放路相交的东、西一至八路，当年都是“崇”字打头，分别为“孝、悌、忠、信、礼、义、廉、耻”八条路。1935 年，陇海铁路延伸到西安，当局在崇仁路北端凿通城墙，开辟了中正门，并在中正门外修建了西安火车站，亦即现今的西安火车站。这样，崇仁路就又被改称为中正路。所谓中正门，就是现在的解放门。抗日战争爆发后，大量沦陷区难民流入，同时，大批工厂企业也内迁。于是，解放路发展成为商业街，火车站周围发展成为工业区。太华路大华纱厂之类的企业，就是那个时期落户西安的。

1949 年 2 月 22 日傍晚，韩城保安科派出的交通员张永才随着拥挤不堪的人流走出火车站后，进中正门、经中正路，再从东大街走到南大街、南院门，向小南门走。这个时候，西安的气氛已经相当紧张，大街上都修有碉堡。因为是临时被高步林从家找来，张永才是一身韩城老农民的打扮。这身打扮走在路上、甚至从火车站出来，都不引人注意；但当他走到小南门儿这儿，他这身土得掉渣儿的行头一眼望去就知道不是西安人，于是，他被小南门把门儿的兵盯上了："过来、过来，你！"于是，张永才被带到巡守亭进行盘问。一看他的路证，人家更怀疑，因为他来自解放区。问他来西安干什么，他说来探亲。人家问他亲戚是谁，叫什么、住在哪儿，这些都是高步林、高孟吉他们在韩城保安科跟他演练时不曾设想到的问题。情急之下，张永才把高孟吉的表哥解常新说成他的表哥，说解常新的爸爸是他的舅舅。他说，舅舅卧床不起，家里写信把他从韩城叫来，帮着侍候病人。人家问他解常新家住哪儿，张永才照实说，住在菊花园恭府巷。菊花园在东大街那边，他却跑到小南门要出城。张永才给出的解释是：他要去黄家庄找一个同学。这边有病人等着他去照料，他却过家门不入，而是先跑去找一个莫名其妙的同学，他这理由搁谁看都会觉着牵强。人家更不让他走了，还扬言他不说老实话，就把他带走关起来。这个时候，西安早就黑透了。张永才看实在脱不开身，只好跟人家说了"实话"：他是来给绥署送信的。那人家就要问他，有什么证据证明他是给绥署送信的。张永才只好从裤角把绥署二处发给高孟吉的通行证取出来，让他们看。本来，这东西是让他拿到北院门树德生茶庄，跟人家接头时让人家看的。还好，守门的兵看过这证件，上下翻了他几眼，一扬手让他走了。出得城门，张永才才发现，大冷的天，他头上的汗都冒出来了。

张永才出小南门要干什么呢？他要去小南门外的黄家庄找李福泳。这就是派张永才来的好处，他跟李福泳他们全都认识，同学嘛。李福泳和赵继义住的地方在一起，这里原来是个工厂，后来，抗战期间，河北一个什么职业学校也在这儿落过脚。赵继义一家住在这儿，应该是和这个职业学校有关。这是一个大院子，有十多间房子。大门坐南朝北，一排房子和大门的右侧成一条直线，是坐北朝南建的。这排平房的第一间，是士兵们住的地方。这里当兵的有七八个人，负责摇机、做饭和勤务；接下来一间，是报房，里面架有机器，里面住着两个报务员，也称“班副”。对面的两间房子没有住人，空着，作为饭厅使用。紧接着两间房，是李福泳和新婚的媳妇住。再往里走，就是赵继义家了。他家总共两间房，他父母住一间，他和十三四岁的侄儿住一间。这排房子的东头有两间坐东向西的房子，都是灶房，一间是赵继义家的，另一间则是李福泳他们电台的。在这里，李福泳是台长，官最大。

张永才找到地方，一个班副问他找谁，然后把他领进去，见了李福泳。李福泳一见他，眼睛瞪得牛一样，半天才认出来。听说他是从韩城来，他点了点头。电台人杂，没法儿说话。李福泳在隔壁找来了赵继义，仨人一起到外面院子空地里说话。张永才照方抓药，先问他们绥署二处对高孟吉回韩城有什么反应，这俩一听一头雾水：他们压根没机会接触到刘庆曾，怎么会知道他对高孟吉这事儿有什么看法呢，就是从侧面也没法打听：“也许没什么问题吧，反正我们没听说什么。”既然是这样，张永才就说要去北院门送信。

张永才口袋里的那封信内容如下：

志明兄：

弟抵家后，曾捎一信，不知收到否？

咱之货有一部分尚留边境友人处，因为检查过细，无款上货，火柴已带县出售了，得款甚有限。今托友人捎信告知，请兄交来人两万券以便买货带回，候机弟即将边境之货运县再与兄通讯。目前此地一切货价甚稳，无大变化。弟之困难等情形详情来人略知，关于今后咱处货价，请随时捎信告之可也。

敬礼，

近安！

弟张杰发

古正月

这个“志明兄”，就是刘庆曾跟高孟吉约定的化名。张永才把信拿出来给二位看了看，李福泳、赵继义都觉得他去见刘庆曾不合适。也是，连看城门的大兵问两句，张永才都紧张得不得了。他这个样子去见胡宗南的特务头子，还不是几句话就让人家发现了破绽吗？一旦发现高孟吉出了问题，说不定就会连累到别的同志。所以，李、赵二人都劝他不要去送这个信了。自从革命公园聚会、高孟吉给他们传达了组织上的要求之后，他们这帮人一直觉得，如果不能进入绥署机要室，组织上想要的情报就不好搞到。为此，他们已经在托人活动，想让赵继义混进去。为此，赵继义决心很大，哪怕去受训三个月也在所不惜。

第二天一早，天还不亮，李福泳给张永才找了身旧军装套上，这才让他去找徐学章。徐学章刚从汉中回家没两天，他告诉张永才，西安绥署这边已经在把大量的军用品和官员家属往汉中转运；一天后，薛浩然也从三原回来了。他这一组的潜伏组长不敢在三原再待下去，带着他们一起跑回了西安，让刘庆曾给骂了一顿，现在要派他们去渭南。薛浩然把他搜集到的一些军事情报告诉给张永才，包括从咸阳至平凉、渭南、大荔、潼关等地驻军番号、兵力等。此外，薛浩然还提供了唐西园担任西安保防队的头子、咸阳某转运商栈是特务机构等情报。

2 月 25 日，张永才离开西安。这次，他带回了薛浩然最新约定的一个联络方式：情报力量呼叫“CQ CQQ DF F20”，延安方面听到后回答：“G>K DF F4B”，他们就知道了这是延安。“CQ”是胡宗南部队的例行呼号，加在前面是为了迷惑监测。这就是最早的“CQQ”的出处。

徐学章的妻哥在一列货车上当司机，因为列车上查得严，李福泳、薛浩然他们没敢让张永才买票上车，而是把他安排到那列货车的火车头上。到了华阴庙，张永才又一路步行，于 2 月 28 日回到韩城。因为他此行虽然凭记忆带回了一些情报，但并没有达到预期的目的。3 月 12 日，高步林再次将他派往西安。为此，韩城保安科又做了精心的准备。3 月 14 日，在一份写给大荔地委书记刘文蔚、副书记王俊和社会部长高仰山的报告中，高步林对派出交通员张永才的经过做了详细的汇报：

> 该交通张永才曾于上月 20 日前赴西安工作了一次。但因缺少经验及警惕性而未能接见敌负责人，也未将所带之信托人转送（将信撕毁）。因而在这很长的时日中，敌人无论由空中或陆上交通未曾得到一次联络。按此，敌人对十一号在韩的情况急于了解，并对其关心的心情非常迫切。特决定交通张永才派出之动机。

此次派出之目的：

1. 探知敌人对十一号的态度及工作指示。

2. 在咱们布置的力量中搜集敌人的一切情报。

上述任务如何进行？及其对话的材料分写于后：

一、如何接见刘庆曾，及其工作进行的方式：

首先应由侧面，打听敌人对十一号来韩及一切反映，是信任抑是怀疑呢？如不怀疑，就可前去送带去的那封信，再从与敌对话的口气及表情和动作方面，来分析对十一号的一切反映与工作指示。并将见刘的口供列后：

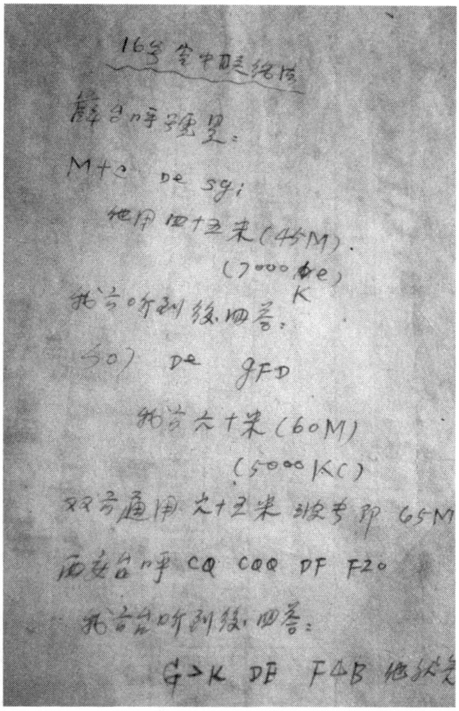
16号空中联络法
他用四十五米(45M)
我台六十米(60M)
(5000 KC)
CQ CQQ DF F20

■ 十六号空中联络法原档案

刘问：你同十一号的关系？

张答：我们过去是小学同学，民国三十年一道出来，参加北教场电训班学习。毕业后分发在甘肃玉门48师，后又改编为西北交通警备总队。于民国三十三年四月间入新省（新疆），改为45师，后调新2军工作年余，又调4师师部工作。因家里来电祖母卧病，三十六年古十一月返家。再加之婚姻问题未解决，家中不让外出，待婚后，敌已到韩，无法再外出，就在家中料理家务。今年过年后，他到我家，要我到这里给处长送封信。他说：因我们自小同学并且感情厚，所以他很放心我来。

刘问：十一号最近在家干什么？

张答：因为他从西安回来，要我给处长送信，并给我说，你勿多来我家，我也不打算多到你家去。他主要为防止别人发觉我俩关系，故而近情知道不多。就他谈：他年前腊月二十几到家后，机器听他说是在夜间突击转运到家的。接着过旧历年，再向乡政府登记。为了避免一般人的注意，他压着不敢动。古正月二十左右曾在老岩上他舅父家内架设过一次，因为天线太长，不敢突出房子以上。也不知是波长不准确吗？他说是很少听到咱们这边叫他的讯号。回答数次也是无效，并且将一付真空管搞毁（现留一付），他非常着急。当时他曾到我家来过一次，要我给处长送信。我因父亲有病，哥哥在宜川做生意去了，家中无人照管，脱离不开，所以延到现在。最近他又在一个地方（某地未告我）架了一次，因为他的表坏了，每天时间对不上，所以也未曾听到咱们这边叫他。他最困难的是天线太长了，架设最容易暴露。希换一根短一点的天线。在未与他联络到以前，时间、波长、呼号仍然和临行时规定一样，等联络到了再在家中用电报通知另换。

刘问：敌人对西安回去的人怎么办？十一号怎样计划的。

张答：普通由西安回去的知识分子，不是到学校参加学习，就是参加工作。所以他在家中也住不住。种地，他下不了苦。做生意，没有资本，再身份也不合乎，恐引起敌人的怀疑。所以，他再三考虑，还是到学校教书，因为有许多教员都是在家时的同学，他们都认识，可作保介绍。本来想到乡村小学教书，后来又考虑到小学校仅一个教员，都是些小孩子，一会也不能离开。为了工作，他想还是高小好，所以又托人介绍，准备到高小教书。因为每个完小（就是高小）至少有十几个教员，他可抽出时间和咱们这边联络。听说最近某敌人教育科批下后，他就可以去教书。

刘问：你们那里情形如何？

张答：唉！共产党正是先甜后苦。去年到韩城后，对老百姓表面很好，今年就不同了。参军（就是征兵）、抬担架、支差要粮，最近又闹斗争，弄得许多人都跑出来了。老百姓敢怒不敢言，恨不得咱们军队马上来。最近，又要每个妇女做军鞋，还编妇女队，弄得男女不安，富的穷。穷人因弄斗争，看起来还高兴（西庄区五乡柳枝村因斗争将孙光祖吓跑了）。

刘问：最近你那里军事上有什么情况？

张答：自大荔、朝邑、平民咱们放弃后，韩城他们认为是后方，一切军事行动是看不到的。不过有些后方机关如医院及眷属向前移动，路上多是些老百姓做运输工作。驮军鞋、运军粮、运子弹的车很多。

刘问：山西方面的军队有无往西北调动？

张答：未看到大军往这边过。再老百姓都议论，太原如被共军占领，西安就快了。再路上就是些我们由平津方面下来的零星回家的军人很多。

张与刘的谈话中应插这段话进去：

我看高同志的确工作努力，他真着急得很。这次我动身的前一晚上，一整夜他都未睡成觉，真急啊！说：你快走吧！他这人真有办法，应付那样的环境，我实佩服他。他人比以前都瘦多了。

张应让刘主动提出下列问题：

1. 请示工作及具体任务——今后的交通问题（如空中失掉联络，陆上如何交通）。

2. 要钱、表、天线或另有改装之小型轻便特工机，以备更好掩护。

3. 对他职业，处长同意否(目的在回答中分析对十一号的信任否)?

4. 要带回信给十一号。

二、在自己布置的力量中应搜集何种材料：

首先应给我们的同志报告我各解放区进展情况及敌内部的分裂（如四川等)，而增加他们的胜利信念，并讲解党的各项政策，使他们在政治认识上更提高一步。特别要叮咛他们无论在何种情况下，工作须坚持下去，完成组织上交给我们的任务。

1. 了解我们力量、地址、职业等，有否变动。

2. 徐（学章）仍回汉中并在那里要：

（1）和李（福泳）等取得联系，报告敌后方情况。

（2）可能话，争取和我延安取得空中联络。坚持那里工作，不能返回，敌人跑，自己也得跟着跑，长期做埋伏。

3. 李（福泳）、薛（浩然）和延安空中联络须十分重视，并研究规定新办法。因已联络很久，无法接上关系，你须记着，这是件大事。并应告诉薛，不必和组长弄意见，应该争取不争吵和讨好办法，取得信任（一般关系）而便于工作。

高步林是个做事非常认真的人。上次张永才从西安带回的情报，有的还不够详细和确切。这次，他让张永才再找力量们逐一核实，其中包括这样一些内容：

（1）韩地派回薛某急需调查（名字、住址、时间等）。

（2）运城、临汾、东潼关等地敌之潜伏人员及电台必须搞清。

（3）某地（耀县？）破获敌电台之事，重新追查。

除此之外，高步林让张永才捎给西安情报力量的指令还包括：布置收集敌人部队调动、驻地、番号、军事计划及单位电台情况；绥署变动情况，哪些人去了汉中等地，哪些人留在了西安；已经解放的各县敌人潜伏人员及电台情况。高步林还让张永才问西安的情报力量，紧急情况下他们打算如何应对。

张永才出发前，在韩城保安科，高步林、史志春还是通过演戏的形式，让他把上述刘庆曾可能问到的问题都背了个滚瓜烂熟。他身上只带一封信，这封信是让高孟吉重新起草的。刘庆曾曾使用过“张强”的化名，所以，高孟吉这回称他为“强吾兄”：

弟年前到家后，曾托友人捎一信，收到否？此地特价最近普遍跌落，咱之货早已卖完。张先生今来省办货，请兄交款伍万元（再不敢少），买成货带回。余容后谈。

张永才上路，高步林他们除给他备下了解放区、国统区两边的通行证外，还让他再次带上了高孟吉化名“张杰”的绥署通行证。另外，给他准备了100万农洋和15块银元。这些银元还是跟韩城一个商人借来的。因为张永才这次的身份是个去西安进货的小商人，所以，他浑身上下的行头也换了。到了西安，不会让人一眼就看出是个外地的乡巴佬。可是，谁也想不到，高步林他们费尽心机包装出来的交通员，却因为身上带的这笔钱断送了行程。

这次去西安，张永才还是一路步行。离开韩城，他直奔三河口，准备从那儿渡河。过河前，有保6旅的士兵对旅客搜身检查。张永才藏在衣裳里的银元被发现了。这笔钱，本来是高步林让他捎给西安力量们的活动经费。因为农币不能带过去用，张永才把钱换成了银元。听说这边的动静，一个少校军官把他带到一个地方进行审问。张永才提到了牌子很大的王微，人家却并不买账；被关了一夜之后，张永才又把那张高孟吉写给刘庆曾的条子拿出来给那个少校看，人家还是不认。把他关了一天两宿之后，这伙人又把他送回朝邑，当街释放。到这个时候，张永才才想明白，原来，那个少校之所以六亲不认，是因为他横下心要贪污那些银元。身无分文的张永才没法再去西安，只能一步一步饿着肚子往韩城走。两次都没能完成组织上交给的任务，张永才羞愧难当。尤其是这次，不仅事儿没办成，还把组织上宝贵的经费给丢了。当终于来到韩城保安科，见到高步林时，张永才忍不住号啕大哭起来。听了他的哭诉，高步林却没有责备他一句，而是马上安排炊事员给他做饭。这次回来，张永才大病了一场。尽管张永才的个性做交通员不理想，但因为能用的人实在不好找，于桑、袁心湖还是考虑过把他再派出。也是因为他在生病，这事儿没有再往下说。后来，大荔分区公安分处成立，高步林调过去当副处长，还专门把老实、忠厚的张永才调到了身边工作。张永才正式的工作履历，应该就是从那时开始的。

第三节　王鹤龄：被“利用”的亲戚

高孟吉的媳妇王萍是韩城西庄区寺庄村人。他们家是中农成分，父母生了他们兄弟姊妹四个，这里要说的人是王萍的二哥王鹤龄。王鹤龄时年二十六七岁，初小文化，能看报和写普通的家信。王鹤龄从小在家务农，抗战期间在宜川、合阳的电话局做过事，之后回家做点小买卖。1949 年正月里走亲戚时，高孟吉跟王鹤龄提过，想让他帮忙到西安跑一趟，路费由他来出。至于做什么，他没说。后来，因为组织上让张永才承担了他的敌方交通员角色，他就没再跟妻哥说这事儿。

张永才第二次去西安遇阻后，就在家里养病。因为一路一边哭一边用手揉眼睛，除了感冒发烧，他还害了眼病。为此，史志春代表韩城保安科，提着一包饼干、5 斤挂面专门到乡下他家里去看过他，并且写了介绍信，让他到后方医院去治疗。史志春这次来，本来是想看他还能不能往西安跑。于桑、袁心湖的意思是，这次让张永才去西安，干脆就不让他进城，就在城外与力量接头。但是当时，张永才眼睛看人还是雾蒙蒙的，根本不具备出门的条件。所以，高步林、史志春决定，让高孟吉跟他妻哥说，让他给当回敌方的交通员。

2 月 23 日，西北局社会部给黄龙地委社会部的电报中，专门说到十一号高孟吉的工作。其中有关敌方交通问题，是这样说的：

> 如你们这一时间未派交通出去，现可选派适当人（同十一号商量）出去向敌报告，十一号回后活动很久，没有联络之原因可以生病与掩护工作未搞好，或其他原因，与高步林会面情况等这一点你们应仔细设计、计划。刘匪很注意与高之关系，看敌对十一号目前态度及意图如何。

派出的张永才没能成功扮演敌方交通这一角色，现在，他的替补人选必须派出了。4 月 7 日晚，高步林、史志春约高孟吉到保安科，专门商议如何布置王鹤龄去西安，带着怎样的任务，以及去了怎么跟刘庆曾说。第二天下午，王鹤龄被高孟吉约到他教书的学校。高孟吉告诉妻哥，他是国民党绥署派到韩城潜伏的，带的有电台。现在为止，他已经回来了两个多月了，连一封信都送不出去，十分着急。他托王鹤龄去西安跑一趟，就是把这封信送过去。一听这情况，王鹤龄吓得不轻。“需要的通行证，我都

■ 2012 年春节，高健（高孟吉）老人探访曾经教过书的原韩城县第六完小

给你准备好。”韩城二次解放有一年多了，但王鹤龄这人却没多高的政治觉悟。不就是给小舅子跑了腿嘛，外人又不会知道：“我答应你，去就去吧，就是不知道路上好走不？”“可能不大好走，听西安回来的商人说，过渭河，要花银元呢。”高孟吉告诉妻哥：钱不成问题，也会给他备好。王鹤龄做点小生意，正眼红别人从西安带回来的货好卖，有这个机会去跑一趟，在他来说也是有点赚头的。再说，华阴、渭南这一带他人、地两熟，只要过了渭河，一切都好办。所以，虽然也有点犹豫，但他还是决定跑这一趟。俩人约好第二天晚上在王鹤龄家再详谈。

4 月 9 日是个星期六。下午给学生们上完最后一节课，高孟吉就往寺庄村走。等到晚上 8 点多，王鹤龄才回来。俩人到外面的路上边走边说。高孟吉让王鹤龄转告刘庆曾，他曾前后三次带信，都没联系上。正月里，有人去西安，他托人家带了一封信，到了西安再邮寄，收信地址就是北院门 134 号树德生茶庄兰敬斋收，但这封信如石沉大海，没有任何回音；第二次，他托一个商人把信带到西安，让他亲自把信送到北院门树德生茶庄，但这人说没找到地方，回韩城之前，怕出事儿，他把信撕毁了；3 月中旬，他又托他的一个好朋友前往西安送信，但是，3 月 18 日，他走到三河口渡口处，被保 6 旅华山部第一大队第一支队杨队副和张指导员没收了送信人的 25 块银元。这笔钱一部分是他的，一部分是他那个朋友的。对于他们来说，这不是个小数目。丢了这笔钱，朋友已经气病了，并且一再跟他索要赔偿。所以，他希望刘处长过问此事，把这笔钱追回。

哭红了眼睛的张永才，只知道保 6 旅一个少校军官收了他的 25 块银元，高孟吉怎么就能准确地说出这事儿是谁干的呢？显然，张永才回来之后，高步林他们对此事做过认真调查。因为此事涉及张永才是否忠诚可信，同时，这笔经费失踪，也需要对上级有个确切的交代。现在，借王鹤龄去西安面见刘庆曾之机，他们也打算借绥署二处之手出这口恶气，并且把这笔钱要回来。

除此之外，高孟吉还让王鹤龄捎话给刘庆曾，他的经费非常困难。因为没钱，他把手表给卖了。如果要收发报，没手表可不行。所以，得给他捎块手表回来。另外，高孟吉让王鹤龄问刘庆曾要两匹大青布。西安大华纱厂出的这种大青布，在韩城销路很好。作为商人，带些布上路在国共两边都不会有问题。把布带过来，很容易变成现钱。听说高孟吉要让他带信，一开始，王鹤龄不同意。他怕身上有字迹让解放军搜出来：“有啥你告诉我就行了，我尽量记下来，转告人家不就得了吗？这东西要是让搜出来，那可不得了。”“没事儿，回来时我经过这边的检查站，解放军一般不会全身搜查，一两张纸藏好了，根本查不出来。”高孟吉好说歹说，王鹤龄才勉强答应带信。

4 月 10 日是星期天，韩城下了一天的雨，直到黄昏才停。高孟吉在宿舍闭门写了一张便条和一封信。两样都是一式两份：

小纸片便条内容如下：

志明吾兄：

弟年前返里，因交通不便，曾捎来信，不知收到否？

兹有王蔚斌兄前来买货，请兄将弟存兄处之大青布交王兄带回，勿误为感。随后有顺人弟即捎信，请兄复信交王先生可也。

专此敬礼

财安！

弟：张杰

古三月十六日

怕王鹤龄见了刘庆曾交代不清，高孟吉还写了另一封信：

刘处长：

经过万分艰难，已按照计划完成布置，所不幸者发报机之高周率阻流圈（R.F.C）故障，K 与指针无效，故不能呼叫。又因环境恶劣，天线架设太困难。且我自二月间设法经旧同学介绍到坡底村完小学校当教员，掩护问题解决了。正月间曾捎一信，再送信二次未遂，且三月十八日在三河口被保 6 旅华山部一大队第一支队杨队副、张指导员没收了二十五个白洋。此款系送信人一部，我设法借筹一部，请二天予追查归还为盼。工作指示请告我之二内兄，并交他带回大青布二匹。我已将此次带回之表卖了，因款早已用完。此次送信之款，系我妹妹出嫁之财礼。处长：我为了工作，将我全家之生命已赌出了，此次请无论如何交王先生以下之物：

大青布二匹，高周率阻流圈（R. F. C）一只，手表一只。再最好发王先生身份证一个，以便他以后作交通。

给交通员王蔚斌收条。

西安绥署第二处第三零七组组长张杰发

四月十三日

信上的日期是高孟吉估计王鹤龄出发时间提前写好的。天一晴，高孟吉就赶快往几公里外的县城保安科赶。他把布置好王鹤龄去西安送信的详细经过当面跟高步林、史志春二人进行了汇报，并且把让王鹤龄捎给刘庆曾的一封信和一张便条底稿留在保安科备案。从保安科，他取了给王鹤龄的盘缠10块银元、100万农币和已经办好的通行证。单从钱数上看，一个人跑趟西安根本用不了这么多。可见，为了让王鹤龄愿意冒着风险跑这样一趟腿，保安科是不惜代价的。当天晚上，高孟吉在保安科留宿。第二天鸡一叫，他就离开了保安科。在街道上，他替要出嫁的妹妹采购了一些东西，中午回到沟北村自己家中。当晚8点多，王鹤龄摸黑来到他家。高孟吉告诉他："我正发愁到哪儿给你弄路证，昨晚正好在乔南区公署碰到了薛文亭。文亭你知道吧？"薛文亭是在公署当秘书，跟高孟吉是朋友，王鹤龄知道这人。高孟吉不能说路证是从保安科领来的，他告诉王鹤龄，他找薛文亭弄来两张路证，一张是县商会发的；另一张是保安科发的。"保安科发的这张是通行证，一过边境，你就得把它撕了。知道吧？县商会的路证过河之后可以用。"接下来，高孟吉把10块银元、100万农币以及写给刘庆曾的便条与信交给了王鹤龄："把信藏好了。这事儿宜早不宜迟，要不你明天早上就出发吧。"王鹤龄点了头。俩人从房里出来时，一轮明月高挂天空："好天气！明天适合赶路。"临分手，高孟吉握住王鹤龄的手，用力地摇了一下："一路保重！"他托妻哥去西安的事儿，当时连他媳妇都不知道。

第二天，王鹤龄确实一早就出门了。一路上特别顺利，解放军没搜出他带的信，国民党兵也没有搜走他带的银元。4月15日下午，一到西安，他就直奔北院门，找到134号的树德生茶庄，他告诉伙计要见兰敬斋。兰敬斋是个三十来岁的人，穿着长袍，看上去像个斯文的生意人："我就是兰敬斋，你是谁？"这时，按高孟吉的吩咐，王鹤龄取出了那张便条递上去："我从韩城来，是张杰派我来的。我要面见刘处长，有重要事情汇报。""好，好，我这就给处里打电话。"兰敬斋钻进里间房子，不一会儿又出来："电话打过了，处长不在。这样，你刚来，先住下。明天早上再说公事，好不？"兰敬斋是个说话很客气的人，他让人把王鹤龄领到北院门绥署二处老院子，找了一间空房间，把他先安顿下来。

第二天一早，王鹤龄收到条子，绥署二处的谢璇组长有请。绥署二处搬到了新地方，王鹤龄照着条子上的地址，来到新化巷171号，见到了谢璇。王鹤龄牢记高孟吉的话，一定要见了刘庆曾才说。谢璇便把他引见给二处秘书科的唐科长："刘处长没有在，唐科长现在就代表他，有啥情况你只管跟唐科长说吧。"这时，王鹤龄才从怀里把高孟吉写给刘庆曾的那封密信拿出来，交给了唐科长。"太好了！"唐科长看过信，显得十分兴奋。他把信交给了一旁的谢璇，谢璇看过也是一脸的灿烂。"张杰同志真有办法。放心，他所有的要求我们都会照办。他什么时候能回来一趟？"听唐科长这么问，王鹤龄就照着高孟吉交代的说法告诉他："他现在在教书，脱不开身。他让我告诉你们，再联络，得在晚上，白天不行。""好，好。你先在这儿住上两天，咱们随时联系。"唐科长本来还要让他在北院门住，但王鹤龄觉得住那儿不自在。沟北村的高德鸿在粮道巷开了家纸烟铺，王鹤龄通过高孟吉以前就认识这人。这次出来，高孟吉跟他也说过，没地方住的话，可以在高德鸿那儿混一下。于是，王鹤龄就到粮道巷住了两宿。因为粮道巷离新化巷有点远，他每天要往绥署二处跑两次催要东西，所以，后两天，在田粮处电话总机和一个亲戚家各住了一天。因为西安身份证查得紧，王鹤龄没证件在哪儿都不好落脚，谢璇还让人领他去拍了个照，给他办了个身份证。

王鹤龄此次西安之行，并没有见到刘庆曾。20日上午，他再次在绥署二处见到了谢璇和唐科长。唐科长把刘庆曾处长带给高孟吉的回信交给了王鹤龄。信的内容如下：

张杰同志：四月十三日手书悉。

（一）中山表壹只，阻流圈壹只并黄金贰钱、银币拾万统交王同志带回希查。

（二）电台联络规定自下月一日开始，每日定一点半及二十点半两个时间，波长支台用70米（即4.3me），该台用40米（即7.5me）。呼号支台用四月份（若到五月即改用五月份）。RCK DE FEQ 该台用第一组 RFO DE GFO。

（三）电报代字应为诚字，该组为安字。再该组番号改为一零六组。

寅日　新四月二十日

“这些可比两匹大青布值钱。”唐科长把钱和两钱黄金交给王鹤龄时，这样跟他说。至于大青布，也就没再给办。另外，高孟吉提到张永才在三河口被保6旅搜走25块银元的事儿，唐科长告诉王鹤龄，这件事儿不宜再张扬。如果找那俩人要回这笔钱，恐怕就会有好些人知道这事儿，这对张杰同志的隐蔽非常不利。

临分手，谢璇还专门给王鹤龄开了个介绍信，让王鹤龄到三河口集义隆粮店找何通洋组长，由他护送王鹤龄过河。第二天，王鹤龄坐上火车动身返回。路过三河口，他去找了何通洋。一见谢璇开的介绍信，何通洋十分热情，先是好吃好喝地招呼了王鹤龄一顿儿，然后才护送他过了河。从何通洋谈话中，王鹤龄听出，他们知道三零七组在韩城潜伏。另外，王鹤龄还听说，有个姓薛的人也在韩城潜伏。此人归何通洋管。他过河这天，听说姓薛的到西安去领电池了。

■ 王鹤龄

回到韩城，高孟吉除了留下了刘庆曾的信和捎回来的手表、阻流线圈，其余钱与黄金都让王鹤龄留着。

跑了一趟西安，虽然有点辛苦，但平平安安地回来，还落了些油水，起初，王鹤龄心里还挺高兴。前后十来天不在村子里露脸，他一回来，就有人问他干什么去了。也是话赶话，他忍不住跟两个信得过的亲朋说了这事儿。一听他跑西安干这事儿，家里人都吓坏了，替他捏了把汗。经他们这么一说，王鹤龄这才觉得贪图蝇头小利，干了件蠢事。当天晚上，他就睡不踏实了；好容易睡着了，也老做噩梦。果然，回来第二天晚上，他就被高孟吉叫到县城。一进保安科的大门，王鹤龄吓得够呛。他心里直打鼓，想破天都想不明白，他这个妹夫怎么会国共两边统统吃得开。史志春科长亲自跟他谈话，他只好把去西安的前前后后一五一十地都讲了出来。

“这件事儿到此为止，跟谁都不能说。”临出门，史志春跟他交代。王鹤龄此时已经是一头毛毛汗。他心里暗暗下定决心，从此不能再跟这个妹夫打交道了。在王鹤龄眼里，高孟吉是个很阴的人。他却不知道，这一切都是组织行为。在 1949 年 4 月 9 日韩城县保安科的外勤工作座谈会的会议记录上，就明确记载：“十一号的对敌联络问题（交通）绝不可让其知道同我们的关系。”有这样的紧箍咒，高孟吉当然不能告诉王鹤龄实情了。

第四节　薛万亭：手足之情最放心

1949 年 4 月 14 日，当高孟吉的敌方交通员王鹤龄尚在去西安的路上时，于桑、袁心湖和韩城县保安科方面已经在着手派出去西安的另一路交通员。

在过去的一年里，韩城县盘龙乡大南沟村 39 岁的农民薛万亭家的倒霉事儿一件接着一件。先是老父亲去世，接下来他的小儿子病死，他家种地离不了的大牲口又被人偷了。像他们这样的普通农家，要重新买一头牲口可不是件容易的事儿。更何况，给老人、孩子看病，薛万亭家已经花去了不少钱。夜深人静，薛万亭常常一个人披件衣裳坐在门外“吧嗒”“吧嗒”抽旱烟，烦得不行。

在薛家，薛万亭排行老四，上面 3 个哥，老大 48 岁，老二 43 岁。因为家境贫寒，老大、老二从没念过书，从小就跟着父亲种庄稼。到薛万亭这儿，家里日子稍好点。13 岁时，薛万亭被送进私塾，念了 3 年书。之后，他就像高勉斋一样，进入商铺当学徒。现如今，他除了偶尔跑点小本生意，大多数时间在家务农。因为家里几个兄弟就他一个识字儿的，所以，这个

■ 薛浩然（右）与四哥薛万亭（中）、三哥薛万年（左）

家里唱主角的其实就是他。

薛家的老五，就是薛浩然。虽然薛浩然比薛万亭文化高，但他不在家，不能指望他。不光指望不上，因为浩然不想跟媳妇过，在家里，媳妇已经闹得很厉害。她不光把家里一些东西往娘家搬，还到政府举报过国民党军官薛浩然悄悄回过家。关于弟媳妇的问题，薛万亭也想和薛浩然商量一下解决办法。这么拖着，薛浩然无所谓，薛万亭倒是有些受不了了。

其实，1948 年 11 月薛浩然没回韩城之前，高步林他们就曾跟薛万亭谈过话，打算让他出任薛浩然、高孟吉等人的交通员。后来，因为派出了高勉斋，交通问题解决了，就没再让他出去。和薛万亭接触之后，高步林、史志春他们都认为，薛万亭为人正直、忠厚老实，可以胜任交通员的职责。1949 年 4 月，在李福泳的电台已经和边保情报科电台有了联系之后，以前薛浩然回韩城时与高步林他们约定的联络密码显得太简单，迫切地需要将新的联络方式传递到西安。而这件事，又不能让作为敌方交通员的王鹤龄来做。薛万亭到过西安，和李福泳、赵继义、徐学章他们都很熟悉。再说，薛浩然和媳妇闹离婚的事儿，熟悉他的人都知道。现在，薛万亭来西安找他说这个事儿，既不会引起他村子里群众的猜想，也不会引起西安薛浩然同事的怀疑。高步林、史志春跟薛万亭先后提过几次，想派他去西安跑趟交通，薛万亭都表示同意。

4 月 14 日，病中的高步林以韩城县领导罗文治、孙昶、史志春、高步林的名义，给于桑、袁心湖写了一封信，陈述了派出薛万亭的考虑；当晚，刚刚上任的韩城保安科长史志春派一个名叫徐玉田的便衣把薛万亭送到了大荔公安分处于桑、袁心湖那儿，由于桑、袁心湖具体跟薛万亭布置工作。高步林、史志春二人都强调，希望多给薛万亭一些路费，够他一路上用，而且最好是银元。

3 月 17 日，西北局社会部给大荔地委社会部于桑部长的“指人译”电报中就明确提出：

> 二十六号（李福泳）台于寅文听到，但联系不上，以后即听到盼示通知他，凡按规定联络者，必为我方应即联络，勿误。十六号（薛浩然）台缺联络时间，现无法联络，应派人去规定时间告我。吕、徐应派人去规定联络办法电复。出发前应加以训练，希能一次即将联络方法与密码都规定妥善，以免延缓时间赶不上需要。

3 月 23 日，西北局社会部再给大荔地委社会部发来电报：

> 二十六号台已联络上，就是密码太简单。吕、徐应即派妥人去规定空中联络办法。您们应与十六号台约定空中联络时间后即送总处。

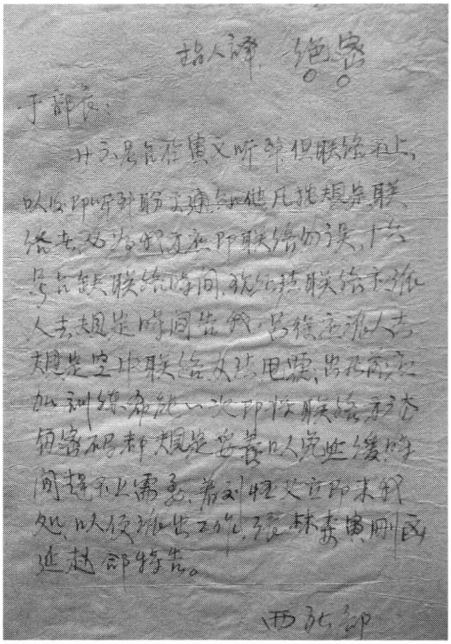
指人译 绝密

于部长：

廿六号台在寅文听到但联络不上，以后即听到盼示通知他凡按规定联络者必为我方应即联络勿误。十六号台缺联络时间现无法联络应派人去规定时间告我。吕徐应派人去规定空中联络办法电复。出发前应加训练希能一次即将联络办法与密码都规定妥善以免延缓时间赶不上需要。着刘桂文立即来我处，以便派出工作。[illegible]进赵部报告。

西北部

■ 档案原文

所以，派交通去西安联络李福泳、薛浩然、吕出、徐学章等人，已经变得刻不容缓。其实，除了薛万亭，于桑、袁心湖这个时候手上掌握的交通员还有两个，一个姓李，韩城人；另一个姓任，是大荔公安分处驻合阳直属情报点的。在选择交通员时，他们依据的是这样几个条件：

首先，要有适当的文化，能够不带信件即可口头传达我方指示、对方报告及联络方法报告，以避免敌人路上检查。第二，认识薛浩然等人中的一个人，因为韩城保安科此前除了跟薛浩然联络之外，跟其他力量都没有约定联络方法与暗语，而当时，薛浩然因为被抽到潜伏台，没有固定联系地址，有固定地址的人只有李福泳和赵继义，且他们都对生人去联络持不信任态度。这方面，有那个嘴上不把门的交通员薛中儿作反面教员。第三，交通员要对来往西安路上的情况相当熟悉，有适当社会经验和掩护方法，能应付环境。第四，忠实可靠，能保守秘密。

以上条件，第一条，三个备选交通员都不具备；第三、第四条，三人又都具备。符合第二项条件的，只有薛万亭。不过，合阳的老任也有自身的优势。老任是个党龄有十多年的地下党员，社会经验丰富，三教九流都能打交道。何况，以前在蒲城工作时，他还当过交通员。大荔公安分处最近还特别对他进行过交通员气节、联络方法、秘密工作常识方面的训练，只是没跟他提说过这次要完成的任务。老任如果去西安，于桑、袁心湖分析，以他的能力，只要有机会把情况说明，李福泳、赵继义他们可能还不至于拒绝他。这段时间，西安方面对韩城人特别注意，好些韩城人已经被抓了起来。而老任是蒲城人，有敌区身份证可用，这是他能顺利到达西安的一个有利条件。但于桑、袁心湖最终还是决定让薛万亭来执行这项任务，没别的，就是信任问题。如果力量不信任老任，这趟交通就等于白跑了。时间耽搁不起，延安方面迫切需要与西安的力量建立起空中联系。

决定派薛万亭出去后，袁心湖开始训练他懂得密码，试图让他出行不带任何信件。但是，训练了一天，发现薛万亭的文化程度还是低了点儿，无论如何也学不会。没办法，袁心湖只好把密码等内容写在一块绸子上，缝在他的棉裤里面。因为这密码太重要，据说袁心湖他们起初是准备让薛万亭把绸子吞进肚子里，到了西安再拉出来。但是，他们做了实验后发现，因为肠道里温度太高，绸子再拉出来时，上面的字根本看不清。不得已，改为缝在棉裤里面。可是，四月中旬，薛万亭怎么还会穿棉裤？确实是在穿棉裤。不光他，陕西的农民都这么个穿法。他们一般就两种裤子：棉裤和单裤，而且，里面还不穿裤衩。郭达有个小品，演一个陕西农民去医院看病，打针时，他跟打针的护士蔡明说："大夫，快一点，我冷！"打针怎么会冷？因为退下棉裤，他里面就是光着的。所以，蔡明来打针时，才吓得惊叫一声，骂他是“流氓”。

因为三河口对韩城去西安的人查得很严，于桑他们原本想让薛万亭绕道蒲城去西安。但是，由于薛万亭对蒲城一路完全陌生，路上遇到的情况恐怕他是应付不了的。于是，他们决定，让薛万亭还是走三河口，实在不行就用大洋收买当兵的。只要过了三河口，他就可以赶到华阴庙，从大荔公安分处秘密联系的商人那里取得去西安的路条。如果三河口过不去，那就只好让老任把他从蒲城带出边境。

4 月 18 日，薛万亭从韩城出发。经过三河口，他口袋里的大洋发挥了应有的作用。尽管如此，当兵的仍然把他上上下下地仔细搜查了，当然，那缝在棉裤里的绸子他们并没有摸出来。过了三河口，他在华阴庙又顺利地拿到了路条。这回，按照于桑、袁心湖的要求，他没有进城，而是来到城墙外徐学章家。在这里，他和薛浩然、李福泳、赵继义取得了联系。李福泳、赵继义还在老地方，而薛浩然此时工作的地方就是三河口。后来，返程时，薛浩然亲自把三哥送过了河，目送他离开了国统区。此时，徐学章人在三原，而吕出也没在西安，他们俩跟薛万亭没有照上面。这次派薛万亭去西安，最主要的目的是和情报力量约定联络方式，特别是空中联络。他把写在绸子上的密信交给李福泳等人，他们三人同样把空中联络的约定写在了一块绸布上，仍旧缝在了薛万亭的棉裤里带了回来。日后，胡宗南部队三部电台能和延安方面顺利联系，和这个令人拍案叫绝的密码设计密不可分。这个密码绝在哪儿呢？在后面的篇章里，作者会详细地说明。

以前，情报力量不敢和韩城派去的生面孔进行接触，是因为此前边保方面与情报力量没有约定一个接头方式。薛万亭此行，带回了今后的陆上联络方式：联络地点就定在西安火车站北建国巷 6 号徐学章家，到那儿无论找徐学章，还是找赵继义、李福泳或者薛浩然都可以。见面后，边保方面派出的交通员要在寒暄中解开自上而下的第一粒纽扣，抚弄一下，然后又扣住；对方接着解开自己自上而下的第二粒纽扣，抚弄一下，然后又扣住。接下来，交通员会问起对方：“你是万国祥吗？”或者“你是赵琳吗？”情报力量都有自己的化名，万国祥就是薛浩然，赵琳就是李福泳。对方如果回答“是”，就算接上了头，可以开始正式谈话。薛万亭捎去了于桑、袁心湖的指示，以后的交通不可能总由熟人来做，必要时会派去生人，必须牢记这样一个接头方式。

薛万亭还捎回一个不好的消息：绥署二处已经知道高孟吉投了共产党。本来，薛万亭离开韩城时，对高孟吉的事儿一无所知。但是，薛浩然却让薛万亭回韩城捎话，王微已经知道高孟吉投降了，现在人和机器的情况都不敢给上面如实报告，只是说他可能跑了。这件事儿，绥署二处这帮人气得不得了，说是要派人去韩城，一枪把高孟吉打死。但是，南京、太原解放后，他们已经顾不上这事儿了。不过，薛浩然仍然建议让高孟吉到延安去学习，避一避这件事儿。

韩城人廉性毅和薛浩然他们是一拨儿出来的，现在也在通四团当电台台长。薛万亭认识此人。薛浩然专门叮嘱薛万亭不要跟他人见面，可他们却还是碰见了。廉性毅拉着薛万亭的手，问他来干什么。薛万亭说了薛浩然跟媳妇闹离婚的事儿，还说他马上要回韩城。一听薛万亭要回韩城，廉性毅赶紧跟他说，让他无论如何跟自己老婆同路，把她捎回韩城去。看来，廉性毅的思想也已经动摇了。他主动跟薛万亭说，让他回去跟高孟吉捎话，千万不要再回西安："绥署二处知道他叛变了，要派人拿枪打掉他呢。"再多聊几句，薛万亭发现廉性毅还知道高孟吉跟他表妹谈恋爱的事儿，可见，高孟吉的风声还是透了出去。这个时候，王鹤龄没有按照规定时间于离开韩城之后十天返回，于桑、袁心湖都以为他可能已经被绥署二处抓了起来。

高孟吉是怎么暴露的，或许永远是个谜。但原来设计的让高孟吉再回二处的计划也就此泡汤了。

4 月 30 日，于桑、袁心湖给陕甘宁边区公安厅陈养山、赵苍璧、李启明起草《关于 26 号等之交通联络之综合报告》时，他们尚不知道王鹤龄已经平安回到韩城。他们担心，如果王鹤龄被抓，会城门失火殃及池鱼，威胁到力量的安全。但从薛万亭捎回的信息看，李福泳、薛浩然他们认为，他们还是很安全的。

以前发展赵继义为情报力量，其中一个重要原因是想通过他发展绥署二处机要室的译电员秦福祥。但是，这次派薛万亭去西安，于桑他们没有交代他再催问这件事的进展。他们认为，自从高孟吉回西安时带去这项任务之后，赵继义就一定在做这项工作。如果这事儿不可能，再催他去做，搞不好会暴露他们。如果真的把秦福祥争取下来，空中联络畅通之后，他们会在电报里汇报。

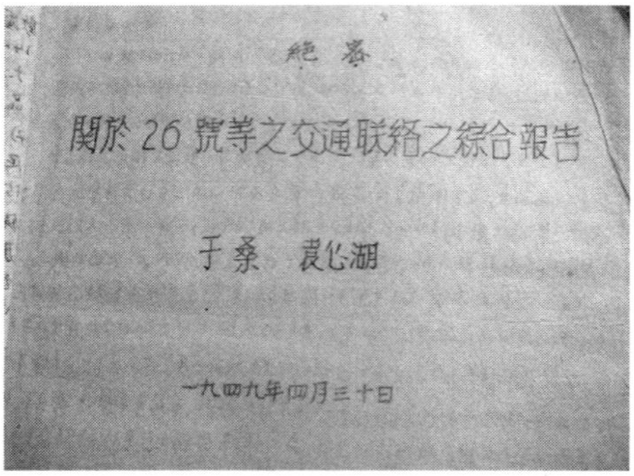

■《关于 26 号等之交通联络之综合报告》档案材料封面原件

西安的力量处在没有经费支持的情况下工作。薛浩然跟薛万亭说，有人捎话让他们到某个地方取钱。但等他们跑去取钱，对方却称没这回事儿。因为对西安力量的领导已经不再是于桑、高步林他们，因此于桑在报告中询问延安方面，是否给西安的力量寄过经费。后来，在 1984 年的新疆座谈会上，西安的这批力量发言时仍谈到，他们没有得到任何经费方面的支持。这件事在 1949 年 3 月 19 日《原晋南西安站秦波同志报告工作记录》中有了答案。档案中有："师（师世德）之朋友给师兄汇去三十块白洋（转吕），但未收到"。至于为什么没有收到，原因不得而知。

薛浩然先前写信告诉他媳妇，离不离随她便，态度相当冷淡。这以后，薛浩然媳妇才闹将起来，到处跟人说薛浩然回过韩城。至于薛浩然的婚姻问题，于桑他们让薛万亭回到韩城后先哄着薛浩然媳妇，拖一段时间再说。

说起来，薛万亭此行只有一个小缺点。本来，于桑、袁心湖教他捎口信儿，把西安的力量与延安用新的联络方式进行空中联系的时间，定在薛万亭动身去西安的 15 天之后。因为绸子上不能写太多的字，何况这就是一句话的事儿，于桑他们以为他肯定能把话捎到。可薛万亭到了西安后，把这句话忘到了九霄云外。作为交通员，看来薛万亭还是有点头脑简单了。

不过，总的说来，薛万亭还是很好地履行了他的交通员职责。于桑他们给上级报告时，忍不住发出了赞叹："在使用 13 号（张永才，后编为 51 号）和 17 号（薛万亭）时，证明血统交通、朋友交通非常好使用。他们不但忠诚负责，且从不向组织提任何困难，路费都愿自己掏。"高步林、史志春付给张永才的银元，是 15 元；而张永才被保 6 旅收走的，是 25 块银元。

第五节　交通员们的人生轨迹

1949年底、1950年初，全国公安机关干部还非常缺乏，像高勉斋这样对革命有贡献、有一定文化、年纪也不算大且在公安系统中有一定人脉的人，有很多机会可以参加工作。1949年12月，高步林还让渭南公安处来过商调他的函。但是，高勉斋并没有离开韩城。拴住高勉斋的，是1950年初县上新近成立的一个私营面粉厂。1947年，韩城第一次解放后，国民党还乡团抓高勉斋没抓着，把他哥抓去投入大牢。为救他哥，家里把准备卖了买粮吃的棉花出手了，用来赎他哥出来；再后来，家里只好跟人家借了3000多斤小麦度饥荒。虽然新中国成立后讲废除旧债，但人家私底下借给他家的粮，不还说不过去。高勉斋自称，出任面粉厂的总务，就图每月能挣一袋面，好还人家的债。也有一种说法，高勉斋其实是这家私营面粉厂的三个股东之一。可以想象得出，商人高勉斋对商业的考虑还是占了上风。

1984年10月，高勉斋受邀到新疆参加边保南线外线工作座谈会时，对他到面粉厂工作有另一种说法：当年，这家私营的面粉厂人员复杂。在高步林从渭南回家乡时，高勉斋跟他说到要去这家面粉厂当总务。高步林让他继续监视厂里的敌特分子活动。但事实上，直到1952年，高勉斋才知道面粉厂的经理黄百川是国民党的便衣组长，会计主任滕岁午是军统特务，而管理层另两位，当过国民党的什么团副。1953年，厂里三个负责人被政府关押，工厂也被政府接管。政府派来了一个厂长，但留用了高勉斋。高勉斋就在这家面粉厂一直工作到1976年，直到这一年被调到火车站负责新建油脂厂。最后，高勉斋在这家油脂厂退休。

据高勉斋后来回忆，1954年春，高步林回韩城，曾当着县公安局领导段绳祖的面跟他说："我和兰州公安厅杜厅长联系好，想调你去兰州工作。怎么样，能不能去？"勉斋媳妇当时没想通，不想让高勉斋走，高步林还劝她："不会让你们夫妻俩长期两地分居。等勉斋在兰州把工作安排好，再把你也接到兰州去，这不挺好？"于是，高勉斋两口子一夜为去不去兰州的事儿纠结不已。可是第二天，事情又发生变化了。高步林告诉高勉斋，晚上和封维隆县长谈过调他去兰州的事儿，封县长认为，面粉厂是刚从私人手上接过来的，政府派去的厂长情况不熟，还是让勉斋留在厂里帮帮忙。既然封县长这么说了，高步林也就不好再坚持让他去兰州了。

1956年，由私营改为国营的面粉厂遇到一个坎儿：因机器动力太小，面粉生产陷入停顿。组织上派高勉斋去石家庄出差，负责采购新的锅驮机。高勉斋不辱使命，为厂里买回了75马力的锅驮机。这台锅驮机也成为全省面粉行业的第一台投入使用的蒸气动力设备。它不仅解决了全县人的吃面问题，还为县城机关提供照明发电。那段时间，高勉斋走在韩城街道上，充满了自豪感。

一转眼，进入了大跃进时代。这工夫，西韩铁路上马，工人大量增加，面粉又供不上了。县上决定把面粉厂迁到北关进行扩建，厂房盖起来，就得赶快装新机器。这次，采购机器的任务照样落在高勉斋的头上。高勉斋多方打听比较，最后，他没有出省，就在咸阳选了一家生产农机的企业订了货。1959年，高勉斋引进的机器投入生产，面粉厂的产量一下子增加了两三倍。

1970年，省粮食厅投资改扩建面粉厂，又盖了一栋四层楼，可设备不行，半年没法生产。高勉斋又受命跑过内蒙、石家庄买设备；1976年，省粮食厅在韩城建油脂厂，县粮食局抽他参加筹建，他仍然负责在西安采购设备。后来，他就在这家工厂里退休。1984年，临近退休时，他的工资只有57元。

“文革”中，高勉斋家盖房，曾到西安找徐汀借过一次钱。当时，高步林还在牛棚里关着，没工资；徐汀家里上有老下有小，手头吃紧，就让他下月她发工资时再来。高勉斋再来，徐汀给了他50块钱。这笔钱，在当时那种条件下，就不算小数目了。打这儿以后，高勉斋没再提过还钱的事儿。徐汀心里打鼓，但高步林不让她再跟高勉斋提这事儿。

临退休，高勉斋对自己的一些问题没能解决耿耿于怀。首先是组织问题。据他回忆，1949年6月，经史志春和保安科的段绳祖介绍，县领导吴沙浪、孙昶批准，他就入了党。史志春曾把领导的批复拿给他看过。但是，这年9月份，史志春调走了，他的事儿没人管，申请书莫名其妙在县政府建设科放了3个月，又退回到保安科。新中国成立后，他对组织问题多次提出恢复申请，“文革”前，本来面粉厂的厂长高俊杰等人已经同意给他办这件事了。可赶上“文革”，他的事儿又没人管了。党籍问题不能解决，是高勉斋一生中的一件最大憾事。

其二，是工龄问题。高勉斋自认为是1943年就参加革命，从高步林给上级写的材料上看，也说他1945年就参加革命了。但是，高勉斋的工龄却从1953年面粉厂由私营变成国营后才算起的。为此，高勉斋也多次向组织反映和申诉。他认为，中断革命工作经历固然有他自己的责任，但组织上不闻不问，也有一定责任。

其三，1947年，他哥因为他参加革命的原因被抓，家里为救人欠下一笔债。这笔钱，从来没有得到过组织上的任何补偿。钱多钱少他不在乎，但组织上对这件事儿一分不给，他也想不通。

高勉斋终年78岁。2012年春节，作者在韩城市一家小区里见到了他唯一的儿子高建国。高建国身材瘦高、鼻梁高挺，和照片上的高勉斋十分相似。高建国从一家工厂退休后，应聘到这家小区做物业管理人员。高建国的儿子大学毕业后，在西安一家国有企业搞技术。过年时，儿子一家三口开着自己的小轿车回到韩城看望父母，三代人在一起倒是其乐融融。

新中国成立后，交通员张永才走了高勉斋没走的那条人生道路。1949年5月20日，西安解放的同时，陕东也宣布解放，尽管华山上还暂时盘踞着韩子佩这样的顽敌。随着大荔公安分处成立，高步林成为大荔公安分处的副处长，张永才被调到了高步林身边工作。1950年5月，大荔、渭南两地区合并，张永才又成为渭南公安处的一名干部。镇反后的1952年2月，张永才作为渭南公安处新劳改大队一中队的队长，押运一批犯人进入新疆焉耆。在把犯人交给解放军步兵某部之后，他也被人家留了下来，由公安干部变成了解放军干部。此后，黄埔军校毕业的张永才被定为正连级，首次授衔时被评为上尉军衔，先后担任过迪库公路工程处的

■ 退休后返聘到一家小区做物业的高建国据说和父亲高勉斋十分相像

连长、二渠工程处的秘书组长、师部的干事以及部队劳改支队的队部参谋。再后来，1956 年，他被转入新疆建设兵团当农场技术员。1957 年，他又被调到黑龙江密山铁道兵农垦总局饶河铁道兵农场、饶河农场任技术员、作业组长等等，直到 1964 年 10 月转业回乡。可以看出，从成为一名解放军连级干部之后，张永才再没能在仕途上前进一步；反而，他还早早脱了军装，他所在的农场也都是些偏远、条件艰苦的地方。现在看来，他后来的经历，恐怕和他在国民党军队待过不无关系。回韩城之后，张永才在棉花检验站工作 16 年，直到 1980 年为解决子女的就业问题，在家属紧逼、好心朋友规劝之下，违心地病退，让孩子顶班。不过，1982 年，张永才总算赶上了一次政策，他的退休被转为离休。对自己的人生，张永才倒没什么抱怨，而是对共产党充满感恩。1984 年的新疆座谈会上，张永才还曾赋诗一首，总结自己的人生：

> 翎羽未丰思抗战，励志振国无才干；为求知识身遭骗，误入歧途留污瘢；“红电”教我初觉醒，千方百计出泥潭；党干指引光明路，奋勇直前有今天；为民服务卅七载，功绩微渺抱愧颜；余热生辉尽发光，誓为四化献残年。

■ 70 年代初，高步林（左一）与张永才（左二）、高孟吉（左三）、高勉斋（左四）在韩城司马庙

交通员薛万亭在圆满完成任务回到韩城后，他就成为组织上重点培养的对象。这以后，薛万亭加入了中国共产党，并且出任过一任乡长。1961 年，薛万亭病故。他的膝下没有儿子，唯一的养子薛万喜在韩城县公安局食堂当炊事员。1969 年，病故多年的薛万亭被村上的当权派开除党籍，戴上了富农分子的帽子；27 岁的薛万喜被整得服毒自杀。他死之后，他的媳妇带着孩子改嫁了。薛万亭家至此再没有任何人

了。“文革”后，薛万亭父子二人的事情再没有人过问过，远在新疆的薛浩然对此也是有心无力。

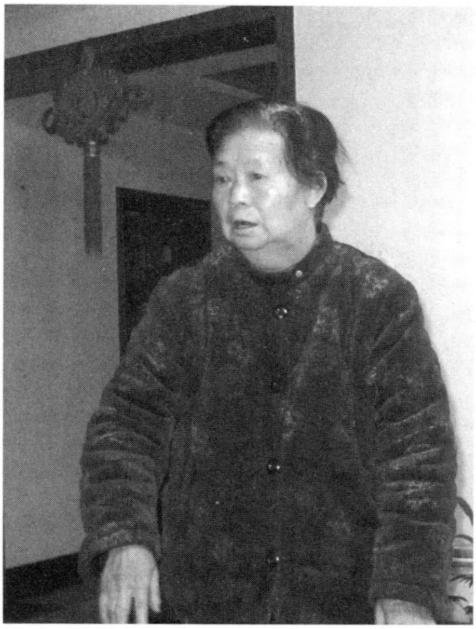

■ 说到已经去世多年的哥哥王鹤龄，王萍老人情绪十分激动

命运注定最悲催的，无疑还是“敌方交通员”王鹤龄。当年在被韩城县保安科叫去谈话之后，王鹤龄在政治上就成为一个用过的药渣，不可能再受到任何信任与重用。那就当个农民呗，何况，他本来就是个农民。按说，王鹤龄被韩城保安科派到西安当敌方交通的事儿是保密的，很长时间都没什么人知道。但到了“文革”，不行了。保安科的这段档案自然而然地被晒了出来，王鹤龄被村上的群众斗得死去活来，最后彻底疯掉了。王鹤龄至死都不再认妹妹王萍和妹夫高孟吉，他想不通跟妹夫无冤无仇，为什么他会这样坑害自己。2012 年春节，在已经更名为高健的高孟吉家中，高孟吉与妻子王萍说起王鹤龄，都十分感伤。特别是王萍，说着说着不禁老泪纵横。已经去世多年的王鹤龄，成为这两位八十多岁老人的终身之痛。

不过，改革开放后，政府仍把王鹤龄按特情人员看待。他在世的时候，由陕西省安全厅每年发放生活费；他去世后，他的妻子仍由省安全厅每年发放生活费；他妻子去世后，也是由政府出面办理了后事。

第七章 空中对话

第一节 “CQQ”接通晋绥电台

李三善，陕西神木人，1930 年生，1944 年参加革命，1945 年加入中国共产党。入伍后，李三善先后担任神府县保安大队战士、晋绥公安总局保卫训练队学员、医务所看护员。解放战争开始后，他在晋绥公安总局电台学了报务，之后被派到平津情报工作站电台当报务员。1948 年 9 月，李三善由平津情报站调回晋绥，负责晋绥公安总局的电台工作。他这个台有三名报务员和一名见习报务员，配备有主振 15 瓦和哈特莱 5 瓦发报机各一部，“四管”和“三管”收报机各一部。

1949 年 1 月上旬，晋绥公安总局急令李三善带上电台由山西榆次太原情报工作站速回位于临汾的总局，另有任务。李三善回到临汾第二天，总局情报科长卢剑仁给了他一张纸条，上面是一组电台呼号与波长，但没有联系时间。“这是西安绥署的一个电台台长写的，他愿意使用电台给咱们提供情报。总局领导已经决定，抽一部电台专门与他建立联络，这个任务就交给你。”卢剑仁拍了拍李三善的肩膀：“怎么样？担子不轻吧？”

领了任务后，李三善就在他住的那孔窑洞的炕上架起了电台，开始进行联络。连续守了两天，有时候他也呼叫对方，但都没有一点动静。为了让人和机器都得到一定的休息，又不至于漏掉联络，卢剑仁让他们“转着圈圈听”，就是把一天 24 小时分为三段，每天连续守听其中的一段，也就是工作 8 小时。这样聚精会神地听了十几天，还是没有联络上。

到了 1 月下旬，一天，卢剑仁与情报科外情张泽涛来到报房：“白叫你辛苦了，呼号、波长早变了。快，给你新的。”李三善接到手的，是一张折皱的纸条子。“太好了！”李三善高兴地蹦了起来，毕竟，他这会儿还不到 19 岁，搁现在看，就是一大男孩儿。

吕出离开韩城之后不久，秦波、关克他们的西安情报工作站就开始向西安派交通员。其实，西安情报工作站的站长叫柳方，秦波是副站长，而关克本名叫张关克。1949 年 2 月，陕甘宁边区第三届参议会常驻议员、政府委员暨晋绥边区代表在延安举行了联席会议。这次会议决定，晋绥边区与陕甘宁边区行政管理统一于陕甘宁边区政府，原晋绥边区行政公署撤销，分设晋西北、晋南两个行署，直接受陕甘宁边区政府领导。晋西北公安总局和晋南公安总局，都归由陕甘宁边区政府保安处更名的陕甘宁边区政府公安厅直接管辖。秦波、张关克等人都随着解放大军进入西安。后来的西安市公安局，人员主要由三部分组成：老边保的人、王超北的地下党以及老晋绥公安总局的人，其中，晋绥的人最多，在西安市公安局占主流。西安市公安局的第一任局长就是先当晋绥公安总局局长、再当陕甘宁边区政府公安厅长的陈养山，第二任局长是王超北。秦波后来也曾担任过一任西安市公安局的局长。

柳方、秦波第一次派出联系吕出等人的交通员叫宋振邦。他人虽然到了西安，但不知道什么环节出了问题，被特务盯上了。最终，他没敢再跟吕出联系；第二次派去的交通员党仲超总算跟吕出取得了联系，见面时，他们的联系方式就是在韩城约好的一句话：“你舅舅向你要钱。”党仲超拿到了吕出提供的电台呼号、波长和密码后，非常兴奋，又非常紧张。本来，党仲超把电台联络文件分装在几个香烟盒子里的，走到华阴庙过夜时，他觉得这样装不放心。那时候，过渭河检查得特别严，当兵的还喜欢揩点油。一旦这香烟被搜了去，误事儿不说，还很可能要人头落地。这一夜，党仲超

■ 陈养山

是在焦虑不安中度过的。第二天，他没有马上上路，而是在他表哥的帮助下，买了两筒补自行车内胎的胶水，把文件塞进胶水筒里，倒掉部分胶水，留下部分胶水作伪装。他这个方式，和高孟吉用火柴盒装电台有异曲同工之处。这种胶水不在禁运品之列，何况量又不大，所以没有引起国民党检查站的注意。于是，党仲超终于把新的电台联络方式给带了回来。

李三善拿到手的电台联络文件，不仅有双方的波长、呼号，而且还规定了每天早晚各一个固定的联络时间。但是，头三天里，李三善他们收到两次西安的呼叫，但回答不通。李三善意识到，回答不通的原因在于距离太远，西安到临汾直线距离超过 300 公里，他们使用的 5 瓦发报机功率达不到。再加上对方为了安全起见，不可能长时间呼叫和守听他们。据此，李三善向总局副局长李甫山、情报科长卢剑仁做了汇报，建议把电台往西安方向靠近，缩短通信距离。李三善的建议获得批准，总局决定把电台开设在陕西合阳的西安情报工作站内，并决定增派干部，加强该站的工作。李三善负责的电台只联系临汾的总局和西安绥署那部电台，任务就是把西安电台提供的情报接收下来，发回总局。

2 月初，卢剑仁带领总局机关的几名干部和电台准备由临汾出发。出发前，总局领导和机关的同志都到大院里来送行。“情报肯定是有的，就看你们的电台能不能收得到、发得回来。”李甫山在与卢剑仁、李三善握手道别时，还这样跟他们说。李甫山一席话，让李三善这儿压力山大——这台组装的 5 瓦发报机，已经资格很老了。不仅输出功率小，而且从自校中发现，这机器信号飘移不定，有时调整一下，波长就偏移三四刻度；好在他带的收报机是由三只“3O”真空管组装的，接收情况还比较好。

这回从临汾出发，电台就只有李三善一个报务员，卢剑仁让他路上就不要再听了，到了韩城再说。他们骑马走了 4 天，到禹门口，经过一路的颠簸，李三善对电台有些不放心，就从驮子上取下来检查，还好，收、发报机都好着呢。他掏出怀表一看，已经是晚上 8 点 40 分。再过 20 分钟，不就是和西安绥署那个电台约定的联络时间嘛！于是，李三善把收报机的刻度转到联络西安台的位置上，只守了几分钟，就听到一个信号比较大的“CQ”台在工作。李三善认真地听了两遍对方的呼号，发现此人的自呼和绥署那个台长联络他们台的自呼完全一样，只是被呼少了一个“Q”。他初步断定，应该就是这个电台。刚过晚上 9 点，这个台结束了工作联络，紧接着李三善就又听到了他的呼叫信号："CQQ CQQ DE……K"这个呼叫的意思是"CQQ，请回答。"这下，李三善急了，他这儿天线还没架起来呢。他跟摇机员说："架天线恐怕都来不及了，你快去喊两个人来，爬上房顶，用手把天线给拉起来。"摇机员等人上了房顶，李三善这边一连应答了好几遍，还是没有联络上。对方又开始跟同网的另一个台正常通报了。"快架天线！快！"李三善让摇机员赶快把天线架设起来，不到15分钟，天线架好了。这边，那位台长正在跟另一个网内电台重复电报，不多久，他们结束了联络。接下来，"CQQ CQQ DE……K"的呼叫再次传来。李三善兴奋得大喊一声："摇！"摇机员满面春风，屈伸着粗壮的两臂，平稳地摇动着发电机："GBH GBH GBH DE F4B F4B……"李三善发出呼叫应答，这时，他再次听到对方的呼叫并拍发的"R"，这个"R"的意思就是"听到了"。李三善像初次上机的实习报务员一样，紧张、兴奋得不得了。几分钟之后，对方告诉他，有报要发，李三善请他稍等，然后马上请示守在发报机跟前的卢剑仁。"收报后，跟他约定明天晚上9点再联络。"这天，李三善收到了一份几十字的短报，译出来一看，原来是要他们使用发射功率大一些的电台再联络。"这家伙，站着说话不腰痛，要有大功率的电台，我们跑这儿来干嘛，哈哈。"卢剑仁心情大好："小李主动守听，终于联络上了，为西安情报工作站立了一功。天这么冷，咱们煮点面瘩疙汤，大家热乎热乎。"李三善他们这帮小伙子一块儿拍起巴掌来。

人家腰痛不腰痛不知道，但李三善他们的发报机确实很不给力。到了韩城，两台之间的联络始终不够顺畅，李三善发了几十字的电报，人家就得重复两三遍。西安那边总说信号小，要他们"QRO"，就是"加大发射信号"。李三善很焦虑："电台呼叫时间过长，报文重复过多，信号在空中出现的时间就长，这对西安台的安全是很不利的。"听李三善这么说，卢剑仁也直点头："过两天咱们还得往前走，尽量靠近西安。"

于是，在韩城住了几天之后，他们又搬到了合阳东南十多公里的坊镇。这已经是解放区的最前沿，再走，就到国统区了。在坊镇，卢剑仁、李三善一行与先到这里的西安情报工作站的柳方、秦波、张关克、石启明等人会合。卢科长召集大家开了个会，讲了几个问题，要点是：总局领导对西安工作站很重视，派来了电台，这就能及时传递情报了。我们住在新解放区，要做好安全保密工作；要同当地各有关单位搞好团结；向总局报告，我们已经到达坊镇，并且与西安台取得了联系。

到了坊镇，发报机信号弱的问题迎刃而解。为啥呢？坊镇正好位于西安与临汾之间，通讯距离缩短了。从此，两台之间的联络都能顺畅地进行。

1949年2月17日，李启明给在韩城工作的袁心湖发来电报，询问："我们和26号的台联络，双方用何呼号，'CQ DE CQQ'是何意？"

这是档案中第一次出现的"CQ DE CQQ"。26号就是李福泳的代号，边保在此之前就已同李福泳台约定了电台联络呼号。

前文已经交代过，西安小南门大有巷和朱雀门里的五岳庙门配有国民党军队的电讯监测台，昼夜不停地对其内部电台进行空中监测，侦察他们是否按规定的波长、呼号进行工作；同时，还使用西安、兰州、太原等地的测向台，用三角交会的办法，对我西北解放军电台进行监测和侦察。在无线电通信中有一个国际通用的术语，称"呼叫网内各台"，其符号就是"CQ"。薛浩然回韩城时，和高步林他们约定的呼号是"CQQ"。多一个"Q"，目的就是隐蔽自己、迷惑敌人监测台的作用。李福泳电台在西安绥署无线电网络内担任主台，对下联络四家。他联络网内其他台时，呼叫"CQ"，多加一个"Q"时，就表示"自己人上机了，请CQQ出联"。

晋绥公安总局西安情报工作站电台与李福泳电台的联络多约在深夜和凌晨进行。夜深人静，干扰信号也少，便于隐蔽通报，又能提高效率。那个时候，虽然国共双方的无线电通报规则基本上相同，机上用语也都是英文，但是各有特点，通报风格不同，有些通报用语和会话习惯也不同。就仿佛两个人都说的是中国话，听起来腔调也差不多，但一个是北京的普通话，另一个是台湾的国语。这种情况下，李三善如果坚持说他的"普通话"，说"国语"的国民党电台就会听出破绽来。比如，李福泳电台使用"Q"缩语和"Z"缩语比较多，这些缩语共产党电台一般不用。李三善为了在通报中表现一致，也会把这些缩语偶尔用一用。再比如，当机上工作顺利，或者对方对李三善模仿他的工作方法表示满意时，在结束联络前，会来个"GB73"，这是"再见，亲爱的"；有时候还会加拍"88"，这就是"吻你"。这些符号李三善明白，有时候他也会回敬。但对方拍出"结束联络"符号之后，紧接着很有节奏地拍发"……"起初，李三善以为对方是在骂人，听多了觉得还挺亲切，就也给他回几个点子。若干年后，李三善向一位原国民党的电台台长请教过，他告诉李三善，这种点子是含情的，它表示远方的思念与恋恋不舍。于是，想到对方拍出的点子，李三善就仿佛看到了对方深情的面孔。

然而，档案中记录的情况同李三善的回忆还是有较大出入的。

1949 年 3 月 19 日，一份名为《原晋南西安站秦波同志报告工作记录》的文件中，有“谈原晋南西安站和地方关系记录”。这份记录实际上是 1949 年 2 月晋绥边区统归陕甘宁边区政府领导后，晋绥总局接到西北局社会部状告秦波“乱抓关系”的座谈会上的发言记录。参加座谈会的有陕甘宁边区马文瑞、陈养山、刘文蔚、李启明以及秦波。大家分别都讲了话，秦波在发言中讲到：

二月初派一宋振邦（合阳南村人，任小学教员，原系上报关系）去：（1）讲清时间。（2）和李福泳可打通关系，要求写材料带回。交通去后两天未找到，第三天找到，吕已拟去宝鸡（五兵团之训练班），写来一简单信，说以后由李福泳和你们从空中联络。交通回来报告后，晋绥之电台也过来，就联络，第一天未联上。三月二日（第二天）连上，连上报告总局转中社，中社批评：未经批准不得联络。就停止了，我们共收到八份报。

从材料上看，晋绥西安情报站的电台是在 1949 年 3 月 2 日联通李福泳台的。秦波讲这番话的时间与第一次联络上李福泳的时间只隔了 17 天，记忆上应当更靠谱。当着包括他顶头上司陈养山在内的那么多领导，秦波说话应当是慎重的。所以，晋绥西安情报站电台与李福泳电台联络的时间与数量，还是应该以此档案为准。

材料中所提到的“中社”，就是当时李克农任部长的“中央社会部”。就是从现在的眼光来看，当年社会部对“与敌电台联络”的管理也是非常严格的。

仔细研究历史档案可以得知：当年吕出和薛浩然都是通过李福泳的电台同时与晋绥和边保电台联通的，因为李的电台功率大，“声音尖锐洪亮。”其呼号应该就是档案中出现的“CQ DE CQQ”，而不应是“CQQ DE CQQ”，因为前者更隐秘。为了逃避敌人侦测台的侦察，李福泳的电台不管是和解放区的两个或几个电台同时联络，他只能用一个相同的极尽隐蔽的呼号来呼叫，以求尽可能地保护自己。现实环境中也不允许他采用多个呼号多次呼叫，那样只会更容易暴露。

吕出在1984年新疆座谈会上的发言中回忆：

李福泳第一次和谁联络的，我们不清楚，当时解放区出现过两个电台，可能是高步林和秦波两个地区都出来过。出现了两个台，哪个先，哪个后，我们现在也说不清。决定空中联络，快速度联系上，高步林和薛浩然见面谈话，起了决定作用。1949年元月至3月，高步林、于桑、包括张继祖、袁心湖等同志，在这段时间进行了紧张的工作。高步林同志领导的电台和我们联系通了，后来其他一个再没有出来，两个台变成了一个台，密码也送来了，这个速度在当时战争情况下也是高速度的。

3月17日，西北局社会部给大荔地委社会部的电报：

二十六号于寅文听到，但联系不上。吕、徐应派人去规定联络办法，电复。

“寅文”即3月12日，26号即李福泳。3月23日，西社部再次电示：

二十六号台已联络上，就是密码太简单。吕、徐应派妥人去规定空中联络办法。

3月19日，李福泳台和边保电台联通，当日收报5份。3月31日，陕甘宁边区政府公安厅周兴和李启明厅长给情报科袁心湖副科长的信中有这样的记载：

二十六号台十九日联上了，当日收报五份，异日又收一份，以后虽联络数次，但均无报。十九日的五份报都译出来了，但用的不是十六号所规定的加码法，而是用的五组码子，译成汉字不成文。他的第五份报通知今后加码表改用总理遗嘱全文，自后向前。但他的第六份报用前法、后法，或十六号的加码法都译不出来。不知何故。以后二十六号又要我们把他原报发给他看，我台未答应。过一天又是要我们重译该报。自二十一日后再未给我发报，说没有报，然未讲清原因。你应该设法搞清其内情，并提出今后开展的意见。但这一工作尚有许多问题要解决，密码太简，非常危险，必须改变加码法。并告诉对方收集什么情报？如何收法？不致无报可发……等等。

为了维系刚刚建立起的空中联络，“CQ DE CQQ”的呼号一直沿用至6月底。从7月份第一天的零时开始，26号李福泳台的呼号被修改为“CCQ DE B4G”。

这就是当年电台联络时发生的真实情况。

第二节　1949：炮火中的春天

1949年3月5日到13日，中国共产党在西柏坡召开了七届二中全会。在胜券在握的情况下，这次会议，主要是制定全国解放后的治国方略和建设蓝图，规定党的政治、经济、外交等方面的基本政策。全会特别提醒全党，在革命胜利后务必保持头脑冷静，不能学李自成，要保持谦虚、谨慎、不骄、不躁的作风，继续保持艰苦奋斗，警惕资产阶级的“糖衣炮弹”。

在军事上，毛泽东提出了三种解决方式：天津方式、北平方式和绥远方式。天津方式就是强攻，后两种方式都属和平解决，不战而屈人之兵。

2月17日，彭德怀、王震动身出发，前往西柏坡。会后，俩人分乘两辆美式吉普车，一前一后绝尘而去。王震回到位于陕西澄城县北平城的一野司令部，向张宗逊、赵寿山等人传达会议精神，而彭德怀则去了山西。1月22日，中央军委决定第19兵团、第20兵团在平津战役结束后，开赴太原，会同围困该城的第18兵团一起围攻太原。但是，太原两个月没打下来，徐向前病倒了。毛泽东临时指派彭大将军前去太原，与抱病的徐向前一起指挥这场战役。2月8日，彭德怀曾致电毛泽东，报告西北敌军的态势和野战军的概况，提出本年春、夏的作战方案，并说明：如三、四月间在山西的一野部队能归还建制，徐向前、周士弟部能入陕夺取潼关、渭南，并进逼西安，则一野四、五月间就可以攻击西府、宝鸡。如此，胡宗南必弃西安、退汉中。一野可以乘其撤离之际，在追击截击中歼灭其主力。4 天后，毛泽东复电称：先拿下太原，太原解放后，华北三个兵团中，至少两个兵团 17 万人可以用于西北。所以彭德怀这次去太原，既是打仗，也是去给一野带兵。

3 月 28 日，彭德怀赶到太原，和徐向前在峪壁村见了面。此前，他们虽然早都认识，但见面的次数却不多。1935 年夏天，长征途中，他们二人有过一次传奇式的会见。一天，徐向前率红四方面军中路军从理县出发，沿黑水河北岸行进抵达维谷渡口时，红一方面军三军团长彭德怀亲率一个团来接应。因为隔着河，水声又大，谁都听不清楚对方讲话。徐向前从望远镜中看到对岸有个身材粗壮、头戴斗笠的人，估计是彭德怀，于是就写了张“彭军团长：我是徐向前，感谢你们前来迎接！”的字条，绑上石头扔过河传递问候。第二天，徐向前坐在竹筐里从绳索上滑过河，和彭德怀相见。

此时，徐向前的肋膜两次出水，胸背疼痛，身体虚弱，是躺在担架上指挥部队的。论资历，徐向前甚至排在彭德怀之前。徐向前是黄埔一期的毕业生，跟陈赓、周士弟是同学。红军时代，彭德怀是红一方面军红三军团的军团长，和红一军团长林彪并列，是红一方面军的双箭头；而徐向前却是红四方面军的总指挥。有许多军事爱好者都认为，论打仗，徐向前应该是与林彪、粟裕一个级别的军事天才。只是因为他出身红四方面军，受张国焘的影响，抗战以后没有给他更大的舞台施展才华。尽管如此，论治军与整训的本事，徐向前却是公认的超一流人才。当红四方面军总指挥时，他年仅 30 岁。1933 年，他带两万余人的红四方面军从鄂豫皖根据地来到川陕根据地，结果经过两年多的作战，他把部队带成了 8 万人。在山西，刘伯承千里跃进大别山时，差不多带走了山西境内的全部正规部队。留在山西的，就是些地方部队和游击队。经过半年的整编，徐向前硬是在这些游击队的基础上拉出了一支 5 万人的正规军。部队整训完成后，徐向前面对的是山西阎锡山 20 万装备精良的国民党军。从 1947 年中旬开始，徐向前用这区区 5 万地方部队，在山西连续指挥了精彩纷呈的运城战役、临汾战役、晋中战役和太原战役。通过这些战役，徐向前又拉出了一支 10 多万人 4 个纵队的第 18 兵团，还打出了“临汾旅”这样的王牌部队。山西的城市多半有坚固的城墙，在夺取山西全省的作战过程中，徐向前创造了在没有重武器的条件下用土工作业的方式攻破坚固设防城市的经典战例。

彭德怀去太原，并不是取代徐向前的指挥，而是共同指挥。此后，毛泽东给太原方面的电报，还是发给徐向前收的。就在彭德怀、徐向前在太原会面当天，南京国民政府代总统李宗仁电邀阎锡山去南京，共商山西问题。阎锡山于次日飞离太原。4 月 20 日，解放军对太原发起总攻，当天，南京政府拒绝在中共提出的《国内和平协定》上签字。第二天，中共中央军委主席毛泽东、中国人民解放军总司令朱德发出《向全国进军》的命令，要求解放军歼灭一切敢于抵抗的国民党反动派。4 月 24 日 5 时 30 分，就在南京解放几个小时之后，随着一颗颗红色信号弹撕裂拂晓前的夜空，解放军攻城部队 1300 余门大炮齐鸣，向太原城墙猛烈轰击。经过 4 个半小时的战斗之后，上午 10 点，太原城宣告解放。整个战役，共歼灭阎锡山部 6 个军 13 万余人，结束了阎锡山在山西 38 年的统治。

在此，我们也说说这个“阎老锡”离开山西的日子。李宗仁当代总统时期，国民党的军、政、财权实际上仍旧紧紧地攥在老蒋的手里。有本事在“三个鸡蛋上跳舞”的阎锡山，就开始扮演蒋介石与李宗仁之间的和事佬。当然，比谁都聪明的阎锡山是站在老蒋的立场上来办事儿的。1949 年 5 月 30 日，何应钦内阁干不下去了，集体辞职，阎锡山在老蒋的支持下，当上了行政院长兼国防部长。可惜，他这条鱼赶上的，却是一锅开水。随着解放军的节节推进，他的行政院从广州迁到重庆，又从重庆迁到成都，最后不得不迁往台湾。阎锡山爱钱，还有个故事。12 月 7 日，阎锡山逃亡台湾时，他坐的飞机飞到四川与湖北交界处，遇到寒流，飞机两翼结冰，机身下坠，情况危险，飞行员只好再返回成都。飞机停下来一检查，原来，飞机下坠是因为阎锡山十多箱金条造成飞机超载所致。谁也没想到，第二天再飞，阎锡山只减人数，不减金条。最后，几个跟随他多年的贴身卫士只好眼巴巴地看着阎长官的飞机飞走。从此，留在大陆的这几位的人生命运就被完全改写了。

等到了台湾，阎锡山的仕途也就到了尽头。前后居无定所地当了 9 个月的行政院长，他的官就被老蒋抹了。不过，阎老锡确实是个明白人。人生的最后 10 年，他隐居到深山里，用石头砌了个窑洞，取名“种能洞”。

他躲在里面读了10年书，也写了10年的书。有时候，他一天伏案写作达12个小时。他写的书有《世界和平与世界战争》《收复大陆与土地问题》《孔子是个什么家》《中国国民党理论研究》等，出了20多本书。临终前，他还在修改他的《三百年的中国》一书。1960年5月23日，77岁的阎锡山因急性肺炎并发冠状动脉硬化性心脏病去世。世人想不到，阎锡山家贴的挽联，全部是他生前就写好的。

还是回到1949年。

2月19日，一野在副司令员张宗逊、赵寿山、参谋长阎揆要、政治部主任甘泗淇等人的指挥下，开始了筹划已久的“春季攻势”。胡宗南采取“一触即溃”的战术，无论正规军，还是地方保警队，都没有组织起像样的反抗。

那么，这个时候，还在胡宗南手上的西安又是一种什么局面呢？胡宗南手下的90军中将军长陈子干曾这样记录：

> 由于军事形势每况愈下，尤其金圆券的信用一天几跌，不但靠工薪吃饭的公务人员生活更加困难，就是做生意赚钱的人也有朝不保夕之虑。1949年2月中旬，我曾到西安一趟，西安绥署的大部分要人、后勤机构和仓库物资已经撤走，连部队的留守处都撤走了，市面上一片萧条混乱景象。有一次我们几个到一家小饭馆吃饭，老板愁眉苦脸地对我们说：“前天卖得300多万；昨天买得的东西比前天少，昨天卖

■“春季攻势”前，一野召开的誓师大会

得600多万；今天买得的东西比昨天还少，今天卖得的钱又比昨天多。我到底是算赚钱还是算赔本，连我也搞糊涂了。”对这位老板的幽默，大家只好报之一笑。这种恶性通货膨胀的加剧，对军队中的影响更为严重。2月中旬是2万元抵一元银元，下旬就跌到10万元抵一元银元，而国民政府则是以8000金圆券抵一元银元发给士兵，不安分的士兵就抢买抢卖；安分的则生活更加艰苦。

徐向前能把由山西民兵组建起来的18兵团，带成攻城拔寨的威武之师，而胡宗南手下的杂牌部队却绝没有丑小鸭变白天鹅的传奇故事，这就是时势造英雄。这里，我们从国民党第20师少将师长褚静亚在一野这次“春季攻势”经历中，就可以窥出一斑。

1948年12月26日，胡宗南把褚静亚叫到西安城墙东南角下马陵他的办公室，命令他去担任第20师的师长。战争进行到这个阶段，国民党军队的编制早就不是原装货了。比如76军，前前后后就曾经三次被歼。这个20师原来就叫新20师，也被解放军打垮过。褚新亚的前任叫吴永烈，他的父亲吴月楼就是四川什邡中学的创建人。吴永烈后来当了李文兵团的参谋长。1949年12月，李文在四川新津起义，吴永烈起了不少推波助澜作用。

褚静亚要带的这个师，是由三个保安团组成。本来作为军人，当带兵的官儿是好事儿。但这光景，胡宗南手下已经有10万人马被解放军吃掉，被俘和战死的将军都有十几个了。褚静亚是胡宗南原来1师的老人儿，跟胡宗南很熟悉。他本来想以久不带兵、跟现在部队中的师、团一级军官都不熟悉、打起仗来不好协调为由，拒绝这个差事。但这样的理由，在胡宗南这儿根本站不住脚。不过，褚静亚还是跟胡宗南提了两个条件：第一，三个团长都要由他推荐任命。在以前，像团长这一级的官，任命权都在胡宗南本人这儿。如果过去有人跟他提这样的条件，胡宗南一定会勃然大怒，因为这显然是一种与虎谋皮的行为。但这会儿，褚静亚因为不想去履职，提出这样的条件，胡宗南竟然一口答应；其二，褚静亚提出，部队编成后，让他作短期的训练，再行使用，使他有机会了解官兵的素质，利于指挥作战。胡宗南也一口答应下来，并且含笑把他送出了门。三天后，褚静亚冒着风雪前往耀县、白水等地接收保安团。1949年1月15日，褚静亚在三原把保安团集结在一起，准备整补训练。一接收点验，褚静亚气得差点崩溃：名义上三个团、编制为12000人的一个师，实际上却不到3500人。数九寒天，好多士兵还没穿上棉衣，而且这些官兵已经欠饷数月。士兵们身上披挂着各式各样的防寒衣物，一眼望去，这不像部队，而像一个乞丐集团。褚静亚一面把这里的情况向西安绥署报告，要求增补兵额，一面领发、更换武器。这边，褚静亚的工兵、通讯、医疗等器材以及运输工具都还没有领到，胡宗南就命令他星夜开赴同官，接替第69军担任守备同官的重任。褚静亚只好心情沉重地带着一帮乌合之众出发。

同官是关中的一个小县，地处延安通往西安的要道。西安解放后，这个县已经并入了铜川。1月16日，69军军长谢义峰来到同官，跟他进行了换防任务交接，传达任务之后，他就回了耀县。1月21日，褚静亚带着他的20师，坐了一夜火车，于凌晨时到达同官。这时候，褚静亚又接到了胡宗南打来的电话，要他抓紧时间训练，提高官兵的射击水平和作战能力；另外，还让他马上组建一支谍报队，搜集共军的情报，及时报告。不久，褚静亚的谍报队就有了收获。2月19日黄昏，他们发现解放军一野部队有到达同官西北地区的迹象。20日中午，解放军的大部队已经切断了同官、耀县之间的铁路交通和通讯联络。当天傍晚，褚静亚已经和解放军交上了火。当晚10点，褚静亚接到了胡宗南让撤退的命令。为了跑得快些，部队只准携带一天的口粮。尽管如此，还是兵败如山倒。一路上，他们跑得风声鹤唳，行李、面粉扔得到处都是。2月24日，他们跑到了三原，征得69军谢义峰军长的同意，褚静亚准备让残兵败将们休整几天。可只过了一天，褚静亚就又接到了第5兵团司令官裴昌会从咸阳打来的电话，令20师立即开往泾阳王桥镇，担任龙首山的防守，阻止解放军向淳化方面南进。裴昌会不容褚静亚解释："你如果违抗命令，军法从事！"一看褚静亚情绪不好，谢义峰还把南京派来的一个视察官专门派给他，监视他的行动。怀着上坟的心情，褚静亚于26日进入龙首山阵地。27日午夜，他们和解放军的小股搜索部队交上了火。风平浪静一天后，28日夜里，解放军开始进攻龙首山。3月1日下午两点，解放军攻陷了20师右翼第三团阵地，守兵四散溃逃；当天傍晚，20师就再次全军覆没，褚静亚在一片麦田里被捉住，和他一起被俘的，还有他的参谋长以及那个南京来的视察官。

3月7日，解放军第一野战军司令部公布：自2月20日至3月4日的13天春季攻势中，部队解放与收复铜川、蒲城、耀县、淳化、富平、大荔、朝邑、平民等8座县城与临潼、渭南、华县、泾阳、三原、高陵等县的一部分地区，解放人口120万。

第三节　边保有了情报台

1949年1月30日，西北局社会部（边保）给西北局报告《在敌区敌内建立空中联络的意见》，申请恢复情报电台；2月5日，西北局情报委员会主任张经武批示："西北局社会部电台不日成立。"3月初，边保正式有了自己的电台。

边保的情报电台是从晋绥调过来的。台长周世朝，湖南大庸人，早年就在贺龙、任弼时、萧克、关向应领导的红二方面军二军团6师18团当战士。周世朝没什么名气，但是如果让他来说说"我的团长我的团"，那可就能吓人一跳。他的团长成本新，也就是后来的空军副司令员、开国中将成钧。在空军副司令员的任上，分管防空的成钧指挥导弹部队开展"导弹游击战"，用有限的苏制萨姆导弹一次又一次打下了连苏联人自己都不曾打下过的美国U2飞机。那时候，周世朝的政委就是著名的开国中将、独臂将军余秋里。1935年夏，原来任红二军团政治保卫队队长的余秋里调到18团当政委，开始和成钧搭班子。18团是贺龙手上的主力团，擅长夜袭，有"夜老虎团"之称。在整个长征过程中，18团担任的是后卫的重要角色。1936年4月，红二、六军团进入贵州石阡县城附近，准备进入乌蒙山。贵

■ 周世朝

州军阀王家烈在此配备了一个榴弹炮营，控制进入乌蒙山的咽喉要道。能不能过这个坎儿，关乎红二、六军团的生死存亡。贺龙把打掉榴弹炮营的任务交给了18团，同时把自己的高倍望远镜交给成钧用。那时候，成钧就是25岁的小伙子，余秋里比他还要小3岁。当晚，成、余二人带领两个营，神不知鬼不觉地摸到了石阡城东的四座大炮楼下，一通机枪、手榴弹，一家伙撕开了王家烈的封锁线。这样，红二、六军团顺利地进入了乌蒙山。跟踪而来的国民党中央军万耀煌部也火急火燎地跟进了乌蒙山，贺龙杀了个“回马枪”，布了个口袋阵，等着万耀煌往里钻。这回，扎口袋的重任又落在了18团身上。成钧这人打仗有点像苏联的骑兵英雄夏伯阳，喜欢身先士卒，冲锋在前。这么个特点，让他一生戎马生涯9次受伤。这次扎口袋，跳出掩体指挥部队的成钧，被敌人的机枪手发现。敌人的机枪瞄准他射击时，身旁的余秋里眼疾手快，伸出左臂一使劲儿，把成钧拉倒在地，可那一梭子子弹打在了余秋里的左臂上。长征路上缺医少药，余秋里的左臂很快感染。后来，不得不做了截肢手术。“独臂将军”由此得名。

这些战斗，小个子战士周世朝应该都参加了。因为有些文化基础，长征结束后，周世朝成为红军培养的第一批报务员。此后，他一直跟随贺龙，转战在吕梁山。边保成立情报电台，这电台调自晋绥。周世朝过来当台长，还带了两个报务员。一个叫张秀堂，山西谷县人，是个帅气阳光的瘦高个儿；另一个叫奥德明，山西兴县人，比张秀堂大一岁，小个子。从此，三个人一天三班倒，在电台值班。实行供给制的延安，一天两顿饭，上午10点一顿，下午4点一顿，雷打不动。这个时候，延安的生活已经比抗战时期要好很多了。虽然副食主要是土豆、萝卜之类的烩菜，但主食吃饱没问题。一天这两顿饭，一般是一顿小米干

■ 奥德明老人接受采访

饭，一顿白面馒头。

2012年春节，作者在西安北郊一个家属院里见到了84岁的奥德明。年轻时身高有一米六五的奥德明看上去身高只有一米五几，他说一口很难听懂的山西话，得他的女儿奥小宁在一旁不时充当一下翻译才行。但是，奥德明的头脑却十分清楚。新中国成立后，他于1950年3月被调到了青海情报工作站，后来又去了西藏情报工作站。后来，奥德明转业，在拉萨市运输公司当过分管后勤的副书记。奥德明根正苗红，"文革"中，单位两派造反派都试图拉他，他哪派都不肯参加。1978年，奥德明调回西安，在西安市第二印刷厂党委副书记任上退下来。在青海、西藏情报站工作期间，奥德明与高孟吉（当时化名孙健）、李福泳、赵继义等人一起共过事，说起他们这些人，如数家珍。他说，李福泳的个头比他稍高一点，是个性格开朗、爱开玩笑的人。他有点绅士风度，对女同志都很照顾，大伙儿都喜欢他；赵继义是个一米八的大个子，贪玩，会拉胡琴，会照相，爱打篮球，自行车也骑得好。奥德明他们这些土八路，以前是不会骑自行车的。他骑自行车，还是赵继义给他教的。通过李福泳，他还认识了徐学章。后来，调回西安之后，他和徐学章、高健（高孟吉）来往最多。而现在，徐学章早已经不在了，能和他偶尔见面聊聊天的，只有高健一个人了。奥德明嗜酒，每天都离不了。两个老伙计见面，当然必喝酒；喝酒又必定说起过去的人和事。

■ 作者与奥德明合影

1945年10月，奥德明在他的家乡、晋绥边区的首府山西兴县参军。入伍不久，他被抽去学了报务，然后被调到晋绥六分区从事电台工作。1949年3月，组织上调他到陕甘宁边区延安联防司令部电台当报务员，负责与边保的外线情报电台联络。当时，他们电台归属边保情报科管理，当时的科长是张继祖。张继祖也是山西人，中等个儿，身材魁梧，是个

■ 张继祖

■ 年轻时的艾奇玉

20年代就参加地下工作的老党员。和袁心湖一样，他也是大学毕业生，在延安时期，他这样的文化程度已经属于高级知识分子了。当时的情报电台设在延安文化沟的窑洞里，除了三个报务员，还配有三个摇机员。电台周围，也没设警卫。每天晚上，张继祖会准时打着一只三节电池的手电筒，从边保所在的棉土沟走到文化沟来。收到的电报，都是由张继祖亲自译，这就属于“指人译”，而不再通过专业的译电员译。密码本就在张继祖的口袋里，译完之后，他会写上“密写”二字，交给艾奇玉抄写。

一个人的一生，常常会和他的某个特长有关，艾奇玉就是这样的一个人。艾奇玉是米脂中学毕业的，在边保七里铺培训班，他和徐汀是一期的。1946年3月，从米脂步行到延安后，因为字写得漂亮，没等七里铺培训班开课，艾奇玉就被临时抽到边保治安科帮忙核对、填写枪证；当时，棉土沟后面的预审科关押着很多抢救运动中被抓的人，艾奇玉又被抽到预审科帮忙抄写甄别材料。等到这年9月份七里铺培训班结束，艾奇玉自然而然被分到边保秘书科，专职写材料。

那个时候，延安虽然物质生活清苦，但精神生活却挺丰富。工作之余，经常会举办舞会。延安的各级领导干部，大多都很喜欢跳舞。比如李启明，平时是个十分严肃的人，不苟言笑。他当保安处副处长时，下面的科长到他窑洞里汇报工作，都吓得战战兢兢。只有到了舞会上，他才会变得和蔼可亲。不过，延安的女同志少，舞会上就显得格外僧多粥少。这样，像艾奇玉这样眉清目秀的小伙子，就不得不在大家的强烈要求下，给大伙儿充当女舞伴儿。像后来曾担任过司法部长的蔡诚，因为羞于约女同志跳舞，就总拉艾奇玉当舞伴。其实，连周兴都经常拉艾奇玉作女伴儿。1959 年国庆期间，全国公安工作会议正好在北京召开。李启明时任陕西省主管公安工作的副省长，而艾奇玉是省公安厅办公室的副主任。当时，陕西代表都住在北京饭店，这里离人民大会堂很近。国庆节晚上，李启明叫上艾奇玉和另一个女同志，一起去人民大会堂参加舞会。大会堂那会儿刚修好，艾奇玉很想进去看看。可到了大会堂，李启明有票，能进；而艾奇玉他们二人没票，进不去。艾奇玉站在门口正为难，忽然听到有人喊他名字。扭头一看，原来是周兴。尽管 10 年没见过面，周兴还是一眼就认出了他，并且能喊上他的名字。还是周兴面子大，他把艾奇玉二人带进了大会堂里。

1949 年秋，胡景铎在横山起义，艾奇玉随七里铺培训班的班主任张孝德等人去审了几个月的犯人，回来之后，又被借调到边保情报科。科长张继祖本人就写得一手好字，所以看上了艾奇玉。去那儿干了两个月，胡宗南开始轰炸延安。这以后，艾奇玉被派到志丹县帮助做战前准备工作，动员支前、参军之类。1948 年底，艾奇玉回到延安，仍在张继祖手下工作。边保有了情报台之后，他有了另一项工作：将张继祖拿来的译电抄成一式

■ 作者与艾奇玉合影

两份，前面仍加上“密写”二字。这两份电报一份送给了西北野战军司令员彭德怀，另一份送给了西北局的书记习仲勋。

2012 年春节，作者采访艾奇玉时，老人已经瘫痪躺在床上好几年，但红光满面，思路清晰，声音洪亮，非常有倾诉欲望。说到“彭德怀”“习仲勋”两个名字时，老人哽咽起来，激动地流下眼泪，而且任其流，不擦拭。

第四节 西北望长安

一野“春季攻势”之前，胡宗南为什么要急如星火地让 20 师去接替 69 军守备同官？褚静亚的 20 师成色到底如何，难道胡宗南不知道吗？当然知道。原因是他知道守不住，所以不愿意再折家底儿。他这儿“一触即溃”，脚底抹油，西北“二马”就慌了。如果胡宗南丢了西安，让解放军向西北长驱直入，那青海马步芳、宁夏马鸿逵又往哪儿退呢？城门失火，殃及池鱼。一向以保存实力为原则的地方军阀，这次主动和中央军站到了一起。马步芳派出第 82 军 248 师在师长马得胜的率领下，向陕西淳化发起猛攻。马步芳与胡宗南约定，两军在同官、耀县之间会师。

得到马家军的增援后，胡宗南调集第 1 军、第 38 军、第 65 军、第 69 军、第 90 军等共 11 个师向解放军反扑过来，主要突击目标是铜川、美原镇地区。当 90 军向耀县南攻击时，马得胜率部于 3 月 11 日经淳化以北地区向耀县推进。一野第 4 军把胡宗南的第 90 军吸引到耀县附近后，突然迅速行动，转移到耀县西北地区，伏击马得胜师。结果，马得胜师伤亡惨重，马得胜本人也命丧黄泉。解放军怎么会有如此的神机妙算呢？这背后起作用的，就是情报。

在蒲城、富平和铜川一带，国共两军互为犄角。胡宗南军队严阵以待了 20 多天，却再没发生任何战事。原来，一野在达到战役目的之后，已经撤到北边去休整了。这场战役打乱了胡宗南的撤退部署，让他在“走”还是“留”之间举棋不定。本来，作为“西北王”，关中地区对他来说是很难割舍的。何况，关中是西北的门户、西南的屏障，一旦丢了，西北“二马”的日子不好过，西南的局势也将更加困难。可是，随着渡江战役和太原解放，胡宗南知道，一旦解放军 18、19 兵团和一野会合，他的主力就很可能在渭北被歼灭。这样，4月下旬，胡宗南命令放弃蒲城、富平、同官、耀县等地，撤到三原一线。这时候，他已经摆出一副掩护撤退、放弃关中的架势。不等18、19两个兵团赶到，一野就发起了陕中战役，跟在屁股后面收拾胡宗南部，转眼间就已经剑指古都西安了。

1949年2月，胡宗南让杨德亮接替了钟松的西安警备司令一职，于是，杨德亮率领他的第17军进驻西安。杨德亮是个生于云南的回族人，高中文化，黄埔军校三期步兵科毕业。胡宗南当1师的师长时，他就在胡手下当团长。杨德亮这人语文功底很好，谈吐严谨，而且非常自律。认识他的人没人见过他吸烟、饮酒，也没人听说他有赌博、嫖娼恶习。他是个虔诚的伊斯兰教徒，驻防和行军中，只要见到清真寺，他一定前往拜谒。因为主官自律，杨德亮的部队总是军纪严明、赏罚分明。在国民党军人中，杨德亮有"儒将"之称。抗战期间，杨德亮驻防兰州，兼任甘肃省保安处处长，当地社会秩序非常好，甘肃宗教界人士还给他送过"万民伞"呢。1938年春，日本人与蒙王塔旺嘉布勾结，修筑飞机场，准备进攻河西走廊，切断兰新公路，动摇抗战大后方。此时的宁青"二马"持观望态度，而杨德亮态度一点都不含糊。他派兵到额济纳旗，把日本间谍全部捉拿，并耐心做塔旺嘉布的工作，让其认罪悔过，表示不再与日本人拉拉扯扯。那时，日本飞机经常轰炸兰州和宁夏中卫，兼任防空副司令的杨德亮防空措施得力，并且和苏联空军配合得非常好。所以，尽管日本人多次空袭，但都没能击中要害。杨德亮对教育事业还非常热心，在兰州时，他捐出500元大洋，办过一个回族学校；在平凉，他还用节余的军部经费办了个力行学校。就因为杨德亮是这样一个人，共产党还曾把他作为统战对象，对他做过很多工作。

但是，担任国民党最后一任西安警备司令的时候，杨德亮却几乎是个凶神恶煞的代名词。他在军中挑了50个彪形大汉，作为护兵跟随左右。在街上遇到有人打架，他都会一怒之下让护兵把人当街开枪打死。他强迫商人、百姓使用不断贬值的金圆券，谁要是拒用，他就让护兵抓来，戴上白纸糊的高帽子，上面写着"奸商"或"扰乱金融奸民"，成群结队地绑成一串，在东、南、西、北四条大街游街示众。有些人还被反绑双手，弄到钟楼上罚站，不准坐卧、不让吃饭。几天站下来，有的人硬是累死了。在撤离西安之前，他还在玉祥门一次枪杀了11名共产党及亲共人士。

5月20日，解放军一野六军泅渡过渭河，马上就要攻到西安城下了。

■ 一野6军50团在抢渡渭河

杨德亮下令让他的114团在飞机场北边马路上集合，掩护军部先撤退。可是，当杨德亮带警卫排坐着大卡车跑到那儿一看，114团已经跑得连个鬼影子都没了。杨德亮气得咬牙切齿：

“114团的团长张芝安该杀！”

调转车头他再到警备司令部，给西安民众自卫队副总队长闵继骞打电话，总机却说电话接不通。

“接不通，我枪毙你！”

杨德亮火了，总机却跟他说：

“你枪毙我也接不通，再说，你也枪毙不了我！”

听到话筒里传来这样的声音，杨德亮知道民众自卫队已经反了。撂下电话，杨德亮就往南门走。到那儿一看，南门居然已经落了锁。问守那儿的连长，连长说是民众自卫总队让锁的。杨德亮强令连长开了城门，汽车

■ 一野的坦克经过原西安绥靖公署门前

■ 一野第六军举行入城式

开足马力冲了出去。至此，胡宗南彻底失去了西安。

胡宗南弃守西安，撤进秦岭，跟代总统李宗仁连个招呼都没打。胡宗南是老蒋的嫡系，本来就不买李宗仁的账；蒋介石临下台，给了胡宗南两个军的番号和全套美械装备，让他扩大实力；可李宗仁上来后，却把番号与美械全都给了白崇禧。所以，胡宗南这会儿对李宗仁一肚子气。胡宗南撤退西安时，把他的第 1 军、38 军、69 军、90 军等主力编成了 18 兵团，由李振当兵团司令。他打算让第 5 兵团司令裴昌会与陕西省政府主席董钊维持陕西的残局，其他正规部队都集结在四川，必要时，以掩护国际补给线为由，在 18 兵团的掩护下，撤进云南，就在滇缅边境创建根据地，等待国际局势的变化。

但是，胡宗南一走，马步芳、马鸿逵急了。关中一空虚，甘肃、宁夏和青海就孤立无援，“二马”就得单独对抗解放军了。这个时候，张治中去北平谈判滞留不归，他的西北军政长官公署长官一职已经由马步芳代理。本来,“二马”争着当这个“西北王”，但马鸿逵实力稍弱一些。“二马”最终达成协议，马鸿逵支持马步芳当西北长官公署长官，而马步芳保举马鸿逵当甘肃省主席。“二马”求救于蒋介石，表示愿意配合胡宗南，把西安重新夺回来。蒋介石给胡宗南发了话，胡宗南马上命令 18 兵团停止撤退，北出秦岭，与马家军一起杀奔西安。他的想法是：把渭河北交给想占地盘的马家军，他用几个军维持渭河南的局面，应该问题不大。

兵马未动，情报先行。6 月 8 日，彭德怀致电中央军委，提出作战部署;6 月 9 日，胡、马两军分别从灵台、凤翔和宝鸡地区向西安方向扑过来。当天，毛泽东电复彭德怀，同意打这一仗，但他认为一野以现有兵力与胡马作战，似乎并无全胜把握，不如诱敌深入，等解放太原那两个兵团来了再打。他请彭德怀把拖到月底或下月初再决战有何困难和不利之处，分析电告给他。10日，彭德怀复电毛泽东，如果放弃在泾河、渭河间作战，等到6月底、7月初再打胡马，会有诸多不利因素；而如果在泾渭间作战，虽然一野暂时兵力不足，但胡宗南军队士气低落，且胡、马之间相互猜忌，且麟游山又天然阻隔了胡、马之间的联系，有利于解放军钳马打胡。再说，解放军18、19兵团正在向西安前进，等他们一到，解放军的兵力就能稍稍占优。一天后，毛泽东复电，同意彭德怀的作战方针，但他提醒彭，作战时，要歼灭一个军，然后再歼灭一个军，各个击破，一次不要打多了。

为什么毛泽东、彭德怀对打马家军如此谨慎呢？这是因为马步芳的军队非常强悍，确实不好打。1936年10月，根据中央“打通国际线”的指示，徐向前、陈昌浩率领由红四方面军组成的西路军经河西走廊向新疆方向前进，就是遭遇了劲敌马步芳、马步青，西路军全军覆没，红5军军长董振堂战死后，头颅被敌人割下悬在城楼上示众；年仅28岁的红9军军长孙玉清被俘后，也被马步芳杀害。最后，红5军、9军和30军两万多人，

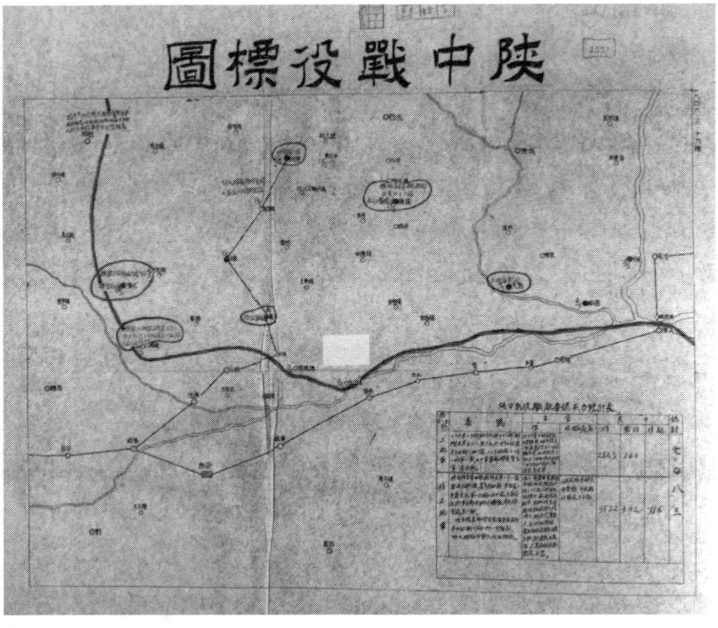

■ 陕中战役标图

只剩下李先念带出去的400多人。后来，李先念为此被降级。

作战剽悍的马家军，在咸阳遇到的，居然是个老对手。

完成解放太原任务后，经过十几天的长途跋涉，18兵团的先头部队到达了西安。6月11日，先一天晚上刚刚赶到的61军181师代表华北部队举行了入城式。他们从东门入城，经东大街、西大街，然后出西门，赶到西稍门的飞机场吃中午饭。后来曾当过成都军区司令员、1988年被授上将军衔的181师师长王诚汉，当时也就三十一二岁。虽然岁数不大，但王诚汉是红4方面军的老人儿，红30军编入西路军时，他是程世才、李先念手下的一个团长；抗战中，他又是“皮旅”皮定钧手下的一团团长，他的团有“老虎团”之称。2005年，胡锦涛在人民大会堂向十位抗战老战士颁发抗战胜利60周年纪念章，名列第一的人，就是这位老将军王诚汉。

6月11日中午，在西安飞机场，王诚汉饭碗还没放下，军部的通讯员就拍马赶到，让他到咸阳的一野指挥所接受任务。原来，是彭德怀要亲自召见他。这个时候，马步芳长子马继援率领的国民党82军和骑8旅已经到了彬县附近，离咸阳不到100公里，预计第二天中午就将赶到咸阳。这次出征，马鸿逵让他的宁夏兵团、卢忠良任军长的国民党128军也兵出陇东，与马继援的青海兵团联合在一起，向陕西进军。许多年后，彬县的老百姓回忆，马继援的士兵尽是些身体强壮的小伙子，光头、光膀子，因为天热，身上又黑又亮。彬县的小麦正在收获，一些村子麦垛堆得老高。骑兵走到哪儿都得喂马，彬县的老乡回忆，马家军的光头兵们一帮帮围住一个麦垛，喊声“一、二”，一起用光头往里顶。一个大麦垛就这样“哗”地一下被顶得散了架。

这个时候，61军一个师还没赶到西安，一个师负责守卫西安，因此，彭德怀把在咸阳塬上阻击马继援的任务交给了王诚汉。当天晚上，181师开始渡渭河。由于船只太少，渡河速度很慢。王诚汉让工兵搭了浮桥后，12日凌晨4点全师才都过了河。

第一批部队过河时，王诚汉就派出了一个侦察班，配备了一辆自行车，由侦察参谋王青山带领，先去敌人可能到来的方向进行察看。这边儿，部队还在修筑工事，侦察员尚洪申骑着自行车回来跟王诚汉报告：西北方向尘土很高，像刮旋风一样，敌人已经来了。转眼间，西北方向传来了枪声，原来，侦察兵们已经跟马家军接上火了。

一路打胜仗，解放军这会儿士气非常高昂。本来，发现敌情，王青山让人骑车回来向首长通报，自己把侦察班带回来就行了。但这会儿，有机会打仗简直是求之不得的事儿了。料到马家军这会儿来的也是先头部队，王青山就想先打他们个措手不及。何况他也知道，后面大部队工事这会儿都还没修好，过早与敌人交火，也吃亏。尚洪申骑车子走了之后，王青山就把侦察班的12个人全都带出了他们隐藏的村子，想找一个制高点，居高临下伏击马家骑兵。解放战争打到这会儿，共产党军队早已经告别了“小米加步枪”时代。这个侦察班人虽然不多，但一人一支被称为“芝加哥打字机”的美式汤普森冲锋枪，火力十足，这也是王青山自信满满的一个原因。可人带出去，王青山傻了：关中平原可不比山西，随便哪儿都能找个小山包。出了村子，外面就是一马平川的庄稼地，无险可守。他们哪儿知道，师长王诚汉察看地形，也是爬上昭陵、文王陵的坟顶才能看到。但是，王青山他们再想退回村子凭借民房掩护跟马家军交手，已经来不及了。他们只好就地卧倒，凭借村外坟地作掩护。马家军先头部队一过来，迎面就让冲锋枪打得人仰马翻、死伤一片。等他们缓过神儿，发现解放军人并不多，一个营的骑兵嗷嗷叫着，挥舞着马刀从侦察班左右两翼同时冲过来。王青山让战士们背靠背围成一圈，凭着冲锋枪组成的火力网与马家军对峙。就这样，12名侦察兵和马家骑兵竟然对抗了将近3小时。最后，他们中8人战死，4人负伤后被老百姓救出。而这3个小时，对181师后面完成阻击任务，起到了一定的作用。

这次打阻击，181师的防守面积非常大，兵力薄弱，王诚汉不得不把准备作为预备队用的二团也早早投入到防守线上，弥补防守的真空地带。马家军骑兵速度非常快，181师临时修的工事比较简陋，但是，一条原来看似没用、又宽又深的旧壕沟却发挥了神奇的作用。在一个叫中舞台的阵地，马家军士兵前赴后继地在壕沟里搭梯子，也没能攻到沟上面去。马家的步兵还玩了一次古人的“火牛阵”，用强征来的耕牛打头阵，向解放军的阵地冲锋。哪知道耕牛胆子却不够大，这边解放军士兵一阵机枪子弹打向天空，耕牛就开始四散奔逃。在13小时激战中，181师的阵地多次被突破，又多次被夺回。

应该说，到这个时候，战斗也只是处于相持状态。而且，原来为攻打咸阳而配属给马家军190师的西北长官公署重炮营也刚刚抵达咸阳坡头。这个时候，马继援却突然下达了北撤的命令。原来，马家军抓获了一个解放军的俘虏，而这个人却自称是自己游过渭河来给马家军报告消息的。此人二十七八岁，黄埔军校17期炮科毕业，分到阎锡山部队。太原战役中，此人做了解放军的俘虏，被留下当了炮兵教员。但这人属于人在曹营心在汉，当双方在咸阳开战之后，他找了个机会又投到国民党阵营里来了。从他的口中，马继援得知，解放军18、19两个兵团正在风陵渡集结渡河，其中18兵团的60军最先渡河而来，其他各军正在渡河。如果当天拿不下咸阳，第二天解放军的后续部队一到，马家军恐怕就在这里站不住脚了。马继援只好调头挥师向乾县、礼泉方向集结。结果，咸阳阻击战中，马家军攻城无获，还损失了2000多人。

与此同时，一野第2军在渭河南岸节节抗击胡宗南第18兵团的多路进攻，至6月16日，将18兵团阻击在兴平、焦家镇、终南镇一带；而守卫西安的解放军第18兵团也击退了从秦岭出来进攻西安的杨德亮、谢义峰等人的部队。后来，国民党第18兵团司令李振著文认为，胡宗南在马家军进攻咸阳的时候，还是持了袖手旁观的态度。其18兵团和秦岭守备部队往西安、咸阳方向攻是攻了，但没有出力。如果他不是持这种态度，那么战争的结局很可能会大不一样。尽管如此，这次胡、马反攻西安的决心还没有动摇。马家军仍然兵分两路在攻临泾和修石渡，打算攻过泾河来。

■ 19兵团从山西河津禹门口渡过黄河

为此，19 日，中共西北局和一野前委在西安专门开过一次会，讨论西安还要不要守、是打胡还是打马等问题。这个时候，国民党军队兵力是 21.3 万，而解放军兵力是 24.8 万，双方基本上旗鼓相当。但是，论士气，显然解放军占优；何况，等 19 兵团一到，解放军在兵力上就有了绝对优势。因此，彭德怀认为，此时不是放弃西安的问题，而是要想办法如何歼敌于西安附近。

针对与胡、马的作战问题，从 6 月 20 日开始，毛泽东与彭德怀之间就在反复电报往来，直到 6 月 27 日，“钳马打胡”的思路才基本清晰。军委就一野的作战计划复电称：如青宁两敌只作小撤退，而不是向彬县、长武、平凉一带作大撤退，则先打“二马”后打胡、王的计划是正确的。这里的“王”，指甘肃省政府主席兼国民党 119 军军长王治岐。中央军委认为，打“二马”比打胡、王要费力，要准备付出数万人的牺牲，才可能全歼“二马”或歼灭其主力；如果“二马”作出大撤退，距离胡、王较远，则只需以 19 兵团钳制“二马”，集中主力围歼扶眉地区的胡、王所部。中央军委还提醒一野，为了让国民党政府放心地迁往重庆，而不是迁往台湾，暂时不宜进攻汉中，让汉中在胡宗南手上多留几个月。

扶眉战役是在 1949 年 7 月 10 日正式打响的。此前的两周，国民党军队上上下下处于一种盲目乐观状态。6 月下旬，西安绥署宝鸡指挥所主任兼第 5 兵团司令裴昌会视察漆水河沿线阵地，有部下问他能否把这种局面维持到水果成熟，他还明确表示，不仅能等到水果成熟，他还准备在这儿过年呢。在东起武功漆水河、西至扶风益店镇、罗局镇、眉县车站这 100 华里长的地带，国民党军队排列了 4 个军，各军、师、团、营又各自成三道防线，重重叠叠、星罗棋布。当时的部署是：马家军担任西兰公路两侧永寿、麟游地区的守备，裴昌会担任武功以西、渭河南岸“袋形地带”的守备。如果解放军用主力于西兰公路，马家军即后退旬邑、彬县而固守麟游；胡宗南部则从扶风方面出击，策应马家军，形成夹攻之势。如果解放军主力用于扶风、武功方面，胡宗南部队则撤退至千河西岸固守，马家军即从麟游南下，进攻解放军侧背，将解放军包围在“袋形地带”加以歼灭。胡宗南部之所以以“羊拉屎”的方式纵深布防，就是考虑能打则打，不能打，也能跑得了。至于解放军在西安、咸阳、周至、户县地区究竟有多少人、华北兵团过河了没有、如果过来了究竟过来多少、什么番号、最近有没有进攻的准备，则谁也弄不清，也很少有人去关心。这两周里，胡宗南、王治岐部队军官们在享受难得的战争前的宁静，喝酒、打牌，浑浑噩噩。

7月10日，解放军第19兵团进入乾县、礼泉以北的高地修筑工事，并以一部逼近“二马”，仿佛要对马家军展开进攻；而守备西安的61军也向秦岭子午镇的胡宗南军队发起进攻。这样的阵势目的就是让胡宗南、王治岐搞不清一野的真实目的。10日下午，武功方面虽然发现漆水河对面有几十个解放军在活动，但连发现这一情况的119军244师蒋云台师长都没把这当回事儿。然而，11日凌晨4点，解放军出现在扶风益店镇时，王治岐、李振还一致认为，这是他们自己的地方部队与搜索部队发生了误会。直到天亮前听到了迫击炮声，他们才知道这不是什么误会了。李振西的38军北边有王治岐的119军，南边有18兵团司令李振兼任军长的65军，解放军一夜之间却神不知鬼不觉地出现在38军的后方，以至于李振与李振西开始都认为这只不过是扶风第一次解放时留下的共产党武工队在活动。事后他们才知道，出现在38军后面的，是解放军的整整一个军。他们越过马继援、王治岐两军的作战地域，越过他们认为不可能通过的大沟悬崖，一夜间走了150多华里，横插到了胡、王两军的后面，切断了他们的退路。

接下来，就是兵败如山倒。参加扶眉战役的国民党18兵团38军、65军、90军以及王治岐的119军共4个军10个师、两个独立的骑兵团，一仗打下来，10万之众就损失了4.4万人，而解放军却仅仅伤亡4700余人。此役之后，马家军、王治岐军、胡宗南各军吵作一团，相互抱怨。据38军军长李振西后来回忆：

> 马步芳抱怨胡宗南部闻风逃窜，事先没有通知他们，几乎使他们全部被歼灭；王治岐怨西安绥署战前一点情况都不给他们通报，结果他们三个师糊里糊涂开上，糊里糊涂地被歼灭；而胡宗南则怨马家军撤退的时候不通知西安绥署，结果解放军由马家军的防区内插进来，把他的几个精锐军弄光了。胡还埋怨王治岐对共军那么大的兵力把他们包围了，王还不知道，影响了全盘计划。第18兵团司令李振西抱怨裴昌会不及时接电话（裴昌会当时在睡觉，电话员不

敢叫他），贻误了戎机；责怪90军军长没有得到他的命令，就擅自西撤。第38军怨李振在该军战斗紧急的时候，不适时增援，反说第38军两个团叛变。至于其他军与军、师与师，甚至团与团之间都吵得不可开交。胡宗南由南郑到双石铺第5兵团司令部，追查战事失败的原因，并叫我同李振及绥署副参谋长沈策三人研究。李振首先把失败的责任推到裴昌会没有及时接电话上，沈策也赞同李振的说法。我当时说："失败的主要原因，是我们对共军的行动毫无所知，而共军对我们的一切，却了如指掌。连我们战场上直接指挥作战的人，都不知道怎样处理才适当，就是裴昌会及时接了电话，又怎能做出适当的处理呢？"因为沈策不同意我的说法，我们俩吵得很凶。胡宗南自始至终没有说一句话，只在吃饭的中间，指示了第38军、第65军的整补办法。据随胡宗南来双石铺的蔡高参说：胡宗南临起身时，决定要裴昌会到后方休息去，另派人接替第5兵团司令。可是胡宗南到了双石铺后，连提都没有提此事，也没提扶眉战役失败的责任问题，到临回南郑时，只对裴昌会说："好好地养病……"他就回去了。

第五节 情报力量在行动

1948年11月，从韩城回到西安后，薛浩然因为在火车上偶然遇见特工电台同事孟师孔，双方订了个攻守同盟，互相做伪证，结果虽然挨了上司一顿臭骂，但工作没有丢；而吕出就没有这么幸运，因为擅自开小差又不能自圆其说，再加上他有为改善伙食闹事、跳槽高树勋部队的前科，等他回到西安，就被原来的部队除名，成了个吃饭都要其他兄弟接济的人。1949年1月，高孟吉在革命公园召集薛浩然、吕出、徐学章、赵继义他们开会之后，吕出开始积极重新找工作。1月18日，他从西安出发去了三原，托人在裴昌会5兵团通讯营给他再谋个差事。裴兵团通讯营原来有个台长叫秦赞，是浙江人。秦赞跟吕出、高孟吉他们都是同学，但岁数比他们要大几岁。秦赞成熟懂事，为人不错，跟裴兵团通讯营长董应武个人关系很好。在高孟吉、薛浩然他们都是上尉时，秦赞已经是少校台长了。

他的电台驻西安的张家村时，秦赞和张家村一个姑娘谈了恋爱。新婚燕尔，正如胶似漆，而裴兵团电台这边没条件让他带家属一起住。所以，秦赞想办法调到了西安绥署电台。不过，他没跟李福泳在一个台。秦赞一走，三原这边缺人。而吕出虽然是个刺儿头，但他的发报技术不错。在这批人员里，他的技术也就仅次于李福泳。吕出也找了人替他说情，通讯营长董应武这儿正急需现成能用的报务员，也就把他收下。过了一个来月，吕出在这儿站住脚，就想把徐学章调过去，两人在一起，这样更方便工作。可是，尽管吕出重新上岗后一直努力夹紧尾巴，但说实话，董应武对他的印象很不好。吕出上次为伙食闹事，骂的人就是董应武的上司，而这个上司跟董应武私交很不错。当初收下吕出时，董应武就跟他很不客气地谈过一次话："你到我这儿来，必须老老实实地工作，再要是闹事儿，后果就请你自负。"这会儿，吕出想调徐学章来，而董应武又知道他跟徐学章走得很近，这怎么办呢？吕出和徐学章商量了这么一招儿：从吕出在三原裴兵团工作开始，徐学章就常给吕出写信，信里，他故意称赞董应武"人不错"，劝他和董应武搞好关系。其实，这二位明明知道，所有报务员的信件，董应武都会亲自检查的。董应武的家小在西安，过春节时，徐学章又专门提了瓶西凤酒去给董应武家拜了个年，给董应武留下了非常好的印象。那个时候，徐学章已经随绥署机关去了汉中。当他把离家太远、想到三原裴兵团工作的想法跟董应武说了后，董应武挺痛快地答应了他，并且跟他许诺，等有了缺额，就让他当台长。其实，台长和报务员干的活儿一样，只不过台长可以吃两个兵的空额。

到三原不久，吕出又为这一组情报力量发展了一个新成员，此人就是又名王振寰的王冠洲。

王冠洲是豫皖交界的河南沈丘县赵德营村人，他 8 岁丧父，母亲把父亲留下的几十亩田租给别人种。王冠洲在老家上过中学，写一笔漂亮的字。家乡沦陷后，不甘心当亡国奴的王冠洲来到西安，到胡宗南的战干团受训。1942 年，他又到西安北校场的黄埔七分校通讯军官训练班受训，成了比吕出他们低一年级的同学。

2013 年 6 月，作者在乌鲁木齐红十月小区采访到已经坐在轮椅上的王冠洲老人。聊起当年由国民党阵营转投共产党阵营的心路历程，老人侃侃而谈。

从分配到通讯班学收发报，王冠洲就很不情愿。当时，国民党军队里有种看法，认为在军队里搞报务没什么出息。学收发报时，教官让他们多抄新华社电讯，因为新华社电讯信号好、发得清楚，适合练习收报。起初，他们跟不上，收完后，要找来原文，看看哪些内容没收上。可拿着译电本一对照，新华社电讯稿的内容他们就知道了。经常能读到新华社电讯稿，他们就知道国民党报纸哪些地方在胡说八道。那年月，收音机不是家家户户都有的东西，因此，一般老百姓是不可能听到延安电台内容的。可这事儿难不倒报务人员，他们的收发报机稍稍调一下频率，就能听到清晰的延安中共电台。正是一帮处在逆反期的年轻人，他们对延安的声音都特别感兴趣。王寇洲老人告诉作者,《东方红》《兄妹开荒》《学习英雄吴满有》等歌曲，他们早都听会了，没人的时候，自己也悄悄地哼哼几句。因为对延安方面不陌生，所以，他们对共产党并不害怕。

1947 年 8 月，沙家店战役中，在国民政府整编第 36 师 123 旅担任报务员的王冠洲被解放军俘虏。王冠洲所在旅的旅长刘子奇后来留在了西北野战军，当了军部敌工部的科长，专做瓦解胡宗南军队的工作。沙家店战役开始的同时，刘邓大军千里跃进大别山，正好经过王冠洲的家乡沈丘。解放军所到之处，都是要进行土改的。也就是说，王冠洲的家也许已经受到冲击了。但是，因为被俘，王冠洲倒是对共产党军队有了切

■ 采访王冠洲老人

身体会。

沙家店战役前，王冠洲已经有小半年没有理发了。被俘后，解放军给他们理发，他要求给他剃个光头。那时候，他的帽子早就跑丢了。陕北的8月，温差还是蛮大。到了晚上，还是蛮冷的。在被押往黄河对岸晋绥根据地过程中，王冠洲的光头一会儿热、一会儿冷，结果感冒了。走路走不动，押他们的解放军战士就从老乡那儿借了几头毛驴，让他们几个病号骑着；可是，到了住地，他开始高烧不退。那一宿，解放军战士喂他喝了汤药，还一夜不停地给他头上敷凉毛巾。王冠洲烧得糊里糊涂，第二天一觉醒来，他从别人那里听说了夜里发生的事情。这件事让王冠洲非常感动："要说对共产党的感情，从那时候就有了。"

王冠洲他们这一批人被送到了山西岢岚县学习改造。这段时间，除了集中学习，他们也在解放区参观，王冠洲对解放区的社会秩序、老百姓的精神面貌相当有好感。到了1948年4月，王冠洲和与他一起被俘的400多人被全部遣送回国统区。这半年里，解放军对王冠洲他们人格上是尊重的，遣返时，给他们选择的都是不打仗的安全线路，而且发给路费；可到了国统区，那边对在解放区洗过脑的归俘人员却如临大敌，荷枪实弹、警戒森严。特别让王冠洲寒心的是，国统区这边只负责押解他们去后方，沿路食宿一概不管，给他们的生活造成了很大麻烦。两边一比较，王冠洲更

■ 沙家店战役中，西北野战军士兵正在包抄国民党军队

■ 沙家店战役中，西北野战军士兵们正在就地取柴埋锅造饭

是觉得国民党气数已尽了。

王冠洲重新上岗的地方，是裴昌会的第5兵团通讯营。吕出一来，他们俩很快就钻在一起。其实，这拨儿情报力量中，王冠洲最早认识的人是李福泳。当时，王冠洲所在的36军驻扎甘肃平凉，李福泳也在平凉。李福泳是个爱交际的人，为人诚实、热情，通过李福泳，王冠洲又认识了也在平凉某部队电台的徐学章。抗战结束后，36军换防到了陕西彬县，高孟吉在一个师的电台工作，通过李福泳、徐学章他们的介绍，他又认识了也在彬县的高孟吉。这拨儿人里，王冠洲和吕出是最晚认识的。但是，因为都在解放区呆过，他们俩共同语言比较多。等把王冠洲的底儿摸清楚以后，吕出就跟他说了一起给共产党搞情报的事儿。不多久，徐学章也调了过来，而且和王冠洲住在了一个房间；他们的台长麻永昌一个人住另一个房间。

电台值机是由台长麻永昌和报务员王冠洲、徐学章三人每天三班倒。徐、王与边保电台约定的联络时间是每天凌晨2点或5点，为了保证和延安的及时联络，这俩报务员装得特敬业，总是早接班、晚下班，显得对麻台长特别尊重和关照，让麻永昌每天能睡个囫囵觉，也避开了麻永昌在他们与延安的联络时间里值机。在保障安全方面，他们俩非常细心。比如发给延安的电报，他们一律用的是5兵团机要室的发电纸，发报报头、报尾格式也都模仿机要室的发报格式。即使在他们正跟延安电台联络时，有人进来检查，也从来没有发现过什么破绽。从3月份王冠洲第一次与延安边保电台接通之日起，他们与边保电台的联系就一直是畅通的。无论有怎样的外界干扰，也无论天气如何恶劣，他们搜集到的情报，都是当天拍发出去，从不过夜；而裴兵团的一些紧急电报，他们却会采取技术手段想方设法地拖延。这样，就常常出现这样的局面：裴兵团调兵遣将的命令，下面的军长、师长还不知道，而延安方面已经先知道了。

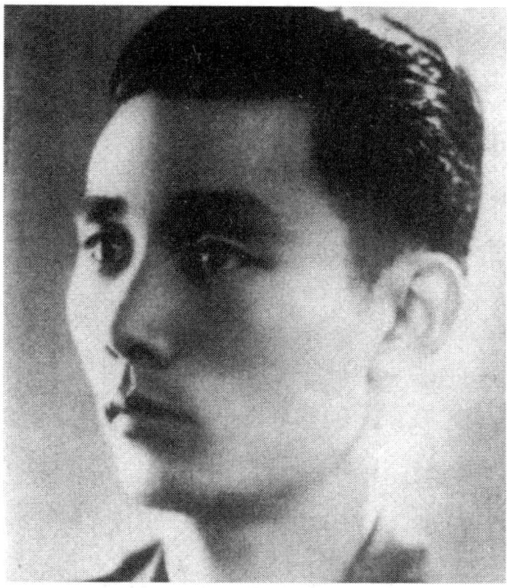

■ 年轻时的王冠洲

就像延安边保电台的奥德明一样，报务员一般都只熟悉收发报技术，对译电和收集情报，吕出、王冠洲、徐学章他们也都是外行。要弄到情报，他们就得跟机要室的译电员们拉好关系。这个时候，情报力量得不到延安方面的经费支援，吕出他们三个只好把自己那点微薄的薪饷凑在一起，用在该用的地方。三人中，虽然情报搜集主要是吕出的事儿，但徐学章、王冠洲也没闲着。王冠洲原本是个性格内向的人，为了拉关系，他也开始向吕出、徐学章学习，主动跟人交往。机要室副主任许鼎臣是王冠洲战干团45期的同学，译电员崔义盛是河南人，跟徐学章、王冠洲是“小老乡”。于是，他们常常邀请许鼎臣、崔义盛等人来徐学章、王冠洲住的房子打牌，并且故意让他们经常赢。在打牌过程中，他们从这些译电员的嘴里尽可能多地获取情报。许鼎臣原本是个很谨慎的人，起初他守口如瓶，打牌就是打牌，不肯说工作。但他毕竟是个年轻人，和王冠洲等人又太熟了。等所有戒备都放下后，只要话题扯到了那儿，他也照说。而且，许鼎臣这人记忆力特好，过目不忘。牌桌上他们露出来的情报，当天一定就拍往延安了。

如果老钻在一起打牌，让上司发现了也不行。在一起扎堆儿，总得有点站得住脚的理由吧？这段时间，吕出、徐学章、王冠洲三人又多了几样共同爱好：拉二胡、唱眉户戏和学炭精放大照片。在那样一个混乱时局里，能有这样的闲情逸致，用共产党这边的语言描述，那就得叫革命的浪漫主义。大伙儿再发愁，这日子不也得往下过嘛。所以，部队颠沛流离中，军官们听到这胡琴伴奏的眉户戏，常常会有人叹息一声。

徐学章、王冠洲学的炭精画渐渐也有了点小名气。在宝鸡益门镇驻扎时，他们给许鼎臣放大过照片；通过许鼎臣，他们还认识了马家军驻裴兵团的联络参谋马继壮。他们给马继壮画的一幅他结婚时的合影照，就让马继壮很满意。译电员崔义盛把徐学章、王冠洲完全视为知己，甚至想搬过来和他们俩住一个房间，以备遇到突然情况好有个伴儿。崔义盛一有空就爱到徐学章他们电台来玩，接到重要、紧急发电稿时，经常还没有翻译，他就先跟这几个报务员哥们爆料，让他们注意和收电单位的电台联络；有时他一译完电报，没等通讯员将电报送到电台，他就已经到电台嚷嚷了。

关于电台联络问题，徐学章在1984年10月新疆座谈会上的说法是这样的：1949年4月下旬，徐学章他们电台随裴昌会第5兵团司令部从三原搬到了咸阳。司令部的办公地点是临时征用百姓的房子，电台起初准备设在一个大商号的楼上。那栋房子是个小二层，楼上有两间空房子，除了少量的行李、衣物，再没别的东西，适合他们架设电台。他们正在往楼上搬东西，来了一个人，口气很牛，他制止电台的人再往上搬东西，要求他们把这两间房子让给他们用。通讯部门是司令部的要害部门，何况他们还是王微的人，就是司令部也对他们挺尊重，这人算老几？所以，电台这帮人并不理会那个人。结果，那爷们气哼哼地走了。不一会儿，通讯营长董应武亲自来了，让电台给人家腾地方。原来，那位爷是绥署二处的。电台只好重新找了一间房。到了咸阳，条件就不比三原了。就一间房，既是工作室，也是宿舍，麻台长也和徐学章、王冠洲他们住在一起了，这就让徐、王与边保电台联系时更加提心吊胆。有一次，麻永昌凌晨两点起夜，当时，徐学章正在给边保电台发报。“这么晚了，你这是给哪儿发报呢？”麻永昌挺纳闷儿。这两天并无战事，夜里应该没什么活儿。“是校对电报，不是发报。”徐学章平静地回答。这套词儿，他们其实早都想好了，只等麻永昌发问。电台正常工作时发出的电报，对方如果没听清，就会进行询问，核对正误。所以，他们说“校对电报”，麻永昌就不会生疑了。

然而，1950 年 3 月 15 日《陕西陕甘宁边区公安厅情报科袁心湖给公安厅的报告》一文上却是这样记载：

> 自西安解放后至胡匪最后被歼灭，七兵团内我之密台每月总有二十余次电报，告胡匪各军驻地与调动情形。第一次有五月二十二日胡宗南、裴昌会、李振在宝鸡开会定暂缓撤退，由胡匪亲自指挥配合八十二军与我决战，以延缓当时我军之追击。

也就是说，吕出、徐学章、王冠洲三人在七兵团的电台是从 5 月 22 日开始第一次和边保电台联络的。看来，徐学章后来的回忆是不准确的。

咸阳的日子到 5 月 19 日截止。这天，他们几个正在打牌，董应武慌慌张张地跑来通知他们：“快，快，快！赶快收拾机器装车，撤！”胡宗南放弃西安，5 兵团开始大踏步撤退。其实，吕出、徐学章、王冠洲他们并不意外，因为此前，组织上已经给了他们明确的指令，让他们随着裴兵团司令部西撤，继续搜集情报。

再说李福泳和薛浩然那边儿。4 月下旬，薛浩然的哥哥薛万亭来了趟西安，带来了袁心湖编的新的密码。这个写在绸子上、缝在薛万亭棉裤里带来的密码，原文如下：

> 密码：
>
> [琳] 以明码为底码，以亚光出版之中国分省精图（三十七年九月增订四十版）各图后说明为加码，凡有字者均算一行，指标在第五组，前两码为图数，后两码为行数，如 0903 指从第九图说明之第三行第一字加起；1812 指从第十八图说明之第十二行第一字加起，余类推。指标应加琳字明确码。[祥] 与琳相同，但指标在第三组，加祥字明码。[平] 与琳同，但用亚光出版之世界分国精图（三十七年四月三版）为加码本，指标在第六组，加平字明码。
>
> [远] 与平同，但指标在第七组，加远字明码。此两图如你们买不到，则另买两图各带一本回来。

呼号如下：

	琳方	我方	祥方	我方
五、六月	仍用原规定		仍用原规定	
七、八月	CCQ de B4G	G3F de LAG	F2W de G4X	XWB de SDA
九、十月	D2G de W5M	GAK de BXY	XAQ de XGD	BFQ de AMD
十一、十二月	M4B de XYL	KAQ de GYA	MQN de B4W	GIM de FAN
	平方	我方	远方	我方
五、六月	WGA de XYE	RDA de B2F	GQD de WFQ	SDY de DQK
七、八月	KMN de TIV	STU de TKN	XCQ de F4C	CQC de XBW
九、十月	M6B de NB4	TNA de AFK	RQK de HKA	HYI de GWI
十一、十二月	CDE de FGR	HIN de MIC	G6F de R4F	BQC de SYI

至明年再从头来，每两月一换，或通知换。

波长：

［琳、祥］仍旧，但各增— 50 米。［平］50 米、60 米、70 米。

［远］55 米、65 米、75 米。

联络时间：

［琳、祥、平、远］已联络者，在未改前希按时联络。但以后希固定哪几天，何时，不要每天联络，不然易暴露，且勿规定 13.00。时间规定后告我们。其他未尽事亦望规定告我们。上述规定希设法告平、远，希按照执行。除非有特殊困难，勿更改。如规定不合适，则另规定带回，但要详细，保密。海供琳以情报。我们的心向着你们！祝胜利前进。保密！

这里的“琳”，指“赵琳”，也就是李福泳；“祥”，指“万国祥”，也就是薛浩然；“平”指“方平”，也就是徐学章；而“远”指志远，也就是吕出。从此，情报力量开始使用以明码为底码，以民国三十七年九月增订四十版、亚光出版之《中国分省精图》各图后说明为加码的新密码与边保方面联络。双方约定新密码的启用时间为 1949 年 5 月 1 日。

这套密码，袁心湖费了很多脑筋。首先，设计密码，得符合很多条件。比如保密性要强，不能像“CQQ”这样的一般性变码，很容易被破译；而较复杂的变码、活动码保密性有了，却又非常难说明，不便于力量掌握。而且，这套密码还得让现有交通员能带得过去，等新的空中联络建立之后，还得能够随时通知对方将密码进行改变。想来想去，袁心湖决定采取加码，以明码作底，用一本书作加码本，因为专门编个加码本是不可能的，情报人员在敌营工作，不好携带，既容易暴露，也容易丢失。起初，他想给每个情报人员确定一本书作加码本，但很难找到这么多解放区、国统区都有、且是一个版本的书，最后只好决定，找一本确定一个力量共同使用作为加码本的书。为此，袁心湖转了好多书店，也到一些读书人家里翻看过人家的藏书。起初，他琢磨的都是唐诗、宋词、《古文观止》之类，但不看不知道，这类书版本居然多得不得了，而且好多有错、讹、漏之处，还有好些怪字；袁心湖又在国民党反共书籍里做文章，因为考虑到反共书籍便于力量们随身携带。他先选择蒋介石写的《中国之命运》一书，但仔细调查发现，这本书版本居然也不少；又选择一本反共书籍《自由》，但这书在韩城、合阳一带找不到了。最后，袁心湖确定了《中国分省精图》这样一个地图册作为加码本。他也许想不到，即使在世界谍战史上，使用地图册作为密码，也是一个创举。后来，情报人员顺利传回大量情报，这个密码本功不可没。

薛万亭用同样的方式缝在棉裤里带回来的回信，内容如下：

（1）琳、祥密遵照使用，亚光世界分国精图尚未买到，暂缓使用。

（2）呼号：为避免此间纠查电台之侦收，我台所用之呼号即平常对各军师所用之呼号，你们现用之呼号与我台所联络之某师同，如此，则测向台听到是自己台与其所联络之台通报，不致出事，故更换呼号需视当时情况规定再告诉你们。

（3）波长：我台所用之波长范围系经上峰划定者，长短均易出事，故请仍保持原用波长，必要时当电你们改短或变长回答。

（4）时间：固定为 6.30，每隔四天联络一次（因值班次序尚未排定，何日起开始另电告知），次外每天 6.30~6.50 请守听 20 分钟以应急需（时间以北平新华广播电台为标准）。

（5）未听到我呼叫你们时万勿先行呼叫。

（6）英文请以 9901~9926 为代码，如 9901 为 A，9926 为 Z。

（7）祥、平、远各处目前尚不能直取联络，以后视机会由琳转知再行联络。

（8）祥、琳密五月一日起使用。

庆祝南京太原解放。

这封回信是由李福泳、薛浩然、赵继义一起商量写的。当时，薛万亭只听说徐学章在三原，并不知道吕出在哪里。李福泳跟他说，他们跟吕出还没联系上。

1949 年 1 月至 3 月，薛浩然一直在应付潜伏电台的事儿，很少在西安待。3 月以后，他又重新回到西安，和李福泳一起在绥署电台工作，他的电台也和边保电台联系上了。胡宗南大部队撤离西安，是 5 月 13 日。此前，薛浩然、李福泳两人已经商定，让李福泳留在西安。他们有这样的考虑：首先，李福泳正在生病，有理由留下来；其二，李福泳的技术最好，他留下来，找到组织后，他和随胡宗南军队撤退的薛浩然、徐学章他们的电台联系，应该会更顺畅；第三，万一组织上对情报力量还有别的设想，也可以对李福泳面授机宜。

薛浩然急中生智，他给绥署这边的通讯营长打了个电话，向他请示李福泳生病走不了，电台怎么办？营长随口就说，让薛浩然带着电台走。这样，李福泳不走也就合法化了。5 月 14 日，薛浩然用李福泳的电台通知边保方面，胡宗南已经从西安撤兵。随后，薛浩然带着李福泳的电台上了火车。到了宝鸡，住在周家湾，薛浩然一个人很难工作。他说服了报务员王万顺，让王万顺帮助他用电台跟解放区联系。不过，这个王万顺只是稀里糊涂地在给薛浩然帮忙，不像王冠洲，是边保方面编了代号的正式情报力量。这段时间，薛浩然发出的情报内容包括西安撤退、炸桥、蒋介石准备来宝鸡等。不过，后来蒋介石因故并没有来宝鸡。

5 月 19 日，薛浩然经过宝鸡益门镇时，于兵荒马乱中，与吕出、徐学章、王冠洲见了一面。当时，吕出他们在从卡车上往下卸箱子，都没顾上说几句话。后来，徐学章、王冠洲他们电台找到了个套间大房办公用。麻台长住一间，徐学章、王冠洲住另一间。和延安的联络，照样进行。

转眼间，刚来时还绿油油的小麦已经黄灿灿一片，麦收季节到了。6 月 6 日晚，译电员崔义盛突然跑到徐学章他们电台来：“报告你们一个好消息，过两天，我们就要开始大反攻了！”“嗨，你没吃错药吧？咱们一退再退，怎么会反攻？”王冠洲一口河南话问他的小老乡。“你不会骗人吧？俺家里可是等着我回西安呢。”徐学章一家人都在西安，2月份，他媳妇才给他生了个闺女。这段时间他们天天低头不见抬头见，崔义盛知道徐学章这些情况。“老麻睡了？”崔义盛往麻永昌的房子望了望，接着声音降了八度，透着神秘感：“我刚译了个电报，有重大军事行动：咱们由西往东反攻，马家军由北往咸阳打。千真万确！老徐，到了西安我要吃你妈擀的面啊。”崔义盛有个未婚妻在西安城里，长得还挺漂亮，本来他们准备下半年结婚，可部队一开拔，他跟未婚妻连招呼都没打成，他生怕这门婚事黄了汤。他当然想不到，几个小时之后，他说出来的这个军事秘密就被拍发给了解放区。当晚，是徐学章值机时发的报。发的内容非常简单，只是说：“6月9日，胡、马两军将反扑西安、咸阳。”第二天跟吕出一说，吕出急了：“这么重要的事情，怎么说得那么简单？发电报又不要钱，尽可能说详细些。”于是，当晚徐学章又详细拍发了一次。

此时时刻，中共西北局、边区政府等党、政、军机关都已经由延安搬到了西安。如果毫无思想准备遭到袭击，共产党一方的损失将会无法估量。

接下来，就传来了咸阳阻击战马家军攻城受挫、不得不北撤的消息。三个年轻人为自己传递的情报产生了效果而兴奋不已。他们收集情报、传送情报的积极性空前高涨，这边裴兵团有风吹草动，他们都会立即告诉张继祖他们的情报电台。

扶眉战役打响后，7月12日，裴兵团电台与前线电台的联络全部中断。裴昌会怀疑电台台长们有问题，让通讯营长董应武下去监督，发现问题，立即把人给抓起来。实际上激战中，有的电台很快垮了，有的忙于应付前方军事，顾不上跟后方联系。当天下午四、五点钟，从扶眉方向就陆续有败下阵来的散兵游勇经过益门镇。吕出和徐学章跑到公路上，向那些败兵打听战斗的情况，了解他们的番号，然后立即给已经迁到西安的边保情报台发报。

第八章 “匪谍”如麻

第一节　杨荫东与“西安军事情报组”

在解放战争中，西北战场上的宜瓦战役对于共产党一方来说，有着非常重要的意义。这是西北野战军经过新式整军之后，转入战略进攻所取得的第一个大胜仗。这场战役一共歼灭了胡宗南的一个整编军部、两个整编师、5 个旅 10 个团，共 28480 人。而在此前，西北野战军一次顶多吃掉胡宗南一个旅。胡宗南手下的名将刘勘、严明也在此役中丧生。这次战役的战略意义，还在于迫使蒋介石将位于陇海铁路潼关以东地区的裴昌会兵团及郑州的整编第 38 师调往西安，从而策应了中原解放军的作战。

彭德怀能打赢这一战役，一个极其重要的因素就是情报。战斗前夕，彭德怀和西野政治部副主任张德生都给关中地委发来电报，要求时任关中地委书记兼军分局政委的赵伯平，3 日内弄清刘勘的兵力部署和行动计划。那么，彭德怀问赵伯平要这样的情报，还要限3 日之内，是不是强人所难？刘勘跟赵伯平又不是哥们儿，凭什么要把这些关系到自己脑袋的军事机密告诉赵伯平呢？但是，接到电报的第二天，赵伯平就把彭德怀、张德生所要的情报弄到了。于是，这才有了彭德怀在刘勘去宜川的必经之地瓦子街设伏、一举歼灭刘勘近 3 万人的后话。那么，赵伯平究竟有着怎么的情报关系呢？这就要说一说西安军事情报组。

史上的间谍，无非“打进去”和“拉出来”两种。以本书所涉为例，“拉出来”者，有西安情报处的李茂堂，有边保的情报力量高孟吉、吕出、薛浩然等；而打入的，有“龙潭三杰”钱壮飞、李克农、胡底，有“龙潭后三杰”熊向晖、陈忠经、申健等。打入的情报人员若要发挥作用，需要具备两个条件：一是身居要害部门，有情报源；二是要受到重用，可以接近情报。中共方面也曾派人打入到王微掌控的西安绥署机要室，可是因为不受重用，最终只好退出。而杨荫东打入国民党军队联勤总部第七补给区司令部，成为第七补给区司令周士冕身边的红人，可以说是“打入式”间谍的一个范例。

优秀的情报人员，都有一个共同特点：高智商。杨荫东就是这样一个人。杨荫东生于 1922 年，陕西合阳人，从小天资聪慧。15 岁时，他参加了“中华民族解放先锋队”，然后到延安上了陕北公学，从此参加了革命。1938 年夏，杨荫东被中共派到杨虎城部队，同年加入中国共产党。基于组织上“隐蔽精干，长期埋伏，积蓄力量，以待时机”的方针，中共驻杨虎城 38 军工委对杨荫东作了重点栽培。于是，杨荫东从王曲七分校 16 期毕业后，被分配到38军17师;1942年，他又考入步兵学校深造。步校毕业，他以第二名的成绩，受到白崇禧的亲自接见与嘉奖。当时，赵寿山刚刚被任命为第三集团军总司令，杨荫东来到赵寿山身边，当了赵寿山的随从参谋。

1946 年 1 月，国民政府在重庆召开政协会议期间，周恩来跟中共地下党员、后来回延安后曾当过陕甘宁边区政府副主席的民盟西北总支部执行委员杨明轩说，要利用中共在杨虎城 38 军工作过的一些地下党员，打入胡宗南部队，建立一个军事情报组，搜集以蒋介石、胡宗南和青、宁“二马”为主的情报。回到西安后，杨明轩把周恩来布置的任务跟中共地下党员、曾任中共驻 38 军工委书记、时任国民党第三集团军西安办事处主任蒙定军说了，让他负责这项工作。1946 年 8 月，蒋介石把第三集团军总部撤销，让赵寿山出国“考察”，杨荫东进入兰州行辕的作战参谋处当联合作战参谋。蒙定军把杨荫东从兰州叫回西安，让他进入后来改为第七补

■ 赵伯平

杨荫东夫妇合影

给区的联勤总部西北补给区搞情报。

周士冕身边，那是说去就能去的吗？！谁都知道，赵寿山是个“赤色分子”。后来，赵寿山在延安公开身份后，还当了西北野战军的副司令员。给赵寿山当过随从参谋的杨荫东，凭什么取得周士冕的信任呢？这就要说回到赵寿山这儿。

赵寿山是陕西户县人，1894 年生，杨虎城的老部下，从排长、军事教官、营长等，一直干到旅长。西安事变之后，杨虎城的 17 路军缩编为 38 军，赵寿山任 17 师的师长。1938 年夏，赵寿山出任 38 军的军长。1944 年 1 月，蒋介石派亲信、曾当过黄埔军校在大陆最后一任校长的张耀明接任了 38 军军长，对赵寿山明升暗降，让他到甘肃武威当了第三集团军的总司令。1945 年春，蒋介石又调赵寿山到重庆陆军大学特别班受训。这个班的学员大多都是集团军总司令，只有两个是军长。赵寿山在这个班任学长。3 个月后，受训结束，赵寿山发现一个机会：他看到下一期受训的高级军官名单中，有第六战区司令长官孙蔚如和 27 军军长周士冕。孙蔚如当过多年杨虎城手下的参谋长，赵寿山当 17 师的师长时，孙蔚如就是 38 军的军长兼陕西省政府主席。赵寿山对老上级很了解，知道他跟周士冕俩人的关系非常好。那会儿受训的高级军官都是两个人住一个屋，赵寿山猜，孙蔚如肯定会跟周士冕住在一起。于是，他把杨荫东叫到跟前，告诉杨荫东，他准备把杨荫东给孙司令留下来，让他要特别对周士冕表示殷勤，从而让周开口跟孙要他：“做这事儿不能太急，不要叫人看出来。开头就是端个茶拿个烟什么的，态度恭顺些，求得他好感就行。再一步，就是找机会跟他聊聊天，让他了解了解你；第三步，就是自告奋勇代他抄战术答案。这些都办到了，周就会来要你了。”

■ 赵寿山

后来，赵寿山发现，孙蔚如来重庆参训，果然没有带随员。赵寿山就问他：“你怎么不带个参谋来？陆大受训，每天要写战术答案。你是自己抄写，还是怎么？”孙蔚如来之前并没有打听过这些事儿，听赵寿山这么一说，也觉得有点伤脑筋：“明天就要集中上课了，调人也得十几天以后才能到呀。”孙蔚如又问赵寿山：“你看办事处有人没有？”“办事处的人只能写字，哪儿写得了战术答案呀。”赵寿山这么一说，孙蔚如眨眨眼，又跟他说：“那你是怎么办的？”“我嘛，带了个小孩儿给我弄这事。”赵寿山说出了杨荫东的名字。“哎哎，他已经熟悉咧，你给我留下就对咧嘛。”老上司这么说，赵寿山却并不马上答应：“哎，他虽然是个娃，但给我管不少事呢，我还离不得他呢。”“你光管你自己，把干部抓得也太紧咧吧！”孙蔚如端起了老上司的架子，非要赵寿山把人给他留下。于是，杨荫东就顺理成章地到了孙蔚如身边。

这期学员一报到，周士冕果然和孙蔚如住在了一个宿舍。杨荫东智商高，情商也高。按着赵寿山说的，他果然很快赢得了周士冕的欣赏。两人培训结束回到西安，周士冕就跟孙蔚如要杨荫东。一次，赵寿山去看望孙蔚如，孙蔚如跟他开了口：“寿兄，周司令要咱们的杨参谋呢。”这个时候，周士冕已经当了西北补给区的司令了。“咱的人，凭啥给他？”赵寿山并没有答应，起身走了。谁知孙蔚如为这事儿，又专门追到了赵寿山家：“你这人咋这么小气？周司令掌握着全军的补给，咱得罪得起人家吗？”孙蔚如把话说到这份儿上，赵寿山才借坡下驴，答应把杨荫东割爱给周士冕。

1947年1月，杨荫东到补给区司令部找周士冕报到。一见面，周士冕非常高兴，完全是故人重逢的感觉。他问杨荫东是什么军衔，杨荫东说是少校。于是，他马上写了个纸条："委任杨荫东为司令办公室少校参谋。人事处即办。"让勤务兵陪他到人事处办手续。

回到西安，杨荫东住在赵寿山家里。这个时候，赵寿山并不在家。1946年8月，蒋介石撤了赵寿山第三集团军总司令的职务，让他先到南京，然后要派他出国考察水利。在此期间，经董必武的精心安排，赵寿山摆脱了国民党特务监视，乘坐"救济总署"轮船，辗转上海、天津等地，于1947年3月由河北静海进入解放区。杨荫东回到住处后，等了十来天，却没有任何动静，补给区人事处并没有来通知。他和蒙定军都挺着急，两人商量后，由杨荫东去找原第三集团军副总司令於达。第三集团军撤销之后，於达当了西安绥署的副主任，官运不错。杨荫东在武威给赵寿山当随从参谋时，跟於达挺熟，而且於达对他印象不错。听杨荫东一说，於达拿起电话就给周士冕打。一问，原来问题出在杨荫东这儿。在人事处报到时，人家问他在哪儿，他没说住赵寿山家，而是说在24军官总队。军官总队驻地分散，又没人值班，人事处找不着他。这个时候，已经临近春节。周士冕说让杨荫东过了年再过去。当着杨荫东的面，於达还跟周士冕夸了他一通。不用说，这让周士冕对杨荫东印象更好。年后杨荫东一上班，周士冕就给他拨了一个勤务兵，另外给他每月7袋面的津贴，由副官处每月折款后交给他："你过去没当过后勤参谋，不过参谋业务的道理其实都一样，只不过有些术语不同罢了。没关系，我让参谋处来个人给你讲讲。"接下来，周士冕给勤务兵交待，把他的办公室和会客室合并，把办公室腾出来给杨荫东用。这样，原来周士冕一连三间的房子，就变成了这样的格局：第一间是他的办公室兼接待室；第二间是杨荫东的办公室；第三间是周士冕午休的地方。此时，西安绥署正在紧锣密鼓地准备进攻延安，杨荫东一进自己办公室，就把军用地图挂出来，把兵力配备标注在图上，这样看起来就一目了然。当天晚饭后，周士冕跟他第一次长谈，详细地问了他的经历，特别问到了他的军事学术是在哪儿学的。原来，周士冕听陆大的教员说过，这个杨荫东军事学术学得非常好。

这个时候，为配合胡宗南进攻延安，西北补给区已经更名为第七补给区，其任务是负责陕西、晋南、豫西、川北、陇东等广大地区内所有国民党军队的后勤供应，以保证对陕甘宁边区的进攻。管区内有胡宗南的两个整编军、10 个整编师、30 多个整编旅、两个战车团和汽车、通信、辎重、伞兵等特种部队，还有青宁“二马”所属的两个整编师。这些部队的编制装备和行动计划，都要经杨荫东的手，可见他的位置何等重要。

虽然成功地打入到第七补给区司令部，但这个时候，杨荫东对军事情报组的全面情况却并不了解。他只知道，他的党内上级，就是蒙定军一人；而他的联络员，是刘雪琴。刘雪琴是陕西早期共产党员刘天章的女儿，这会儿表面上是个家庭妇女。杨荫东对外人称，刘雪琴是他的一个亲戚。杨荫东在第七补给区站住脚时间不长，1947 年 5 月，蒙定军调回了边区。临行前，蒙定军告诉杨荫东，今后他的领导，就是赵伯平；由崔一民负责联系他。崔一民当时的身份是铁路职工，后来，中共中央于 1948 年初成立西安工委，崔一民是工委委员。不过，军事情报组却不属于西安工委，他们只是单线联系。蒙定军临走前还跟杨荫东说，遇到特殊困难或者联系中断，还可以去找王敦瑛。杨荫东只是去看望过王敦瑛一次，至于王敦瑛的真实身份，他始终不清楚，他们以后也没有再见过面。

杨荫东传递情报的方式是这样的：一般情况下，他把情报带回他的住处莲寿坊，放在后花园事先约好的固定地点，刘雪琴当天或者第二天取走，转交蒙定军，然后由蒙定军通过秘密电台发出去，或者安排陆路交通送往关中地委赵伯平。情况紧急时，他就直接把情报交给刘雪琴。莲寿坊是赵寿山的宅子，赵寿山当了西野副司令员的消息传到西安，杨荫东就不能再在这儿住了。他搬到补给区司令部的宿舍住，刘雪琴来不成了。这样，他就只能利用晚间或者外出办公的机会，把情报交给刘雪琴；特别紧急的情报，他就直接交给了崔一民。

■ 西安工委委员崔一民

胡宗南进攻延安后，杨荫东几乎每天都有上报的情报材料。有的时候来不及写出来，他就口述给刘雪琴。

胡宗南20多万人马，经常在陕北十几个县调动，军队驻地又常是些乡镇村落。为记住这些军队番号、主官姓名和乡镇村落名，刘雪琴可是费了老劲。到了崔一民这儿，他得把所有情报整理成文字，用钢笔密密麻麻地整理到拷贝纸上，然后加以伪装，交给交通员送往边区。

在中央发表赵寿山到达陕北的通电之前，组织上把与赵寿山有关系的人都撤回了边区，蒙定军就是在此背景下撤走的。对于要不要撤回杨荫东，赵伯平当时的指示是：这事儿由杨荫东自己决定。如果他认为可能会暴露，就撤回。但杨荫东认为，如果自己已经暴露，那就该被抓起来了；没抓，说明还没有暴露。当然，如果敌人怀疑到他，他要是再想离开西安，也就走不了了。但是，处在他那样一个搞情报的重要岗位，不冒这个险，太可惜。结果，赵寿山抵达解放区的消息一传来，原来在蒙定军西安办事处工作的几个非党员都被抓了起来。杨荫东却照常去上班，虽然也提心吊胆，但因为有周士冕罩着，他最终啥事儿也没有。

杨荫东到补给区司令部上班的时候，正逢胡宗南进攻延安前夕。周士冕觉得管区内部队的调动与补给情况很难弄清楚，每次开会都要说这事儿。为了让周士冕看着方便，杨荫东设计了一个“兵力配置补给情况一览表”，按战斗序列，将步兵团以上、特种兵营以上的主官姓名、驻地、军械装备、补给情况等制成表格，使用的时候，按战斗序列一查就知道。这个一览表杨荫东复写了两份，一份放在周士冕的公文包里，供他随时用；一份放在自己这儿，如有变化随时改动。实际上，他还把一份儿拷贝给了刘雪琴，以后再有啥变化，他只要口头告诉她就行了。

1947年4月下旬，胡宗南军队向绥德、米脂推进，打算压迫解放军过黄河。他的军队补给物资集中在蟠龙镇，由整编167旅负责守卫。西野及时组织了蟠龙镇战役，全歼了整编167旅，活捉了旅长李昆岗，缴获了大批的粮秣、几万套夏装和其他军用物资。战役结束后，西野前委对西安军事情报组予以嘉奖，说他们“及时准确地提供了胡宗南军队的行动，对我军打胜这一仗有很大贡献。”这段嘉奖的话是蒙定军抄在一个纸条子上转给杨荫东的，他看后就把它烧掉了。

1947年8月，沙家店战役之后，晋冀鲁豫部队陈赓、谢富治的太岳兵团挺进豫西，胡宗南进攻陕北的计划因此也做了调整。杨荫东及时上报了胡宗南的调整计划，中央认为情报非常有价值，曾奖励了40两黄金。

但当时，杨荫东的上线崔一民却光说中央对他上报的情报很重视，却只字没提奖黄金的事儿。直到1962年，党的八届十中全会后，王超北受审查时，才由负责审查王超北的一位领导告诉杨荫东，当年中央曾奖励他们40两黄金，但这笔钱让王超北拿去了。后来，杨荫东遇到赵伯平，又问及此事，赵伯平告诉他，当时战况非常紧急，关中地委的驻地经常变动。中央确实送来了40两黄金，他交给李庚生送到了西安。后面黄金的下落，他也不知道。

第二节　郑琏、孙元昌与第四分监部

在国民党军队里，老乡、军校同学总是容易抱团的。如果既是老乡，又是军校同学，那就更是自然而然地会成为朋友，就像高孟吉与薛浩然、张永才他们一样。这里要说的，就是黄埔七分校第17期步兵科的两位山东军官：郑琏与孙元昌。

2013年6月，作者在新疆乌鲁木齐见到了已经92岁的郑琏老先生。老人刚刚从医院回来，装有心脏起搏器的身体十分虚弱，说一会儿话就需要吸氧气。但是，他的思维却很清晰，记忆非常好，而且耳聪目明。老人告诉作者，他是山东省昌乐县唐吾镇郑家庄人。他的父亲是个国画画家，战乱年代，骨肉分离，多年来他没有父亲任何消息。改革开放后，昌乐县委统战部的干部辗转与他联系上，说他父亲在1948经过东北去了朝鲜，又从朝鲜去了南朝鲜。现在，父亲在南朝鲜留下一笔遗产，等着他去继承。那个时候，人们的思想观念还没有完全解放，有海外关系还是个很敏感的事情。身为新疆民委干部的郑琏答复老家统战部，让人家转告南朝鲜方面，就说他们家人死完了，没人能去继承遗产。后来，郑琏从新疆民委主任的职位上离休。

郑琏生于1921年，6岁上私塾，熟读《四书》《诗经》《唐诗三百首》《宋词选粹》等。高小毕业后，他到青岛学开汽车，后来给“东亚打蛋公司”的老板娘开车。这是家英国企业，做的事情就是把鸡蛋打成蛋液冷冻后运往英国。郑琏爱读书，边当汽车司机边在图书馆自修文史。这个时候，青岛已经被日本人占了。尝到了亡国奴滋味的郑琏，一心想去打日本

■ 年轻时的郑琏、郭淑惠夫妇

■ 作者与郑琏、郭淑惠夫妇

鬼子。尽管老板夫妇想挽留他，说他们是英国公司，不怕日本人，但郑琏还是回到昌乐老家，参加了国民党的一支游击队，并且和日本人打过多次仗。1939 年夏，胡宗南的黄埔七分校到鲁南沦陷区来招生，郑琏就到沂蒙山去报考了。他们这些学员在安徽阜阳集结后，步行一个多月来到洛阳，然后从洛阳坐火车到西安。他们先到岐山的周公庙进行入伍训练，然后才到王曲的七分校正式上学。郑琏是七分校 17 期步科 14 中队的学员，1943 年春天，军校毕业后，他被分配到甘肃酒泉的国民党第 42 军，在特务营机枪连当了一名排长。当时，42 军的军长，就是后来当了最后一任西安警备司令的云南回族人杨德亮。去了不久，听说部队要开拔，但不是往抗日前线走，而是要去新疆，郑琏决心要离开部队。

实际上，上七分校不久，郑琏就开过一次小差。从周公庙回到西安，还没有到王曲的时候，郑琏他们先在西安城南的庙坡头住了一阵儿。这时候，他们那儿来了两个插班生。这俩人一个叫于希长，另一个叫张秀坡。许多年之后，92岁的郑琏已经记不得他们二人中究竟是哪一个跟他说起过陕北的事儿，我们在这里姑且认定此人为于希长吧。于希长有个叔叔经常穿过封锁线到陕北做买卖，跟郑琏说起延安以及陕甘宁边区政府，还跟他说到了延安不花钱就能上大学。郑琏就对延安十分向往，专门跟于希长讨要了他叔叔的地址，并让于希长给他写了封介绍信。1941年春天，郑琏在学校装病，然后请病假跑出来。他先坐火车从西安来到北潼关，找到了于希长的叔叔后，深更半夜由此人领着过了封锁线。到了富县，边区的民兵把一身国民党军装的郑琏押到了甘泉镇，在这里他见到了边保富县检查站的站长赵去非。赵去非了解了他的情况后，却不同意他去延安，而是让他回去继续上军校，说回头会派人跟他联系。可是，郑琏等到毕业也没见有人来找他，他也再没见过赵去非。后来，宝鸡解放后，郑琏回西安到西北军政委员会公安部一处报到，郑琏跟接待他的一处秘书蔡玉华说到他这段历史，提出他参加革命工作的时间应当追溯到1941年春天。蔡玉华善意地提醒他，不要再提这段经历。没人能证明他的经历，就等于没人能证明他的清白，许多人都有这方面的惨痛教训。何况，郑琏只知道接待他的人姓赵，连赵去非的名字都报不出来。郑琏听了蔡玉华的建议，表上没再填他的这段经历。

1943年春天在42军当排长的郑琏，和后来因为伙食带头闹事的吕出十分相似。因为想离开部队，他和陕西的同学、朋友联系很多。此间，他弄到了两本影响到他一生的书，其中一本是艾思奇写的《大众哲学》，另一本是沈志远的《唯物辨证法讲座》。于是，他动不动就跟别的军官大谈“对立统一”“质量互变”和“否定之否定”，口若悬河地说“资本主义最终将由社会主义取代”，还喜欢骂当官的卖兵贪污、克扣新兵口粮。这时节，42军要组建一个新兵团，抽郑琏带12个老兵班长去接新兵。他们住在平凉的泾川县时，郑琏找个机会跑了。也许是上司早就对他这个异己分子不放心，他没跑远就被发现了。郑琏被抓回来后，对他早就很反感的团长要活埋他，幸好营长出面说情，才把他关进了监狱。

危急关头，咱们的另一个主角孙元昌就要出场了。国民党暂编59师有一个团驻扎在泾川，孙元昌在这儿当通讯排长。这个暂编59师，也就是后来王冠洲所在、在沙家店战役被歼灭的整编123旅。孙元昌跟郑琏同岁，山东临朐人。那么昌乐与临朐相隔多远呢？两个县城相距60公里，现在同属潍坊市。也就是说，他俩的山东话都是一个口音。不仅是同乡，俩人还特别对脾气。山东招来的军校生驻扎在岐山周公庙时，郑琏的大队长爱唱京戏，常组织学员唱京戏。1中队的郑琏和4中队的孙元昌都爱唱。本来就是老乡，又有共同的爱好，他们俩的关系，当然是“杠杠”的。一听说郑琏被关进了泾川的监狱，孙元昌比他还急，赶紧活动关系，把他给弄出来。

郑琏他们入七分校之后，时任军委会军训部长的白崇禧来七分校校阅。桂系的白崇禧本来对蒋系就不以为然，赶上17期学员招生时，河南已经沦陷，人不好招。于是，招生的连小学文化的也招，年近40岁的也招。白崇禧嫌胡宗南招来的学员质量不高，派来检查组重新核查。这一下，各总队都慌了神，相互之间赶紧借兵，就这还是查出了上千名不合格的学员，17期学员将近一半都被淘汰了。这些被勒令退学的学员认为自己上当受骗，列队上西安请愿。胡宗南为“维稳”出动了部队，在皇甫塬和韦曲塬设了两道防线，抓了几个闹事的。大部分关到皇甫营房补习文化，叫“特科”，最后也发了毕业证。

郑琏、孙元昌有个被淘汰的军校同学曲森在扶风县政府当了秘书，县长刘玉德又是他们的山东老乡，通过曲森介绍，1943年底刘玉德把郑琏安排在豆会镇的“私立新民中学”教国文和历史。

这以后，郑琏被一个女人给拴住了。郑琏上军校时，有个叫张德俊的好哥们儿。此人原来是胶济铁路的职员，因为想抗日，带着老婆、孩子投了军校。郑琏在军校生过一场大病，差点没了命，张德俊在极其困难的情况下，给了他50元钱买药，救了他的命。1943年冬天，张德俊所在的13军抽人去广西桂林学习美式武器，张德俊也被抽了去。行至四川广元，嘉陵江上一条大木船翻了，一船人一个都没活，其中就有张德俊。日本人打到河南时，张德俊的老婆带着孩子逃难到陕西，投奔到郑琏、曲森这儿。为了养活这娘儿俩，郑琏不得不另外又兼了个职。1945年春，在郑琏说合下，张德俊遗孀终于答应嫁给了郑琏他们军校的另一个半道儿被淘汰、在大荔缉私所工作的同学。

有一回读了一篇《大公报》记者写的《中共中央、十八集团军、陕甘宁边区访问记》，郑琏去延安上大学的梦想再次被点燃。军校同学里还有个名叫陈立民的，跟郑琏是死党。陈立民是青岛人，一张嘴“喝酒”就说成了“哈酒”。他被分到了陕西保安团，因为是杂牌部队，他倒是很快当了连长。听郑琏说想去解放区，陈立民介绍郑琏认识他一个朋友，这个朋友又给郑琏介绍了淳化一个经常背上棉花去边区换东西的老汉。利用放暑假的空当，郑琏到淳化找到那个老汉，给了他一些钱，由他带路穿过封锁线，跑到了赤水县。这个赤水可不是当年红军“四渡赤水”的贵州赤水县，而是属于如今的陕西省旬邑县。当年赤水的马栏，是红26军的诞生地。抗战期间和解放战争期间，马栏还是陕甘宁边区的南大门，是关中分区的政治中心。郑琏找到马栏地委，奉上他和孙元昌搜集来的国民党军队的一些军事情报，然后跟工作人员说，他想去延安上学。这个时候，关中保安处的处长是中共关中地委副书记汪锋兼任，副处长就是于桑。看郑琏文化挺高，还上过黄埔七分校，关中保安处指派丁超科长专门跟他谈了话。丁超认为郑琏有做地下工作的条件，让他就地学习了两个月。1945年冬天，郑琏被派回了国统区。

这里简单介绍一下丁超。为啥让丁超跟郑琏谈话呢？因为丁超是陕西凤翔人，凤翔与扶风同属陕西西府，丁超对扶风一带很熟悉。俩人年纪也差不多，丁超比郑琏大四岁。山东口音的郑琏如果不是真的在扶风当教师，丁超是很容易发现破绽的。其实，丁超本来不姓丁，他的本名叫王志贤，1936年从宝鸡虢镇省立二中毕业后，到家乡的陈村小学教书。一年后，他同校的教师丁新武介绍他加入了中国共产党。1941年，到了边区后，他改名丁超，可能和入党介绍人姓丁有关。

丁超入党之后，曾担任过地下中共宝鸡县委书记和凤翔县委书记，主要任务就是办夜校、培训党员、发展基层党支部；再后来，他主要负责跑买卖，比如把边区的羊毛卖到国统区，再从国统区把边区缺乏的东西弄过去，捎带着也做些护送地下党员进边区之类的事儿。1943年，丁超到关中分区保安处当科长，“抢救运动”中，他还被关押过。经他的手把郑琏派回国统区后不久，他调任新近成立的西府工委任委员，分管干部工作。他和省委交通员王生春一起，策动了他的凤翔老乡、国民党陕西保安六团三大队大队长董策成起义。董策成虽然只带了200人投到解放军阵营，却受到毛泽东的亲自接见。据说，毛对他的当面评价是："你起义在关中是第一次，由关中打开一个缺口，进来的人数虽然不多，但影响很大。"董策成是1946年8月14日率部起义的，8月26日晚，丁超在旬邑南官村宿营时，被巡逻人员开枪误伤，终年29岁。

再说郑琏。离开马栏，郑琏从柳林镇附近越过封锁线，回到国统区。他先跑到耀县，找到保安四团的陈立民，了解了该团人员编制、装备以及封锁线上的部署等情况，然后用约定的密写方法，向组织发回第一份情报。

郑琏落脚的地方，在宝鸡。通过同学介绍，郑琏认识了山东武城人郑鸿飞。郑鸿飞在宝鸡邮政储金汇业局当邮务员，跟外人，郑鸿飞说郑琏是他的本家弟弟。当然，郑鸿飞是知道郑琏的背景的。正因如此，他才心甘情愿为郑琏提供活动经费，并且介绍社会关系，扩大他的活动面。通过这些人，郑琏弄到了宝鸡警备司令部、虢镇兵工厂等情报。

为郑琏提供情报的人，除了孙元昌，还有一个重要的人物：卢文德。卢文德是山东莒县人，黄埔军校14期毕业，整编123旅的少校参谋。1946年春，整编123旅担任对陕甘宁边区的碉堡封锁任务，卢文德跟孙元昌住一个院子里，顿顿饭一起吃，俩人关系非常好。在封锁线上，卢文德有不少同学，消息很灵通。孙元昌把他发展过来，得到了很多整编123旅及封锁线部队的情报。后来，卢文德家迁到了西安，这儿就成了郑琏、孙元昌的落脚点。这一时期，郑琏传回的情报涉及西安绥署、西安城防和陕西警官学校等。

1946年夏天，经组织批准，郑琏在陕西省交通警察总队谋了个差事。但时隔不久，他就被调往河南。郑琏也没闲着，他陆续报回郑州绥靖公署、郑州机场、黄河以北国民党兵力态势以及花园口堵口工程局等情报。

1947年3月，胡宗南进攻延安之后，郑琏和组织上失去了联系。7月，郑琏接到了孙元昌的信，说整编123旅将有新的行动，要郑琏赶快回来。于是，郑琏不辞而别回到陕西。一个月后，整编123旅在沙家店被打得溃不成军，再没法成为情报来源，郑琏跟孙元昌一商量，干脆军衣一脱，跑到三原县一起去开磨坊了。孙元昌的夫人陈玉琴是三原女中的毕业生，孙元昌把家安在三原可能是这个缘故。

两个铁哥们儿也就磨了一两个月的面，1948年四、五月间，孙元昌的老上级、原整编123旅的副旅长甘树藩到驻扎在三原县的联勤总部第四分站分监部任主事，手下缺个放心的人事参谋，让孙元昌去。联勤总部的全称是国民政府国防部联合后勤司令部，是1946年6月1日国民政府国防部根据美国顾问鲁克斯的建议，参照美军的统一后勤体系而设立的，统一负责各支部队的后勤保障。孙元昌跟郑琏一商量，认为这是个好差事。作为后勤指挥机关，这里可以获得很多军事情报的。等孙元昌在那儿站住脚，他就跟甘树藩推荐了郑琏。这样，郑琏就成了第四分站分监部的一名作战参谋。

1948年8月至11月，胡宗南在澄合战役中损兵5万余人。为了阻击解放军的攻势，他除了在铜川、耀县、富平一线部署三个军之外，还以战斗力较强的65军为基础，另拨一个军编为18兵团，由65军军长李振兼任兵团司令，归西安绥署副主任兼第5兵团司令裴昌会统一指挥。裴昌会的司令部驻扎咸阳时，联勤总部第四分监部担负了裴昌会所指挥部队的一切后勤供应，包括武器弹药、粮秣被服、医药卫生、运输车辆等。所谓兵马未动、粮草先行，所有军、师、团的部署调动，都得及时通知第四分监部，以便密切配合，不误补给。作为作战参谋，郑琏的任务就是负责将这些通知记录于《参谋室工作日志》上，再送分监阅后通知执行。遇到有重大行动或者会议，裴昌会司令部还立即通知分监部去列席。由此可见，郑琏的位置有多么重要。

1948年12月初，组织上终于派交通员与郑琏接上关系，并将他掌握的裴兵团的情报带走。不久，组织上反馈了意见，认为他们提供的情报非常重要和具体，并且同意郑琏与孙元昌的请求：由孙元昌的太太陈玉琴、郑琏的太太郭淑惠分别在三原和咸阳以“军官太太”的身份作掩护，建立两个联络点，负责与交通员联系，转递情报。两位官太太不辱使命，这两个联络点基本上维持到了西安解放前，没出什么问题。

和吕出、徐学章、王冠洲他们的做法类似，为扩大情报来源，郑琏、孙元昌也积极打通各种人脉。第四分监部参谋主任胡剑青就是他们着力搞定的人物之一。本来，第四分监部负责联系裴昌会司令部的，是郑琏和一个刘参谋。郑琏主动跟胡剑青建议，说刘参谋工作太多，他愿意一个人跟裴兵团。把活儿揽下来，他又跟胡剑青建议，说人事参谋孙元昌手上事儿不多，让他过来给他帮忙。胡剑青迷里马糊地也答应了。于是，这份极为重要的工作就被他们二人给垄断了。通过胡剑青，这俩兄弟还认识了裴兵团司令部的作战处长李国英、情报处长黄思用等人，又通过吃吃喝喝、拉同学关系等方式，与主管《作战日志》的参谋交上了朋友。这样，这位参谋不仅给他们更加详细具体地介绍情况，有时候还干脆把《作战日志》直接交给他们，让他们随便摘抄。于是，不光裴兵团，连友邻部队甚至解放军的动向，他们都一目了然了。

1949 年 3 月初，有一次，孙元昌到裴兵团司令部，作战处的参谋告诉他，这两天没什么事儿。闲聊过程中，孙元昌无意间听见，作战处长李国英正在给耀县县长打电话，限期准备一个骑兵师的三日马料，不得有误。这个情况既未写入《作战日志》，第四分监部也并不知道。李国英为什么会亲自给地方上布置粮草任务呢？孙元昌回来和郑琏就犯琢磨了。胡宗南部队在耀县没有骑兵部队，那么这三日的草料是给谁备下的呢？答案只有有一个：甘肃过来的马家军。随后，他们又从马家军派来的联络参谋口中证实了这一判断，并且得知马家军计划到达淳化、耀县地区的准确时间。二人马上把这一情报传了出去。一野得到情报后，很快将领导机关及时转移，并且做好了战斗准备。很快，马步芳的爱将马得胜率部来袭。3 月 12 日，马家军与解放军在凤翔县的柳林镇展开大战。马得胜脱光上衣，挥舞马刀，身先士卒地向解放军阵地冲锋，结果被炮弹炸死。战后，马得胜的

■ 郑琏、孙元昌情报小组。后排由左起：郑琏、陈力民、孙元昌；前排：左起：郭淑惠与孩子；陈玉琴与孩子

尸体被运到了咸阳，裴昌会组织司令部的军官进行了吊唁。孙元昌、郑琏也混在人群中，亲眼目睹了马得胜的遗容。

至于胡宗南放弃西安的情报，他们二人是通过一些细节预先获知的。有一次，孙元昌跟第四分监部主管粮秣的一个同事在闲聊中得知，政府1948年没有给西安最大的咸丰面粉厂调拨下一年度磨制军粉的小麦。他们敏感地把这个情报传递出去，组织上认为很有参考价值。

1948年8月，刚当陕西省主席不久的董钊到南京参加过一次军事会议。那次会议，能去的兵团司令以上的官儿乎都去了。会上一片悲观失望的气氛，提出了一大堆问题，没有一件能够解决。蒋介石和大家见了个面，但什么话都没说就哭丧着脸走了，会议无果而终。散会前，参谋总长顾祝同让大家好自为之，大家听了都觉得泄气。回来后，董钊跟他的一个亲信说，半年前，就没人相信能打败共产党，现在更没有希望，只好听天由命了。这话由那个亲信嘴里说出，传到了在陕西保安十团当连长的陈立民耳朵里。这个保安十团，实际上是董钊的警卫团。所以，陈立民的情报是靠得住的。诸如此类的风吹草动，郑琏、孙元昌都会整理成情报，传递出去。

1949年的春天匆匆忙忙就进入了尾声。一天夜里，裴兵团司令部情报处长黄思用来电话，说有特别紧急的情况，要分监部指挥所主任快去。"主任这会儿不在，我能替他来吗？"郑琏接过电话，马上想到争取去跑这趟腿儿。他到了之后，黄处长告诉他，胡长官和裴司令刚开完军事会议，决定放弃西安撤到宝鸡。"这个行动计划你可以看一下，有关的内容可以摘记。"黄处长随手把一个本子交给郑琏："这可是绝对的军事机密，不能泄露。我和你们主任是朋友，才想着尽快告诉他，省得你们到时候手忙脚乱。"黄思用对这个天天见面的作战参谋印象不错，拿他没当外人。郑琏把本子打开，原来，胡宗南各部队后撤的时间、路线和到达扶眉一带的预定地点一目了然。没有这样的情报，解放军日后怎么可能在扶眉战役中准确地穿插到诸如国民党38军军部后面去呢？

郑琏回去后，连夜先把情报写出来，交给交通员送出去，然后才去叫醒了正在睡梦中的分监部主任，向他作了汇报。

离开西安不久，裴兵团后勤机关被压缩整编，第四分监部被裁撤了。为了继续搞情报，孙元昌想办法调到了李国英当处长的裴兵团作战处，当了个参谋；郑琏也由李国英介绍，到宝鸡城防司令部参谋科当了个作战参谋。宝鸡城防部队其实就是青年军214师，师长王菱舟是城防司令。

7月13日，王菱舟接到命令，让他保住宝鸡，先在前沿抵挡一阵儿，然后撤到北面陈仓山主峰防线，凭借永久性工事死守，以吸引解放军，绥署再调集主力进行反包围，形成内外夹攻。于是，王菱舟口述，由郑琏起草了一份命令，然后他带着郑琏和一些随从到火车站，向"元龙"部队司令部的两个团以及西面的保安团下达命令、检查部署。所谓的"元龙"部队，其实就是有两辆装甲列车的铁路交警旅。扶眉战役后，裴兵团全线溃退，混乱中孙元昌、郑琏与交通员失去了联系。这会儿，郑琏正遗憾好不容易弄到的宝鸡城防构筑图送不出去，晚上8点左右，胡宗南又下令放弃宝鸡、退守秦岭。王菱舟接到命令，午夜12点撤退时，他必须把宝鸡的铁路桥、渭河公路大桥和西北地区最大的机车修配厂统统炸掉。晚上10点左右，东南前沿的枪声已经响成了一片，解放军已经越来越近了。难道就这么眼巴巴看着他们把铁路、公路和工厂都炸了吗？郑琏心里很着急。"交警旅可不能掉链子呀，这帮人！"听到王菱舟这样念叨，郑琏赶紧自告奋勇："要不，我去看看？""好！你告诉他们，务必坚守到12点以后才能撤，每隔半小时，要用电报跟我联络一次。"王菱舟觉得郑琏人挺机灵，办事儿应当靠谱。

交警旅防守铁路的东面，铁路两侧有野战工事，再后面，铁轨上有两列铁甲车以炮火支持。郑琏一看阵地就更明白，再拖俩小时，部队都撤了后，王菱舟一定能按照原计划，将铁路、公路和工厂统统炸了。怎么阻止计划执行呢？只有把交警旅弄走，让解放军从正面突进市区来。可怎么把交警旅支走呢？谎报命令让他们撤？人家一个电报就能核实。

冒着枪林弹雨，郑琏钻进了交警旅长所在的铁甲车，旅长以为有新命令："师长有新命令？""没有，还是守到12点才能撤。"一听郑琏这话，旅长开始发牢骚："妈的，步兵哪儿都能跑，我们是捆在铁路上的甲虫，待会儿让共军把后路断了，我们怎么跑？"郑琏递上去一根烟，趁点火时，悄悄在旅长耳边说："这就看你怎么想了。反正你们也是临时归王师长指挥，要是我，还是活命要紧。你不跟他发电报，将来就是上军事法庭，他不是也没证据嘛。"旅长是个爱读《水浒》的人，他觉得山东人就是义气，尽管他跟郑琏交情不深，关键时几句话，人家就点醒了他这个梦中人。

郑琏跑下装甲车，一直停在那儿的装甲车向西开走。铁路桥上，工兵们正在安放炸药、布导火索。“快跑吧，共军马上就打过来了。没看旅长都跑了吗？”工兵排长看到装甲车开动，本来还没做出反应，经他这么一说，也觉得情况万分危急。抬头看看，交警旅的步兵也拥过来了。解放军的枪声也确实更近了，排长一声吆喝，一排人丢下炸药、导火索，从桥上跑得光光的。

事儿办完了，自己是不是也该跑了？郑琏在桥上抽了一支烟，然后决定还是摸到城北的宝鸡城防司令部，向王菱舟交差。他想试着把王菱舟拖住。一进院子，王菱舟正骂骂咧咧，让手下人赶快把东西上驮子，准备集合往外撤。一看郑琏，脸拉得老长：“你怎么搞的？元龙部队根本联系不上，共军怎么都到了东闸口啦？”“我是按师长的吩咐跟他们交代的，我走的时候，他们都还在坚守阵地，谁知道后来咋回事儿？”“妈的，这事儿完不了，上面饶不了我，我也饶不过他们。这事儿非得追查。”王菱舟匆匆将师直部队集合起来，沿着后山边一条小街向南跑去。

再跟下去，就危险了。郑琏乘着夜色，悄悄躲进了一间小屋里，直到天亮后，满街都是解放军。

■ 解放军在缴获的铁甲列车上清理战利品

■ 郑琏 1950 年 12 月于南疆塔什库尔干洛甫盖子

第三节　兽医官陈汝杰与他的“一匹好马”

1945年8月中旬，一个黑黑、瘦瘦、身穿旧军装的湖北小伙子来到驻扎洛川的国民党165师师部，请求留在军中服役。

165师隶属36军，军长钟松。36军是国民政府军事委员会用于封锁陕甘宁边区的一支战略性部队。一个多月前，蒋介石到西安视察，胡宗南抓住机会跟他建议，编组一支特种军，以长期担负封锁任务。一来可增强各封锁部队的实力，二来在表面仅对延安方面使用了一个军的番号，避免了舆论影响。胡宗南在得到老蒋的批准后，选定以第36军为基础实施改编，使军辖有5个师，每个师辖有4个团，各团又都以四四制编组，全军官兵达7万余人。其守备线西起宁夏固原，经庆阳、平凉、榆林、洛川至宜川，封锁线长达1300余里。对于军长人选，胡宗南决定以曾经执行封锁任务达一年半的钟松来担任。7月6日，钟松被发表为36军的中将军长。

钟松是黄埔二期的学生，本来，他考上的是黄埔一期。可刚到学校上学，他却感染了伤寒，并且病情加重，逐渐生命体征衰弱，被校医误诊为人已死亡，送进了太平间。赶上他一个老乡心里难过，想再看他一眼，结果在太平间里发现，他还活着，这才把他救了出来。钟松病得不轻，等病好了，已经赶不上第一期的学习了，校方只好让他上了第二期。在黄埔二期学员中，钟松算是佼佼者，很能打仗。因为从日本人手中收复云南芒市功勋卓著，钟松也成为青天白日勋章第138位获得者。解放战争中，钟松也让解放军吃过很多苦头。比如1947年8月，钟松亲自率一个加强营携带5天干粮为先头部队，日夜兼程地向榆林增援，途中顺利绕过西北野战军新4旅的阻击防线，赶到榆林城外，解了榆林之围；当年10月，他还带了4个旅，突破了徐向前的狙击，解了运城之围，并一举烧了城下的4万块门板，导致晋南解放区几十万军民过了一个寒冷的冬天。虽然沙家店战役他吃了彭德怀的亏，123旅的两个团被歼灭，但1948年5月，彭德怀攻占宝鸡后，钟松抓住战机，一改前一阶段行动谨慎的做法，以日行百里的速度高速突进，连续数次冲散、后撤解放军的行军纵队，致使西北野战军蒙受重大损失，彭德怀跺脚骂他为“打不死的钟松。”后来，壶梯山一战，钟松吃了大亏。总结会上，钟松见绥署避开判断失误见死不救的责任，反将罪名全部加在自己身上，当即站起反唇相讥，搞得胡宗南下不了台，胡宗南当场宣布给他以“撤职留任”的处分。这样，钟松就成了西安警备司令部中将司令，也就是杨德亮的前任。

还是让我们把目光回落在1945年夏天那个想到165师服役的湖北小伙子这儿吧。来人名叫陈汝杰，湖北应城人，时年25岁。陈汝杰国字脸，相貌英俊，是个很容易给人留下好印象的人。1939年，他从国民政府军政部陆军兽医学校短训班结业，然后到第5师当兽医官。后来，有老乡介绍他到榆林的22军当兽医官，任命书都给他寄到了手上，于是，他离开5师驻扎的四川巴中，经陕南北行。可是，到了陕甘宁边区地界，解放军不让他过境，榆林去不成，路费也花完了。实在没办法，他只好投到165师门下。165师当时的师长是李日基，这支部队算是钟松的王牌。师参谋长和政治部主任都和陈汝杰谈了话，盘问了他一些细节问题，虽然没发现什么破绽，但也不能消除怀疑。可小伙子有文化，又是从兄弟部队来，正是用人之际，165师没有道理将他拒之门外。于是，陈汝杰被任命为师政治部的少尉司书，干些抄抄写写的事情，算是边使用、边考察。

陈汝杰兽医官没当成，却和“一匹好马”住到了一间房子里。他的同室名叫刘良骥，“良骥”，不就是“好马”吗？刘良骥是政治部的中尉干事，负责编师部出的一份《扫荡简报》以及一份上报西安绥署的例行《月

■ 西安解放后，陈汝杰（中）与边保情报科同事合影

报》，同时负责管理陕甘宁边区收集来的书报。两个年轻军官刚开始都客客气气，但两个月处下来，俩人就觉得挺对脾气。夜里躺在床上神聊，俩人的话题也就越扯越宽，甚至每每聚焦在国共两党的优劣评价上。他们的观点往往又不谋而合、离经叛道，和那些共产党报刊上的观点没什么两样儿。“知道为什么让你跟我住一个屋子吗？”有一天，刘良骥终于先捅破了窗户纸：“我是奉命监视你的。”刘良骥告诉陈汝杰，他过去上过青岛师范，在校期间，他就和共产党有过接触。到了洛川，利用工作之便经常看到延安出版的书报，他更是认为，中国的未来属于共产党、而非国民党。“好了，现在该轮到你跟我坦白了。你在5师待得好好的，千里走单骑去榆林投22军，谁信？你怕是去投共产党的吧？”

天机就这样被他一语道破。有了这两个月的接触，陈汝杰对刘良骥心里已经有了底儿，索性跟他从实招来。他也清楚，靠他一个人单枪匹马，他在165师什么事儿也干不成。于是，陈汝杰也就跟刘良骥说了实话。

刘良骥猜得没错，陈汝杰从巴中往榆林跑，说是去投22军，实际上就是想去延安。那个年代，很多有文化的年轻人投身革命，都和高孟吉相似，一是读了些思想激进的书刊，二是身边遇到了一些对现实严重不满的人。第5师抗战期间曾驻扎桂林。这个时期的桂林，可是个文化人扎堆儿的地方。欧阳予倩、田汉、夏衍、焦隐菊等人，都曾在这里生活。陈汝杰读到了斯诺写的《西行漫记》等书，他对延安充满了神秘感。1944年，桂柳会战中，中国军队惨败。陈汝杰等年轻军官常在一起交流，对国民党军队非常失望。部队驻扎巴中休整的时候，陈汝杰下了投奔延安的决心。为此，他做了一些准备：请朋友帮忙，在驻扎榆林的22军给他找了个差事，理由是22军有骑兵，他这个兽医官可以有更多的用武之地。不久，那边给他寄来了调令。在第5师，陈汝杰本来就是个可有可无的小“弼马温”，再拉上老乡跟长官说说话，也就给他签字放行了。有了这张调令，他行走国统区就畅行无阻了。

要投奔共产党，陈汝杰当然也要做些功课。在桂林结识的一个朋友告诉他，到了临近陕甘宁边区的富县交道镇，去找某某某。通过这个人引荐，陈汝杰见到了两位边保富县情报点的干部。这两位读者都不陌生，他们一位就是后来在韩城与高步林做过搭档的史志春，另一位就是上华山和保6旅旅长韩子佩签《和平公约》的王夕文。

国统区青年投奔解放区，常规的思路都是去延安，在那边上学。尽管有人介绍来，但因为对陈汝杰的真实情况和意图并不摸底，史志春跟他很客气地谈了话，建议他就立足于洛川，到165师谋个职，给他们搜集情报："边区和国统区都可以进行革命工作，以你的条件，立足国统区更能发挥作用。"史志春专门给他教了如何用白矾水密写情报，并且告诉了他一个富县交道镇的地址："信寄到这儿就行。"当然，史志春还教了陈汝杰一些瞎话，这些瞎话在应付165师参谋长、政治部主任审查时起到了作用。

派陈汝杰去洛川，也并没有给他配交通员，这一点，和晋冀鲁豫部队派出吕出时差不多。陈汝杰在《扫荡简报》任司书时，给富县交道镇寄过三封信，都没有获得回复。陈汝杰意识到，他这个职位活动范围有点小，弄到的情报价值不高。于是，陈汝杰给南京军政部兽医司写了封信，要求专业对口，去干他的兽医老本行。对于一个下级军官的这样一个合理要求，兽医司理所当然地予以批准。这样，陈汝杰就调到了兼管兽医工作的165师军医处，成为一名上尉兽医。因为他干过司书，所以，他在军医处也兼做文书工作，负责处理一些相关的文件。但陈汝杰对人的兴趣其实比对马要大得多，不久，他就又跳了回槽，到通讯连当指导员了。为了解决情报传递问题，陈汝杰与刘良骥商量，觉得有必要再去一次陕甘宁边区。1946年春，师里成立了一个检阅团，到各团检查工作。这检查的内容就包括牲畜的喂养状况，刚好军医处兽医不够，检查团就把陈汝杰抽了去。因为检查团有机会去国共边境，所以陈汝杰态度很积极。结果，陈汝杰果然找到机会，溜到了富县的坊镇，在这里再次见到了史志春，以及负责这里情报工作的高仰山。陈汝杰这回带去了国军刚刚重新颁发的《剿匪手册》等情报，重点汇报了刘良骥的情况。高仰山、史志春同意吸收刘良骥为组织工作，指示他们长期在已经称为整编165旅的部队进行潜伏。至于联络方式，高、史二人为他们确定了两种：其一，"老虎不见面"，指定在洛川北郊坟场某个墓碑下为放情报的地方，陈汝杰、刘良骥只管放，有人来取；其二，为他们指派了一位名叫杨把虎的交通员，专人单线联络。

这以后，陈汝杰、刘良骥就和吕出、徐学章、王冠洲他们一样，开始广交有用的朋友。他们的方法也差不多，无非是一起吃吃喝喝、打打小麻将、唱唱戏，只不过吕出他们唱的是眉户戏，而陈汝杰、刘良骥他们唱的是京剧。刘良骥在西安战干团时的同学有个表哥叫冯集义，是军统洛川组的头儿。刘良骥通过这位同学，跟冯集义混得烂熟；此外，165 师政治部少校谢纯阶、军医处卫生队刘胖子等，都是他们的重要情报来源。如此一来，165 师的建制、序列、人员、马匹、武器装备、营以上军官的简历、政治态度、性格及他们之间的相互关系、洛川每次“党政军联席汇报会”的内容等，边保方面都知道得一清二楚。有一回军统洛川组派了个特务以商人面目去延安，一去就让延安给抓了，几大车布匹也都搭了进去。165 师李日基师长排挤前任的人，命少校参谋陈季椿潜入边区搞情报。陈季椿不满李日基派他去送死，不辞而别。本来这样的事儿，只有 165 师的少数人知道。但边区的《解放日报》居然很快登出了这事儿，气得李日基在师部开会时破口大骂。

陈汝杰、刘良骥报回的最重要的情报，是整编 36 师将协同马步芳部队于 1947 年 2 月突袭“囊形地带”。得到这个战略情报，陕甘宁边区关中分区驻扎的西野两个旅及党政机关得以及时转移。

在胡宗南军队大举进攻延安之前，他们给边保方面最后一次传回的情报，是绥署颁发的《地对空联络信号》。这以后，陕北这边，国共双方都处于流动状态中，居无定所，他们和组织上再次失去了联系。原来，除了配给他们的交通员，高仰山、史志春他们还给他留了一个备用的联络人，此人名叫畅延权，在宜川国民党县政府工作。刘良骥好不容易跑到宜川，对暗号联系上了畅延权，畅延权却已经跟组织上失去了联系。

1947 年 8 月，沙家店战役之后，整编 165 旅到了绥德，这里又成了国、共交织的地方。陈汝杰、刘良骥一商量，决定由刘良骥以“被俘”的方式去找组织。10 月份，整编 165 旅自绥德南撤，刘良骥半道装着肚子疼、要去拉屎，落在了后面，等着解放军把他俘虏。听他说了自己的身份，部队就把他送到了绥德保安分处。那时候，边保要电台没电台，要电话也没电话，绥德分处处长裴仰斗对刘良骥的说法将信将疑，又没法进行核实。于是，他把刘良骥先关进监狱，一方面派人去跟边保核实他说的这些情况，一方面给刘良骥也派了个活儿：在狱中作卧底，注意发现战俘们谈话中有没有什么有价值的情报。结果，刘良骥这牢还真没白坐，通过狱友们的交谈，他发现曾任兰州警备司令部稽查处长、国防部二厅上校特务组长牛增会居然隐姓埋名，以一个下级军官的身份混在他们中间。到了12月，刘良骥的身份问题终于搞清，他被送到绥德宋家川阎家渠，在这个西北局社会部兼陕甘宁边区保安处机关的临时办公地，他见到了于桑和周兴。听了刘良骥的汇报，周兴等人决定让他到西安立足，继续进行情报工作。最后一次和刘良骥谈话的人，居然是周兴和中共中央书记处办公室主任、毛泽东的俄文翻译师哲二人。他们给刘良骥布置了任务，又亲自核准了于桑等人帮他准备的"逃出边区"的口供。接下来，刘良骥由于桑带到了黄龙地委，再由史志春等人护送出境。

1948年3月初，宜川战役结束之后，整编165旅退驻到白水县。在这里，刘良骥终于见到了陈汝杰。他向陈汝杰传达了上级的指示，即要他们脱离整编165旅、到西安、宝鸡、天水、兰州等地寻找社会关系，立下足之后再和边保商定今后的联络方式。这时候，他们在165师政治部的同事谢纯阶已经在西安绥署新闻处当上了中校人事股长，刘良骥就利用这关系，先调到西安绥署新闻工作队立足。当然，和别的被俘超过两个月的国军军官一样，他也得先在干训班受训并接受审查后，才能重新上岗。

4月份，利用一次到西安出差的机会，陈汝杰进入边区宜君，再转到黄龙地委所在地石堡，见到了黄龙保安分处的于桑处长。于桑除了给他面授机宜，还给他重新安排了一个秘密交通员。6月底，还是通过谢纯阶，陈汝杰到驻宝鸡的144师431团政工室当了干事。11月16日，这个团在荔北战役中被歼灭，陈汝杰回到于桑手下，协助同西安的刘良骥进行联系，并且做争取谢纯阶的工作。这个时候，谢纯阶已经调到了联勤总部西安陆军总医院政工室任中校主任，刘良骥也就跟着调到了他的手下，当了政工室的少校干事。眼看国民党大势已去，又有好兄弟刘良骥牵线搭桥，谢纯阶不久就正式倒向了共产党这一边，和刘良骥一样，成为一名地下情报人员。从他们这一渠道，边保方面源源不断地得到联勤总部所属第七补给区的供给范围、西安的兵站、医院、警卫部队、后勤部队等情况，还拿到了西安城防略图、《西安市电话簿》、胡宗南与陶峙岳密谈准备放弃西安集结宝鸡等情报。谢纯阶随医院迁到汉中后，情报仍不断送出。

第四节 刘奉先：把电台藏在董钊家里

1949年5月2日，西安绥靖公署、陕西省保安司令部等机关撤离西安。3日深夜，这大批人马连同家眷抵达汉中。胡宗南和绥署机关人员住在汉中城内，联勤总部第七补给司令部住在褒城，保安司令部住在了城固。董钊夫人同毓君带着儿女们在城固县城一个大户人家的院落住了下来。这个时候，她的女儿董彦明在西北大学上学，并且和一个同学正在热恋中。这个小伙子名叫张世杰，是个很有教养的年轻人。他到董家已经去过多次，同毓君对他印象不错。这次因战乱逃出来，同毓君同意了女儿的要求，让张世杰跟着他们一起行动。不过，那个时代、那样的家庭，思想可不像现在小年轻儿谈恋爱，动不动就住到了一起。到了城固，虽然住进了一个院子里，但张世杰单独住一间厢房。董钊夫妻做梦也想不到，准女婿的房间里，竟然藏着一台准备跟共产党联络的电台。

策划这件事的人，此时正住在褒城的后勤补给司令部里，像一个摆弄提线木偶的艺人一样，轻轻地将缠在手指头上的线这个提起、那个放下。

时年29岁的联勤总部第七补给区司令部中校视察官刘奉先是个“三岁卖蒸馍，样样都干过”的主儿。刘奉先是山西平陆人，因为家贫，只上了三年初小就辍学当了学徒，后来，又相继干过厨子、小镇上的税收员。虽然书念得不多，但刘奉先打小聪明，爱学习，自己识了不少字。“七七事变”后，国民政府军事委员会干部训练团招人，刘奉先去应考，居然考上了。转年，他又考上了“中央陆军军官学校”16期。这个时候，黄埔军校总校已经由南京迁到了成都。刘奉先毕业后，当过少校副官、伤兵运输站的中校站长，应该说混得还不错。但抗战后，他却跑到了北平，屈就于一个军车维修厂的警卫队长。这期间，他通过一个同乡军官认识了大学教授姚青苗。姚青苗比他年长5岁，山西临猗人，一口晋南话让他们一见如故。除了教书，姚青苗还在北京开了一家书店。书店离军车维修厂也不远，一没事儿，刘奉先就跑这家书店去看书。遇到姚青苗在，他还会跟姚青苗讨教一些问题，姚青苗的回答常常让刘奉先有如醍醐灌顶、茅塞顿开。有回临走，姚青苗塞给他一本《大众哲学》。回去看了之后，刘奉先更是思前想后。书上说，社会发展是有着自己的客观规律的，这个规律是任何人想挡也挡不住的。看看眼前物价飞涨、老百姓怨声载道的现实，刘奉先觉得自己站在了一个十字路口，他必须在国民党和共产党之间做一个抉择。但是，如果想找共产党，又到哪儿去找呢？再去书店，他就把自己的内心苦闷倾诉给姚教授听。

直到新中国成立后，刘奉先才知道姚青苗是个什么样的人。姚青苗原名姚玉祥，1932 年，17 岁的他就开始发表作品，同年，他就加入了“左联”。抗战前后，姚青苗曾任多种文艺报刊的主编，在运城、太原、西安、北平、上海、武汉、重庆、昆明等多个地方办过刊物。在西安，他主编过《骆驼文艺》；前“创造社”成员郑伯奇和他成立过“新风文艺社”；北平时期，他创办过曾经闻名的《雪风》刊物，后来一些大型的文学辞书也都有相关的记录。1938 年，姚青苗还去过延安，上过鲁艺。但是，跟刘奉先，姚青苗并没有露过他的底儿。经过多次交谈，姚青苗告诉他，在北京他确实没有门路。但是，在西安，他有位朋友年轻有为，交际很广。西安离陕甘宁边区近，找到这个朋友，说不定能给他帮上忙。

这样，1947 年夏天，刘奉先谢绝了朋友的挽留和许给的升迁机会，告别了正在恋爱的女朋友，只身来到了西安。照着信封上的地址，他在一个背街小巷找到了一个名叫湖南会馆的地方，见到了姚青苗所说的刘布谷。听说是姚教授介绍来的，刘布谷和他太太白凤仪对他很热情。刘布谷

■ 刘布谷、白凤仪夫妇与孩子们于新中国成立初合影

在西安绥署司令部当中校科长，自打来到西安，刘布谷这儿就是刘奉先经常去的地方，刘布谷对刘奉先的思想状况有了比较深的了解。1948 年元旦过后，有一天，刘布谷突然到刘奉先住的地方找到了他。刘奉先在西安有个同乡，是联勤总部第七补给区军法处的处长，名叫张永芳。多年来，张永芳对刘奉先一直很关照。刘奉先一到西安，张永芳就没拿他当外人，刘奉先吃住都在他家。在张永芳家，当然不便说话，俩人就一起来到街上。走不远，就是莲湖公园。在公园里，四顾无人，刘布谷很严肃地告诉刘奉先，组织上同意他为党工作，但不是去陕北，而是留在西安搞情报，由他领导，他们以后是单线联系。为了工作方便，已经给他找好了工作。过完春节，他就可以到联勤总部第七补给区上班。

其实，刘布谷本名叫刘云彪，湖北武岗人，当年在家乡时，曾创办过小学，自任校长。抗战期间，刘布谷在桂林市国民党联勤总部江南兵站统监部经理处当上了上尉预备员。在后来改任桂林市动员委员会干事时，因工作关系结识田汉、夏衍、欧阳予倩、寇瑜等进步人士。1946 年，刘布谷先调到联勤总部第五补给区当粮秣科长，年底又辞去军职创办了《雪风》半月刊。这时候，他是社长，主编就是姚青苗。给他们杂志写稿子的作者，据说有社会学家费孝通，后来当过云南大学校长、写出长诗《阿诗玛》的李广田，还有后来写出长篇小说《李自成》的姚雪垠等人。《雪风》被查封后，他又经人介绍跑到西安，在西安绥署当了一名中校副科长。

再说刘奉先。春节一过，他果然当上了联勤总部第七补给区司令部的中校视察官。第七补给区负责西安绥署几十万部队的后勤保障，从经费、粮食、被服、武器弹药，到交通车辆、通讯设备等，甚至可以直接指挥各级军事医院，在陕西全省的交通要道，都设有分支机构。这个时候，程开椿已经接替周士冕当了第七补给区的司令。程开椿是胡宗南的亲戚，他牛，他的部下也就牛。毫无疑问，补给区就是一座情报富矿。

但是，要搞情报，就要有很好的人脉。刘奉先很用心地寻找可以发展为情报关系的人。第一个人选，是司令部主任秘书姚树人。此人是中央军需学校毕业，为人正派，办事持重，深得他的处长器重。有时候处长不在，他就受命负责全面工作，并代处长出席程开椿召集的核心会议。凡有军事行动，首先就得考虑吃饭问题。而粮食储备供应，就是他日常主管的业务。

姚树人还有个有利条件：司令部每周印发一次所属部队的驻地表，其中包括番号、原驻地、新驻地、人数、战斗力、司令官姓名等。这种绝密材料本来只发给核心领导，但发给处长的这一份，归姚树人保管。赶巧儿，姚树人是运城人，跟刘奉先是老乡。所以，上班不久，刘奉先就彬彬有礼地找他拜过山门。有了这层关系，姚树人就拿刘奉先当了自己人。姚树人有点疾恶如仇，私下里，少不了骂上司心太黑，骂国民党腐败无能。刘奉先又火上添油般给他弄些禁书看，让他知道些更深层次的东西。于是，看着看着，俩人就成了哥们儿。国民党也到了墙倒众人推的时候，姚树人很愿意助上一臂之力。等他心甘情愿地把自己掌握的军事机密无保留地提供给刘奉先，俩人就已经站在了同一个阵线，成为工作上的上、下线了。

刘奉先发展的第二个关系名叫石士超，还是山西人，是高中毕业后当兵的，在补给区司令部军械处任中尉收发。小伙子对共产党没什么概念，但对国民党却是一肚子牢骚、怨气。石士超文化水平比较高，很好沟通。刘奉先把他争取过来，没费太大的劲儿。这以后，凡属上级军事机关如国防部、西安绥署等下达的武器装备分配调拨计划、西安绥署所辖各军师装备分配计划等有关影响战斗力变化的文件资料，只要经石士超之手收发传递的，能全抄就照抄，无关大局的就摘抄，然后交给刘奉先。小伙子写一笔好字，即使匆忙写成，也让人看着像硬笔书法。

第三个关系木子李，这里，我们姑且隐去他的名字。刘奉先跟木子李攀不成老乡，因为这位老兄是个河南人。此人跟姚树人是同学，中央军需学校毕业，在补给区司令部军法处任中校法官。用现在的话说，木子李情商很高，算得上个公关先生。在西安，他三教九流、结交不是一般地广。特别是工商界的有钱人，他结识不少。跟有钱人老在一起混，少不了就得讲点排场。靠自己那点薪水，当然杯水车薪。于是，木子李少不了利用职权贪污受贿。别人饿着，就他撑着，这就得罪人了。于是，军事法官木子李被抓了起来，等待他的，很可能是法官同事对他的一次开庭。这很残酷，有点木匠戴枷的味道。在这木子李个人万分危急的时候，他遇到了贵人。刘布谷要在西安城里搞个门面经商做生意，掩护一些地下联络，需要有个灰色人物来充当这个经理。经他和刘奉先商量，觉得木子李比较合适。因为刘奉先跟木子李的处长关系好，处长发话，没等开庭，木子李就给放了。出来以后，刘奉先成了木子李的恩人。以后开这个店，木子李倒是忠心耿耿，直到西安解放，没出任何娄子。通过这个店，刘布谷把刘奉先搜集来的情报，一一传递给了组织。

1948年9月，为加强和统一对情报工作的领导，配合西北解放战争，中共西北局出台了一个《关于加强情报工作的指示》即著名的《申鱼指示》，其中提出：

为了有力地配合西北战场进攻的胜利形势，加强革命的情报工作已成为目前十分迫切与重要的任务。因此，全党必须从思想上、组织上、业务上重视这一工作。由于我胜敌败及由此而产生敌内部的分化与动摇，以及蒋管区我广大情报工作已具备了有利的条件。全党动员起来，为战胜敌人建立情报工作而斗争！

按这个指示精神，在西安解放前夕，一批有关的情报系统的工作和干部，陆续汇合到了西北局社会部，也就是边保。刘布谷、刘奉先小组就是这期间被交到边保的。

胡宗南撤往汉中之前的一个深夜，刘布谷找到刘奉先，向他传达边保的指示：为继续掌握胡宗南的战略情报，组织上决定以刘奉先为主，成立一个能单独活动的情报小组，随着胡宗南军队南下。刘布谷交给刘奉先这样一个名单：西安绥署上校科长王倚霞、联勤总部第七补给区司令部上校科长戴丹枫、某骑兵旅中校科长杨开元、西北大学学生于遵辅和张世杰，还有原来刘奉先情报组成员石士超。除了这些人，解放军大荔军区机要科长高怀廉也将带着电台随他们行动。张世杰是董钊女儿董彦明的男朋友，他的任务是借与董彦明的恋爱关系，掩护这部电台；而于遵辅是这个小组的交通员，负责从各个点收集回情报。撤退时，有单位的随各自单位行动，没单位的，穿身军装随刘奉先行动。人好办，那电台怎么办呢？他们商定，将电台拆成零件，分散在私人的铺盖里，搭军法处的汽车一起走。有张永芳这么个保护伞，没人敢轻易查这辆车。

一到城固，高怀廉就告别继续赶往褒城的刘奉先，在街上找了个铺面租了下来，摇身一变，成了个小杂货店老板。等稳定下来，一天晚上，他以找朋友聊天为名，来到董钊府上找张世杰。他要在张世杰的房间里，做电台收发报的准备。张世杰的任务是：白天和董彦明一起学习，晚上电台工作时，他负责警戒周围动态。王倚霞、戴丹枫、杨开元、石士超负责各自在岗位上收集情报，身穿军装、携带中尉军官证件的于遵辅则来往于汉中、褒城和城固之间，保持交通联络。而待在褒城的刘奉先则尽量避免抛头露面。为了确保电台的正常运转，通过张永芳，他又结交了一个姓王的宪兵连长。

什么都理顺了，电台却出了问题。高怀廉当宝贝一样带来的这部电台，是抗战时八路军从日本鬼子那儿缴获来的一台老旧收发报机。虽然被大卸八块藏在被子里，但这一路颠簸，还是要了它的命。高怀廉检查了半夜，发现是有个部件失灵了。因为不知道型号能不能对上，王倚霞找关系从绥署无线电资料库房里弄到一箱子零件，交给了刘奉先；刘奉先赤膊上阵，冒险闯过两道检查站赶到城固，高怀廉一试，还是不行，零件不配套。去西安找组织解决？那跟白日说梦差不多。且不说这一路会有多难，就是找到彭德怀，他手上也不一定就有个闲置没用的日本收发报机呀。想来想去，刘奉先决定带着高怀廉去趟成都，因为他听说成都黑市上有人倒卖美军的通讯器材。只要钱给得到位，别说零件，说不定整部收发报机都能买回来。刘奉先拿出自己的全部积蓄，又卖掉了手表、派克笔等所有值钱的东西，凑足了五两黄金，悄悄带着高怀廉上了路。在成都，他们在传说中的黑市找到一个卖收音机的商店，说要买台美国的高级收音机。老板是个上海人，小头梳得油光水滑："有，有！里面请，二位。你们看这台怎么样？保证能收到延安电台的新华广播！"老板把俩人让到里间，随手关上了门。这边，高怀廉在装模作样地试收音机，刘奉先跟他开门见山，问他有没有收发报机。他已经看出，上海老板是个纯粹掉到钱眼儿里的家伙："实不相瞒，我们长官在做点药材生意，得和香港联系，我们需要的，是一部收发报机。你这儿有吗？"结果，一番讨价还价，老板果真搬出了一台九成新的美式收发报机。

读者会纳闷，刘奉先怎么能擅自离开第七补给区，跑到这么远的地方？原因很简单：乱！胡宗南这边兵败如山倒，每天都有人开小差走人。大家都自顾不暇，只当刘奉先开了小差。可是，电台刚运回城固，形势又变了。随着解放军步步紧逼，胡宗南已经把各总部机关从汉中撤到了四川绵阳；绵阳立足未稳，又撤到了成都。刘奉先买去的电台，居然回到了故地。这个时候，已经到了1949年11月。胡宗南部队已经到了土崩瓦解的阶段，这个起义，那个投诚。电台最终没有派上用场。

说到这个电台，还要交代一下西安军事情报组的杨荫东。1949年5月，崔一民跟杨荫东传达赵伯平的指示，让他随胡宗南撤往汉中，组织上派了一部秘密电台，到汉中会跟他联系。5月10日，杨荫东随补给区司令部撤到褒城。他和刘奉先就在一个地方，但他们相互之间根本不认识。为了保障那部电台能正常运行，杨荫东在四川剑阁补给区所属的第51后方医院专门安置了一个秘密联络点。但直到11月初，胡宗南从汉中撤往成都，也没见秘密电台的人来找他。他当然不知道，那部藏在董钊家里的电台坏掉了，尽管刘奉先他们费了不少劲，最终也没有用成。11月下旬，补给区司令部决定将随军家属送往成都、绵阳一带，杨荫东乘这个机会在剑阁下车，躲到了那个秘密联络点负责人的家里。12月，剑阁一解放，他就找解放军18兵团民运部，公开了身份。余秋里听说后，还专门来他的住处看过他。1950年1月，西北局社会部派人把他接回了西安，并且任命他为情报科的副科长，和张继祖、袁心湖搭班子。不久，他就调到了北京，在中央调查部下面的对台办工作。“文革”后期，他任对台办副主任，参与了对战犯的特赦工作。1979年，邓小平亲自主持对台工作，对台办成为中央直属单位，杨荫东先后担任对台办副主任、主任。离休后，他还担任过黄埔同学会的秘书长、专职副会长。

随着战事逼近成都，国民党大员开始陆续飞往台湾。有资料记载，张世杰成功说服了董彦明，她没有跟着家人一起上飞机。但事实上没有跟随父母去台湾的，是董钊最小的女儿淑明。临上飞机，年幼无知的淑明哭得很厉害，因为她舍不得一直带她的奶妈。最后，同毓君只好挥泪把她留下，交给了跟他们家多年的这位奶妈。新中国成立后，淑明跟着奶妈家姓了郑。70年代，她从外县调到了西安，在西安儿童医院做财务工作，后来当了财务科长。她的丈夫，是一个工厂的工人。1993年，改名董同毓君的同毓君从美国回大陆，在西安见到了她的小女儿郑淑明，以及她的弟弟同都生和同慧缘。此后，她把郑淑明一家带到了美国。

渐渐地，留在成都的国民党军人，差不多就剩下两种：战场上败退下来的散兵游勇，和后方勤务单位及其警卫部队。城内的秩序一天比一天坏，工厂停工、商店关门、物价暴涨，再也没人出来制止投机倒把了。一到夜里，枪声四起，歹徒抢了东西常常还要放把火，燃烧的房屋照得半边天都是红的。

随军迁来的西安绥署被服厂是个有一万多人的大型军工厂，厂里6个仓库装满美军援助的布匹服装，还有数千两黄金和数万块银元。而守卫这里的，只有一个步兵排。地方武装和土匪们都想发这笔乱世财，于是，天天都有人扬言要来接管仓库，厂方压力山大。被服厂的厂长杨杰科是个少将，他曾当过刘奉先他们情报组成员、骑兵中校科长杨开元的老师。杨杰科此刻坐在火山口，见了自己学生少不了要诉诉苦。杨开元赶快把这一情况告诉刘奉先，商量之后，刘奉先决定，让杨开元以共产党地下工作人员的身份跟老师谈一次，争取他弃暗投明。

杨杰科是陕西安康县人，1928年西安中山大学肄业；1932年，他从国民政府南京军需学校毕业后，加入杨虎城的17路军，先后任警备二旅军需及中校军需科长；1937年，杨虎城被迫“出洋考察”之后，17路军番号被撤销，杨杰科到陕西军需实习班及军需一分校任被服经理教官，杨开元应该就是在他当教官期间，跟他有了师生之谊。1941年起，杨杰科出任陕西第一军需局人事室主任，此后先后当过西安兵站经理处副处长、被服厂副厂长等职。在成都时，他实际上是代理被服厂的总厂厂长。

杨开元跟他一说，杨杰科马上表示愿意跟共产党走。为此，刘奉先化名刘本厚，跟杨开元一起去跟他谈了一次。本来，刘奉先还很有戒心，怕杨杰科给他和杨开元做下一个局，因此去的时候专门带着枪，准备万一不对劲儿就劫杨杰科当人质。没想到，杨杰科非常真诚，不仅亲自迎候在厂门口，而且还安排下面几个科长跟他们见了面，当场表态组织全厂职工护厂，要把工厂完好地交给共产党。为保持联络，杨开元作为刘奉先的代表，留在厂里。当晚，杨杰科就和他那几个铁杆科长一起，亲手将那些黄金、银元统统装入铁容器焊死，沉入了花园的水池里。据中国人民解放军后勤学院政治部《关于国民党起义人员杨杰科的级别待遇问题》记载：“杨杰科起义时将七个工厂、一个军需总库的设备、物资完整地保存下来交给我方。同时还交给我军管会：黄金四千两、银元十万、美金数万（数字记不准）。成都解放时，人民币只能在城内使用，银元对我军下乡购粮和进藏起了很大作用。为此，曾受到贺龙的表扬，并荣立一等功。”

顺便说一下杨杰科后来的经历。成都解放后，杨杰科被留在厂里，任师级厂长职，小灶待遇；1952年，他被选调进中国人民解放军西南军区后勤学院任教授。杨杰科自己提出不按薪金待遇，要求按正式干部级别待遇。西南军区后勤部给他定为正排级待遇；1954 年 8 月，他被转业到河北省邢台合作学校，定为正连级待遇。“文革”中，杨杰科受到冲击，子女受他影响，政治上受到歧视。“文革”后，因其子女上访，解放军总后勤学院报经中国人民解放军总后勤部批准，把杨杰科的职级待遇“改定为高教六级”，并规定“其子女的家庭出身，再不沿袭杨杰科家庭出身”。1981 年 8 月 3 日，杨杰科在当了一年被补选的陕西省政协委员后，病逝世于西安，终年 74 岁。

第九章　收官成都

第一节　惊魂双石铺

秦岭深处的双石铺在抗战期间可是很有名的。

凤县地处秦岭西段，北依秦岭主峰太白山，南依紫柏山。县城双石铺是古凤州的一个古镇，北魏称困冢川，北宋称方石镇，明、清称方石铺。据说因老街嘉陵江岸一石“双峰逼水依土”，历年江水暴涨未被淹没，被人们视为镇水护岸之石，故得此名，民国时改称为双石铺。由于它地处陕、甘、川“咽喉”地带，战略地位十分突出。“七七事变”后，国民政府军政机关如经济部、财政部、军政部及省、区、县 30 个单位在这里设立了派出机构，并设有军事委员会宝 (鸡) 双 (石铺) 段轻便铁道双石铺车站、国际招待所等，使双石铺成为西北战略重镇，也是沦陷区难民云集的地方。而双石铺的一度繁华和引人注目的重要因素之一，是因为国际友人路易·艾黎的“工合”在双石铺的发展。

“工合”的全称为“中国工业合作协会”，是 1937 年 11 月由当时在上海的埃德加·斯诺与路易·艾黎为支援中国的抗战首先提出的，1938 年 4 月，这两位国际友人又与胡愈之、沙千里等人在上海发起成立了工业合作促进委员会。1938 年 8 月 5 日，“工合”在武汉正式成立时，孔祥熙、宋美龄、林伯渠、董必武、邓颖超等国共两党要员在其中担任过要职。1939 年，路易·艾黎在他去过一次延安之后，把自己的住所放在了双石铺。

一篇发表于此年 9 月 1 日的《工合运动在双石铺》的文中写道：

“双石铺”这三个字，在过去似乎听到的很少，但到现在却变成震人耳鼓的地方了。它不仅在交通上占着重要的地位——西至天水，南到汉中，北到宝鸡……而且在经济国防上有绝大的意义。它北临丰禾山，西接嘉陵江，秦岭山脉环绕四园，森林、煤、铁等矿产更为丰富，横跨嘉陵江者为“科阳桥”，建筑富丽，长约百米。每至夕阳西下，总必人满其上。沿着江边多为工业合作社的社址，其中以化学工业试验所之水塔，机器社、耐火砖社之烟囱为最有特色。顺江两岸，水磨林立，大有江南风光，故留恋其江者，虽至夜晚亦不忍返。

“工合”利用嘉陵江水发电，使双石铺历史上第一次有了电灯；而外国人的到来，又让这里第一次有了楼房。也就是说，“楼上楼下、电灯电话”，在双石铺都有了。到了1940年，“工合”在双石铺的合作社发展到了20多个。机器社制造的手枪、步枪，源源不断地送到了抗日前线。

艾黎还在双石铺建了一个培黎工艺学校，聘请英国小伙子乔治·何克担任校长。

然而，1949年夏天，曾经被称为“工合”天堂的双石铺，却充满了危机与不安。

扶眉战役开始之前，吕出、徐学章、王冠洲从电台里接到组织的指令：一旦战斗中他们被俘，立即去找18兵团联络部的某某同志，由他协助他们三人继续随国民党军队后撤，不要停下来。7月13日，裴昌会第5兵团司令部通知他们电台人员，马上随大部队撤离益门镇，前往双石铺。三

■ 一野缴获的国民党军队的山炮

个人立即将机器收拾、装到一个指定的卡车上，然后三个人并排坐在机器箱子上。

从益门镇前往双石铺的百余公里路途中，他们再次深切地感受到什么叫做“兵败如山倒”。公路上军容不整的官兵们密密麻麻，像蚂蚁搬家一般，汽车无法开起来。一些官兵强行往汽车上爬，不让上就开枪。为了上车，车上、车下打作一团。吕出他们仨坐的这辆车，车头保险杠、车两侧脚踏板上挤了十四五个人。汽车像乌龟一样爬行，从半夜开到天光放亮，四五个小时才走出益门镇一二十公里。借着车灯看去，一路上都是满身硝烟尘土、满脸惊恐疲惫的人。有些人干脆就横躺竖卧在公路边，哪里还有国民政府正规军的一点样子呀。路上，他们听到宝鸡方向传来爆炸声响，这是殿后的部队炸毁宝鸡南渭河大桥的声音。队伍行进在山谷里，山顶上还时不时往山底下打冷枪，让人提心吊胆。估计这是共产党的游击队在活动。

解放军主力部队进攻甘肃之后，双石铺迎来了短暂的平静。8月中旬，胡宗南从汉中赶到这里，召开了一次师长以上人员的军事会议。会议开了一个上午，说是军事会议，实际上是胡宗南大骂了几个小时。据秦岭中部守备区司令何文鼎后来回忆，胡宗南登上讲台，开口就说：“你们不争气，现在闹成了这个样子。西安撤退是有计划的，马家部队打到咸阳附近，我们不能有力地配合马部收复西安，你们是不是要负责任？扶眉战役，各部队互不联络，致宝鸡失守，你们要不要负责？宝鸡撤退后，命令占领秦岭一线布防，有的部队竟不遵命令拼命南跑，跑到凤县，还有跑过双石铺的。秦岭、宝鸡两守备区，没有配合各军作战，丝毫未发生作用。你们都身为师长以上的将领，真是万分可耻！现在我们选定秦岭一带防守，秦岭是天险，易守难攻，只要防守得力，共匪

■ 解放军在宝鸡市内清理残敌

绝难越雷池一步。如果今后哪一部队防守地区被共匪突破，定以军法从事，绝不宽容。”这次会上，胡宗南当场将秦岭、宝鸡两个守备区撤销，所余部队编为第48师，原来的宝鸡守备区司令徐经济担任师长。会上发生的事，吕出他们这些下级军官很快就听说了。

一天凌晨，徐学章收到了组织上发来的一封电报。一般来说，都是他们给延安上报情报，而延安方面很少回复。收到电报后，徐学章弄不清内容，又不好在报务室里译电，所以心里跟猫抓一样。草草地吃过早饭，徐学章揣上那本一直带在身边的地图册，叫上吕出，俩人像散步一样，顺着双石铺东北方向的山坡走去。走了一里路，他们在一块四处无人的玉米地垄旁坐下，由徐学章念电文，吕出翻着地图册译电。“由张继祖、袁心湖介绍高孟吉、吕出、徐学章、薛浩然、李福泳加入中国共产党，有意见望电复。”译到这里时，两个坐在地上的小伙子“腾”地蹦了起来，两双手紧紧地握在了一起。30多年后，徐学章描述他们当时的心情时，用的词汇是：“高兴地飞上了天！”

5月20日西安解放之后，延安的边保情报台随已更名为边区政府公安厅的原边保搬到了西安青年路药王洞。在搬迁过程中，他们曾中断一段联系。后来，20世纪90年代中期，奥、吕二人在西安相遇时，吕出还曾

■ 1950年4月边保情报科部分干部在药王洞合影

问过奥德明，为什么搬家时没有通知他们，害得他们天天胡思乱想。6月初，边区政府公安厅打电话到韩城，调已经改名孙健的高孟吉到公安厅情报科工作。扶眉战役之后，7月22日，公安厅党委指定情报科长张继祖、副科长袁心湖两同志作为这批情报人员的入党介绍人，由高孟吉代替他们填写入党申请表和个人简历，报请公安厅副厅长李启明、中共西北局书记习仲勋批准，高孟吉、薛浩然、吕出、李福泳、徐学章、赵继义等6人同时入党，预备期一年。当时，除了赵继义和高孟吉，其他4人都还在国民党部队中；而赵继义虽然人在西安，但组织上是准备把他往还没有解放的兰州、新疆等地派出的，因此不能公开露面。所以，这些人入党的申请与批准都是秘密进行的。以如此高规格批准敌工人员入党、又以电报形式通知当事人的方式，这在中共情报史上都是史无前例、极具传奇色彩的。

"赶快通知李福泳和薛浩然，咱们今晚就给'上边'回话。"吕出兴奋得直搓手："呀，没发报纸，咋办？"其实，组织上跟李福泳、薛浩然也保持着电台联络。"我现在就去取，你在这儿等我。"徐学章二话不说就往来的路上跑，顺坡而下，他转眼就跑到机房，偷偷取了两张发报纸，又一溜烟地跑了回来。写出要发的内容，他们得对着中国分省地图册，把它译成电码："我们自愿加入中国共产党，愿以生命为党工作。"表完自己的态，他们又着重建议组织吸收王冠洲也入党。一起提着脑袋干工作，王冠洲要是知道入党没他的份儿，心里该多不是滋味呀。后来，他们回到西安之后，王冠洲还是于1950年3月加入了中国共产党，他的入党介绍人之一，也是张继祖。此时，张继祖已经是西北公安部一处的处长了。

入党的兴奋劲儿还没过去，8月初，他们突然收到汉中李福泳的一封电报："姚守轩被特务机关逮捕关押，下落不明，情况紧急，你我设法迅速离开。"李福泳是6月底回到汉中的。西安解放后，以生病为由留下没走的李福泳，是准备和组织上见面的。按他返回汉中的时间推算，他应该有条件在西安和张继祖见上面。但是，史料上并没有这样的记载。此间，薛浩然通过电台汇报的情报主要是：绥署二处派往各地的潜伏人员情况，以及胡宗南总部一路撤退的情况。

收到电报后，他们又接到了李福泳打来的电话，问他们电报收到了没有。显然，李福泳非常紧张。

姚守轩和他们这批情报力量都是七分校通讯班的同学，姚守轩在李福泳电台当报务员，俩人关系不错。李福泳想把姚守轩拉进来，一起工作，这样非常有利于他们深更半夜和延安联系。也是因为年轻，搞地下工作没经验，李福泳没和其他力量商量，就把他们给共产党电台发报的事儿告诉了姚守轩。从此，姚守轩开始给李福泳打下手。现在，姚守轩出事儿，形势变得严峻起来。

吕出、徐学章、王冠洲三人赶紧找了个地方凑在一起议这件事。看得出来，李福泳处境很困难。但他们认为，抓姚守轩，不一定会连累到他们仨。因为姚守轩是李福泳发展的，如果他跟特务吐了口，那么第一个要抓的，是李福泳。而现在，李福泳并没有被抓走，还能给他们打电话、发电报。再说，如果他们几个一起走，动静太大，说不定倒会引起集中抓捕。商量之后，他们决定，给李福泳发一个电报，稳定他的情绪："姚被捕，不一定跟我们有直接关系，务必镇静。我们决定不走。"

为了应对不测，他们也商量了三条对策：首先，万一李福泳被捕，吕出、王冠洲都可能被捕，但徐学章有可能幸免。因为通讯营长董应武对徐学章印象好，一直觉得他老实本分。如果万一出事儿，就由徐学章留下，把情况报告给组织；第二，清理、销毁过去没有处理的电报底稿，改变过去将中国分省地图册带在身上的习惯。当晚要发报的底稿，隐藏到楼房的烂顶棚内，不再随身携带。第三，无论谁被捕，都要对党绝对忠诚，不暴露任何秘密，只承认跟姚守轩、李福泳是普通的同学关系。

就在这节骨眼，薛浩然从两当地区回汉中，经过双石铺，他们继益门镇一别后又见了面。薛浩然并不知道姚守轩出事儿。他们商定，薛浩然回到汉中后，马上去打听姚守轩被捕的原因和关押地点，并设法通知姚守轩不要乱供一气。同时，他还得注意安抚李福泳的情绪。

薛浩然回汉中后，以同学身份去看望了一次姚守轩。对姚守轩的看押并不严，俩人聊天也没人在旁边盯着。弄了半天，姚守轩被抓，是因为他开小差跑到胡宗南总部电台来，几天前正好被原来的上司看见。姚守轩跑的时候，给上司添了麻烦。这回一见他，上司火大了，马上通知特务机关，把他给抓了起来。不久，李福泳所在的通讯营长出面，又把姚守轩保了出来。一场虚惊才算就此了结。

第二节 “钳胡打马”与秦岭战役

扶眉战役一仗下来，“二马”全部退到了陇东地区，而胡宗南则全部撤到了秦岭山里。这样，中间的大道就空了出来。

扶眉战役之前，其实就有“打马”与“打胡”两种声音。而此时，局面变得明了了：胡宗南虽然还拥兵十多万，但已经没有了出击之力；而马家军没有受到重大打击，实力还在，平凉山、六盘山一带又可以凭险据守。所以，能成为解放军对手的，也就青、宁“二马”了。1949 年 7 月 19 日，彭德怀提出“钳胡打马”的思路。他要用王震、许光达、杨得志的第 1、第 2、第 19 兵团及周士弟第 18 兵团的 62 军，共 10 个军的兵力担负“打马”重任，进攻平凉、夺取兰州；由第 18 兵团的 60 军、61 军负责“钳胡”，将胡宗南控制在秦岭山中。那边，马步芳也确实有个“平凉会战”的计划，不过，他却把马鸿逵推到前面。马鸿逵当然不乐意，可这计划蒋介石已经批过了。本来，大战之后，部队都得休整一个阶段。但“二马”想不到，解放军 7 月 21 日就开始向平凉进发了。7 月 27 日，解放军就已经占领了泾川、正宁、宁县和陇县。在马鸿逵“保存实力、退守宁夏”方针指导下，卢忠良率兵迅速退走，把驻守固关的马继援骑 14 旅晾在了外面。结果，王震用“炮”打“马”。也是因为解放军情报准确，第一炮就把固关 14 旅的指挥所炸了，通讯信号全部中断。接下来，万炮齐鸣中，旅长马成贤一只左胳膊被打断。马成贤向骑 8 旅旅长马成三次求援，马成却因为两人以前不睦而见死不救。结果，14 旅就被打得官找不到兵、兵找不见官，只剩下夺路狂奔的份儿了。四个蹄子的骑兵跑得快，又把解放军甩到了后头。本来，马继援还想联合王治岐跟解放军在定西练一家伙，但马步芳已经决定在兰州跟解放军进行决战。于是，8 月 10 日，马继援

■ 王震在指挥作战

把所有部队都撤到了兰州。

几天后，国民政府行政院长兼国防部长阎锡山在广州召集西北联防会议，马步芳、马鸿逵和胡宗南都到会。阎锡山要求大家摒弃前嫌、共赴国难。马鸿逵比马步芳大 11 岁，1936 年就被授了陆军上将衔。可是，1945 年 12 月，在和马步芳争夺西北军政长官一职时，马鸿逵却败下阵来，只当了个副长官。本来，马步芳把甘肃省主席许给了马鸿逵。可是，上任之后，马步芳却迟迟不兑现诺言，而是打算自己把甘肃省主席一职兼上。更令人愤恨的是，平凉会战计划中，他居然要让马鸿逵军队打头阵，充当炮灰。为了安抚马鸿逵，在广州会议上，阎锡山把甘肃省主席一职正式给了马鸿逵。但这会儿，马鸿逵已经清醒地看出，甘肃是人家马步芳的甘肃，不是封他个官儿就能解决问题的。既然如此，那么守兰州的事儿，就彻底交给马步芳了。于是，广州开完会，马鸿逵就坐飞机回了银川。

对于马鸿逵来说，阎锡山说话并不重要；那么对于马步芳、胡宗南来说，当然也是如此。谁重要呢？还是蒋介石。据说，马步芳曾给蒋介石保证，他最低限度能在兰州守上一个月，建议蒋介石在他把解放军在西北的主力吸引到兰州附近时，让胡宗南把主力集结在陇南地区，向秦安、通渭挺进。蒋介石认为马步芳这个建议在理儿，他让胡宗南照这个方案办，并且让胡宗南在解放军攻打兰州时，出师宝鸡，截断陇海铁路交通线，同时另派部队牵制解放军，以侧应马步芳在兰州守城。于是，胡宗南一方面将驻凤县双石铺的第 1 军、驻城固附近的第 27 军集结在徽县、两当地区，连同第 65 军、第 90 军，共 4 个军的兵力，由第 18 兵团司令官李振指挥，向秦安、通渭方向进攻；另一方面由第 38 军军长李振西指挥该军及 36 军的 123 师、骑 2 旅及重炮营向宝鸡进发。

攻击行动定于 8 月 23 日拂晓开始。此前，裴昌会专门带着他的副参谋长，到各部队视察。他跟李振西等人说："宝鸡没有多少共军，撑死营把人。这次是你们出风头的时候了。重庆对收复宝鸡很重视。"老头子又到了重庆？李振西对重庆的情况并不清楚。"其实，天水也没多少共军，不过千把人。现在，第 1 军、第 27 军、第 90 军都在向徽县集结，只等你们拿下宝鸡，他们就向天水进攻。"裴昌会比李振西大 10 岁，一口山东潍坊话，让甘肃人李振西听来一直挺别扭。

23 日拂晓，进攻行动准时开始。第 38 军各部队进展都异乎寻常地顺利。第177师在没有遭遇任何抵抗的情况下，于当天下午进入宝鸡的益门镇西北地区。益门镇距宝鸡市区只有8公里，是从宝鸡进入四川的第一隘口，是个兵家必争之地，从明朝就有“益门雄镇”之称。第177师甚至有一部分已经渡过渭河，占领了固川车站。第123师在同样的情况下，推进到宝鸡郊外的杨家岭附近，一部分正在向渭河北岸前进中。第55师师长黄家瑄报来的情况是：益门镇并没有共军，只是益门镇西南王莽台高地上有几十个人，晚饭前有两辆胶皮大车把东西拉走了，这些人似乎准备撤退了。听说宝鸡城内没有共军，第55师派出的便衣队已经在渭河大桥南边的姜城堡一带活动了。

李振西心里不踏实，按他这几年与解放军作战的经验，这么容易得到的地盘一定有问题。他把自己的顾虑跟裴昌会说了之后，裴昌会却说：“昆山老弟，马家军可不是那么好打的。共军看来兵力分配不过来了。重庆那边听说咱们这边经过激战占领宝鸡，都已经放过鞭炮庆祝了。绥署现在已经派通讯团协助南郑电报局修复黄牛铺到宝鸡的电报线，限这一两天内通报呢。”

不久，177师张玉亭师长报告李振西一个情况：听老百姓说，21日、22日连续两晚上，由渭河南岸向西过去了好多共军部队，究竟去了哪儿，老百姓说不上来。是去增援甘肃方面？李振西心里有点打鼓，但毕竟这些共军是在他们行动之前经过的，所以他也没太在意。“军长，要不我派一个团去宝鸡城里转一圈儿，总算咱真的占领了宝鸡？”55师的黄家瑄师长提出这么个建议。38军是杨虎城17路军的老底子，三年前，55师前任师长孔从周于1946年5月在河南巩义率部起义。孔从周在新中国成立后被授了中将军衔，他的儿子孔令华娶了毛泽东与贺子珍的女儿李敏，因此和毛泽东成了儿女亲家。孔从周之后，李振西的前任38军军长姚国俊，也当过55师的师长；他之后，55师的师长曹维汉在扶眉战役中侥幸带伤逃出战场，捡了一条命，但也因此丢了官。黄家瑄手上的55师建制，实际上就是原来的225师；而这个由安康一带的地方保安团队组成的225师，师长就是黄家瑄本人。“不必进城了，反正咱们已经到了宝鸡了嘛。”李振西没有同意黄家瑄的建议，他对55师的战斗力心里有数。

24日早饭后，坏消息就开始传来：骑兵第二旅旅长吕纪化报告：在隘口西北的山林里，发现了很多共军，他们在修路、爬山。他们旅的哨兵发现后，开了枪，共军停止了前进。李振西赶紧把这情况告诉了裴昌会，裴昌会这回说话不客气："你们是吃了扶眉战役的亏，一朝被蛇咬、十年怕井绳了吧！秦岭那么大的深山老林，坡陡林密，别说没有道路，恐怕连方向都不好找吧！别是眼花了，把山上的老百姓也当成了共军吧。你让吕纪化再派人去侦察，把情况弄清了再说。"裴昌会虽然这么说，但李振西还是决定让177师派一个团到隘口西北先布防，然后再把重炮营先撤回凤县，省得万一公路被切断回不去了。扶眉战役给他的教训实在是太深刻了。再次得到报告已经是下午两点，吕纪化报告他：共军真的已经进了秦岭，他的步兵第5团已经被打垮了。究竟有多少共军，他们也说不清。黄昏前，当177师那个团到达隘口西北时，吕纪化的骑2旅已经全部被击溃。李振西报告裴昌会之后，裴昌会也急了，临时将路过双石铺向徽县集中的27军一个团抓过来，用汽车运到草凉驿，交李振西指挥。布防之后，他们分析，虽然解放军进了秦岭，但隘口、九龙山、唐藏等要隘都还在他们手上，对于秦岭的守备问题不大。因此，裴昌会起初还想着按原计划继续执行进攻宝鸡、天水的任务："要不，胡先生又要骂咱们了。"可是，后面的情况却越来越不对劲儿。177师和55师正面都遭到了强大的攻击，连38军的警卫营都派上去跟解放军激战了。而绥署却不相信有那么多解放军，只是说让27军派兵全部夺回九龙山，其余部队仍按原计划执行。为什么呢？李振西后来才知道，24日，胡宗南在重庆跟蒋介石汇报说，"经激战收复宝鸡，歼敌甚众。"如果这会儿就往回撤，他的脸往哪儿搁？直到25日中午，李振西才收到裴昌会的电报，让他往山里转移。原因是绥署测向台发现，解放军进攻秦岭的部队一共有7部电台，也就是说，解放军部队至少有两个师。这会儿往山里退，已经有些晚。守草凉驿的那个27军的团已经败退下来，公路已经被解放军切断。李振西只好绕道凤县赶到河口洞。这个时候，177师、55师都已经大败。在陈家岭的混战中，黄家瑄只带了几个随从突出了重围，吕纪化也只带出了几十个骑兵。若不是占领陈家岭的解放军没再追击，后面的结局还不好说呢。就这样，胡宗南反攻宝鸡的战役，以38军伤亡13000余人画上了句号。

8月27日，李振西分别收到胡宗南、裴昌会的命令："第55师师长黄家瑄擅离部队，贻误戎机，影响全局，着即军前正法，具报凭转。"李振西气得破口大骂。"黄家瑄的行动，是受38军的命令，并不是擅自行动。凭什么拿他开刀？共军出现在我军后方80多公里的地方，离双石铺就30多公里，你们都不知道，38军在退路被切断、正面又被追击的情况下，能跑出些人来就不错了。”电话里，李振西为了黄家瑄跟裴昌会争得脸红脖子粗。“昆山老弟，你说胡先生的面子重要，还是一个师长重要？”李振西这才知道，胡宗南在蒋介石面前为占领宝鸡吹了牛。有了裴昌会这句话，李振西便通过绥署参谋长罗列、第5兵团参谋长谢齐家做工作，表面上对黄家瑄“因作战不力撤职管押查办”，暗地里，给了黄家瑄一笔钱，让他悄悄地走了。

解放军这一仗怎么又打得如此神出鬼没呢？这就得说说第5兵团司令部的那部电台。

胡宗南进攻宝鸡、天水行动之前，双石铺第5兵团司令部各电台同时收到机要室送来发往各军、师的同样长文电报。凭经验，吕出、徐学章、王冠洲知道，马上要有重大军事行动了。他们马上跟译员许鼎臣、崔义生了解，知道了胡宗南准备兵分两路，一路由双石铺向北攻打宝鸡，另一路向西经甘肃东南部的两当县、徽县攻打天水。行动的时间定在8月23日拂晓。许鼎臣这人记性好，但城府也深，嘴巴比较严；崔义生大大咧咧，知道啥就说啥，但想往细里问就会把他问住。徐学章拿自己的床当沙盘，用铜线摆阵势，问崔义生各个部队都在什么位置，果然问着问着就把崔义生问住了，因为他实在没操那么多心。他这儿没整明白的地方，王冠洲又去问许鼎臣，把疑点一一核对。吕出又到有线班总机上了解解放军前线各部驻地变化情况，弄清绥署的全面部署。因为其中一支部队是第一次划归裴昌会指挥，电报发出后，组织上又三次来电查询具体细节。和在宝鸡益门镇时一样，这哥儿仨没事儿就在双石铺十字路口的公路边，打听向北、向西去的军队番号，记下他们经过的时间，然后用电台报告西安。终于，一天早饭后，他们看到有骑兵退了回来，接着就是大批的步兵退了下来。又一次兵败如山倒，又一次丢盔卸甲。当天下午两点，第5兵团司令部机关人员又再次上车，从双石铺退到了汉中留坝。当然，司令部上上下下又一次怨声载道。有人说，双石铺妓院的妓女比司令部提前3小时离开了，司令部早就泄密了。

1949年，有回张继祖参加西北局的一个会，碰见了18兵团联络部刘玉衡部长。说到刚刚打完的秦岭战役，张继祖问：“我们那份情报怎么

■ 西北军区司令员贺龙与 18 兵团司令员周士弟研究攻打汉中的方案

样？”“敌人就是按你们讲的出来了，当头一击就缩回秦岭了。”听刘玉衡这么说，一旁的习仲勋也插话：“不错，不错！情报就是百分之百准确。”

第三节　降与不降：最后的军人

前文提到过，军统大特务黄逸公因为拿不到一张飞台湾的机票，最后在逃跑过程中遭遇土匪，全家老小被扒得一丝不挂，跑了两三天才被解放军收容。可是，在国民党败局已定的时候，却照样有人从台湾飞回战火纷飞的内地来，带兵打仗。国民党 54 军第 8 师的师长施有仁就是这样的人。

抗战后，国民党中央军由“陈胡汤”三个派系组成，除了胡宗南和汤恩伯两大派系，就是陈诚的“土木系”了。所谓“土木”,“十八”为“木”,“十一”为“土”，原指陈诚的 18 军 11 师。陈诚初当 18 军军长时，同时兼着 11 师的师长，因为 18 军起初就只有 11 师这一个师。“土木系”之 54 军成立于抗战全面爆发之后，相继参加过淞沪抗战、南昌会战、随枣会战、第一次长沙会战等，并且隶属过远征军，参加过打通中印公路的作战。1944 年 7 月，人称“阙大个儿”的湖南宁远人阙汉骞出任 54 军的军长。这个阙汉骞是个有名的军旅书法家，每天再忙，非练一百个大字不可，即使生病，字儿都得写。他写字一般还不用纸，就在桌面上写，写完一擦了事。后来，在台湾退休后，他曾在台北中山堂办过一次书法展。他的字自成一体，被民国元老吴稚晖封为“拨云体”。像他黄埔四期步科同学林彪、张灵甫等人一样，阙汉骞也是个很能打仗的人。1939 年冬日军自广州大举北犯，阙汉骞在固守原有阵地的同时，派出一支奇兵，会同友军展开反攻，一鼓作气攻占翁源、花县，迫使日军 3 个师团仓皇退至广州近郊，创造了振奋人心的粤北大捷。1944 年，他率两个师空运缅甸，解盟军密支那之围。同年，担任 54 军副军长的他统率全军将士浴血奋战，突破日军严密设防的怒江天险，攻破海拔 3000 米的高黎贡山防线，收复了滇西重镇腾冲，创造了全歼日军两个联队的光辉战绩。也就是这一战之后，阙汉骞荣升 54 军的军长。

解放战争中，54 军第 8 师、第 198 师从青岛调至锦州，参加了辽沈战役。廖耀湘兵团被歼后，这两个师从葫芦岛撤到徐州，和 54 军其他部队一起归徐州“剿总”直接指挥。后来，54 军北上增援遇阻，撤到上海；上海解放后，54 军先后撤至浙江奉化、临海，再到金门，5 月底来到台湾。后来，54 军成为守卫台湾的主力部队之一。

陕西华县人施有仁是在 1948 年 12 月继任第 8 师师长的。一路撤到台湾，第 8 师已经损失了七八成，在军长阙汉骞眼里，施有仁已经是个可有可无的人，经常能感受到冷遇与白眼。可以说，施有仁到了台湾后过得相当郁闷。失去了部队、失去了战场的军人，还有什么存在价值呢？正在这个时候，驻在兰州的 91 军军长黄祖埙给他来了个电报，想让施有仁去给他当副军长，并且说施有仁去了之后，要把该军新四师的师长挤走，由施有仁兼任。施有仁二话不说就答应下来，他归心似箭的另一个原因是：他的家小都没在台湾。不久，国防部的准调令也到了，让施有仁坐飞机去兰州上任。施有仁正要动身的前两天，黄祖埙突然又来电报，说胡宗南让他在去兰州之前，先去汉中跟他见个面。

1949 年 8 月 11 日，施有仁从台湾动身出发。他坐的是陈纳德空运队的飞机，途经福州、厦门、汕头、九龙、广州、重庆、成都等地，16 日才到了汉中。到了汉中，施有仁住在一个汉中籍的老朋友家，并没有马上去拜见胡宗南。时局每天都在变化之中，施有仁也想再看一看。果然，过了十来天，兰州解放的消息传到了汉中，不用说，91 军他是去不成了。扶眉战役失败之后，汉中的军官们都在琢磨自己的小九九，不是准备去四川，就是打算飞台湾，人心惶惶。施有仁觉得自己可能走了一步臭棋，他和胡宗南没什么交情，就算找到胡宗南，胡宗南可能也是把他随便往哪儿一塞了事。在这风雨飘摇之际，真可谓杀头有份、贪便宜无门啊。

待了些日子后，施有仁听说他的华县同乡刘孟廉因为在扶眉战役中负伤，在城里的天主教医院住院，就一个人跑到医院看望了一次。扶眉战役时，刘是27军副军长兼177师的师长，后来伤好后，当了27军的军长。到了汉中，包括27军军长李正先、17军军长杨德亮、36军军长刘振寰、57军军长刘克定、76军军长许良玉等纷纷借故解职或称病，留下一堆空位子。胡宗南跟刘孟廉说过，想从陕西籍的黄埔生中，选一些人补充上来。刘孟廉告诉他，施有仁已经到了汉中。胡宗南马上派了辆吉普车，把施有仁接到了他的司令部，握手拍肩，十分亲热："你不是华县人吗？唉，你要是早点回来，咱华县说不定就丢不了了。"施有仁被胡宗南说得张口结舌，不知如何回答好。

9月初，胡宗南又请施有仁吃了一顿饭。他准备让施有仁出任38军副军长，兼55师的师长。施有仁已经知道38军人事关系复杂，说什么也不肯兼这个师长。胡宗南还让手下跟施有仁暗示过，他去38军后，要全面掌控38军的人事，不出11月，胡宗南就会让他把军长干上。

国民党军队，从蒋介石算起，都有越级指挥的习惯。比如抗战期间，为炸花园口，老蒋曾给新8师师长蒋在珍亲自打电话，下达命令。而新8师不过是个由贵州地方部队改编、国防部定为"丙种师"，只有区区2000多人的杂牌部队。蒋介石如此，胡宗南也一样。在他的部队里，38军就是个地道的杂牌军。虽然军长李振西也是黄埔四期的学生，但对于下面的师长，他还是一定要抓到手里。施有仁不肯兼55师的师长，胡宗南起用了黄埔六期毕业的湖南人安鹏秋。有了胡宗南的支持，安鹏秋就不把李振西放在眼里。两人的矛盾从他一上任就开始了。而施有仁看不惯安鹏秋的做派，因此，虽然他跟李振西交情不深，但在38军待的这段时间，他们俩的关系倒处得很不错。

54军能从东北撤回徐州，是因为它是土木系的王牌，到了关键时刻就会受到更多的关爱；到了胡宗南这儿，也是一样的。施有仁到任后，38军去接替第1军，担任秦岭的守备任务。谁让第1军是胡宗南的心尖儿呢！胡宗南有些做法也让外来户施有仁看着心寒。整编76师师长廖昂在陕北作战时被俘，好容易逃出来，跑到汉中，胡宗南对他就不客气。先是软禁，第二天就用飞机押送到台湾。在38军接防之后，胡宗南曾发布过一道命令，流散共产党辖区的零散官兵，凡是没有他长官部的命令，一律不得进入防区。有些旧部官兵千辛万苦、跋山涉水追赶部队而来，却吃了闭户羹。从黄牛铺到白石铺的川陕公路上，又弄不到吃喝。结果，那些官兵把公路两旁的嫩玉米棒都啃了个精光。38军直属的人力输送团前任团长关志超，被困在公路边啃玉米，施有仁视察防线时认出他来，凭私人交情才把他放了行。

11月下旬，38军接到命令，开始向四川撤退，12月上旬来到了广元。施有仁有个四姨在广元，四姨父开了家小药铺，没事儿的时候，施有仁就跑到四姨那儿坐一坐，打发无聊的时光。有一天下午，李振西突然到军部找他密谈："裴昌会跟我说，有人劝他换旗子，跟共产党走算了。"施有仁一听，非常吃惊。刚上任时，李振西领施有仁在留坝见过裴昌会一面。他以前没见过裴昌会，大家只是寒暄了几句。那天下着点小雨，小小山城灰蒙蒙的，施有仁只是觉得那天的见面十分凄凉："那他什么意思？""他说，他过去换旗子的事儿也倒是干过，那是在孙传芳手下的47师当团长时，脱离孙传芳，跟了蒋介石。不过，那次上面有师长王金钰做主，他说咋办就咋办，不用自己出头露面。现在要让自己出头露面，确实有些难为情：蒋委员长万岁喊了这些年，突然改喊毛主席万岁，有点碍口哇。"李振西说到这儿，直言不讳地告诉施有仁："裴昌会是在探我的口风呢。这两天情况不对劲儿，兵团司令部好像是已经来了共产党，咱们部队得马上搬家。再和兵团部住在一起，怕是要出事儿。"不久前，裴昌会变成了新成立的第7兵团司令，第5兵团司令由李文担任，38军仍归裴昌会管。

从李振西谈话的语气和表情上看，裴昌会从没和李振西谈过起义的事儿，施有仁也认为，他只是在试探李振西的态度罢了。第7兵团司令部和38军部都住在广元，离得也不远。两边的高级军官们都有深厚的交情，到广元后整天都来来往往、过从甚密。在此情况下，李振西决定不跟裴昌会打招呼，马上将军部从大华纱厂搬到了嘉陵江西岸，城里驻扎的部队也一并搬出。当天晚上，防守朝天关的55师就受到入川的解放军第18兵团的攻击。安鹏秋给军部打电话，要求派兵增援。李振西并没有给朝天关派兵，只是派出了一个营，占领广元东侧的一线高地。结果，第二天拂晓，55师的阵地中央就被解放军突破。李振西一边让安鹏秋顶住，一边给裴昌会汇报，请求速做撤退部署。裴昌会电话里告诉李振西："广元是胡先生的重要补给基地，粮食、军械弹药和军需用品存了这么多，还没来得及转运呢。要是没作有力的抵抗就把广元丢了，你我都要杀头的。咱们可都不是胡先生的嫡系。""是嫡系又怎样！安鹏秋是他的嫡系，可他把朝天关给丢了。丢了朝天关，广元就不保了，跟咱们有啥关系？你要是不走，我走！守广元的177师我要马上撤！"听李振西这么强硬，裴昌会只好也撤到了嘉陵江边。施有仁跟着李振西在江边见了他一面，裴昌会还在念叨："丢了广元，咱们都是死罪呀。"李振西也还是那几句话，仍然责怪55师安鹏秋不给力。

55师退下来时，已经零乱得不成样，有一个团被解放军追得都没能过了嘉陵江，突围后逃到了阆中。尽管如此，安鹏秋又被委以重任。38军按兵团司令部的部署，让他一边收容打散了的部队，一边占领阵地，带55师守剑门关。第二天凌晨3点多，安鹏秋的电话来了：解放军已经突入剑门关。李振西报告给裴昌会后，裴昌会又是老调重弹："剑门关天险，你竟然给丢了。胡先生的大兵团在川西还没集结完毕，你却把后门给敞开了，你我的罪过更大了。你想一想，何以善其后？"电话里，李振西已经声泪俱下："他的55师不行，我有啥办法？现在，你们兵团赶紧撤吧，我的部队要马上撤了。"说完最后一句话，李振西马上让通信兵把电话线拆了，开始率军部和177师沿川陕公路向剑阁出发，放弃55师不管了。走了30多华里，又遇到裴昌会。裴昌会还是那几句话，丢了广元、剑门关，你我要杀头云云。这时候，施有仁已经明确地听出，裴昌会是想劝李振西起义，只不过在拐弯抹角地说罢了。

"裴昌会心怀鬼胎，跟上他会出大问题，我们跟他脱离。"李振西跟施有仁一说，两人一拍即合，他们打算抄小道跑到成都与胡宗南汇合。12月下旬，38军残部跑到安县东北二三十华里的地方，再不敢瞎跑，用电台一联络，裴昌会在绵阳已经率部起义了，他要求38军报告他们的行踪，并且就地起义。与此同时，他们还收到了38军成都留守处的电报。电文称胡宗南已经坐飞机去了台湾，他成都的部队都已经跑光了。尽管如此，他们仍然不愿意随裴昌会起义："这是投机。共产党千辛万苦打下的江山，能容我们坐分其肥吗？就是我们随裴昌会起义了，也是贰臣，还是不会得到共产党的信任的。我们何必做对不起蒋委员长的事呢。"对李振西的观点，施有仁也十分认同。

在这样的局面下，他们能想到的出路是两条：第一，经茂县、松潘方向进入甘南。李振西是甘肃人，借他的人脉，招兵买马，以图东山再起。如果这条路走不通，那么，他们就折回东边，返回大巴山打游击。接下来，他们将残部重新编组，向北行进。此间，他们每天都会收到裴昌会敦促他们起义的电报，怕暴露自己的行踪，他们把电报全都压了下来。

寒冬里，部队走到北川县与茂县之间的土门镇南面时，山上已经积雪很厚，攀爬困难，下山时，骡马滚下山去的不少。等部队全都上了山，想下山已经来不及了。大冷的天，部队只好露宿过夜，只给李振西、施有仁二人找了个草棚。官兵怨声载道，好容易翻山爬到土门镇，老百姓说，要想进入甘肃，还得爬更大的雪山。于是，部队只好停在了土门镇。

这时，已经到了12月下旬。打开电台，除了裴昌会一如既往地继续催他们起义，38军前任军长姚国俊、原来的西安市长王友直都拍来电报，劝他们起义。38军留在成都的军需处长刘泊儒也来电规劝，说习仲勋、赵寿山对38军都期望甚殷。李振西思想仍没转过弯，他让给裴昌会回过一次电报，不过是挖苦、讽刺裴昌会的起义。出乎李振西意料，刘泊儒居然克服重重困难追到了土门镇来。他带来了解放军的声音：只要他们起义，胡宗南逃跑前发给38军的薪饷折合成黄金有400多两，可以全部发还。这次，李振西思想有所松动，但他要刘泊儒回成都跟解放军再交涉：38军可以缴枪，但不起义。部队交出后，李振西、施有仁他们回家务农，不要强留他们学习和工作。

刘泊儒回成都之后不久，裴昌会转来了贺龙的电报，大意是让38军按和平解放北平之傅作义部队先例，即日开至北川接受和平改编。部队正要出发，贺龙第二封电报又转来，这次，是让38军经茂县、汶川开到灌县，接受改编。这个时候，李振西仍然对解放军心存戒心。走到茂县南30华里的一个镇子，他的先头部队发现，有解放军部队向北开来。他认为解放军是来打他们的，派人去跟解放军交涉，说明他们是去灌县接受改编，要求解放军不要北进。可解放军却说他们是去执行别的任务的，既然你们去灌县接受改编，那你走你的、我走我的就是了。一边要挡、一边非走不可，结果打了起来。执行前卫的，是后来跟上来的55师残部。他们居高临下，又是有备而来，处于行军状态的解放军就吃了亏，死伤不少。解放军马上采取强攻，55 师顶不住了，李振西慌了，要把部队撤到安县。这时，施有仁头脑倒还冷静。他已经看出，有些团长、营长不愿意放下武器，有人甚至想把部队拉走。这样下去，部队只会发生更大的问题甚至意外。于是，施有仁赶到 55 师前沿阵地，让官兵跟解放军喊话，要求双方停火。他又用地方电话叫通国民党茂县专署，代为向解放军说明他们的意向。后来，按解放军的意见，施有仁带了几个卫兵去茂县城里，代表李振西跟解放军交涉，解除了误会。双方商定，38 军在茂县放下武器，然后再去灌县接受改编。1950 年 1 月 11 日，38 军在茂县缴械。仍有少数人想不通，最后把武器破坏了。

再说裴昌会。关于裴昌会起义，至少有两种说法。第一种版本：虽然裴昌会是 1949 年 11 月 25 日宣布起义的，但他其实动这个心思却在几个月之前。他的司令部设在宝鸡益门镇的时候，他遇到他的一个旧友李希三。李希三参加过共产党，裴昌会知道。两人聊天时，李希三就劝他投共产党，并且表示，只要他愿意，自己能给他帮上这个忙。当时，他就委托李希三去跟解放军交涉。后来，退到双石铺，裴昌会动过率部起义的念头。8 月份，李希三从西安来到双石铺，捎给他解放军 18 兵团政治部胡耀邦主任的意见：既然裴昌会对部下能否跟他起义没把握，就再等等时机。他的确对李振西的部下能否跟他起义没把握。到了孝泉镇，条件已经成熟，于是裴昌会宣布起义。

第二种版本中，裴昌会的起义一直到最后都是被动的。裴昌会司令部有中共的情报关系，他们分别是 7 分团的作战科长李福奎和 7 兵团参谋长李竹亭。从汉中撤到广元时，他们劝过裴昌会起义，但裴昌会犹豫不决。7 兵团退至绵阳，李竹亭又劝裴昌会派李希三留在绵阳，以便和解放军接洽联络。而李希三其实就是中共西北局派来做裴昌会工作的人。裴昌会虽说留下了李希三，但他还是边退边设防，节节抵抗解放军。11 月 22 日，到了德阳，摆在裴昌会面前的路只有两条了：一是边打边退，逐步向成都退去。可是，胡宗南这时已经离开了成都；二是退到西北的孝泉镇，就地起义。裴昌会还在犹犹豫豫，但此时兵团部已经被李竹亭控制。他下令所有车辆改往西北方向的孝泉镇开。裴昌会坐的车开到了岔路口，停在路边，李竹亭又给他做了一番思想工作。这种情况下，裴昌会才下了最后的决心。

11月22日晚，裴昌会带领参谋、机要、电台、警卫人员等，分乘两辆吉普车、四辆卡车，前往德阳跟解放军18兵团商谈起义的事儿。后来，裴昌会曾这样回忆他与贺龙的见面：

贺司令派人把我们引到县署东北面一家别墅里。在距离四五十米处，已见到贺司令伫立在门外等候我。他一见到我，就走下台阶来，和我亲切握手说："老朋友，有幸又在这里重逢了。"（抗战时期我在洛阳见过他）接着，他又向我介绍了和他一起的李井泉、王维舟同志。

入座后，贺龙同志爽朗地说："先把话说清楚，在战场上打死人不算血债。"接着，他问胡宗南逃跑的情况和部队西撤的意图。我说，胡宗南仅带几个亲信乘机逃走，去向不明。他的企图是把部队撤到西昌，再转移到云南边境，然后退到缅甸，从海上转去台湾。但他仓皇出走前，没有对部队下达过下一步如何行动的命令。贺龙同志听后哈哈大笑，问我："你在川陕公路两侧还有这么多部队，你对他们有把握没有？"我说："绝对把握也很难说，不过目前士无斗志，官气不扬，想不至于有什么异动吧。"他说："我的主力部队明天才能到达德阳，我还要回去处理一些事情，等后续部队来了，我再来。"28日，贺司令回到德阳，先到了我这里，说："准备好，元旦前我们到成都去，还要举行入城式。你就跟我一块儿去吧。"那种宽宏大度的胸怀和坦率诚挚的语言，很令人佩服。默念我以戴罪之身，和他素昧平生，他对我是那样诚恳热情，一见如故，谈笑风生，令人铭感无既，永志不忘。

这时候，吕出、徐学章、王冠洲得到组织的指令："坚守岗位，均不得公开身份，具体任务另告。"1984年10月，徐学章在新疆座谈会上，这样回忆当时的情况：

24日，裴昌会叫译电员许鼎臣为他密译一电，送电台发往胡宗南司令部，要求限期即刻发出，发后原电稿退回机要室。得知这一情况，我三人即找许了解电文内容，许只是笑而不答。吕出给他提出三种可能：一是裴向胡表态，起义是被迫，再次向胡表忠心，留条后路；二是请胡照顾他已经撤到台湾的家属；三是向胡透露解放军的动向。许听后不置可否，一反常态对电文丝毫不讲，引起我三人的怀疑。同时认为许鼎臣大概已向裴作了保证不向外讲，一时也难追问出来。我们认为裴在起义谈判中，发此秘密电报，肯定对解放军不利。怎么办？燃眉之急。我们三人赶到电台，见台长值机正在呼叫，尚未联系通，电报发不出去，十分着急。我们假意告诉敌台长说：由我去报话台帮助他呼叫。后谎称我已用报话台与胡宗南司令部联络通，让将“急电”拿来由我代发。我假装开机发报，最后在电报底稿末尾写明发出日期、时间、签名，完成了“发报”手续，并偷着抄了一份，然后把原底稿退回机要室，机要室将此销毁。

至于裴昌会那份电报的内容，现在已经无从查考了。

别说裴昌会，就是胡宗南，共产党也照样做过策反工作。

胡宗南当师长时，手下有个名叫张新的营长，动手打了克扣军饷、倒卖军用物资的团长周士冕。在军队，像这样的犯上行为，是绝对不能容许的。张新关禁闭时，胡宗南派人去向他宣读处置决定。本来，是要枪毙他。可这张新是个愣头青，他向胡宗南当时的随从副官程开椿要了笔和纸，给胡宗南写了两句话：“死而无怨，死后请安葬烈士墓。”胡宗南大怒，大骂他是个“该死的家伙”，半夜给他加了双岗。后来，副师长彭进之、旅长丁德隆，包括周士冕本人都去跟胡宗南求情，说张新勇猛善战，杀了可惜。结果，胡宗南把他关了40天后，让他押解辎重去天水。临行前，胡宗南拍着肩膀语重心长地跟张新说：“有勇无谋，不成大器啊！”打这儿起，张新为报不杀之恩，就为胡宗南效了死力。胡宗南也拿他当了心腹。台儿庄战役张新受伤，送到长沙治疗。伤愈后，胡宗南专门派人把他接到西安，把他任命为138旅旅长。

1947年10月，在清涧战役中，时任整编24旅旅长的张新被张宗逊部所俘。尽管做了解放军的俘虏，但张新在清涧守了10天11夜，他最后被俘，也是因为胡宗南及整编76师师长廖昂对战局的误判所致。也就是说，胡宗南恨不到张新头上。1949年春，张新已经在一野总部联络部、也就是敌工部“二次就业”，他的任务主要是护送胡宗南部队中的被俘军官和整编起义的地方团队。宝鸡解放后，军区首长交给张新一个任务：到汉中去找胡宗南，给他送一封胡公冕的信。

■ 1949 年 2 月，彭德怀与张宗逊（左）在一起

胡公冕也是浙江人，国民党“一大”代表。蒋介石当国民革命军教导团团长时，胡公冕是其手下的排长。胡宗南黄埔军校毕业后，在胡公冕手下由排长干到营长，中间连连长都没当。胡公冕对胡宗南有知遇之恩，两人私交非常好。1947 年冬，胡公冕已经站在了共产党阵营里。解放后，胡公冕当过政务院参事，还曾到朝鲜慰问过志愿军官兵。1949 年 9 月下旬，张新带着胡公冕的信前往汉中，走到褒城，被抓了起来。3 天后，胡宗南召见他时，他把藏在鞋底的信交给了胡宗南。不用说，信的内容是策反胡宗南的。尽管胡宗南不为所动，但他还是先后三次召见了张新，问到彭德怀，问到赵寿山，还好奇地问到过共产党那边怎么称呼他。不过，胡宗南最后留给张新的话是：“士为知己者死，你，想到校长没有？”从此再没见过张新。

1950 年 6 月，裴昌会作为起义将领，被特邀参加全国政协一届二次会议，还做了大会发言。此次进京，毛泽东单独接见了裴昌会。裴昌会对进攻延安后，没有把运回西安的毛泽东藏书保存好感到不安：“我同胡宗南进犯延安，祸及边区十几个县，对革命造成了严重损失，对不起人民，对不起党，应向您老人家请罪。”其实，裴昌会只比毛泽东小 3 岁。毛泽东笑着说：“你还好嘛，在延安东门外的马路上铺了石子，在延河上修了一座滚水桥。”虽然毛泽东没再回延安，但延安发生的事儿他知道。临分手，毛泽东还送了他一本名叫《改造我们的学习》的书。

起义之后，裴昌会担任了西南军政委员会的委员，直到1954年6月。此后，他当过多年的全国人大代表，担任过重庆市政协副主席、民革中央副主席等职。1989年，93岁的裴昌会加入了中国共产党。3年后，他在重庆去世。

再说李振西。到达灌县后，李振西并没有回家务农，而是被送到西南军政大学去学习；之后，他又被指派为西南军区炮兵战术研究会办公室主任。很快，由于镇反的波及，李振西于1951年11月因“反革命”的嫌疑被逮捕关押，直到1975年3月才重获自由。此后李振西被任命为陕西省政协秘书处专员，并当选为全国政协委员。1979年12月6日，李振西在西安病逝，终年73岁。

第四节　最后的坚守

裴兵团的吕出、徐学章、王冠洲电台不断把胡宗南军队的行踪报告给西安：

6月9日，电告胡马军队由15日起进行全面反扑，企图夺回西安。

8月25日，电告胡宗南军队24日集结，分兵两路犯宝鸡、天水。

11月18日，电告胡宗南第65军、第1军后撤宁强；第1师空运川西新津入西康，绥署干部大部分后撤。

11月21日，电告胡宗南召开了军事会议，令各部队破坏交通线路。

11月29日，电告绥署已赴绵阳。

12月初，接连电告27军等各部队撤退情况。

25日，电告7兵团已被四面包围酝酿起义。

26日，电告7兵团正式起义，当晚移德阳。

但事实上从11月22日之后，他们就得不到胡宗南的消息了。胡宗南呢？

11月21日上午，胡宗南召集军事会议的时候，第15兵团司令罗广文没来。罗广文是重庆忠县人，黄埔四期毕业，和他的同学胡琏一样，都是“土木系”的重要将领，也当过18师的师长。他整军甚严，抗战时，有“赌博者杀、贪污者杀、奸淫妇女者杀、扰民者杀”的治军铁律。他曾因坚守石牌要塞，顶住日军半个月的疯狂进攻，获得了国民政府的最高奖——青天白日勋章，他也因此升任18军的中将军长。1944年，陈诚调他当87军军长。抗战结束后，87军番号取消，罗广文当了14军军长兼重庆警备司令，后来还当过第4兵团司令。1949年10月，蒋介石从台湾飞到重庆后，又任命他当了15兵团司令。顺便说一句，罗广文有个弟弟是物理学家杨振宁的学生，而且是个共产党员，入党介绍人之一就是人称“江姐”的江竹筠。此人坐牢出来，写了本名叫《红岩》的小说，成为传世之作。他就是罗广斌。

罗广文开会不到，派个参谋长去应付，胡宗南也没脾气。他命令李文和李振兵团率部往雅安、蓑衣岭和雷、马、屏、峨地区突围，目标是西昌，泸定和雷波；命令周士冕、丁德隆和袁朴的干训团继续从温江方向步行南下，命令四川省主席王陵基率其他地方保安团，作为部队的先导，退往西昌。

下午，胡宗南在自己的住处，悄悄地和他的参谋长罗列拟订了乘飞机逃往西昌人员的名单，然后由罗列亲自秘密通知。坐飞机逃离，只说带行李于22日6时前到新津开会。22日凌晨，胡宗南神不知、鬼不觉地突然率领罗列、沈策、赵龙文、王微、刘庆曾等一批心腹，乘车驰往成都北门外的凤凰机场，准备离开成都。不知道哪儿走漏了风声，干训团教育长袁朴已提前赶到凤凰山机场，且避着胡宗南也挤上了飞机。周士冕和丁德隆率部南下，受到拦截，寸步难行，急忙驱车返回成都请示。听到消息，他们又追至飞机场，侥幸上机逃脱。至于他们率领的西安绥署干训团，就扔在温江，听天由命了。

本来，胡宗南准备飞到西昌，可赶上下暴雨，西昌落不成，他干脆让飞机飞到了海南的三亚。他前脚走，后脚裴昌会就起义了。当蒋介石从空军副司令王叔铭那儿得知胡宗南跑到三亚，正好裴昌会起义的消息也到了。老蒋勃然大怒，马上让顾祝同去三亚找胡宗南，准备查办他。好在顾祝同与胡宗南私交不错，到三亚后，他拍了个电报给老蒋，说胡宗南飞抵海南并非初衷．皆因西昌豪雨，飞机无法降落，才临时决定改飞云云。而胡宗南愿意返回西昌，戴罪立功。老蒋当夜就回电文，内容十分简单：“来电收悉，同意，令琴斋率部坚守西昌三个月，等待时局变化。”于是，12月28日一大早，胡宗南又带着他的随员、电台、卫士连，分乘10架运输机飞到了西昌。捎带说一句，最后一直跟随胡宗南的电台台长，就是高孟吉、薛浩然他们七分校的同学浙江人秦赞。

在海南时，胡宗南得到了李振兵团起义的消息；一到西昌，又传来了李文起义的消息。李文把刘伯承、邓小平的电报传达给部队，只是遭到第1军部分官兵的反对。有些军官携枪逃走，也有人吞枪自杀。谁让第1军是蒋委员长亲自缔造、胡长官亲自指挥过的呢？ 4天之后，就是1950年的元旦。根据台湾的意思，上午9点，胡宗南跟驻守西昌的这个团训了一次话。统率40万大军的胡宗南，望着台下这区区千把人，心中的悲凉可想而知。据说他情绪非常低落，越说声音越小，说了5分钟，喉咙就嘶哑了。当然，第二天，台湾以及华盛顿、纽约的报纸仍然都用醒目的标题如“保卫大西南——胡宗南将军在西昌发表元旦讲话”、“胡宗南将军在西昌检阅数万大军并发表元旦讲话”等等，报道胡宗南在西昌活动的消息。

这以后，胡宗南就关门闭窗，点上一支蜡烛，一个人像疯了似在房间里走来走去，不是抱头痛哭流涕，就是发疯地狂喊。1月3日，宋希濂手下124军军长顾葆裕带了一个师逃到了西昌附近，胡宗南也懒得见他，让罗列给他封了个兵团司令去守会理。过了十多天，他才开始慢慢见客；直到2月底，参谋总长兼西南军政公署最高长官顾祝同和蒋经国一起秘密飞到西昌，召开高级将领的军事会议，胡宗南的精神才算振作起来。出席这次会议的，还有西康省主席贺国光、云南飞来的第8军军长李弥和第26军军长余程万。这次会议开了7天，详细拟订了建立所谓滇西复兴反共根据地的计划。在滇西，李弥、余程万手上还有3万多人呢。走的时候，顾祝同、蒋经国本来打算先飞到云南的蒙自机场，到那边实地考察一下，给李弥、余程万的部下也打打气。谁知这边飞机已经发动，那边机场传来了坏消息：蒙自机场官兵哗变了，听说顾祝同、蒋经国要来，叛军正准备抓了这几个大官给共军当投名状呢。一听这情况，李弥、余程万也不敢再回，跟着顾祝同、蒋经国一起飞往海南，转道去了台湾。

3月24日，罗列收到两份电报：一是顾葆裕来电，称南路共军已经渡过了金沙江，会理守不住了，他准备转向滇西了；另一个是新近被任命为第5兵团司令的胡长青来电，说北路共军已经占领他驻守的汉源县，他的部队不得不南渡大渡河，退守大树堡。会理距西昌只有一百华里，而大树堡到西昌也不过两三百华里。以解放军的速度，从大树堡打过来，也顶多三天时间。可是，这时候离蒋介石下达给胡宗南坚守西昌三个月的最后期限还有四天。

胡宗南声称，他要率队从陆路打到滇西，和李弥所部汇合。去了三亚本来就极不情愿跟胡宗南再回西昌的周士冕以及沈策、李狄龙等三人生怕胡宗南变卦，自己坐飞机走把他们甩下了，干脆把行李放在罗列办公室。为此，李狄龙甚至没敢去取给路上准备的腊肉。可是想不到，胡宗南还是把他们给甩了。后来，沈策、李狄龙都进了抚顺战犯管理所，其中沈策被关到 1975 年最后一批释放战犯时才被放出来。但是，沈策晚年在大陆却生活得很幸福，活了 98 岁，2005 年才去世；而周士冕却非常倒霉。他于 1950 年 4 月 1 日被俘，1953 年被押解回他江西永新的老家；当年 11 月 22 日，在镇反中，周士冕被枪毙。周士冕死之前，还写过十几万字的交代材料。据说周恩来知道这事儿时，周士冕已经人头落地。为此，他还批评过江西方面这事儿办得太草率。

1950 年 3 月 27 日凌晨 2 点，罗列躲过周士冕等人，悄悄到西昌机场送走了胡宗南，然后替他拍发了一份电报：

> 蒋先生：情况紧急。留守西昌三个月的军事任务已完成，我将于三月二十七日晨二时飞离西昌，到海口转台湾面呈一切，西南军政长官公署及所属部队由罗列率领由滇西转进，与李弥部会合后再决定方向。

罗列在西昌又守了两天之后，带着不到两千人打算跑到缅甸一带。可惜，当年统率堂堂天下第一军的罗列，被拿着鸟枪的彝族地区的土匪打得一塌糊涂。像军统的黄逸公一样，好些人被土匪抢了个精光，另一些又做了解放军的俘虏。只身逃出的罗列化妆成要饭的叫花子，途中遇到了几个逃出的旧部，一行人集合起来，准备逃离大陆。在逃跑过程中，这几个旧部先后都被发现做了俘虏，只有罗列每次都能神奇脱身。据说其中一次脱险，他居然是从剧院的椅子底下爬出去的。在同伴一一被俘之后，罗列又剩了光杆儿一条。他做出决定，不再在刚刚解放不久的西南活动，转而进入共产党政权相对稳定的湖南。所谓“最危险的地方才是最安全的”，果然，罗列跑到湖南，反而安全了。经过一年的流浪，罗列辗转几个省，顺利地跑到了广东。又在1951年，经过广东进入香港，最后终于到达了台湾。

蒋介石对罗列历尽艰难逃到台湾的事迹大为惊奇，非常赏识其忠勇之心。此后，罗列获得重用，官至副总参谋长、陆军总司令，晋级上将。1961年，蒋介石意图趁大陆饥荒之际反攻，罗列固执地持反对意见，惹得老蒋龙颜大怒，于是丢官罢职，退役了。

胡宗南到了台湾后，却过得比较失意。1950年5月，胡宗南遭到监察院陕西籍老委员李梦彪等46人的联名弹劾，差点被抓起来追究责任，吓得他躲在汤恩伯家不敢出来。1951年3月，蒋介石派他去大陈岛，整理指挥流落在沿海的散兵游勇，组建“江浙反共救国军”，任命他当了个总指挥。就这么个“小司令”也只让他干了两年。1955年，老蒋再派他去守澎湖。这时候，军届已经新人辈出，黄埔五期毕业的新任参谋总长彭孟缉去视察，黄埔一期中曾最春风得意的胡宗南也得对这个后生晚辈毕恭毕敬。就这样，当了4年“澎湖防守司令官”，胡宗南就再没掌过兵。1962年春节里，66岁的胡宗南在台北荣民总医院病故。

第五节 解放成都，情报人员在行动

还是先回到1949年12月那个凄风苦雨中动荡不安的成都吧。

12月12日凌晨，联勤总部第七补给区司令程开椿悄悄地飞往台湾了，他手下的第四军械总库库长孙萍在随他逃跑时，卷走了金库的经费。他们逃跑前，布置潜伏特务预谋在20日夜里将军火库炸掉。

刘奉先情报小组隐蔽在第七补给区司令部军械处当中尉收发的石士超告诉刘奉先，第四军械总库现有500吨的武器弹药库存，如果引爆，半个成都都会被炸上天。总库共有1600多人，群龙无首，大家都处于惶恐不安之中。刘奉先、石士超认为，当务之急是得找个人去代理总库库长，安定人心，稳住局面。司令部有个中校科长王明，品行正派，也有工作能力，但在程开椿这儿不得志。刘奉先、石士超认为，王明在业务上本来就对军械总库有指导关系，对那边的人也比较熟悉。刘奉先以共产党地下人员的身份跟王明谈过话之后，王明很爽快地答应下来。于是，王明到军械总库，召开了全体上尉以上军官会议，宣布司令部派他临时代理总库的库长，要求大家服从命令、坚持工作。王明本来就是上级机关的科长，跟大家都熟，没人对他当代理库长有什么怀疑。但问题是孙萍把钱都卷跑了，大家现在连吃饭都成了问题。刘奉先只好让杨开元想办法，从杨开元骑兵旅那边弄了 5 两黄金和 500 块银元给这边应急。这笔钱，1600 人一周就吃光了。王明这人挺识大局，他让他老婆卖掉了全部细软，又换了 1800 块银元，局面才勉强维持下去。

但是，负责炸仓库的特务，他们不掌握。为减少损失，排除危险因素，刘奉先、王明他们决定，将库内重要的武器转移到安全之处。16 日一夜，他们运出了 30 卡车共 120 吨，存放在董钊家的后院。董钊这会儿全家已经飞往台湾，他的警卫排这时已经被刘奉先他们掌握了，这批武器就由警卫排负责守卫。特务没找见，但刘奉先他们却把孙萍逃跑前留下来的 5 吨炸药给搜出来了。他们把这批炸药转移到了一个分库密藏起来。

军械库的护库工作，还有一个隐患，这就是兵力薄弱。总库和三个分库，加一块儿才一个连的兵，靠他们根本对付不了散兵游勇以及地方武装的冲击。为强化守卫力量，刘奉先又照搬被服总厂的办法，选择可靠的官兵，组成了一支 300 人的队伍，配发最新的美式武器，24 小时不间断开展巡逻。他们还在库房四周紧急架设了电网，让那些有抢武器想法的人不敢轻举妄动。18 日晚上，有几十个来历不明的人冲击总库大门，被护厂队开枪打死了三个，其他的人吓得都作鸟兽散去。刘奉先等人还下到各库去，对官兵们做思想工作。这样维持了近 20 天，解放军一进城，第一个接管的就是军械总库。1600 名官兵因为护厂有功，都按起义人员对待；王明被任命为解放军第四军械总库的库长，后来调到西南军区后勤部军械处工作，干他的老本行。

在应对第七补给区第四军械总库危机的同时，刘奉先还在处理另一个棘手的问题：中央陆军军官学校已经几天没开伙。

中央陆军军官学校就是我们所说的黄埔军校，1937 年 10 月，抗战开始之后，中央陆军军官学校迁到了成都，此后，相继在陕西汉中、湖北武岗、江西瑞金、贵州独山、云南昆明、广西桂林、陕西王曲、湖北均县、新疆迪化等地设立分校。抗战之后，1946 年 1 月各分校奉命结束，未毕业的学员转入成都本部继续学习。而这会儿待在北校场中央陆军军官学校的学员，应该是未来得及毕业的第 22 期、23 期。

位于北校场的军校已经像军火库一样危险，一触即炸。

和程开椿、孙萍一样，3 个月前才从关麟征手上接任军校校长的张耀明也拍屁股飞了台湾。军校台湾籍学员和国民党高官的子弟共计 200 余人也被飞机接到了台湾。留下的 2000 多师生，要钱没钱，要粮没粮。有人认为军校生是共产党的死敌，因此只有拿起武器上山奔西康去，在那儿依仗四面环山打游击，等着第三次世界大战的爆发。蒋委员长在 1949 年元旦的讲话中，就曾预言过第三次世界大战即将开始嘛。军校武器并不多，枪从哪儿来？就有人惦记着去军械库抢枪。当然，另一些人思想上已经倾向于共产党方面，接受共产党人的主张，准备静待成都解放。

一天，军校一名少校政治教官陈加农找到刘奉先。陈加农原先是“民盟”成员，后来和组织失去了联系。在学校里，他属于倾向共产党一方的人。听说刘奉先是共产党派来的，他找刘奉先说明了学校的状况，请求支持。本来，这个时候刘奉先也还没有公开身份，但既然陈加农能找到他，说明已经有很多人知道他的情况了。也是形势逼人，刘奉先索性公开露面，到北校场跑了三趟。首先，他先弄了 1000 块银元给军校救急，解决吃饭问题。在陈加农等人的努力下，军校局面稳定下来。学校的枪支被完好地保护下来，一支都没有丢。后来，解放军举办入城仪式，排在最前头的欢迎队伍，就是中央陆军军官学校的师生。说起来，这是件让解放军很有面子的事情了。

这个时候，处于无政府状态的成都，拥兵最多的人，名叫曾庆集。时年 47 岁的曾庆集，是清华大学毕业的高材生，上过美国的西点军校，抗战期间当过军统二处的副处长，抗战后当过中国驻加拿大和美国使官的少将武官。1948 年春，曾庆集任联勤总部副参谋长兼上海港口司令，其实，他的另一个兼任职务才是国防部调他回国的真实目的：他还是美援物资处理分会的总干事。随着战局的严峻，上海守不住了。四川人曾庆集想到了回老家，于是，1949 年 2 月他被调任联勤总部川东供应局局长，4 月又任联勤总部第 4 补给区副司令兼 44 补给分区司令。曾庆集不是个带兵打仗的人，此时，他的手上也只有一个警卫营可用。不久，重庆的第 4 补给区、西安的第 7 补给区都撤退到了成都，各有一个警卫营，到了 12 月，这两部分的头儿又都跑到台湾去了。曾庆集就把这两个营也收入麾下，组成了一个后勤系统的警卫团。另外，他还把分散四处的保安团队也收编成一个团，并且把驻成都的一个宪兵团也收归他管辖。有了这么几个团，他没当旅长、师长，而是直接当了第5军军长，并且成为成都城防司令部的司令。这个说一口流利英语的曾庆集最后时刻为什么没坐上飞台湾的飞机？这是一个谜。也许，是他无法割舍家小亲情，也许是他受到了蒋介石嫡系的排挤。但是，他最后时刻拉起队伍来，当然仍不失为精明之举。就是起义，光杆司令和掌兵的将军将来的待遇都会大不一样的。

刘奉先决定登门造访这位曾将军。12月22日傍晚，刘奉先带着个随从，坐着一辆美式军用吉普车来到城防司令部。见到曾庆集，他递上的名片，写的是“西安绥署上校联络参谋刘本厚”。来之前，刘奉先做过功课，认为曾庆集不至于加害自己。曾庆集有海外教育背景，也不是蒋介石的嫡系，犯不着跟着老蒋一条道跑到黑。如果他真想跟老蒋，也不会傻乎乎地留在成都。刘奉先登门造访，就是想利用曾庆集手上的这些部队，维持住成都的局面，把成都太太平平地交给解放大军。

曾庆集是一个白净斯文的人，戴着一副金丝眼镜，不穿军装，他看上去可能更像教授、医生之类。听说刘奉先是共产党派来的，曾庆集果然非常热情。谈妥起义的事儿后，曾庆集派了两个心腹参谋跟上刘奉先，专门听他的吩咐。刘奉先住在四圣祠一个加拿大人办的医院。把刘奉先送回去时，曾庆集拨给他一个连的人，负责他的警卫。第二天，曾庆集还专门给刘奉先这儿拉了一条电话线。从此，四圣祠的医院就成了刘奉先他们的临时机关。

听说解放军18兵团已经到了新都县，刘奉先决定和情报组成员、大荔军分区机要科长高怀廉一起去和部队接头。从成都到新都，相隔20多公里。成都这边是曾庆集的部队，这没问题；问题是到达解放区之前，还要经过国民党正规军的防区。这部分正规军是谁的部队、其政治态度如何，他们已经来不及去了解了。于是，他们决定带上“侦察公路运输能力”的假证件，硬闯过去。

25日一早，坐着曾庆集派来的吉普车，刘奉先二人顺利通过曾的防区；再往前，他们果然被几个当兵的拦住。刘奉先亮出假证件：“有载重车要经过，我们先去看看路。”“那边可有共军，你们小心点。”当兵的并没有跟他们较真，一挥手放他们过去。走了一段，就遇到解放军战士举枪，喝令他们停下。俩人就这么被带到了新都县城。在街上，高怀廉还认出了以前部队的熟人。

和相关部门接上头之后，刘奉先二人被带去见贺龙。贺龙的临时办公室是一间普通的旧瓦房，房子里放一张方桌，桌前有个炭火盆，靠墙一个大木床，床上放了两条单薄的军被和一件皮大衣。他桌上摊着地图和文件，另外还有一部军用电话。刘、高二人进去时，贺龙叼着他那著名的大烟斗与西北军区参谋长张经武正在谈话。见到从敌后来的同志，贺龙很热情，拉着手把他们让到火盆旁落座。因为刘、高二人汇报的是后勤系统的情况，贺龙让他把西北军区后勤部长陈希云、政委杨尚高也找了去。他们谈的，当然是接收国民党后勤系统的一些具体细节，谈话一直进行到深夜。

26 日下午，刘奉先、高怀廉二人陪同陈希云、杨尚高等人，带了一个营的兵，分乘 15 辆卡车前往成都。公路上不是还有国民党的正规军吗？这不要紧，原来，那些正规军是裴昌会的部队，他们出发前，已经跟裴昌会打过招呼。所以，一路顺畅，他们只用了半个小时就到了成都。陈希云、杨尚高他们当天也住到了四圣祠医院，部队就住在附近，医院的守卫也换成了解放军。当天晚上，他们就召集国民党后勤系统各单位负责人在四圣祠开了会，会议由刘奉先主持，杨尚高政委代表解放军讲了话。至此，国民党的后勤系统由解放军正式接管。

再说李福泳、薛浩然他们。在 12 月 30 日解放军举行入城仪式之前的真空状态，他们二位做的工作，就是天天跟踪绥署二处的特务，然后及时报告军管会。特务为了躲避跟踪，有时一夜更换几个住处。白天，特务们一会儿出现在有名的酒楼，一会儿又坐车去了郊外。只要有可能，李福泳、薛浩然不分白天、晚上都会去跟踪。因为身上没钱，为解决吃饭问题，他们定点去一家清真食堂，那里提供免费的汤，他们可以用来就自己身上带的烧饼。总去混汤喝，难免要遭店家的白眼。他俩倒满不在乎，反正身上穿的是国民党的军服，他们认为要丢也是丢国民党的脸。当然，要是跑得远了，连这口热汤都没地儿喝了。

为配合解放军解放汉中、成都，并开展和平解放西藏的工作，1949 年 10 月，陕甘宁边区政府公安厅情报科成立了青海情报站，情报科副科长袁心湖被任命为站长，率领已改名为孙健的高孟吉以及赵继义、刘良骥等人离开西安，前往西宁开展工作；同时成立的还有南线工作站，派严夫担任站长，负责尚未解放的汉中、成都的情报工作。严夫是边保七里铺情报培训班第二期的学员，曾在陇东地区当过保安科长。他是个西安人，哥俩儿还是双胞胎。严夫性格开朗，篮球打得好，自行车也骑得好——对于延安的干部们来说，自行车这样的洋玩意大多数都没机会接触。后来，艾奇玉还是跟严夫学会骑自行车的呢。12 月，严夫带郑琏等人随解放军 18 兵团到达汉中，郑琏在这里终于与孙元昌重逢。成都解放后，严夫住白公馆附近，他先接了吕出、徐学章和王冠洲，三天后又到起义军官集中的昭觉寺接回了李福泳、薛浩然。大家见面后，都非常激动。李福泳热泪滚滚，哽咽地话都说不成。

派两辆吉普车将李福泳等五人送往西安之后，严夫也接收了刘奉先情报小组的成员。这个时候，刘布谷已经调到新近成立的西南公安部工作，他也特意从重庆赶到成都，和刘奉先等人见了面。久别重逢，大家跟亲人一样激动万分。在成都，严夫召集南线工作站的全体人员连续开了三天会，详细地总结了工作中的得与失。1950 年 5 月，成都的工作告一段落之后，严夫带领于遵辅、王倚霞、戴丹枫、张士杰、石士超等人回了西安。杨开

■ 1950 年 4 月原边保情报科部分工作人员合影（局部），左为严夫，右为袁心湖

■ 成都解放后，1950 年 2 月 6 日刘奉先情报组部分成员合影（局部）。前排左起：高怀廉、于遵辅、刘奉先、刘布谷夫人白凤仪；后排左起：张士杰、杨开元、戴丹枫

元留在了西南政法学院当科长，而高怀廉则调回原部队，担任了川西军区的参谋长。

新中国成立后，曾庆集当过西南军区后勤部的副部长、解放军南京军事学院的副院长和山东省政协常委。和“美帝”曾有过不寻常关系的他，最终没能过了“文革”这一关。他 1967 年去世，享年 65 岁。

1950 年 7 月，刘奉先探亲后回到西安，受到了李启明等领导的热诚欢迎，西北局书记习仲勋还接见了他。当年，刘奉先被评为“人民功臣”。在情报人员中，获此殊荣的非常少。但是，说不清什么原因，刘奉先人生的辉煌也就到此为止。他起初也在西北局社会部情报科工作，1952 年，西北局社会部改为西北战略情报处，刘奉先就改名为刘明，转业到了咸阳的一家纺织厂工作，从此默默无闻。

这里也交代一下谢璇的下落。成都解放后，经关系说服，绥署二处秘勤组长谢璇、人事组长杜云都向军管会报到自首。后来，谢璇死在了狱中。

第十章 久别重逢

第一节 寻着暗号找老友

新中国成立后，晋绥公安总局西安情报工作站电台负责人李三善到了四川，先后担任了川西区党委电台报务主任、川西公安厅电台队长、川西军区司令部通信科参谋等职务，1983 年，他从成都军区司令部通讯部长的职位上离休。这些年里，李三善一直惦记着 1949 年春天和他在电波中联系过的那位国民党部队的报务员。他也曾多方打听，但都杳无音讯。退休以后，有了大把的时间，他又开始寻找那位报务员了。1985 年下半年开始，李三善下了决心，非找到他的下落不可。接下来的一年多时间里，他先后给成都军区联络部和落实起义人员政策办公室、成都市东城区委和西城区委统战部、陕西省委统战部、重庆市委统战部等 13 个单位去了信，并且走访或者写信给裴昌会等 12 位当年起义的胡宗南军队高级将领。终于，老李从陕西省委统战部和原西安绥署机要处主管通讯业务的参谋葛村这两方面得到了线索。1986 年 11 月 29 日，老李在兰州军区司令部通信兵史编写办公室同志的陪同下，来到西安市张家村省邮电宿舍，找到了时任西安市市内电话局副局长的徐学章。当李三善讲了他要寻找的电台报务员的情况后，徐学章已经很激动:“我们也一直在寻找你呢。”“如果是你联络我的台，请你回答当时你使用过的电台呼号。如果你答不上来，我还不能认你呢。”听李三善这么一说，徐学章不假思索就回答出“CQQ”这个特别符号来。李三善一下子从沙发上站了起来，一把拉住了也已经激动地站立起来的徐学章，像阔别多年的老战友一样，两双手紧紧地握在了一起。“真是你呀，太好了！”李三善用力地摇着徐学章的手，徐学章却告诉他：“联络你的人不是我，他叫李福泳，已经于1964年病故了。”

那么，成都解放后，李福泳等人被严夫接回西安后，又干什么去了呢？这得慢慢说。

1949年9月25日，国民党新疆省主席包尔汉和新疆警备司令陶峙岳联名给毛泽东发去电报，宣告脱离广州的国民政府。新疆和平解放后，中共中央立即发出指示，要求解决西藏问题、进军西藏宜早不宜迟。为适应这一工作，中央军委情报部和中共西北局决定，建立军委情报部青海联络站。联络站受中央军委情报部西北联络处和青海省委双重领导，其任务就是开展对西藏的调查研究和情报工作，为解放西藏作准备。另外，就是做争取班禅、达赖的工作等。1949年10月，受西北军政委员会公安部长兼中央军委情报部西北联络处处长李启明的指派，西北联络处的副处长袁心湖带领20多名干部和3部电台，马上集结到兰州。这批干部中，就包括改名孙健的高孟吉，西安解放后被雪藏起来、原计划派往兰州、迪化的赵继义，以及在国民党165师卧过底的刘良骥等人。三名参加过长征的藏族干部随队担任翻译，他们都使用的是汉语名字，其中张竞成还是藏族大学生。他们先期到达西宁之后，1950年3月，李福泳和奥德明也被抽到青海联络站来。当时，上级决定青海站派电台随达赖哥哥当才进藏谈判，与李福泳电台直接联络，西安和北京电台同时收听。入藏后，代表团全体被软禁，电台长期无法联络。

为了阻止解放军入藏，噶厦政府派出了全藏三分之二的兵力，布置在昌都一带。解放军入藏，首先要克服缺粮的困难。就是有粮，要源源不断运进去、保证部队作战都很艰难。1950年10月，解放军18兵团还是发起了昌都战役。当时，连战马都不堪高寒缺氧和劳累，大批死亡，解放军很多骑兵都变成了步兵。尽管如此，昌都战役中，解放军还是把昌都总管阿沛·阿旺晋美手下的藏军打了个落花流水。在此基础上，才有了后面的西藏和平解放。

昌都战役之前，中央和西北局于1950年2月电示青海省委，动员达赖的哥哥、塔尔寺法台当才活佛以及青海一些影响大、资望高的活佛和千户组成一个青海各寺院劝告和平解放西藏代表团，对达赖和西藏地方当局劝和。起初，当才不愿意去，顾虑重重。西藏的地方当局非常顽固，而解放军又离拉萨还很远，当才认为劝和很难让噶厦入耳、入心；当才的父母

■ 1950 年 6 月 21 日，青海联络站玉树组骑马向玉树出发。右一为副组长刘良骥，右三为报务员李福泳

因为得罪亲英势力，于三年前曾被人下毒。再说，达赖此时尚未亲政，也还没有实权。为了做当才的思想工作，青海省委以及青海联络组的领导没少和当才谈，刘良骥和藏族干部罗德干在塔尔寺住了半个月。最后，当才活佛以及同仁县隆务寺的夏日仓活佛、大通县广慧寺的显灵呼图克图等三位活佛终于被说动，劝和团于 5 月成立。青海联络站的科长迟玉锐担任了劝和团的汉文秘书，他的妻子程广惠担任机要员，协助迟玉锐进行情报工作。时任西北军政委员会主席的彭德怀还专门到西宁接见了青海劝和团一行。7 月，劝和团携带青海省人民政府发的证件和致大札摄政、四噶伦并转致达赖喇嘛的信件，分两路从西宁和同仁起程，8 月份在柴达木盆地的大河坝会合后，一同进藏。

劝和团带着一部电台，报务员是从马步芳部队投诚过来的李锐，他也是青海联络站的一名干部。按规定时间，李锐和青海联络站电台保持着联络。但是，劝和团电台 10 月下旬由藏北夏曲卡发出最后一次电报之后，就再也没有音讯了。考虑到李锐的电台功率比较小，工作条件又比较差，联络组派李福泳携带电台赶到青海玉树，以期近距离和劝和团保持联系。当时，玉树的生活条件、工作条件都非常差。李福泳极为负责地守听和联络，他媳妇苏秀峰这时候也学了报务，给他打下手。虽然连续一两个月呼叫不应，他们仍然每天按时守听。

2013年11月，作者在西安市太白南路陕西省水资源勘测局家属院一栋高层里见到了80岁的苏秀峰，以及她与李福泳的大女儿、原名李燕的苏勤。

苏秀峰告诉作者，在生苏勤之前，她于1951年1月在玉树还生过一个女儿。那段时间，李福泳每天要聚精会神守听劝和团的电台信号，生怕对方电台因为信号弱、声音小，错过了联络时机。而他们还在襁褓中的女儿却常常大声啼哭。这年三四月份的一天，一向脾气很好的李福泳发起火来，一把将孩子抱到了旁边的厨房里。在电台工作室，苏秀峰的身份只是个实习报务员，她得老老实实听李福泳的指挥，不敢擅自离开岗位去哄孩子。等他们结束当天的工作，已经过去了一两个钟头。在那间厨房里，孩子已经哭不出来声了；因为受了风，孩子额头滚烫。青藏高原上氧气稀薄，就是大人发烧，也不是闹着玩的。孩子因此得了肺炎，尽管苏秀峰带着孩子还住过部队的野战医院，但小丫头只活了六七个月，就夭折了。说起这个孩子，苏秀峰老人至今仍然神情黯然。

昌都战役之后，有从西藏过来的人捎来这样一个消息：由青海入藏的一男一女两个共产党员被软禁。那个女共产党员还特别厉害，强烈要求放他们去拉萨，要求当地官员限期答复。看守她的官员也不敢跟她来硬的，只是说好话哄着她。消息传到青海联络站，大家稍稍松了口气。最起码，

■ 采访苏秀峰老人

说明西藏地方当局还没敢杀害迟玉锐、程广慧他们。

■ 青海联络处第一个进藏的机要员程广慧

劝和团进藏，是带着武器的。除了青海联络处的三位工作人员、一位担任翻译的汉族商人，三位活佛还各自带了几名亲随，并且雇请了几十名多次往来西藏和青海、熟悉路途情况的商人。这样，劝和团总共有 60 人，270 匹骡马、数百头牦牛，并且携带了 4 挺轻机枪、长短枪 57 支，仿佛是一支武工队。走到藏北的夏曲卡，西藏地方当局派人对他们进行搜查，将枪支搜去，并且将迟玉锐一个笔记本搜去了。走之前，迟玉锐怕记不住中共对藏十大政策，把它摘抄在这个本子上。另外，劝和团内部公约也在上面记着的。按说他应当在记熟它们后将本子毁掉，但他大意了。好在电台的密码本藏在牲口驮子的棉絮里，没被搜出来。这样，三位活佛被迎进拉萨，迟玉锐、程广慧被押送到泽当软禁起来，当然，电台也被搜走了。在他们被软禁期间，夏日仓活佛两次派亲随化装成乞丐，克服重重困难和他们取得联系，将拉萨当局对三位活佛的态度、劝和团劝和的进展情况通报给他们。昌都解放后，解放军已大军压境，劝和团的工作开始收到效果。1951 年 1 月，大札摄政下台，达赖亲政；2 月，迟、程二人被送到拉萨，手枪、电台也发还给了他们。电台已经遭到破坏，好在李铭心很细，走之前就藏了一些重要的配件，自己把电台修好了。守在玉树的李福泳首先与这台中共在西藏的第一部电台联络通。此后，西宁青海联络处的电台也与拉萨的电台联络上。

1951 年 3 月初，青海联络站收到西藏噶厦委托迟玉锐发来的一份转致阿沛·阿旺晋美的电报，内容是任命阿沛·阿旺晋美为首席全权代表，准备去北京谈判。4 月，阿沛·阿旺晋美和班禅先后到达北京。根据迟玉锐他们提供的情报，中央政府在谈判中协调了达赖、班禅的关系，消除了班禅返藏的阻力。5 月 23 日，《中央人民政府和西藏地方政府关于和平解放西藏办法的协议》在京签字生效。

西藏和平解放之后，李福泳和妻子苏秀峰来到拉萨工作。1954 年，李福泳从情报站转业到地方工作，先后在西藏工委组织部、拉萨市委办公室工作，当过拉萨市委办公室的副主任。西藏平叛中，他搞了不少调研，为领导决策提供了参考。李福泳是个开朗、幽默的人，特别爱开玩笑，而且还有绅士风度，女同事都喜欢跟他共事。他老家湖北麻城原来是血吸虫病的重灾区，他过去也得过病，身体底子不好。高原上十几年的生活，严重地伤害了他的健康。1964 年，李福泳获准调往内地工作。可是，这时候，他的肝硬化已经非常严重了。途经西安，他的病情恶化。住进西安陆军医院，他没能再出来。这年 10 月，李福泳去世。终年只有 40 岁。

22 年之后，听到李福泳英年早逝的消息，曾经在电波里与李福泳神交过的李三善，忍不住一声长叹。

第二节　和毛主席握过手

2004 年，原名高孟吉的高健出版了一本《进军西藏日记》。到出这本书为止，高健一共写了 69 本日记，从 1948 年至 2004 年一天不少，一共有 2000 多万字。戎马生涯中，他的日记大多都记得比较简略，但很多本书中出现过的人物，都在他这本出版了的日记里找见了身影。比如，1949 年 10 月 8 日，高孟吉随袁心湖等人一起从西安出发，前往进藏的第一站：兰州。才走到甘肃静宁县，就碰到他的小学同学、曾经和薛浩然、吕出一起去韩城的师世德。师世德是随青海干部大队一起赶赴兰州，他要报到的地方是甘肃省财政厅。到了兰州后，师世德还给高孟吉送过晚会的入场券；那个曾经让边保领导十分伤脑筋的同都生，被分配到兰州市公安局三分局工作。高孟吉到兰州第二天，就去见了同都生；1950 年 4 月，高孟吉从西宁回西安出了趟差，这次，他见到了分别一年多的吕出、薛浩然、徐学章、王冠洲等四人。已经调回西安工作的袁心湖还专门请他们五位情报力量吃了顿饭。日记里记录，吃饭的地方在东大街的香口茶社，湖南人袁心湖请他们吃的是湖南菜，四菜一汤，花了 61500 元人民币。那会儿，吃饭就是吃饭，不像现在这样，一定要喝酒。袁心湖很关心高孟吉家里的困难，他专门给韩城的县委书记和县长写了封信，让大荔公安处长曹子谦带回去，要求组织上要照顾高孟吉的两位老人。

吃过这顿湘菜当晚，高孟吉的妻子王萍从老家赶到西安。当晚，夫妻俩借宿的地方，还是当年高孟吉带高勉斋与谢璇见面的北大街高铭斋商号里。厚道的高铭斋夫妇留他们小两口在家吃了午饭，然后还请他们去新安商场平安电影院看了场王丹凤主演的电影《夜来风雨声》。新安商场就在钟楼旁边，在这原址上盖起的开元商场，现在仍是西安市最大的商场之一。

也有不好的消息陆续传来。1951 年 2 月，高勉斋来信告诉他，他的表哥解常新年上去安边，途中受风寒，转为伤寒，已经于腊月里病故了。解常新是高孟吉舅舅的儿子，从小跟他就很亲密，高孟吉在西安的私事很多都是托他代劳，这其中也包括他到龙驹寨当潜伏台长期间，表哥替他收转信件。看了信后，高孟吉伏在桌子上大哭了一场。

1951 年 4 月，高孟吉收到妹妹的信：曾经悄悄拿自己私房钱资助他上学的姨妈家，土改中被评为了“开明地主”。“开明地主”这样一个词汇，后来时间不长就消失了，剩下的只有“地主”二字了。姨妈家 200 亩旱地、20 亩水田以及牛、马、农具全都被平分了。姨妈家 7 口人，每人两亩三分地，总共可留 17 亩地。韩城的土改于 4 月上旬结束。这边土改结束后，被定为地主兼工商业主的姨父还得去兴平关了那边的商号。

那个时候的高孟吉，实际上叫孙健。

西藏和平解放之后，对外称为青海军区联络处的青海联络站改成了西藏工委联络处，原先的青海联络站站长秦慎之调中央情报部工作，一野联络部部长范明兼任联络处的处长。1951 年 8 月，联络处的工作人员开始分路进军西藏。前文说过，从清朝开始，中央政府对西藏就没再派进过一兵一卒。解放军这次进藏，意义非凡，也艰难非凡。孙健、李福泳、奥德明、赵继义等人作为西藏工委联络处的工作人员，经历了这一过程。

西藏工委对外的称呼是 18 军独立支队，范明任司令员。范明本名郝克勇，西安临潼人，父亲郝鹏程是西北军的创始人之一，和杨虎城、赵寿山是世交。郝克勇从小熟读《四书》《五经》，天资聪慧。他哥郝克俊是邓小平介绍入党的中共党员，1928 年又由杨虎城推荐去读上海大学；郝克勇也就随哥哥一起去上海读建国中学。之后，郝克勇上过两年复旦大学，

■ 一野政治部秘书长兼联络部长范明

学的是中文与哲学；1935 年，郝克勇又到国民政府盐务税警官佐学校读书，毕业后被分到贵州天柱县任盐务税警分队长。因为扣押了湖南省主席何键的走私船，“西安事变”后受到打压，被迫回到西安。抗战期间，郝克勇被中共派到国民革命军 17 路军 38 军任中共工委委员、书记，兼任教导队队长。这时候，郝克勇的主要工作就是搞统战、兵运，他的直接领导就是周恩来、李维汉。1942 年 7 月，毛泽东致电 38 军军长赵寿山，要郝克勇回延安汇报工作。因为郝克勇从事的是秘密工作，有一回聊天，毛泽东建议他改名字。因为郝克勇的母亲姓“范”，毛泽东就给他改名为“范明”。

在人才济济的中共阵营里，范明绝对算得上一位奇才。首先，因为家族的人脉，搞统战他是一把好手。1946 年 4 月，胡老六胡景铎酝酿横山起义。7 月，受习仲勋指派，以富平立诚中学教员身份前往横山波罗堡，当面向胡老六转交习仲勋亲笔信的人，就是时任西北局统战部统战处长的范明。范明还有着深厚的文学功底，进军西藏后，彭德怀曾经要求他写一部名为《新西游记》的小说，表现可歌可泣的解放军进藏经历。后来，范明在百忙中写出了 3 万多字的提纲，并且写了个开头。后来因为挨整，这部小说没写成；不过，到了晚年，尽管他这儿天天门庭若市，他还是挤时间写出了传记文学《史圣司马迁》一书。解放战争期间，范明一直是彭德怀的助手。手中只有一个范明，彭德怀仿佛是嫌不够用。1950 年，彭德怀曾在一个月内四次变动范明的工作任务：先让他去西藏，又让他去新疆；抗美援朝开始后，还想带他去朝鲜，最后权衡之下，还是让他去了西藏。历史上，进军西藏的将军只有两位：一个是唐朝的薛仁贵，另一个就是民国的马步芳。这二位最终都以失败告终。但是，范明率领解放军第 18 军独立支队，却成就了这一美名。

插上一句。范明晚年，为何没有人前冷落鞍马稀，反倒“门庭若市”

呢？这就因为范明的另一奇才。他懂中医，而且堪称神医。

范明一直爱看古医书。在17路军38军教导队时，由于环境艰苦、缺医少药，好些官兵生了病。范明就照着医书给他们开药方，结果往往手到病除。弄得38军好些军官都来找他看病。后来，范明还曾看好过老领导李维汉的耳病；他在治疗高血压、心脏病、男女不育症方面，都有些绝活儿。1953年，范明还和甘肃名医张汉翔一起，应邀进京给毛泽东会诊。因为范明给老父亲治癌症，效果不错，毛泽东曾寄希望他10年内攻克治疗癌症这一难关："从今以后，你用一半脑子搞政治、军事，用另一半脑子好好地研究一下中医学。"毛泽东认为："老医家们墨守成规，老框框很多。你则不然，你是从学习马列主义和古典哲学旁及中医的，再加上治医如治国的政治经验，完成这个任务是有希望的。"为此，毛泽东还指示当时任中央办公厅主任的杨尚昆，买了数百本医学书籍，装了一吉普车，赠给了范明，要他刻苦钻研，并指示卫生部要帮助支持他的工作。同时，毛泽东还推荐范明向当时中医界四大名家之一的施今墨请教。后来，范明1958年被打成右派，行政级别从7级降到了18级，发配到东北长白山劳动改造；上诉之后1962年刚回西安，又受了彭德怀罢官的连累，干脆被送到秦城监狱坐牢。直到1980年被平反，范明被折腾了22年。这些年里，别的书范明看不成，但毛主席送他的医书别人不敢收。后来，他还获得了上山采药、外出行医的特权。结果，他不仅医治了大量疑难杂症，还把中药方面的知识用于小麦、棉花的增产，以及对牲畜的疾病医治上。

还是回到1951年的夏天来。18军独立支队司令部下设干部大队、骡子大队、骆驼大队、警卫营、参谋处等，共有2100多人，编为4个中队12个分队。西宁至拉萨全程4300余华里，路上春、夏季节畜草稀疏，冬季大雪封山，一年之内只有秋季适合行走。沿路人烟稀少，有时走上数日甚至十数日都见不到一户人家，路上不可能得到补给，因此，全部补给都得自己带。因为往来客商都会带很多东西，以前这条漫长、艰险的道路上还时常有土匪出没。所以，以前往来青藏间的商旅都得带上结成30人以上的队伍、带着武器和上百日的给养上路。如果从西宁到拉萨打个来回，得多长时间呢？得两年。因为只有入秋以后一段时间能够赶路。两千多解放军进藏，需要准备多少给养呢？高健《风雨人生》一书中有记载：部队购得骡马5278匹、牦牛6026头、骆驼1650峰，雇用民工

1246人。另外，部队购得小麦700多万斤加工成面粉，准备豆类饲料890多万斤，饲草7万余斤，兑换银元60万元。另外，部队还购置了医疗器械、电影放映器材、文工队的服装、道具等，当然，还有大量的炊具。

8月13日，大队人马从西宁出发，翻越日月山西行进入牧区。青藏高原气候变幻无常，时而晴空万里，时而又大雪纷飞。所有人手上都有个袋子，用来捡牛粪。如果赶上下雨，捡不到干牛粪，就烧不着火，那么做饭就很成问题。9月上旬，他们走到了黄河源。黄河源是个大平川，但是有着许许多多大大小小的沼泽。人畜稍不小心，掉进去就有可能遭遇灭顶之灾。高健牵的驮行李的马，就曾四次陷入沼泽。在这里，他们一天行军十三四个小时，却只能走20多华里。经过黄河源，部队损失了20多头骡马与骆驼。但黄河源还不是最难走的地方。本来，通天河里的水并不深，平时骑马涉河而过没一点问题。可是，赶上连降暴雨，通天河发了洪水，河道一下子涨到了400多米宽，最深处有十几米。部队出发时只准备了两只羊皮筏子，加上自己造的两只牛皮筏子，四只筏子如何能把这么多人马、物资摆渡过河去呢？虽然大家在河边现杀羊宰牛扎筏子，但还是不能解决问题。战士们可以坐在筏子上牵着牲畜过河，但上百万斤的物资怎么办呢？再说，由于水深、流急，而且冰冷刺骨，牛马入水后打个转就又上了岸，一次次牵下水、一次次又失败。没办法，参加过长征的藏族干部辛烈带着十几个人试着骑马涉水过河，结果被河水冲走。有的人被救了上来，但辛烈等8名干部却牺牲在通天河，连尸体都没找回来。最后，官兵们只

■ 18军独立支队在藏胞带领下向西藏进发

好赶着大队的牛马、骆驼溯河而上，在河道较宽、水流较平缓的地方开渠分流，经过骡子大队、骆驼大队全体人员奋战四天四夜，通过人工将河道主干的水位下降，部队全部人马才终于涉河而过。部队付出的代价除了牺牲 8 个同志，还有 150 多头牲口被淹死、冲走。

艰难的行军中需要铁的纪律做保障，过通天河之前，直属二中队长马有平因统计马匹延误时间，被范明撤职查办，并没收本人马匹；三天后，由于驮行李的骡子没有及时出发，范明一怒之下让人当下把骡马大队的马顺池大队长绑了起来，以儆效尤。范明的脾气大，一辈子改不了。2008 年西藏“3 · 14”事件发生后，94 岁的范明老爷子从电视里看到“藏独”分子打砸抢烧的画面，气得当场摔碎了手中的玻璃杯。1980 年被平反后，李维汉见到范明时，曾说他是“多才多艺、多灾多难、多福多寿”，这话最终得到应验。范明于 2010 年逝世，享年 96 岁。

过了通天河，青藏高原已经进入了隆冬季节。天气寒冷、空气更加稀薄，部队人困马乏，病员增多，口粮也不足，一人一天只有 4 两粮。不够吃怎么办？吃马料、吃牛羊肉。翻越唐古拉山时，已经到了 10 月下旬。由于驮载帐篷的牲口大多落在了后面，官兵们只能露宿。天亮后，大家一个一个都是从厚厚的雪窝里爬出来的。如此一来，很多人冻伤了双腿和双脚。好些人后来不得不截肢，落下终身残疾。这个时候，大家只能用热水拌炒面充饥，体力消耗量大、营养又跟不上。有的体力差的人走着走着，会突然张口结舌、断气丧生。由于草料跟不上，又乏又瘦的牲口也会走着

■ 1951 年范明（左）陪班禅大师（中）去北京觐见毛主席，途经西安时，时任中共西北局书记的习仲勋到机场迎接

■ 作者与范明的女儿郝晓延合影

走着突然一头倒地死掉。就这样，翻越唐古拉山，共有5名同志牺牲、800多头骡马、牦牛、骆驼死掉。直到12月1日，他们历时122天，才终于进入拉萨城。

到了拉萨，部队马上遇到新的难题：粮食供应极度困难。当时，青藏公路、康藏公路都还没有修，一斤大米不算粮价，从成都运到拉萨，光运费就得24块银元。部队派人跟噶厦政府商量，要求按协议出售一部分粮食给解放军，但噶厦不仅借故推诿，还唆使商人大肆哄抬物价。于是，拉萨的麦子一斗由10两藏银涨到了60两；一瓶醋由5两藏银涨到了15两；酱油由一瓶10两涨到了35两。连不值钱的干牛粪都涨到了一两块银元一袋。孙健、李福泳、赵继义、奥德明他们每天吃的，就是代食粉糊糊、黑豆丸子。不过，解放军有自己开荒种地的传统。开春以后，他们就在拉萨的河滩开荒3000多亩，自己动手解决粮食和蔬菜问题。噶厦政府内的亲英美派还策划组织了一个“人民会议”，公开反对和平协议。他们要求解放军撤出西藏，叫嚷西藏独立。他们割电线、抢物资，打骂、暗杀解放军和工委干部，枪击阿沛·阿旺晋美的住宅，拉萨夜间经常会听到枪声。后来，张经武作为中央政府的代表，给达赖喇嘛和噶厦全体噶伦写了一封信，要求解散“人民会议”。达赖于1952年4月26日发布命令，撤销了康娃和洛桑札西的司曹及代理藏王的职务，并下令逮捕“人民会议”负责人加央达娃等人，拉萨才算消停一些。

1952年夏天，赵继义又被派到更为艰苦的阿里工作。赵继义的媳妇徐清贤是徐学章的妹妹，徐学章家只有他们兄妹二人。徐清贤比李福泳的妻子苏秀峰大两岁，她们俩同时参军，随李福泳、赵继义去西宁、进西藏。赵继义、徐清贤于1950年的8月28日结婚。1953年，离开拉萨去阿里前，他们已经有了一个女儿。临行前，赵继义夫妇还让人给他们一家三口拍了一张全家福。可是，就在去阿里的路上，他们年仅两岁的女儿就被冻死了。顺便交代一下，赵继义写得一手漂亮的字，当年高勉斋、高孟吉从西安带回的情报，大多都是经他的手抄录的。因为他哥哥是国民党联勤总部25区台的中校领班，他又和译电员秦福祥是好朋友，好些情报是通过他的关系搞到的。赵继义是个一米八的大个子，长得很英俊，喜欢拉胡琴，还喜欢摄影，是个很有生活情趣的人。1949年12月31日晚，青海联络站的联欢晚会上，赵继义与刘良骥联合给大家演出了一个化装节目，逗得大家笑出了眼泪。用现在的话说，这就应当算小品吧。离开西藏之后，赵继义夫妇经阿里去了新疆，经过莎车时曾见过薛浩然。后来，赵继义调到北京西苑的中直第二机关，仍做情报工作。这个部门应当就是国家安全部的前身。“文革”后，国家安全部成立，业务上与云南一直有关的赵继义被组织上调到了昆明市国家安全局工作。1984年赵继义从昆明市国家安全局离休。2008年10月28日，赵继义在昆明病逝，终年84岁。

到了拉萨后，由于和内地公路不通，也没有通航，在西藏工作的干部们一年只能和家里通一封信。当时，组织上的说法是要在西藏工作10年后才能回内地。孙健是家中的独子，从他入藏后，他妈就天天为他掉眼泪，直到把双眼都哭瞎。

1954年9月，第一届全国人民代表大会在北京召开，达赖和班禅都成为当然的全国人大代表。孙健被抽调到代表团担任秘书，其实主要是做

■ 赵继义、徐清贤夫妇与他们的女儿

陪送和联络工作。西藏代表团的僧俗官员、工作干部加一起有近 200 人，他们于当年 7 月 15 日骑马离开拉萨，于 9 月 16 日抵达北京火车站。当时，班禅走的是青藏公路，而孙健随达赖走的是路况更糟糕的康藏公路。国庆节，达赖登上了天安门，孙健作为随行工作人员，也登上了东边的观礼台。当毛泽东主席走到东边城楼角挥手致意时，孙健很近地看到了他。当时，天安门广场万众欢腾，孙健激动得泪流满面。可他还是没想到，自己居然还有机会跟毛主席握手，亲耳听到他和达赖喇嘛说话。

达赖离京前，要向毛主席当面告辞。毛主席知道后，没等达赖来见他，他亲自跑到达赖的住处看望达赖。这是 1955 年的 3 月 8 日，上午 8 点半，孙健接到了中央办公厅打来的电话，说主席要来。当时，孙健的领导、西藏军区政治部联络部长徐淡庐正好不在，孙健只好上楼去当面报告达赖。达赖一听，赶紧往楼下走。等他下了楼，两辆吉斯轿车已经开到了楼下，张经武和达赖的藏语翻译平措旺阶已经陪着毛主席走出了汽车。西藏军区政委谭冠三本来也站在楼下，但他却突然钻进房子里，错过了一次难得的与毛主席握手的机会。谭冠三是湖南耒阳人，跟着毛主席参加过秋收起义，是最早上井冈山的那批老红军。他担任 18 军政委时，和军长张国华一起指挥了昌都战役，并且完成了和平解放西藏的任务。这位开国中将本来是跟毛主席很熟的，长征后期，毛主席担任陕甘支队的政委，谭冠三是陕甘支队第 4 大队的政治部主任。但是，这个后来领导了西藏平叛、被毛主席赞为“为革命入了股”的功臣谭冠三，在毛主席面前却像个胆怯的小学生。他没敢和毛主席握手的原因说来可笑，只是因为他嫌自己没刮胡子，觉得这个样子没法见主席。

■ 孙健（高孟吉）在天安门观礼台留影

毛泽东和达赖聊了半个小时，下楼后，和孙健等几个工作人员一一握手。达赖的专列离开北京时，彭德怀、陈毅、邓小平、习仲勋等中央领导都到火车站送行。让孙健遗憾的是，周

■ 红军大学一期一科留延安同学合影局部。左三为谭冠三，左二为张爱萍，左四为林彪，右一为罗荣桓

总理因为生病，没来送行，他最终没能见着。

离开西藏后，孙健调到了西北农学院工作。为了照顾双目失明的老母亲，他于1962年申请调回了韩城工作。这以后，他提出申请，恢复了自己的姓氏，改“孙健”为高健。

■ 高健与作家杜鹏程是好朋友

回韩城之后，高健先后当过党校副校长、文化馆馆长，1985年从文化局长任上离休。当年的文学青年，有了更多的时间和精力写些东西。高健写过通讯报道，做过徐特立教育思想研究，还组织县上的笔杆子写过一些剧本。在此过程中，他和著名作家、韩城人杜鹏程成了朋友。“文革”中，杜鹏程曾在高健的文化馆住过，两人彻夜长谈，十分投机。“文革”后，到80年代中期，西安的杜鹏程和韩城的高健通过16封信。因为杜鹏程，高健还认识了王汶石、胡采、公刘等一批作

■ 2012年春节，作者与高健在韩城沟北村高健家老宅前合影

家、诗人。后来，杜鹏程去世一年后，高健等一帮朋友帮忙，把杜鹏程的骨灰安葬在了韩城市三山公园的象山之巅。

当年把失学的高孟吉以军人子弟名义送到山西读书、战乱时又专门派一名排长带两个兵把他从晋西北接回韩城的国民党军官廖自新，是高健人生中遇到的第一个贵人。廖自新后来曾任过国民党61师参谋长，他于1945年8月病逝于西安，身后留下两儿一女。新中国成立后，他的遗孀朱泳英和高健取得了联系。高健在经济上对她们娘们儿有过资助，以报当年廖自新的知遇之恩。

第三节　白首西安话沧桑

1995年4月一天，高健接到了吕出打来的一个电话，说他们黄埔军校七分校通讯班同学秦赞从台湾来西安了，邀请高健到西安和秦赞见面。吕出说，秦赞夫妇住在徐学章家里，薛浩然也已经从新疆赶过来了。

1950年4月，薛浩然、王冠洲离开西安，被派到新疆喀什，担任新疆军区联络处的电台台长、报务员。再以后，薛浩然又被派往莎车，而王冠洲去了和田。1952年，薛浩然转业到了莎车专区公安处，任一科副科长；晚于薛浩然几个月，王冠洲也调到了和田公安处任秘书。王冠洲后来又调到了南疆行署公安局和新疆公安厅，1961年转业到了乌鲁木齐革命烈士纪念馆担任筹建处的副主任；三年后，他被调到乌鲁木齐收遣站工作。1979年，他又被调到新疆民委，在郑琏手下工作。1984年，王冠洲离休。

薛浩然于1956年4月调到了莎车电厂任厂长，这以后他在工业口一气儿呆了28年，除了火力发电、水力发电，还干过榨油磨面等。“文革”中，有过国民党军队经历的他受到冲击，少不了关牛棚、挨批斗、被抄家这些内容。在当地，他是受冲击最大的人之一。直到 1973 年，薛浩然才又官复原职，重在电厂当厂长；两年后，他调到县工交局当局长。“文革”后，薛浩然官至莎车县人大副主任。1984 年 10 月，陕西省公安厅在乌鲁木齐召开边保南线情报工作座谈会时，离薛浩然离休只差一两年了。薛浩然在会上提出希望能调回内地，在西安度过晚年。尽管这个座谈会是时任陕西省公安厅长的高步林让开的，但当时，高步林已经生病住院，没能赶到乌鲁木齐参加会议。对于薛浩然的请求，高步林非常重视。他让薛浩然寄来正式的申请书和个人情况，并且为薛浩然的事儿专门给他的亲家、陕西省委书记白纪年写了信。1985 年 1 月，高步林病情加重，再次住院；6 月，他正式从厅长的位置上退了下来。薛浩然调动的事儿最终没办成，成了高步林的一件憾事。1987 年 5 月，高步林病故，享年 65 岁。2013 年 6 月，高步林二儿子高涛在乌鲁木齐见到薛浩然的老伴李洪斌时，专门给她带去了当年父亲为给薛浩然办调动起草、批阅过的一些书信复印件。

■ 薛浩然在新疆莎车

当年那组情报力量中，留在西安工作的，只有徐学章一人。随严夫回到西安后，徐学章在军委联络部西安联络处电台任报务员、台长。1952 年冬天，他转业到陕西省邮电管理局，此后一直在邮电系统工作。

徐学章是个性格内向的人，平时话不多，但是，他却喜欢交朋友。通过李福泳，他和奥德明也成了朋友。他还把张继祖领到奥德明家，一起吃奥德明老父亲做的刀削面。90 年代，张继祖去世，吕出回西安晚，没赶上吊唁张继祖。这次，他和奥德明见了唯一一面。当时，他们在徐学章家见面，后来三人一起坐一辆出租车出门。吕出半路下车，去看望张继祖的夫人；而奥德明和徐学章要到位于大雁塔附近的陕西省安全厅招待所看望一位昆明来的朋友。路上，吕出问奥德明：“你们从延安往西安走时，那

■ 高涛与李洪斌

么多天不跟我们联系，为什么不告诉我们一声呢？”当年，奥德明他们带着电台是从延安步行到西安的。从西安解放后不久动身，他们走到当年的6月14日才到西安。在西安，他们也搬过一次家。先在药王洞44号国民党监狱旁办公，一个月后又搬到了菊花园西安女中对面的一个独院里。但是，为什么没告诉吕出他们，奥德明可说不清。能说清这事儿的张继祖又刚刚去世。吕出他们只能把这个谜埋在肚子里了。

当年做地下情报工作时，徐学章家就是力量们的一个落脚点；新中国成立后，大家天各一方在外工作，路过西安时，徐学章家还是大家的落脚点、中转站。60年代初，有回吕出回西安，他和徐学章、高健三人还到照相馆拍过一张合影。新中国成立后，吕出被派到了广州、香港工作。可是，因为他一句粤语都不懂，工作没法开展，1952年底他又被调到新疆军区联络处，后来转业到了新疆公安厅工作。那些年里，他们相互之间也保持着信件联系。可是，“四清运动”时，徐学章的一封信却给他引来了持续很多年的麻烦。

从1954年开始，徐学章就担任了陕西省邮电管理局的机关党支部副书记。1963年底，“四清运动”开始之前，和徐学章一个办公室的一个女同事向组织举报，徐学章和新疆的吕出有特务通信。当年的国民党部队电台人员多少都学过一点英文。徐学章、吕出与高健在通信中，有时也喜欢转两句英文。随着政治形势越来越严峻，他们这点儿小资情调就显得越来

■ 高健、吕出与徐学章于60年代合影

越不合时宜。终于有一天，那位女同事看到了徐学章的信件，这些她不认识的英文单词让她怀疑，曾经在国民党军队干过的徐学章是在进行特务联络，因为她越看越觉得吕出写给徐学章的这封信“有密语、有代号”。她举报，吕出给徐学章的那封信里提到，让徐学章转告时任韩城党校副校长的高孟吉，不要把他们的某件事情告诉时任公安厅副厅长的高步林。因为女同事拿不出证据，这件事当时没被太当回事儿。可到了1964年的“四清运动”，这件“特务通信”事件就适应了形势的需要。徐学章被调离机关党委，虽然他的党籍还在，但他不能听党内的报告、不能看党内的文件，只能在机关里打闲杂，长期不能安排正式工作。等到“文化大革命”到来，他又顺理成章成为“特务、混进党内的走资派”，被关、被斗、被抄家。其实，查清这件事，并不用花费太大功夫。1970年，工宣队调查这事儿时，发现女同事的说法前后矛盾。她先说她是在打扫办公室卫生时，无意间发现这封信的，看了信很害怕，就把信给烧了。这样的说法当然经不起推敲，于是，她又改口说，她看过信后，把信悄悄又塞进了徐学章的抽屉。而徐学章做贼心虚，把锁子都给换掉了。然而，工宣队调查发现，徐学章的锁子一直都没有换过。这一事件虽然已经查清，否定了所有审查的所有问题，但这一假案却没人给平反。徐学章就这么背了15年的黑锅。为此，他下乡的女儿在招工、儿子在参军方面都受了影响。

这一事件在“文革”中曾经被上报到了公安部长谢富治那里，因此，

■ 徐学章的大女儿徐平。徐平说，当年招工进宝鸡的凌云厂时，受父亲的影响，她进不了装配车间，只能进机架车间；而弟弟则没能当成兵

它也冲击到了吕出、高健等人。“文革”中，吕出被整得妻离子散，曾经下放到华县当了几年的农民。后来落实政策，才又回新疆公安厅工作。1983 年底，新疆成立了国家安全厅，吕出担任了副厅长，1987 年他在这一职位上离休。

秦赞来西安时，和高健一起接到通知的，还有当年七分校电讯班的同学张永才、廉性毅、晋延生等人。廉性毅、晋延生都是韩城人，早年和高孟吉、薛浩然、张永才一起离开家乡，一起上电讯班，一起在胡宗南部队电台当报务员、台长。当年，就是廉性毅让薛万亭给高孟吉捎话，说绥署二处已经发现他投了共产党，要派人拿枪把他打了的。随部队在四川起义后，廉性毅、晋延生都回到了韩城老家。廉性毅选择了当教师，先后在西庄中学等几个学校教过书；而晋延生当了个厨师，农村人有红白喜事需要待客时，常常会请他去一展身手。当年和薛浩然、高孟吉一起当潜伏电台台长

■ 80 年代，吕出与妻子、儿子在一起

的那些人，下落又是怎样呢？高健告诉作者，这些人都是搞技术的，并不是职业特务，所以，他们的结局应该和廉性毅、晋延生这些人差不多，都会随各自部队起义。尽管这些年来，他并没有孟师孔这些当年同事的任何消息。

■ 晚年的吕出

秦赞是带着夫人魏秀珍一起回来的。魏秀珍是西安张家村人，当年她能跟着秦赞去台湾，是件不可思议的事情。那个时候，国民党很多将军尚不能带家眷上飞机，秦赞小小一个少校是怎么做到的呢？原来，当时魏秀珍剪了短头发、穿了一身国民党军装，冒充国民党兵上的飞机。秦赞退休后，一个月有3万台币的退休金，当时相当于人民币1万元左右。他和魏秀珍的几个儿女都在台湾的警察系统工作，老两口日子过得很不错。见到老同学，秦赞给每个同学送了100元美金，还给每个家属送了一枚金戒指。后来，高健夫人王萍不小心弄丢了那枚戒指，对此，夫妻二人都深为遗憾。老同学在西安会面的日子是1995年4月23日，王冠洲没来，是因为他和秦赞他们

■ 作者采访吕出

■ 秦赞与夫人魏秀珍 1998 年 10 月 31 日在台北的合影

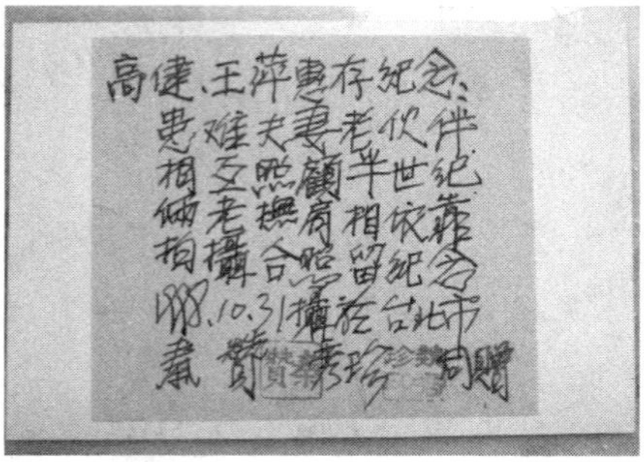

■ 照片背面题字

不是一期的，原先不熟。当年为什么有人去了台湾、有人留下来，还成了共产党的官员？饭桌上，以当时的开放程度和政治氛围，这样的话题还是敏感的。秦赞不问，他们也没说。他们谈的，多是现在家庭情况。秦赞走后，高健和他还通过几封信。后来，不见秦赞再来信，他还按秦赞留的电话给他打过电话。可是，电话没有打通。1998 年之后，他们就再次失去联系。秦赞如今是否健在，高健也已经一无所知了。

那次聚会之后，薛浩然于 2002 年故去；两年后，张永才也去世；徐学章活到了 2010 年。在此间，廉性毅、晋延生也相继离世。

岁月沧桑，谁又能赢得过和时间的比赛呢？！

附　录

附录一

大 事 记

1948 年

3 月，韩城县全境解放，县政府成立保安科，高步林任保安科长，史志春任副科长。

4 月 14 日，高步林派交通员高勉斋去西安送信联络同乡高孟吉，经多方努力，将高孟吉发展成为情报力量。

5 月 1 日，高勉斋由西安带回高孟吉致高步林的密信和有关国民党胡宗南总部电台的呼号、波长、密码等情报。

5 月 3 日，高步林撰写了第 10 号高勉斋、第 11 号高孟吉发展建立经过材料，并上报黄龙分区社会部部长于桑。

5 月 13 日，黄龙地委将此材料上报中共中央西北局社会部。

5 月 22 日，接西北局领导习仲勋、马明方、周兴指示：勉斋做孟吉的交通，负责接头传递消息。孟吉留西安受训，并将西安所见所闻之敌情及敌内部舆论报告我们。

9 月 6 日，中共西北中央局在关于加强情报工作的指示中指出：情报工作是全党的工作，必须有强有力的专门组织领导机构。因此各地委应责成社会部统一管理领导此项业务。一切情报干部、力量、关系及材料应集中在地委社会部统一领导管理（“申鱼指示”）。

9 月，辽沈战役开始；至 11 月 2 日，战役结束。11 月 6 日，淮海战役开始。

11 月 15 日，中共中央在关于情报工作的指示中指出：在开展情报工作时，应特别注意利用我党今天在军事上、政治上的优势和敌人内部的动摇瓦解。除了派遣可靠干部打入敌区敌内外，同时号召敌内人员立功自救，其中有些人可以开辟成为情报关系。

8月至11月，西北野战军先后发起澄合战役、荔北战役和冬季攻势作战，累计歼灭胡宗南军队6万余人。

11月22日，经高孟吉介绍，薛浩然、吕出和师世德（西安市政府职员）三人化装成学生结伙来到韩城。东府工委书记刘文蔚等同薛进行了秘密谈话。薛浩然在韩城保安科填写了“干部登记表”，正式参加了革命工作。薛同意返回西安做地下情报工作，他还表示愿意说服同事徐学章、李福泳、赵继义等人为中国共产党工作。

11月26日，薛浩然领取活动经费后，返回西安。

11月29日，平津战役开始。

12月1日，西北局社会部在关于情报工作的补充指示中指出：为了利用敌人日益增长的分化动摇，加速敌人的死亡，在新解放区域与接敌县份，动员当地各级党、政、军、民组织，发动政治宣传攻势，在工作人员和地方群众中进行一次敌方人员社会关系调查，然后根据这些调查对敌展开一种群众性的瓦解与广泛的情报工作。

12月17日，高孟吉以携电台“潜伏”韩城选址为由潜回韩城，秘密接受韩城保安科的培训和教育。高在韩城保安科提供了大量国民党胡宗南军事情报。

1949年

1月10日，淮海战役结束。同日，高孟吉返回西安，顺利通过绥署情报部门的审查。

1月15日，外勤力量高孟吉、薛浩然代表韩城县保安科在西安革命公园召开秘密情报力量会议，传达韩城保安科有关情报工作的指示，确定黄龙保安分处处长于桑和韩城县保安科科长高步林为这批情报力量的直接上级。

1月25日，高孟吉遵照上级指示，以“潜伏”韩城为由，携电台及大量情报回到韩城。高步林按照保密规定，为这批情报力量编写了化名、代号并配备了交通员。

1月31日，北平和平解放，平津战役结束。

2月5日，西北局情报委员会主任张经武根据边区保安处关于《在敌区敌内建立空中联络的意见》批示：社会部电台不日成立。

2月6日，边区保安处遵照西北局指示，派报务员李在良来韩城控制“潜伏”电台。

2月16日，边区保安处派情报科副科长袁心湖来韩城指导电台的“潜伏”工作，并研究设计与西安外勤力量间的空联密码。

2月19日，一野开始了“春季攻势”。

2月中旬，边区保安处指定周世朝为情报电台台长，奥德明、张秀堂为情报电台报务员，设专台与西安胡宗南总部电台外勤力量联络。当时已能接收到韩城保安科与薛浩然约定的电台联络呼号。

2月22日，陕甘宁边区保安处更名为陕甘宁边区公安厅。

3月初，中共晋绥边区并入陕甘宁边区。

3月5日至13日，中共七届二中全会在西柏坡召开。这次会议，主要是制定全国解放后的治国方略和建设蓝图，规定党的政治、经济、外交等方面的基本政策。在军事上，毛泽东提出了三种解决方式：天津方式、北平方式和绥远方式。

3月17日，西北局社会部电示“26号台已联络上，就是密码太简单。吕、徐应即派妥人去规定空中联络办法，应与薛约定空联时间后即送总处。”

4月18日，韩城保安科派遣薛浩然的四哥薛万亭做交通员，携带由袁心湖设计好的空联密码、波长、呼号等送达西安薛浩然手中，约定新密码从5月1日起开始使用。同时确定了陆地传送情报的接头暗号和联络方法。

4月23日，南京解放。

4月24日，太原解放。

5月20日，西安解放。

5月1日至12月底，国民党西安绥署分别有三部情报力量电台向延安（西安）发报。胡、马部队的军事机密通过空中电波不断输送到解放区。

7月14日，为期三天的扶眉战役结束。

7月22日，根据这批情报力量的申请和他们的突出贡献，边区公安厅党委打破常规，指定边区公安厅情报科长张继祖和袁心湖作为介绍人，由先期回到解放区的高孟吉代笔填写了入党申请表和简历，报经中共中央西北局批准，接纳高孟吉、吕出、薛浩然、李福泳、徐学章、赵继义 6 人为中国共产党预备党员。

8 月 25 日，边区公安厅电台通过空中电波将此消息通知了还在敌区工作的这批外勤力量。

8 月 29 日，解放军 18 兵团发起秦岭战役。

10 月，边区政府公安厅情报科成立青海情报站，专司对藏工作；成立南线情报站，负责尚未解放的汉中、成都的情报工作。10 月 8 日，高孟吉、赵继义等人随袁心湖离开西安，前往西宁组建青海情报站。

11 月 22 日，胡宗南一行飞离成都。

11 月 25 日，裴昌会在四川德阳孝泉镇宣布起义。

12 月 7 日，成都宣告和平解放。

12 月 30 日，一野 18 兵团在成都举行入城式。

1950 年

1 月初，边区公安厅派情报科严夫专程到成都，将这批情报力量接回西安，安排参加边区公安厅情报部门工作。

3 月，南线情报站结束任务。情报力量王冠洲在西安边区政府公安厅情报科加入中国共产党；李福泳、奥德明等人赶到西宁，加入青海情报站。

4 月，边区公安厅以南线情报站干部为主，组建了南疆情报站。薛浩然、王冠洲等随严夫前往南疆。

附录二

解放战争后期南线情报工作组织机构图

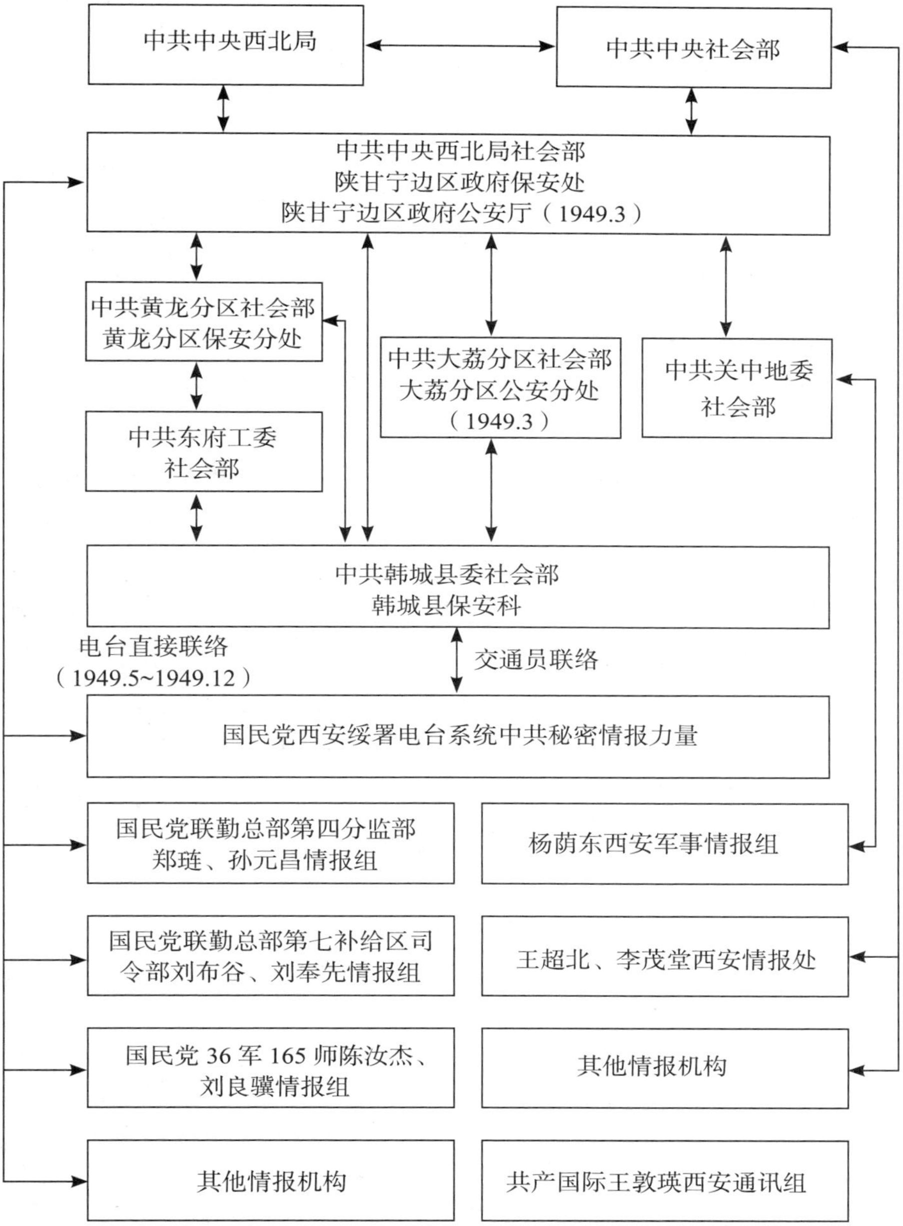

附录三

人　物　表

一、情报人员

1. 西安绥靖公署电台系统情报力量

薛浩然：陕西韩城人，1926年生。黄埔军校七分校通讯军官训练班毕业，绥署二处潜伏电台台长。化名“万国祥”，情报代号16号。

高健：原名高孟吉，陕西韩城人，1925年生。黄埔军校七分校通讯军官训练班毕业，绥署二处潜伏电台台长。化名“孙健”、“秋涛”，情报代号11号。绥署二处派遣韩城时化名“张杰”。

吕出：原名吕重山，陕西省华县人，1927年生。黄埔军校七分校通讯军官训练班毕业，裴昌会兵团报务员。情报力量代号21号，化名“志远”。

徐学章：河南封丘人，出生于1925年。黄埔军校七分校通讯军官训练班毕业，裴昌会兵团报务员。情报代号36号，化名“方平”。

王冠洲：曾用名王震寰，1924年10月生，河南沈丘县人。黄埔军校七分校通讯军官训练班毕业，裴昌会兵团报务员。

李福泳：湖北远安人，生于1925年，黄埔军校七分校通讯军官训练班毕业，胡宗南西安绥署总部电台台长。情报代号26号，化名“赵琳”。

赵继义：又名继勚，河北保定安新县人。1924年出生，就职于陇海铁路西安机务段。化名“汪海”，情报代号31号。

高勉斋：陕西韩城人，1920年出生。小商贩出身，秘密交通员。化名“静方”，情报代号10号。

张永才：陕西韩城人，生于1925年8月。黄埔军校第七分校通讯军官训练班毕业。曾在国民党46师电台工作，1947年底回家务农。秘密交通员。情报代号 51 号（13 号），化名“南塬”。

薛万亭：陕西韩城人，1911 年生。薛浩然的四哥，农民。秘密交通员，情报代号 17 号。

王鹤龄：陕西韩城人，高孟吉妻哥。在韩城保安科的安排下，被秘密派去西安，作为高孟吉的交通员与绥署二处进行联络。

李在良：陕甘宁边区保安处派到韩城保安科管理“潜伏”电台工作的报务员，情报代号 12 号。

周世朝：湖南大庸人，陕甘宁边区延安联合司令部电台台长，负责与情报力量电台进行空中联络。

张秀堂：山西谷县人，陕甘宁边区延安联合司令部电台报务员，负责与情报力量电台进行空中联络。

奥德明：山西省兴县人，1928 年生。陕甘宁边区延安联合司令部电台报务员，负责与情报力量电台进行空中联络。

李三善：晋绥公安总局西安情报站电台报务员，最早与李福泳电台取得联系。

2. 中央社会部西安情报处

王超北：1903~1985，陕西澄城人。中央社会部西安情报处的处长，曾化名“庞智”。

王释奇：西安情报处机要科长，公开身份为《秦风日报·工商日报联合版》经理部副经理，奇园茶社老板。

梅永和：西安情报处干部，神枪手，曾做过吉鸿昌的护兵。奇园茶社掌柜。

胡家兆：国民党晋陕豫盐务总局电台台长，其电台为西安情报处掌握。

李茂堂：1906~1953，陕西渭南人。曾任西安情报处副处长，利用中统局陕西调统室主任身份搜集情报、解救被捕中共人士。解放后蒙冤入狱，死于狱中。

3. 西安军事情报组

杨荫东：生于 1922 年，受中共派遣，考入黄埔军校七分校第 16 期，解放战争期间在国民党军队从事秘密情报工作，是“西安军事情报组”骨干。新中国成立后在中央长期从事对台工作，曾任中央对台办副主任。

蒙定军：生于1913年，陕西旬邑人。国民党第三集团军西安办事处主任，西安军事情报组负责人之一。

刘雪琴：家庭妇女，杨荫东的联络员。

4. 共产国际西安通讯组

王敦瑛：生于1905年，山东黄县人，少年时随父亲闯关东去了东北。1930年哈尔滨俄文法政大学毕业，之后不久加入共产国际，开始情报生涯，曾被派往苏联受训。抗战中，奉命在黄埔七分校教俄文，并组织西安通讯组。解放后，留在西安担任俄文教授。

李儒珍：王敦瑛妻子，西安通讯组译电员。

杨才：本名夏中容，四川阆中人。西安通讯组电台负责人，公开身份为杂货铺老板。

龙文英：杨才妻子，以杂货铺老板娘的身份掩护电台工作。

张志刚：杂货铺伙计，负责为电台工作担任警戒。

于亚洲：西安通讯组陆上交通员。

5. 郑琏、孙元昌情报小组

郑琏：生于1921年，山东昌乐人，黄埔17期步科毕业。1945年与中共取得联系，并被关中保安处派往国统区搜集情报，后打入国民党联勤总部第四分监部，通过后勤补给系统掌握胡宗南军队动向。解放后在新疆工作，从新疆民委主任职位上离休。

孙元昌：山东临朐人，郑琏七分校同学。他和郑琏一起在联勤总部第四分监部搜集情报。

陈力民：山东青岛人，郑琏、孙元昌七分校同学。陕西保安十团连长。

卢文德：山东莒县人，黄埔军校14期毕业，国民党整编123旅少校参谋。卢文德西安的家是郑琏、孙元昌等人的一个重要落脚点。

郑鸿飞：山东武城人，国民党宝鸡邮政储金汇业局邮务员。为郑琏提供活动经费，并帮他弄到宝鸡警备司令部、虢镇兵工厂等情报。

郭淑惠：郑琏妻子，以其住处为交通站，负责与交通员联系。

陈玉琴：孙元昌妻子，以其住处为交通站，负责与交通员联系。

6. 陈汝杰、刘良骥情报小组

陈汝杰：生于1920年，湖北应城人。兽医出身，受边保指派，到国民党165师政治部担任少尉司书、上尉兽医。与刘良骥一起搜集到胡宗南、马步芳联手进攻关中“囊形地带”等重要情报。

刘良骥：国民党165师政治中尉干事，情报小组主要成员。

谢纯阶：国民党联勤总部西安陆军总医院政工室中校主任。

7. 刘布谷、刘奉先情报小组

刘布谷：湖北武岗人，国民党西安绥署司令部中校副科长。情报小组的负责人。

刘奉先：山西平陆人，黄埔军校16期毕业。国民党联勤总部第七补给区中校视察官。奉命带一个情报组随胡宗南军队南下汉中、成都，组织了西安绥署被服厂、联勤总部第七补给区第四军械总库、中央陆军学校（黄埔军校）等护厂、护库和护校，并策反了国民党第5军军长曾庆集。解放后被授“人民功臣”称号。

石士超：山西人，国民党联勤总部第七补给区军械处中尉收发。

姚树人：山西运城人，第七补给区司令部主任秘书，掌握司令部核心机密文件。

木子李：原第七补给区军法处中校法官，因贪污受贿被捕。后出面替情报小组经营作为交通站的商铺。

王倚霞：西安绥署上校科长。

戴丹枫：联勤总部第七补给区司令部上校科长。

杨开元：国民党某骑兵旅中校科长。

于遵辅：西北大学学生，在汉中时身穿中尉军装负责交通联络。

张世杰：西北大学学生，董钊女儿董彦明男友。

高怀廉：解放军大荔军区机要科长，负责秘密电台发报。

附录四

外勤力量及交通员的化名、代号表

姓名	高勉斋	高孟吉	李在良	薛浩然	吕出	李福泳	赵继义	徐学章	刘昌祁	张永才	薛万亭
化名	静方	孙健		万国祥	志远	赵琳	汪海	方平	林山	南塬	
代号	10	11	12	16	21	26	31	36	46	51	17
附注	交通员	情报员	报务员	情报员	情报员	情报员	情报员	情报员	交通员	交通员	交通员

附录五

电台常用韵目代日及地支代月代时表

（文电中常使用的时间代号）

月份	代字	子	丑	寅	卯	辰	巳	午	未	申	酉	戌	亥
	真实月份	1	2	3	4	5	6	7	8	9	10	11	12

日期	代字	东.送	冬.宋	江.绛	友.置	微.未	鱼.御	虞.遇	齐.霁	佳.泰		灰.卦
	具体日期	1	2	3	4	5	6	7	8	9		10
	代字	真.队	文.震	元.问	寒.愿	删.翰	铣.谏	筱.霰	巧.啸	皓.效		智.号
	具体日期	11	12	13	14	15	16	17	18	19		20
	代字	马.简	养.杩	梗.漾	迥.敬	有.径	寝.宥	感.沁	俭.勘	.艳	陷	世.形
	具体日期	21	22	23	24	25	26	27	28	29	30	31

时间	代字	子	丑	寅	卯	辰	巳	午	未	申	酉	戌	亥
	具体时间	1-2	2-4	4-6	6-8	8-10	10-12	12-14	14-16	16-18	18-20	20-22	22-24

附录六

我的查档经历

上世纪末，陕西省公安厅郑卜学副厅长及公安厅史志办公室陈一青、徐小宁主任等为整理公安史料，多次来人来函造访我母亲徐汀，希望能写一些回忆录并提供一些实物及照片，内容有关于我父亲、原陕西省公安厅厅长高步林的情报生涯及公安经历。公安厅大力配合，派车派人陪我和家人去过陕西省档案馆、陕西省公安厅商洛后库战备档案馆、渭南市公安局档案馆、渭南市安全局档案馆、韩城市公安局档案馆等处查阅历史档案。母亲及大哥和我参与了整个过程。

给我印象最深的是渭南市公安局档案馆。

90年代，陕西省渭南市公安局决定清查整理仍装存在麻包中的历史档案。这些档案资料数量巨大，但保存的相当完好。档案馆领导南永江带领部下花费几年时间，才完成了这项艰难的工作，使这一批珍贵的历史档案得以重见天日。

第一眼看见这些档案，我非常震惊：一张10平方米大小的台桌上，一层叠一层满满地摞了一桌；有关1947年至建国前的公安情报档案就有几百卷、几千份、上千万字。它们从多方面、深层次地相互印证了当年韩城保安科、黄龙保安分处、大荔公安处、渭南公安处在公安情报及反间谍工作中的卓越功绩。翻看着那一片片发黄的纸张，我很快就沉醉于其中。突然，一行熟悉的字体映入我的眼睛：这怎么像是父亲的笔迹啊！我迫不及待地翻到最后一页寻找署名和签字：果然署名是“高步林”。随着查档时间的推移，越来越多由父亲起草的文件、报告、名单、表格、信件、电报等一一重现，约有几十份之多。我欣喜若狂，捧在手里经常读得热泪盈眶。

“文化大革命”期间，父亲被关在牛棚批斗。那个年月，他的历史清白需要别人来证明，同样，许多人的历史清白也需要他来证明。他每天都要写很多证明材料，一式三份。其一由军管会或工宣队留存，其二由单位盖章并注明：“此人系反党反革命分子，此证明仅供参考”，然后由求证单位带走，其三由父亲留底以备再调查时口径统一，父亲戏称这些证明材料为“苦难中的材料”。这么多的材料又不能用复写纸写，父亲只好让尚在读中学的哥哥和我加入其中帮助抄写。那年我才 17 岁，父亲的笔迹就是那时熟悉的。小时候，穷人家的孩子上学都不容易，写毛笔字都有童子功。父亲的字粗犷、浑实，非常漂亮。

呈现在眼前的档案内容很丰富，有习仲勋等西北局领导的具体批示，也有陕甘宁边区保安处的指示电报，还有在国民党胡宗南总部电台系统中我情报力量亲笔所写的简历自传及军事情报等。档案里，有许多案件的侦破过程就是在今天来看都是非常成功的。比如 1948 年 8 月的韩城县新华书店现金 9600 万被盗案，这笔巨款是从延安押送到山西急用的，只是在韩城驻留一天就出事了，破案过程九曲迂回，很有意思。我还看到大量父亲写给国民党省政府主席董钊和西安市市长王友直等人“立功自救”的劝降信等，当时可能也算是广种薄收，有没有起到作用不得而知。

从档案资料上看，父亲当年干得最漂亮的，就是情报策反工作。

在渭南的档案中发现，有关由韩城保安科领导建立的胡宗南总部电台情报系统的历史档案资料是最为完整的。后来，我和《中国秘密战》一书的作者、原解放军总政治部保卫部长郝苏的儿子郝在今先生通过电话，他认为，在国共谍战史上，档案资料保存得如此完整的案例，恐怕找不出第二例。从 1948 年 3 月韩城解放，高步林担任保安科长开始，他就派交通员高勉斋去西安联络策反高孟吉；薛浩然等潜回韩城找到高步林被再派回西安搞情报；高孟吉第一次秘密回韩接受任务，第二次携电台和大量情报“潜伏”回韩城；交通员薛万亭、张永才冒着危险传送联络密码，交通员王鹤龄赌命直接去和国民党绥署二处联络，探听敌人对“潜伏特务”高孟吉的态度等，这些精彩的环节档案中都有翔实的记载。当然，不像某些影视剧渲染的那样，真实的谍战里并没有孤胆英雄，这一切都是组织行为。高步林的所作所为，都要及时向他的上级组织进行汇报，陕甘宁边区保安处才是这场谍战大戏的总导演。从那些电报、信件、请示、报告、总结、命令中，就可以看到清晰的脉络。

原始档案整理成卷时难免有错漏，在查档过程中，我们偶尔也会从几个宗卷中拼出一份原件来。例如，在原整理档案中，1949 年 2 月 5 日，高孟吉第二次携电台“潜入”韩城时所写的《十一号西安行之经过》一文，就是我从三个不同的卷宗中找到后拼起来的。这份档案很长，大约有上万字，二十多页，原档案在麻包里存放时可能就拉乱了。经我们重新整理，其笔迹、纸张相同，语言对接流畅，严丝合缝。

另外，1949 年 3 月 1 日，韩城保安科给大荔公安分处于桑处长的信函也是由两部分组成的，文中最后所附的“十六号空中联络法”在原档案整理中是独独一张单页，因前文中有：“昨天张（交通员张永才）带回他和薛浩然之最近规定的呼号、波长、联络时间（附上）。”所以，“十六号空中联络法”附在此文后是妥当的。

原档案中，于桑同志的笔迹非常难以辨认，好在母亲当年在大荔公安处和他一起共事过，了解当年的环境，熟悉于桑的字迹，有时为一个字她要琢磨好几天，直到圆满了结。原档案中的疑难大多是由她解析开的。

许多的回忆录中和坊间都提到习仲勋当年的评价：“情报百分之百准确。”但却一直没有找到具体的文字档案。这次查档，我们在 1950 年 3 月 5 日袁心湖起草的“西安解放以来南线情报工作收获”的档案中看到了出处：“事后反映‘情报百分之百准确’（习书记语）。”

与国民党绥署情报力量电台联络时的呼号也搞清楚了，并不是流传的“CQQ DE CQQ”，而是“CQ DE CQQ”。原档案“十六号空中联络法”中清清楚楚地落实了这个问题。

关于情报力量们到底发送了多少电报，各种当事人回忆录和坊间的传闻曾有“上千份”，也有“几百份”之说。而在 1949 年 4 月 30 日由于桑和袁心湖起草的《关于 26 号等之交通联络之综合报告》这份档案显示，由情报力量反馈回来的电台联络密码规定：“密五月一日起使用；每隔四天联络一次”。1950 年 3 月 15 日，袁心湖给边区公安厅的报告中有：“自西安解放后，至胡匪最后被歼灭，是七兵团我之密台每月总有 20 余次电报告胡匪各军驻地与调动情形。”从 1949 年 5 月 1 日至 12 月底共计 8 个月，因要逃避敌人的电台侦测，每次发报的时间也非常短暂，大家可以自己估算一下。

当年陕甘宁边区保安处电台和晋绥公安总局电台同时与情报力量李福

泳电台联通的过程从档案中也能看清。1949年3月19日档案中秦波称："交通回来报告后，晋绥之电台也过来，就联络，第一天未联上。三月二日（第二天）联上，联上报告总局转报中社（社会部），中社批评：未经允许不得联络。就停止了，我们共收到八份报。"

档案中还有："1949.3.23，西社部电示：二十六号台已联络上，就是密码太简单。"

也就是说，晋绥电台先同李福泳台联通，但联通后受到中央社会部批评而停止了。边保电台联通的晚，但一直联通，直到年底成都解放。

还有一件趣事：我曾多次采访过高孟吉，他到西安也常常来看望我母亲。所有于桑写给高孟吉的信件都存在他自己手中，但1949年8月8日于桑庆贺他入党的信却保存在渭南公安局的档案馆中，而高孟吉本人却毫不知情，这一切无法解释。我想，当年可能是于桑将信写好了忘了发出，或许是通过机要员送达韩城保安科，但并未转给本人（高当时已到西安参加工作）。大家都知道，以前的回忆录中及坊间都有8月25日边区保安处密电通知情报力量入党的过程，请注意这个时间，这封信从侧面证明了这些力量们入党的时间应该是在1949年8月8日以前。

查档中还有一个奇怪的现象：为什么在渭南市公安局的档案馆中会保存有这么多并且这么完整的应该发生在韩城保安科的档案材料呢？我曾多次去过韩城市公安局查档，与渭南公安局相比，其档案数量少得可怜，尤其是1949年4月份以前的情报档案。而且渭南市公安局的档案馆中也少有其他各县保安科的公安情报档案。

只有一个解释：1949年3月，父亲已被任命为大荔专区公安处副处长（于桑是处长），而当时与这些情报力量的联络正处在关键时刻，为了保持这条情报战线工作的连贯性、更为了绝对保密，这一部分档案材料就随着父亲的调动而转移到大荔公安处（解放后大荔公安处即并入渭南公安处）。1949年4月18日，交通员薛万亭就是从大荔公安处派出，到西安给情报力量们传递了密码，沟通建立了电台空中联络的基础。从1949年5月1日起，新密码开始使用，情报的传递就由地面交通联络改变为电台空中联络。很快，边区公安厅的电台直接和西安绥署力量们的电台联通。从此，由韩城保安科建立的这一批情报力量的历史使命成功结束。

为了更真实反映当年的情况，母亲带我和小弟还曾到北京同国家安全部情报部门座谈，同省公安厅及省安全厅的情报和编史部门座谈，并且在李启明和于桑生前采访过他们。此外，我们还分别当面、电话、信函访问过高健、薛浩然、王冠洲、郑琏、奥德明、袁心湖、艾奇玉、薛育华（当年李启明的秘书）、张永才、高勉斋等本人及家属。

查档的过程，也是重新学习的过程，我搞清楚了许多原来不明白的地方。我们根据这些档案，以时间先后为顺序，我们费时几年整理编撰了一部资料，起名为《沉寂的档案》，分为上下两集。其上集收集汇编的是新中国成立前的有关情报工作的历史档案，下集收集的是陕西省公安厅于1984年在新疆乌鲁木齐召开的"陕甘宁边区南线情报工作外线座谈会（简称新疆座谈会）"上的资料汇编，当年参与此项工作的情报员、交通员以及相关人员都与会到场发言。上下两集共计85万字。原历史档案和当事人的回忆录相互印证，更夯实了历史的真实，丰富了整个情报工作过程。

在编撰整理的过程中，我们全家总动员，母亲、哥哥和我主要负责，弟妹帮忙在电脑上录入、打印、复印、装订，连媳妇和女婿们也都搭手帮忙。由于档案数量巨大，我们全家用于复印、打印及照相、冲洗的费用就有上万元。

2010年初，我们将整理好的资料交给了陕西省公安厅。厅领导非常重视，史志办公室的几位同志辛苦努力，经过两年的整理补充修改，同陕西省委党史研究室共同合作，于2012年9月编撰出版了一本37万字的内部资料《陕甘宁边区政府保安处南线情报工作史料选编》。经过这十几年的查档、整理资料，我这个计算机专业的高级工程师，居然已经由一个门外汉变成了这段情报史的"专家"，这让我的退休生活变得与众不同，充满了乐趣。

高涛

2013年8月

（作者系高步林的次子）

附录七

“龙潭后三杰”与王石坚情报系统

2005年国外出版了一本书，书中认为胡宗南“真正身份和张治中一样，是黄埔出身的中共代理人”。也就是说，胡宗南是一名中共的间谍。作者的观点在网上得到很多人的支持，有人一一列举胡宗南的种种反常作为，比如从进攻延安起，犯下的一系列小儿科的错误，让毛泽东从延安从容撤离，又让兵力只及自己十分之一的彭德怀在青化砭、羊马河等地一再打他的歼灭战，并且葬送刘勘等干将。这种说法传得有鼻子有眼，连时任中华民国驻新加坡代表、胡宗南的长子胡为真都站出来辟谣，新加坡《星岛日报》以《我父亲不是共产党间谍》为题，刊登了胡为真的访谈录。

说胡宗南是共产党间谍，多少有些恶搞的意思。但胡宗南身边尽是共产党，这却是事实。被毛泽东称为“一个人能顶几个师”的熊向晖，就曾给胡宗南当过侍从副官、机要秘书，在胡宗南身边工作12年之久。除熊向晖，被周恩来称为“龙潭后三杰”的另两位陈忠经、申健，也都在胡宗南身边工作。那么，熊向晖、陈忠经、申健的直接领导人是谁呢？此人就是直接受中共中央社会部部长康生指挥的王石坚。

王石坚本名赵耀斌，生于1912年，在北京大学上学时，他就是北平学联反帝大同盟的领导人，是1932年入党的中共党员。1933年4月，北平的中共外围组织公开为李大钊举行了公祭公葬活动，当时在社会上影响很大，也因此暴露了部分组织。5月18日，王石坚与反帝大同盟、华北救亡会的4名负责人在西城阴凉胡同7号院开会时，被警察逮捕，叛变的原互济会主任兼党团书记张文勋指认了这些人的身份，王石坚等因此被移交宪兵三团，后被关押在苏州军人监狱。

第一次被捕后，王石坚表现非常英勇。在苏州军人监狱，他积极参与了监狱秘密党组织的活动，在狱中编发《囚声》等秘密刊物，并再次被叛徒告发。1935年6月，王石坚连同其他7名在押的党员一同移送南京受审。

在审讯时，王石坚等人与叛徒在法庭上当面对质，叛徒却拿不出任何证据。即使这样，国民党当局还是分别给这8名中共党员加刑8年至8年零2个月，判决后即关进南京中央军人监狱。中央军人监狱位于南京江东门，这里曾经关押过恽代英、陶铸等人。当年，化名王作霖的恽代英被顾顺章出卖后，在南京中央军人监狱的刑场被杀害。王石坚等人来到这里，也被作为重犯对待，看管特别严，不准他们与其他犯人接触，甚至连洗澡、放风、看病等都是单独进行的。

抗战爆发后，共产党急需干部。借国共合作的便利，周恩来代表中共将关押在各地的很多共产党政治犯保释出来。王石坚得以出狱，并被委以重任。

1941年夏天，王石坚被延安中央社会部派到西安从事情报工作，具体地说就是与熊向晖、申健、陈忠经等地下情报人员取得联系，发展组织，搜集情报。起初，王石坚没有公开身份，就是个地下的职业情报人员。他住在西安桃胡巷，有一天凌晨，全副武装的警察把王石坚的住处围了，准备动手抓他。申健手下很多三青团成员都是搞情报的，这边一有风吹草动，申健就听说了，他赶快跟陈忠经商量。

在西安的社交圈，陈忠经是个活跃的人物。连豫剧名角常香玉与陈宪章结婚，都是他当的证婚人。那么，陈忠经结婚，证婚人又是谁呢？是胡宗南本人！在国民党里，陈忠经、申健等名校毕业的学生，都有点“左倾”。陈忠经曾经当过北大学生会的主席，是“一二·九”运动的学生领袖。而胡宗南就欣赏这种人，认为有点“左倾”的年轻人往往有能力、有见识。所以，他们都成了胡宗南身边的红人。三青团首任西京市分团书记，就是陈忠经。

陈忠经一听这情况，就要硬闯桃胡巷，通知王石坚。当时申健还没结婚，他拦住陈忠经，决定由自己去通知王石坚。仗着他现任三青团西京市分团书记的身份，又是“军统”、“中统”和三青团三家合署办公的特联组成员，他抢在蠢蠢欲动的警察之前，大模大样地进了桃胡巷15号。见了王石坚，他就说了一句话：“不管什么事儿，你都往我身上推，就说我让你干的。”

陈忠经、申健铤而走险，孤注一掷，不仅挽情势于既倒，还让王石坚从“地下”走到“地上”。桃胡巷遇险后，王石坚觉得这样不行，不能再昼伏夜出，要变生活习惯，要从地下走到地上。王石坚、陈忠经等人用了毛泽东特批的二三百万元开办费，又经胡宗南同意，在西安西大街南侧比较热闹的地方，物色到一家铺面和二层楼房，开设了一家“研究书店”，由陈忠经挂名董事长，王石坚任经理。他们接着又办《新秦日报》。这个《新秦日报》原来就有的，但是要停办。既然停办，王石坚和陈忠经就顺理成章把它接了过来。《新秦日报》比“研究书店”更加有利，它可以在全国各地设办事处，可以派记者，工作面也就更宽了。

一是有了“研究书店”，二是有了《新秦日报》，王石坚等人彻底转变了过去老的、脱离社会的秘密方针，创造了深入敌内、争取合法、变敌人组织为中共组织的白旗政策，打破了过去狭小的情报圈子，建立了包括政治、经济、军事、党务在内的全方位情报工作局面。从 1941 年到 1947 年他第二次被捕为止，6 年间，王石坚建立起了一个以西安为中心，联结北平、保定、沈阳、兰州等地的高层次情报网络，为延安提供了大量有价值的各类情报。

王石坚在西安的情报工作是紧紧围绕胡宗南展开的。王石坚也曾经几次让熊向晖寻机偷出胡宗南的密码，都被熊向晖拒绝，熊向晖的理由是这样太过冒险，一旦暴露就会前功尽弃。熊向晖不知道的是，就在他刚到胡宗南身边工作的时候，胡宗南的机要室副主任戴中溶已被介绍参加了地下情报工作。说到戴中溶，高孟吉、吕出、薛浩然们一点都不陌生。这帮年轻人在西安北校场七分校通讯班学习的时候，王微是训练班的主任，戴中溶就是副主任。戴中溶是上海嘉定人，上海交通大学机电系毕业的高才生。1934 年大学毕业后，经人推荐来到了甘肃天水，他为胡宗南部队创建了无线电通讯网。如果说王微当机要室主任凭的是与胡宗南的私交，那么戴中溶凭的就是无出其右的业务能力。他是个有学者风度的人，十分儒雅。王微对他相当尊重。在训练班，戴中溶亲自给高孟吉他们讲机电课。戴中溶后来享年 98 岁，一直活到了 2007 年才去世。

最初，戴中溶是由从 1938 年就在胡宗南部队卧底的罗青长负责联系，并从延安派来王金平到戴中溶身边工作。1941 年，罗青长回延安后，这一情报关系又交给了王石坚。在延安，罗青长当过李克农的秘书。毛泽东转战陕北时，29 岁的罗青长作为中央纵队成员，一直跟随在他身边，负责情报保障。罗青长是有名的活档案，每天向毛泽东、周恩来提供国民党部队的调动情报，对国民党师以上军官了如指掌，对中共各情报系统和主要情报关系也如数家珍。

胡宗南身边“匪谍”如麻，那他是不是个粗枝大叶的马大哈呢？还真不是。他这个人其实非常注意保密。他所接收的机密电报，都由机要室主任送过来，电报信封两头封口，都有用机器打的镂空的保密条，别人不能拆看。许多机密电报连熊向晖也是看不到的，但戴中溶却凭借自己机要室副主任的身份，能看到刚译出尚未送给胡宗南的来电和未译发的去电。比如蒋介石发给胡宗南的电令和胡宗南给蒋介石的胡部作战计划、兵力部署、部队调动等来去电文，很多机密电报都是在胡宗南未看到之前戴中溶已经知道了。

通过从熊向晖和戴中溶两处得来的情报，王石坚便完全掌握了胡宗南的全部核心机密，加上由其他渠道获得的情报，使得在延安的党中央对西安的情况了如指掌。蒋介石亲自审定的《对陕北奸区作战计划》和胡宗南“闪击”延安计划，都是熊向晖从胡宗南那里截获再交王石坚上报中共中央的。

王石坚情报系统被破坏，一个相当重要的原因，是这个系统发展得过于庞大，横向交叉的联系过多，违背了情报保卫工作的常识。

抗战胜利后，为了制止国共内战，美国派马歇尔将军来到中国，与国共双方代表成立军事调处三人小组，同时在北平成立执行部，执行已取得协议的政策，监视停战，公正地作调查。军调处北平执行部也是由三方组成，共产党方面，叶剑英是首席代表，李克农是参谋长。利用这个机会，李克农领导的社会部在北平发展了一批秘密关系。

1946 年 6 月，内战爆发。8 月 10 日，美国政府宣布“调处”失败，北平执行部随之关闭。在军调处北平执行部结束以后，李克农回延安之前，把王石坚调到北平，把北平的情报关系都交由他管，包括北平的情报组织和电台。这类关系，从北平发展到沈阳，从西安又发展到兰州。最后，整个北方的情报组织，都归王石坚管，几乎是共产党情报系统的半壁天下，而王石坚本来是被派到西安来联络熊向晖的。王石坚系统过于庞大，结果，北平系统被破坏，波及整个北方系统受到严重损失。

问题还是出在电台上。

日本投降后，蒋介石将包括北平、天津在内的华北地区划为第十一战区。司令长官是原西北军的孙连仲，余心清出任十一战区少将设计委员。余心清原来是个牧师，被人称“基督将军”的冯玉祥请去给官兵布道，当随军牧师，从此步入军界、政界。1933 年，蒋光鼐、蔡廷锴及 19 路军的将领们推李济深主持反蒋抗日大计，与各党各派联系准备组织反蒋抗日政府。余心清作为冯玉祥的代表，兼任过这个临时政府的经济委员会主席。多年来，余心清一直在和蒋介石作对，和共产党倒是一直走得比较近。

1947 年 9 月，余心清通过关系人找到王石坚系统驻北平的情报人员董明秋，要求速电周恩来、叶剑英，说孙连仲准备起义，请中共马上派人来谈。董明秋通过北平密台电告中央前委。对此，周恩来认为，孙连仲的态度究竟如何，尚不十分清楚，他所属兵力不多，华北蒋军的主力部队隶属胡宗南的第 34 集团军，如孙连仲贸然起义，必被第 34 集团军歼灭，应予劝阻。经中央前委同意后，复电北平王石坚系统转告余心清。

但余心清出于良好的愿望，很想做出贡献，自行决定在北京饭店举行招待会，邀请各国驻北平领事参加，他宣布一个“惊人的消息”，说孙连仲以“第三实力，斡旋国共两党关系”。美联社立即发出电讯，说北平大有 1936 年西安事变之势。

蒋介石正准备由南京经北平赴沈阳督战，闻讯后推迟原定的北平之行，责令保密局局长郑介民对北平方面的中共地下组织加紧侦查。保密局北平站利用美国新制无线电侦测电台，从北平城四个方面进行侦测，一步一步缩小范围和方位，最终确定密台的具体方位。在此基础上，又连夜挨户侦查，查到密台的确切地点。

负责侦测中共北平密台任务的是北平行营第二处电检科科长赵容德。赵是军统杭州特训班第 5 期无线电队毕业的，曾任军统电讯处的科长，受过美国特工的雷达侦测技术的训练。他到北平后，利用无线电侦测电台，发现在北平鼓楼兆丰街方向有可疑的电台呼叫信号。他们就跟踪侦测信号的方位，用吉普车载运侦测台，由报务员守听呼叫号，在行进到兆丰街周围地区时，命令发电厂突然拉闸停电，此时如果可疑电台呼叫号也突然停止呼叫，即证明可疑电台就在这一地区内。自保密局长郑介民向北平站下达加紧侦测中共密台的指令后，赵容德等特务人员加快了侦测的进度，再三用线点的交错办法，缩小区域范围。赵容德将侦测结果报告保密局北平站长黄天迈。黄迅速派特务对该处实行秘密监视，并利用北平市警察局调查户籍为掩护，到嫌疑住室视察，发现该室确有电台。于是，北平的共产党地下电台被破获。

1947年9月24日夜，正当北平中共地下密台报务人员准备架机工作时，保密局北平站的特务突然闯入室内，将密台负责人李政宣等4人当场逮捕，电台、密码、情报底稿、活动经费以及来往名片等全被搜缴。李政宣被捕后，经特务连夜审讯，首先供出了北平市地政局代局长、中共情报工作人员董剑平等人。特务随即于9月25日逮捕了董剑平，于9月26日拘捕了董明秋，于9月27日拘捕了余心清等二人。经特务突击审讯，董剑平随即供出了在保定绥靖公署任职的5位重要情报工作人员，他们是第一处少将作战处长谢士炎，军法处少将副处长丁行，第二处参谋主任石淳，作战科长、中共地下党员朱建国，北平第二空军司令部参谋赵良璋。后来，谢士炎等五人于1948年10月19日在南京雨花台被杀害。当刽子手大喊“跪下”时，他们回答：“我们不跪！”5个人都是挺身站着就义的。

保密局特务在逮捕谢士炎的过程中，得知谢与沈阳警备司令部新闻处代处长王书鼐、东北行辕新闻处科长李年等有联系。结果，南京保密局特务亲赴沈阳督办，将王书鼐夫妇及李年、巩天民等人逮捕解往北平。在破坏东北地下组织的过程中，又获得西安方面的地下党组织的线索，并由南京保密局行动处长叶翔之亲赴西安督办，于9月29日深夜逮捕了王石坚夫妇，破坏了西安交通联络站奇园茶社，逮捕了奇园茶社经理梅永和等人。戴中溶等人，也都是这个时候被捕的。直到1949年5月杭州解放，戴中溶才被从监狱中解救出来。

保密局特务从王石坚处又得到兰州方面的情报工作人员尹家明的地址，叶翔之指令兰州方面的特务将尹家明及家属逮捕。结果，从北平到保定，再到沈阳、西安、兰州等整个北方系统的中共情报系统，受到严重破坏。

附录八

王超北与西安情报处

2000年，高步林的二儿子高涛在渭南市公安局翻阅父亲留下的档案材料时，发现了一个写着“绥署情报力量”的牛皮纸材料袋。高涛认出，“绥署情报力量”这几个字，是父亲亲笔所写；袋子里装的，都是一些身穿国民党军装的人的相片，有的是半身像，有的是全身像，还有的是骑在马上拍的。高涛把这几十张已经发绿的照片拿给高健（高孟吉）看，高健翻来覆去，却一个也不认识。随着高步林等当事人的离去，这些情报力量究竟当初是什么身份、后来各自又发挥了怎样的作用，已经无从考证了。

1984年秋天，曾卧底胡宗南、裴昌会电台的情报力量在新疆再聚首时，也很难说清自己发出的情报中，有哪些情报在后来的军事行动中，发挥了怎样的作用。为什么呢？这是因为对于毛泽东、彭德怀这样的决策者来说，他们掌握的情报，往往来自多个渠道。他们要综合分析各种情报后，才会作出重要的决策。在吕出、李福泳、薛浩然等人不断给延安方面发出情报的同时，围绕胡宗南集团，共产党方面也有多组情报人员在活动。这些情报组织隶属不同的系统，相互之间没有联系，他们有的隶属于中央社会部，如西安情报处；有的像吕出他们一样，隶属于西北局社会部；还有的隶属于某个地委、县委等，甚至有的隶属于苏联。这些不同的情报力量潜伏在敌方的不同层级、不同位置，以不同的身份作伪装，通过不同的渠道，将敌方的各种情报汇聚到延安，使西北野战军总部如临池观鱼，对敌方动向一目了然。

这里，我们就先说说王超北与他的西安情报处。

王超北生于1903年，陕西澄城人，上过上海大学，1925年加入中国共产党。早期，受上海中央特科的指派，他一直在陕西做地下工作，在国民党第17路军卫士团做过军需主任。抗战爆发后，他来到八路军西安办事处，先后在中共代表周恩来、董必武、林伯渠、叶剑英、李克农、伍云甫等领导下任八路军总务科长和运输科长等职。此间，上海沦陷前，他曾和毛泽民一起将 500 多吨捐献物品运往解放区；上海沦陷后，他曾两次去香港购买电台、医药器材和转运海外侨胞、国际友人捐赠的物资。第二次由香港返回时，广州、武汉已相继失守。他绕道越南经海防、友谊关进入国境，再经广西、贵州至重庆，行程 3 万余里，安全到达陕西宝鸡。1940 年，王超北就跟林伯渠提过，想去延安。但组织上考虑他有情报工作经验、在陕西又有着独特的人脉，让他还是留在西安搞地下工作。

直接隶属于中共中央社会部的西安情报处 1945 年 11 月正式成立，但这一机构实际上从 1939 年就开始运行了。1938 年底，国共第二次合作渡过了蜜月期，开始有了越来越多的磨擦与冲突。1938 年 12 月至 1939 年 10 月，国共在陕甘宁边区发生 150 多次摩擦，其中军事冲突就有 20 多次。就连八路军西安办事处也有四名工作人员莫名其妙地“失踪”。由于国民党不允许八路军办事处设电台与延安直接联系，伍云甫曾找到王超北，让他想办法弄一个秘密电台。王超北从上海弄了一部电台，悄悄地设在了杨虎城原来的公馆、后来国民党西北行营主任熊斌的住处芷园院内。从这时起，西安情报处先后在西安掌握了 8 部秘密电台，总共向中央拍发电报 1900 多份。王超北的化名叫庞智，毛泽东就夸过他：“庞智是无名英雄。”1947 年 10 月，中央曾表扬王超北：“最近你处所来军事情报颇有价值。”1948 年 7 月，中央再次来电表扬他：“1 年来，你们军事情报很好，对西北我军帮助颇大，今后战争将继续向南发展，望继续努力，多加搜集西北蒋胡匪帮军事情报。”为此周恩来还批给了西情处一大笔活动经费。

有一段时间，王超北因为失去了在国民党军队内的合法身份掩护，在西安时常要东躲西藏，以摆脱特务追捕。不得已，他在家里挖过一个仅能容下一个人的地下秘密工作室，主要是为了隐藏机密文件。有几次遇到突然搜捕，他也是躲在这个暗室里成功藏身。有一回周恩来路过西安，王超北给他汇报他躲在暗室里藏身的事，周恩来脱口而出：“够险的啊，那你就多修几个暗室，狡兔三窟嘛。”那个时候，王超北就想过挖一个有另一出口的地下逃生通道。

王超北家是澄城的大户，父亲去世 3 周年，他继承了 15000 块大洋和一麻袋大烟遗产。那年月，大烟是硬通货，这一麻袋大烟也值五六千元。在向组织汇报之后，他用这笔钱买下了日本飞机轰炸后成为废墟的大莲花池街7号院和王家巷24号和甲字24号、25号等院落，因为他发现，这两条街一条南北向、一条东西向，正好形成一个三角形的直角。他以修防空洞为名，在下面修建了距离地面5.7米、总长200多米、具有防水、防毒、通风、人员转移等多重功能的地下室。为了保密，王超北先后换了三批民工，最后，是他亲自动手将地下工作室联通成一体。地上的四座院落包括3道大门、1个偏院，大小房间20多间，布局陈设与普通居民院落一样。如果有紧急情况出现，在第一道大门负责望风的人就通过门房里暗藏的电铃发出警示，屋子里的人及时躲藏到地道中。当时地道的设计修建可谓煞费苦心：地道十分狭窄，一次只能下去一个人，重要的转弯处必须爬行，万一被敌人发现后追赶，只要打死一个敌人地道口就被堵死。此外，地道还可以防水、防毒气。一旦地道被人发现，同样由望风的人按下电铃，地道里的人可以迅速从隐藏在其他院落的出口转移。事实上由于电报收发频繁，大莲花池街7号院曾一度引起特务的怀疑，但是搜查多次没有发现破绽。

莲花池街7号不仅成了西情处开展情报工作的秘密指挥机关，而且是西情处秘密电台的台址和地下刊物印刷所。更重要的是，当军警特人员来搜捕时，王超北仍可在地下室里继续工作，或者从容地从王家巷24号出去。也许是发报机的讯号让国民党特务机关对这个地方一直不能释怀，莲花池街7号被列为“特种户口”。他们只知道这院房子的主人叫王超北，跟八路军办事处有某种联系，但特务登门总是只能见到女主人。王超北自己也非常谨慎，在照相馆拍照办各种证件，他都会鼓着嘴、眯着眼，让面部发生一些变化；儿子10岁之后，他就不允许儿子再喊他“爸爸”，在家要叫他“老汉”，而且一放学，不能跟小朋友玩，要立即回家。王超北在回忆录中说：“由于多次搜查没有结果，敌人只能采取守株待兔的办法。

■ 王超北

■ 1999 年，王释奇与朱蒂在莲湖公园奇巧园茶社旧址旁合影

■ 1944 年，王释奇与在西安情报处担任译电员的妻子朱蒂合影

他们在莲花池街 7 号的对面和我的左邻右舍门前设下监视站，如裁缝铺、文具店和小人书摊等。便衣特务还化装成补鞋的、拉洋车的、收破烂、卖油条的等等，日夜守候在 7 号大门附近。冬去春来，敌人连我的影子都没见到，而我却常常出入于王家巷 24 号，并照样到莲花池街 7 号的地下工作室指挥用秘密电台向延安发报。”直到 1947 年 9 月，在胡宗南已经占领延安的大背景下，绥署二处的特务武装占据了大莲花池街 7 号一个主要院子，西安情报处才放弃了这个工作点。

1945 年 5 月，西安市政府连续三天在报上登广告，要在西安各公园开设茶社。王超北正想找一个公共场所作情报联络点，就让后来任西安情报处机要科长、当时公开身份为《秦风日报·工商日报联合版》经理部副经理的王释奇以股东的身份向西安市政府建设科投标。5 月 8 日，竞标成功。王释奇竞标的是莲湖公园，之所以选择这里，很可能是因为这里离大莲花池街 7 号只有几步之遥。

莲湖公园原来是明代秦王朱樉的王府花园，建在唐代长安城的“承天门”遗址上。明洪武十一年（1378 年），朱樉依地貌起伏之状，取随形就势之法，挖池引水广种荷花，取名“荷花池”。清康熙七年（1668 年），巡抚贾复汉主持疏浚池泥，并改名“放生池”。到了 1916 年，冯玉祥将这里辟建为公园，向公众开放，成为现代意义上西安的第一座城市公园。莲湖公园原先有 120 亩，因为解放后修建莲湖路，占去 24 亩，所以，现在的莲湖公园，只有 96 亩。

本来，王释奇给茶社起的名儿叫“今来雨轩”，后来发现革命公园有个“今来雨轩”，临时又给市政府呈文，要求更名为“奇园茶社”。5 月 16 日，茶社正式开张。茶社有 100 张茶桌、300 张躺椅，规模不小。更重要的是，“奇园茶社”这四个字是国民党西安警备司令周体仁所写，这让茶客会觉得，茶社是有来头、有背景的。茶社还请社会名士薛定夫写了一副对子，上联：“奇乎！不奇，不奇又奇”，下联：“园耶？是园，是园非园。”横批“望梅止渴”。这里的“梅”，指的是茶园的掌柜梅永和，一个个子不高、皮肤挺黑、见人就奉上笑脸的中年人。其实，梅掌柜看上去貌不惊人，却是个神枪手，曾经当过吉鸿昌的护兵。这个奇园茶社的地址就在现在莲湖公园内“小萝卜头”宋振中烈士雕像那儿。也是因为当年的奇园茶社太有故事、太有名儿，现如今，莲湖公园北门外仍有一家茶馆以“奇园茶社”为名。

作为一个交通联络站，奇园茶社和西安情报处的另一个联络站春生永车行一样，起到了应有的作用。而且，言者无心、闻者有意，梅永和还从客人这儿得到过不少有价值的情报。1946 年初夏的一天晚上，一伙特务到奇园茶社来喝茶，说起要暗杀《秦风日报·工商日报联合版》负责人耿坚白和李子键的事，被梅永和听到。梅永和赶紧向组织汇报了这一情况，耿坚白和李子键得到情报后迅速转移，得以死里逃生。

作为西安情报处的秘密联络点，奇园茶社被画上句号，和一个名叫胡家兆的工作人员被捕有关。

胡家兆是个湖北人，在晋陕豫盐务总局的电台工作。此人曾上过陕北公学，据说嫌陕北太苦离开陕北，来到西安。得知胡家兆家里孩子多、生活过得艰难，王超北就让王释奇找到他，说有几个人合伙做生意，想利用他的电台发几份商业电报，了解上海那边的市场行情。当然，这商业电报不会让他白发。那时候，大商人利用官方电台悄悄发商报，已经是行业潜规则了。可没想到这个胡家兆却断然拒绝。王超北和胡家兆并不认识，在了解了胡家兆的为人之后，他让王释奇大胆地跟他挑明：要借用他的电台给陕北共产党发电报！没想到这样一说，胡家兆却痛痛快快地答应了下来。盐务总局的电台架设在南四府街湖广会馆内，离绥署大有巷及五岳庙门侦查台都不过 1 公里。何况盐务总局的电台功率又特别大，据说电台一工作，周边的电灯都会闪动。结果，到 1947 年 7 月，经胡家兆的手也就发了 20 来封电报，特务就破门闯入，并且一把抓走了他正在发的电报底稿。电报内容特务没能破译，不过，作为报务员，胡家兆也一样不清楚。特务给胡家兆用了好些刑，打得他死去活来，但胡家兆一口咬定发的是商业电报。人家就要追问他哪家商号、哪个人交给他发的。这样，他只得说出了西安天德福银号襄理王释奇的名字。胡家兆获刑 12 年，虽然后来被保释出去，但因为受刑过重，只活到 1948 年 12 月底。

特务抓了王释奇，王超北慌了，赶快去奇园茶社找梅永和。梅永和知道的事儿太多了，当年修大莲花池街 7 号与王家巷 24 号下面的地下工作室，用了三拨儿民工后，最后将地道挖通的人，除了王超北本人，另一个动手的人就是梅永和。王超北家住的是大莲花池街 7 号，而梅永和家住的就是王家巷 24 号。梅永和要是出了事儿，怎么得了？

但是，王超北赶到奇园茶社时，梅永和却已经人间蒸发。多方打听下来，他并没有被特务、警察抓去。但是，王超北和他也失去了联系。其实，梅永和并没有离开西安。过了一年，他也大意了。有一回他在三桥帮他姐姐卖布，被一个小特务认了出来。谁让他是奇园茶社的掌柜、去那儿喝过茶的都认识他呢？于是，梅永和也被抓去了。

好在王释奇、梅永和都是硬汉子，不管怎么受刑，都不肯招供。特务想了个办法，故意让他们二人在放风时照面。俩人一看有这样的机会，当然要想办法串供。串供，就是说假话；说假话，就得有破绽。如此七扯八扯，就把王超北的名字扯了出来。不过，王超北神龙见首不见尾，特务就是知道也抓不着他。于是，这俩人和胡家兆同一案判下来，王释奇被判了 10 年，而梅永和被判了 5 年。

这是 1948 年秋季的事儿了。两人从西北特种拘留所转到了陕西省第一监狱服刑。在监狱里，俩人的待遇也很不一样。王释奇是北京教会学校毕业的，英语非常好，因为他给典狱长家的俩孩子辅导英语，所以没遭什么罪；而梅永和带着满身的伤，却还得服苦役。到了 1949 年 5 月，胡宗南撤离西安之前，对恨之入骨的共产党大开杀戒。被杀名单上，梅永和排在第一个。可是，警察去监狱里带梅永和时，却发现这个人又一次人间蒸发。不知道是哪个环节上出的问题。怕胡先生知道这事儿，警察局局长肖绍文吓得都没敢声张。5 月 27 日，西安市民为庆祝解放在城内游行。有

■ 西安市民游行庆祝解放

人看见梅掌柜被人用门板抬着，向钟楼上悬挂的毛泽东像敬礼，满脸都是泪。6 月 16 日，45 岁的梅永和永远地闭上了眼睛。

被打得路都走不成的梅永和，能在国民党监狱里金蝉脱壳，这是西安情报处副处长李茂堂的功劳。

■ 李茂堂

李茂堂是陕西渭南人，上过几年私塾，16 岁到西安电报传习所学习收发报技术，这一经历和高孟吉、吕出他们很相似。1926 年，20 岁的李茂堂加入了共产党。1933 年，由于陕西省委遭到破坏，他脱党了。王超北说，此后不久李茂堂来到上海，经他介绍和组织接上关系后，又被派回陕西恢复中共组织。因李茂堂三次努力都没能成功，只好再返回上海。1935 年 9 月，李茂堂在河南被捕后，被押往南京反省院。经已成为中统特务的原中共陕西省委书记杜衡等人的劝说，李茂堂也加入了中统。关于李茂堂叛变，媒体上有这样一种流行的说法：王超北后来证实，李茂堂加入中统，是在请示中共上海局有关机构同意做出的决定，属于借机打入国民党特务机关。但作者对此是存疑的：1931 年 3 月，顾顺章叛变，指认了狱中的中共中央宣传部秘书长恽代英，并且带人抓获了中共中央政治局常务委员会主席向忠发、政治局常委蔡和森，若不是钱壮飞紧要关头将顾顺章叛变的情报传了出去，位于上海的中共中央将遭受毁灭性的打击。上海的白色恐怖达到极点，中共中央不得不转移到了江西苏区，上海只留下人数不多的中共上海局联系国统区的中共组织，并代表中共中央与共产国际保持联系。1934 年 6 月，中共上海局的第一负责人李竹声又被捕叛变，中共上海局虽说还有别人负责，但留在上海的共产党人生存都成了大问题，上海局能否正常运转可想而知。再说，1934 年 10 月，中央红军主力已经开始长征了；同年 11 月和次年 4 月，在鄂豫皖革命根据地的红二十五军和川陕革命根据地的红四方面军分别开始长征。1935 年 11 月，在湘鄂西革命根据地的红二、六军团也离开根据地开始长征。直到 1936 年 10 月，一、二、四三个方面军才会师于甘肃会宁。那么，李茂堂被捕的 1935 年 9 月，在那样一个背景之下，中共上海局怎么可能批准他这样一个来自陕西基层、有过脱党经历的普通共产党员到国民党特务机关长期潜伏呢？何况整个抗战期间，没听说李茂堂给共产党方面提供过什么情报。反而在“西安事变”发生后，李茂堂倒是表现出对蒋介石的忠心耿耿。他从飞机上跳伞，潜伏到事变中杀气腾腾的西安城，被张学良抓起来，差点给枪毙了。为此，他在蒋介石这儿倒是赚了不少分。于是，在中统，他从南京电报检查处的检查员，一路升迁到陕西省党部调查统计室的副主任。

还是《王超北狱中自述》更为可信：

1939 年第一次国民党反共高潮之后，李茂堂从兰州回到西安，托他表兄武少文给我写了一封信，信中说李茂堂讲，他可以把国民党中统局陕调室的反共阴谋资料偷出来交给共产党，要求见我一面。我把原信交给当时直接领导我工作的中共西安办事处主任伍云甫。伍云甫思考后让我去见一下李茂堂。我立即说，李茂堂我不见，李茂堂在一九三五年自首后向敌人出卖过我，并带着特务去上海搜捕我，是我的死对头，我是发过誓不见李茂堂的。伍云甫听后，批评地说，要以顾全大局为重。胡宗南现在正准备破坏八路军驻西安办事处，而我们正苦于得不到敌人的阴谋诡计。今天李茂堂找上门来，还是以见他为好。我服从了组织决定，怀着极不情愿的心情见了李茂堂。当时李茂堂自己都没有想到我会去找他。李茂堂急切地表白，他是在兰州见到顾斧南，得知我在西安后，就以母亲年迈、没人照顾为由向中统局要求调到陕西工作，并说只要在西安找到我，就可以为党工作了。李茂堂说，他在兰州审案子的时候，把一个刚要开口向敌人告密的“共产党员”一杠子打死了。他还说在徽县，偶尔看到个“贰臣”碑，刺了他的心，让他难过。他再也不能待在中统局机关内了，一定要找党组织，为党工作，立功赎罪。所以一碰见顾斧南说我在西安，就下了决心，一定要回西安。

几天之后，中央就给伍云甫来电，批准李茂堂为党工作，立功赎罪。这以后，李茂堂的所作所为，就是有动机的了。中统内部，存在着国民党中央组织部长朱家骅的“朱系”与陈立夫、陈果夫“CC 系”之争，李茂堂属于“CC 系”。1942 年末或者 1943 年初，借一次开会机会，李茂堂指使“CC 系”部下闯进会议室，将中统陕室“朱系”掌门人王季高暴打一顿。朱家骅一状告到老蒋那儿，李茂堂带着手铐脚镣被押解到重庆。但是，在

■ 西安解放后，西安情报处部分工作人员合影。坐着的人中，右三为李茂堂，右四为王超北，左四为王释奇

后来的上层角力中，陈立夫、陈果夫斗败了朱家骅，李茂堂如共产党期望的那样，坐上了中统陕室主任的宝座。这以后，共产党就可以获得许多深层次的信息，因为李茂堂有资格参加胡宗南召集的高层会议。1945 年 8 月，征得胡宗南同意后，李茂堂以搞共产党的情报为由，西装革履地去了趟延安。此行，他解决了他的组织问题。经李克农穿针引线，李茂堂重新入党。李茂堂的介绍人是罗青长与汪东兴，俩人分别是中央社会部一室和二室的主任。

这以后，西安情报处正式成立，李茂堂就顺理成章地成了副处长。在王超北与李茂堂的领导下，西安情报处采取“打进去、拉出来”的办法，发展成了有上百个情报人员的庞大情报组织。“南潘北王”的说法也因此而来。除了李茂堂，西安情报处的情报员还有宜川战役前弄到胡宗南军事部署、部队编制等重要情报的 01 号情报员蔡茂林；西北大学教授兼董钊的英文秘书、西安解放前为地下党弄到一大批武器的 6 号情报员吴宗鲁、国民党第七补给区司令部办公室少将主任、 9 号情报员屈伸等。

不过，像李茂堂这样一夫多妻、吸食大烟、浑身旧社会习气的人，最终是不为共产党领导下的新社会所容的。1950 年，李茂堂出任建国后国内贸易部第一任副部长，但任职不久就因中统的事情说不清楚而被捕。1953 年 5 月，他病死狱中。直到 1982 年，他的冤案才被平反。因为李茂堂等问题，王超北 1962 年也同样蒙冤入狱，直到 1979 年才获平反，坐牢 17 年。

附录九

苏联间谍与他的“西安通讯组”

新中国成立前，西安的普通市民一般是穿不起毛衣的。上学的孩子，一般只有单衣、夹衣、棉衣之分。但是，据老人们回忆，建国路上的雍村小学里，穿毛衣的孩子特别多。这是为什么呢？

西安的东大街，曾在1927年被改称为“中山大街”，这一名称被沿用至新中国成立后的1953年；由建国路自南向北走不远，有一条东起建国路、西至东三道巷的百米长的小街道，名叫“玄风桥”，据说清光绪年间此街建有玄风桥并以桥得名。这条街道解放前后没有改过名字。东门、建国路、玄风桥直到城墙内的下马陵一带，解放前住的尽是些银行家、铁路局长、国民党将军、政府高官之类。达官贵人多了，雍村小学穿得起毛衣的小学生当然也就多了。那时候，西安的电力供应不足，停电是家常便饭。但别的地方停了，这片地方却照样灯火通明。有钱人多的地方，往往生意也要好做些。同样开间小店，这一带的房租都比别的地方贵许多。

玄风桥34号是一家小杂货铺，卖些毛巾、肥皂、火柴、煤油之类的东西。这是一家夫妻店，老板是一对四川口音的年轻夫妇。男的叫夏中和，女的叫钱瑾，店里还雇了一个本地口音的伙计，名叫张岗。四川夫妇为人厚道，与左邻右舍关系都处得挺好。杂货铺在抗战前就开了起来，一直开到1948年夏天。那时候，物价飞涨，像这样的店铺倒闭，是一件再寻常不过的事情。不寻常的是，在此之前，玄风桥一带，经常深更半夜有特务、警察挨家挨户搜查，寻找毒品和私藏的枪支。不过，好像没听说真的从谁家搜出过这两样东西。

1947年底、1948年初，国民党方面的测向台一再发现玄风桥地区有不明电台讯号。为此，特务们反复搜查，却始终没有找到那部神秘的电台。1948年1月，在一次总理纪念周会上，胡宗南大发雷霆：“敌人在我们家里设电台发号施令，凡七八年，你们都不知道。现在只破获了一部，还有

■ 王敦瑛

一部为什么不能破获？国家要你们干什么？”胡宗南所说的那部破获的电台，应该是指抓获王石坚之后，破获西安情报处掌握的那部晋陕豫盐务总局电台。胡宗南做梦也想不到，那部始终没能破获的电台，其领导人身着上校军装，就端坐在主席台下面听他训话。此人就是绥靖公署高参室的俄文翻译王敦瑛。此时，王敦瑛的职务是高参室的附员。所谓“附员”，就是一种非正式编制，属额外差遣，一般为过渡形式。如某人失业，投奔老长官，一时无位置安排，下个片子，“着某某人为副官处附员”。附员属无权的闲职，薪饷多少发几个，不叫生活无着。

王敦瑛生于 1905 年 12 月，山东黄县柳坑村人。王敦英家兄弟姊妹六个，家里有七亩薄田，他的父亲做点小本生意，不足以养这一大家子，于是就闯关东，到东北各地做点小买卖。1918 年夏天，王敦瑛从本村小学校毕业，随父亲到了中苏交界的黑河市，考入了市立中学。可王敦瑛只上了两年，就因为他父亲无力承担学费而辍学。失学后，王敦瑛一边帮着父亲做买卖，一边自学俄语，两年后他又考入了黑河市立俄文补习学校。因为有地缘优势，给王敦瑛教俄文的老师，都是苏联人；王敦瑛又特别有语言天分，他说的俄语和苏联人可以说没什么两样。1924 年，王敦瑛开始在哈尔滨特别区地方法院担任俄文译员。工作一段时间后，有了一点积蓄，他于 1925 年又考入哈尔滨俄文法政大学上学。但是，只上了一年，他再次遇到经济问题，只能又一次失学。尽管吃饭都成了问题，但王敦瑛始终不肯放弃他的学业。1927 年，王敦瑛考入了法大的夜校，得以白天工作、晚上到学校听课。1930 年，25 岁的王敦瑛终于从法大毕业。

学俄文的王敦瑛，不可能不从给他带课的苏联老师那儿接受新的思维方式。在哈尔滨，他又很容易看到苏联的报纸杂志。别说王敦瑛，就是孙中山、冯玉祥这些大人物，不也对苏联非常神往嘛。连续两次失学，使王敦瑛对穷人上学之难有了深刻的认识，同时也对社会的不公平非常愤恨。“9·18”事变后，日本人侵占了东三省。渴望投身反对日本帝国主义行列的王敦瑛在一位同学的介绍下，于哈尔滨加入了一个苏联背景的国际组织，当时，王敦瑛并不知道这就是“共产国际”即“第三国际”，开始了他的情报生涯。1934 年 8 月，王敦瑛被组织派到莫斯科，参加了一个“积极工作训练班”。这个训练班在莫斯科郊外的一栋别墅开班，受训的一共 8 人，其中 5 名中国人，另外 3 人分别来自匈牙利、蒙古和希腊。他们系统地学习了政治常识、军事常识、爆破燃烧及情报工作等知识，还学习了汽车驾驶等技能。培训期间，他们曾在一个红军演习场进行过两次爆破训练，参观了无线电台、机器制造厂、肉类联合加工厂、航空学校以及莫斯科的地铁、百货商店等。在结束培训之后，王敦瑛于 1935 年 5 月返回了东北。此后，他在苏联人米列尔的领导下，活动在东北各地，搜集日军情报、破坏交通。他们这个组织曾在吉林、宽城子车站等地袭击日军运输军用物资的列车和载重汽车。1937 年“卢沟桥事变”后，王敦瑛与在上海的米列尔失去了联系，便赶到汉口，通过苏联驻汉口领事馆恢复了关系，在领事馆秘书拉托夫的领导下，做苏联空军在华志愿军工作。

1938 年 7 月，国民政府航空委员会派黄光锐到莫斯科买飞机，王敦瑛奉命担任了黄克锐的俄文翻译。回国后，他被转调到国民政府军事委员会，协同苏联顾问舍尔巴阔夫等人工作，在西安的第十战区长官部以及在洛阳的第一战区长官部辖区收集情报。他收集的主要是侵华日军的军政情报，以及国民政府的有关情报。涉及国民政府的情报，主要包括国民党与日本方面的秘密交往、国民政府是否在真抗战等。1939 年 4 月，王敦瑛转任国民政府军事委员会顾问事务处上校翻译，他以此身份继续为苏联情报机关服务。1940 年至 1943 年，他主要与毛斯阔夫斯基、施克雷巴两位苏联首席顾问一起工作，与别的顾问有时也有临时性的联系。此间，王敦瑛随苏联顾问团来到西安，在胡宗南的第 34 集团军总部工作。

1943 年初，苏联红军取得了斯大林格勒保卫战胜利后，开始乘胜前进，不断地收复失地。可是，由于战线拉得太长，德军伺机反扑，苏联红军西南方面军遭受重创，其第 5 集团军被摧毁。之后，苏德双方在库尔斯克形成僵持。7 月 5 日，大批德军飞机、坦克开始向苏军疯狂进攻，遭到苏军顽强抵抗，损失惨重。7 月 12 日，苏联红军开始转入反攻。库尔斯克会战中，德军 30 个精锐师包括 7 个坦克师被击溃，其余的遭受重创。损失兵力 50 多万人，损失坦克约 1500 辆，损失火炮和迫击炮 3000 门，损失飞机 3700 架。苏军也为库尔斯克会战付出了惨重代价，损失兵力 80 多万，损失坦克 6064 辆，损失火炮 5244 门，损失飞机 1716 架。会战的胜利使苏军从此获得了战场的主动权。随着国内战局的吃紧，苏联在中国的军事顾问团解聘回国，为顾问团服务的编译人员奉命到重庆待命。但是，王敦瑛却奉莫斯科的命令，留在了西安。通过第一战区司令长官部高参傅葆初及参谋长罗泽凯的介绍，王敦瑛到王曲的黄埔军校七分校当了个教俄文的教官。苏联顾问团临走，给他留下了一部电台。苏联方面让他在西安组织一个秘密情报机关——西安通讯组。王敦瑛在中国的直接上司是苏联驻华大使馆武官罗申，他所需的经费，也是经罗申之手发给他。原来在国民政府军事委员会办公厅顾问处任副处长的屈武，因工作关系跟王敦瑛认识。1944 年夏，屈武从重庆赴西安任陕西省建设厅厅长，罗申还托屈武给王敦瑛捎去过一笔经费。

为解决西安通讯组报务人员问题，罗申请在重庆常跟他打打交道的周恩来帮忙。周恩来把这事儿交给身边的童小鹏去办理。经过一番物色，童小鹏选定了重庆八路军办事处电台的报务员杨才、龙文英夫妇。杨才、龙文英都是四川阆中人，都二十出头，此时刚刚结婚。其实，杨才本名叫夏宗容，参加革命后才改的名。到西安后，他化名夏中和，和化名钱瑾的龙文英在玄风桥 34 号开了一家小杂货店，掩护电台。杂货店的墙壁做过改造，是个夹层，电台可以藏进去。前文说过，过去开商店的都是打小当学徒，一招一式都有讲究。而杨才、龙文英夫妇没有这样的经历，他们甚至连秤星都认不准。在特务如麻的西安城里，他们这号生意人还不两天半就穿帮了呀！王敦瑛就请赵寿山手下的第三集团军西安办事处主任蒙定军给他找个店员。这样，中共地下党员张志刚就以杂货铺店员的身份，参加到西安通讯组里。杂货铺里，“小老板”杨才负责收发报；他工作时，“老板娘”龙文英及“伙计”张志刚负责警戒；负责译电的，是王敦瑛的妻子李儒珍；另外，西安通讯组里还有一名交通员于亚洲。

王敦瑛的妻子李儒珍是个沈阳的回族学生，东北沦陷后，流亡到北京继续读书。在参加抗日救亡活动中，她认识了曾任张学良的秘书、后来组织过东北抗日救亡总会的高崇民。因为西安事变，高崇民与杨虎城身边的谋士杜斌丞走得很近。通过杜斌丞的介绍，李儒珍在陕西凤翔的竞存中学做教务。高崇民在洛阳时就认识了王敦瑛，后来，经他牵线，懂英文的李儒珍成为王敦瑛的妻子。

2013 年 5 月，作者在西安市长安区常宁宫旁的鱼包头村找见了王敦瑛、李儒珍的儿子王涛。常宁宫是当年胡宗南给蒋介石修的行宫，1943 年建成后，蒋介石与宋美龄曾三次入住；蒋介石的二公子蒋纬国的蜜月，也是在这里度过的。新中国成立后，常宁宫成了中共西北局的高干疗养院。90 年代末，常宁宫被改造成了一个度假山庄。

王涛曾是一家国营企业退休的车间主任，已经 65 岁了，人瘦，却很精神。他喜欢踢足球，还参加西安市每年一次的公开水域游泳比赛。他房间的书架上，大多数书都跟民国历史有关。兄弟姐妹六人中，排行老五的王涛是唯一一个一直在试图解密父亲传奇一生的人。他甚至给俄罗斯驻中国大使馆写过一封信，请人翻译成俄文寄出。他想知道克格勃档案中，有没有关于父亲的一些记录。但是，这封信寄出后就石沉大海。

王涛是因为房子拆迁，跑到鱼包头村租了民房居住的。离他家几十米远，就是鱼包头村小学校。为什么会到这么偏远的地方来租房子呢？王涛告诉作者，小的时候，父亲在常宁宫疗养，他们一家在常宁宫住过很久。那时候，他经常跟着父亲在鱼包头村附近打猎，也在村边的河里游泳，对这一带很熟悉，也很有感情。小时候，他们家有一条名叫“阿里玛”的苏

■ 作者与王涛合影

联猎犬，后来赶上全国轰轰烈烈的打狗运动。他父亲不得已，把这只猎犬送给第四军医大学作解剖用。王涛回忆，父亲的爱好很多，除了打猎、游泳，还喜欢摄影、吹口琴等。但是，对自己新中国成立前的经历，父母跟他们几个儿女都只字不曾说过。王涛只知道父亲是个老革命。“文革”中，有人给王敦瑛贴过大字报，说他是苏修特务，但王敦瑛档案里有自己1950年写的一份自传，屈武、伍修权、杨明轩、蒙定军等人都为他出具过书面证明。于是，当时身为陕西师范大学外语系教授的王敦瑛只是像别的老教授一样，关过两三年牛棚，挺过“文革”，活到了1979年。

那么，王敦瑛与杨明轩、蒙定军等人是怎样认识的呢？伍修权又为他出具过怎样的证明呢？咱们还是先回到“西安通讯组”存在的那个年代。

有了电台、有了玄风桥的杂货铺子和杨才等人，并不等于就有了情报。收集情报的工作，当然还得职业间谍王敦瑛亲自来做。为便于王敦瑛工作，应罗申请求，周恩来把在陕西上层有着广泛人脉的杜斌丞以及中共地下党员、教育家和社会活动家杨明轩介绍给王敦瑛。杨明轩在1950年写的一份材料上回忆，当时他在西安常住在红十字会医院，与王敦瑛每周必见两、三次。通过杨明轩，王敦瑛又认识了中共地下党员蒙定军。此后，王敦瑛发送出去的很多情报，就是通过这样一个关系网获得的。蒙定军在解放初的一份材料中写道：“他（王敦瑛）组织的机关与发报机，我曾设法掩护过，也看见过，……我们互相交换过军事情报，我也利用他的电台发过报转延安，这个情况我也向关中工委报告过。”“文革”中，蒙定军在一份《关于王敦瑛的有关问题》中写道：“王敦瑛曾经提出将我的名字报在他的情报组织里，并要给我情报经费，我拒绝了。”虽然杨明轩、蒙定军、杜斌丞等人都跟王敦瑛提供、交换过情报，但他们并非他“西安通讯组”的成员。在王曲七分校教员工作结束之后，王敦瑛一家住在现在儿童公园、当年称建国公园附近的绥署军官宿舍。利用他绥署谘议身份，王敦瑛还通过第一战区长官部高参傅葆初、参谋许亚川等人的私人关系，获取情报。

西安是个国民党特务多如牛毛的城市，西安通讯组在近六年里，多次遇到险情。杨才的杂货铺曾在一天时间里，被特务、警察搜查过三次。有一天清早，邻居大嫂过来问杨才：“夏老板，昨晚上你们家有‘滴答、滴答’的声音，那是啥东西在响？”杨才装糊涂：“我们昨天睡得死，没听到哇，不晓得外面是啥子声音呀。”以后夜里再发报，甭管天气有多热，杨才都得关紧窗子，而且要用棉被把窗子遮挡起来。

杂货铺开张的半年时间里，每天都有一个胖胖的中年男子在杂货铺周围转悠，这家坐坐，那家谝谝。在杨才铺子里，也少不了问些："你们年纪轻轻的，为什么从四川跑到这儿来做生意？"有天夜里，杨才正准备发电报，突然听到隔壁有人在敲门，并且说："快开门，查户口！"杨才赶紧把电台藏好，装作刚被吵醒的样子去开门。结果，一家伙闯进来了七八个警察、特务，查验了身份证，又翻箱倒柜地找了一圈所谓的"毒品"，这才离去。为了减少警察的骚扰，杨才当了甲长，并且积极配合保长工作，用现在的话说，就是成了个"治安积极分子"。玄风桥一带有什么小偷小摸、形迹可疑的人，他都赶快报告给保长。所以，尽管国民党的测向台发现玄风桥一带有个神秘电台，却没有人把它跟这个为人厚道的四川小老板往一起联系。

胡宗南开会发脾气之后，特务们加紧了对玄风桥一带秘密电台的搜捕。鉴于形势严峻，王敦瑛请示莫斯科后，决定暂停电台工作，情报改由地面交通员送往苏联驻兰州领事馆。1948 年 3 月，看形势有所缓和，王敦瑛重新启用电台，准备恢复与莫斯科的联系。可是，按照原来的联系时间和呼叫频率，杨才连续两周四次呼叫都没有联系上。但是，国民党的测向台显然捕捉到了这些电波讯号。特务又开始在玄风桥挨家挨户地搜查"毒品"和"枪支"了。王敦瑛只好让杨才停止电台联络。杂货铺的夹壁墙实际上很薄，电台藏在那儿也不是个事儿。后来，王敦瑛和杨才商量后，决定把电台毁掉。当然，他与苏联兰州领事馆的地面联系一直保持着。

胡宗南撤往汉中时，王敦瑛悄悄地留了下来。西安一解放，他就找到了 1947 年撤往延安、时任西安警备司令部参谋长的蒙定军。在身份未公开之前，他协助警备司令部做些清肃敌特的工作。1949 年 5 月下旬，王敦瑛请西安市委电请中央转电莫斯科，请示今后是否留在西安，或者另有任务。等西北局转来中央回电，说要调他到北京工作时，他已经被安排到西北大学教俄语了。原来，因为计划创办一所外语大学，西北局书记习仲勋把王敦瑛留在西安，安排在西北大学工作。为此，西北局又请示中央，将他留在西安工作。

1949 年底，王敦瑛专门到北京见过一次已经担任苏联驻华大使的罗申。罗申在送给王敦瑛的一张自己的名片上用俄文写下了这样的内容：

王同志：

在为伟大的中国人民的幸福的工作中，您表现出自己是一个真正的革命者，我为此向您表示高度的谢忱。

所余的工作经费，可以供您和您的家属使用。

苏联驻中华人民共和国特命全权大使　罗申

确定王敦瑛的党籍问题，颇费了些周折。1935 年，王敦瑛在莫斯科参加培训时，组织负责人杜茂年曾告诉他，参加地下工作的同志不举行入党仪式，也不准过组织生活，将来身份公开时，自工作开始日计算党龄。中共西北局组织部 1950 年调查认定王敦瑛的组织问题，曾请示中央。时任外交部苏联东欧司司长的伍修权受外交部办公厅主任王炳南的委托，专门为此事约见了苏联驻华大使罗申。1950 年 6 月 22 日，伍修权在“王主任转中组部干部处”的信上写道：“王敦瑛的材料已亲交罗申大使，他口头向我表示，王敦瑛是忠心耿耿的革命者，经过了困难环境的考验。他对王只有好的证明，此事他也告诉过李克农和师哲。”王敦瑛的党籍问题，罗申提议依中国情况解决。于是，1950 年 8 月 28 日，中共西北局组织部直接批准王敦瑛入党。

1952 年，王敦瑛受命负责筹建西北俄文专科学校，并担任了该校的副校长。这所学校，就是西安外国语大学的前身。1958 年，他调到了陕西师范学院，任外语教研室主任、教授；1960 年，陕西师范学院变成了陕西师范大学，王敦瑛仍担任教授并当过外语系主任。1979 年 6 月，王敦瑛去世，习仲勋、屈武等领导人都送了花圈、发来唁电。

推介词（一）

在当今不少戏说、甚至违背历史事实的谍战剧充斥电视银屏的情境下，这部写真实谍战案例的《中国西部秘密战》让人耳目一新。读者会发现，真实的谍战虽然没有那么诡密的传奇故事或惊心动魄的侦捕场景，但同样具有强烈的吸引力与震撼力。此外，本书对像“吕出情报小组”这样一些曾经被误读过的概念也给予了重要的澄清。这无疑使这本书具有了较强的社会价值和历史价值。

本书的另一特色，是它所记录和重现了许多当年的史实与场景。比如写到谍战发生地西安城，书中介绍了解放前西安最繁华的南院门地区有哪些商铺、小吃；建国路一带因为住的达官贵人多，不受限电的约束；从明朝的秦王府，到清朝的满城，再到辛亥革命后的新城，西安为什么会城中有城；从革命公园，到莲湖公园，西安最早的公园有着怎样的来历。包括旧时在商铺做买卖，从入店当学徒，到出师，需要怎样的程序，书中都娓娓道来。包括特工电台、定向台、侦查台方面的知识，本书也有详尽的介绍。还有刘文蔚与智取华山、共产国际王敦瑛情报小组的活动等鲜为人知的故事，读来都十分有趣。

尽管这部书是说事儿的，但是，作者还是注重通过一些生动的细节来刻画人。胡宗南身边“匪谍如麻”，但他实际上却是个保密意识很强的人。他所接收的机密电报，都由机要室主任送过来，电报信封两头封口，都有用机器打的镂空的保密条，别人不能拆看。这些熊向晖都没机会看到的机密，却在胡宗南自己都没看之前，就被他的机要室副主任、中共地下党员戴中溶看了去。一张“镂空的保密条”，既交待了胡宗南，又交待了戴中溶。

作为国民党潜伏特务，已经被中共策反了的高孟吉要带着电台去解放区。高孟吉在开列前往韩城需要的东西时，向绥署二处处长刘庆曾要硫化青染料，被刘庆曾以价格太贵一口回绝，尽管刘庆曾对高孟吉自告奋勇去

“敌区”的行为十分支持。仅仅是价格贵吗？书中揭密，硫化青到了解放区，大部分成了兵工厂做炸药包导火索的原材料。作为胡宗南的特务头子，一个“硫化青”写出了他的精明。

一部作品是否精湛，具有不具有审美价值，可以从它是否给人留下深刻印象的精彩细节中进行考量。《中国西部秘密战》在这方面做出了可贵的尝试与努力，是一本值得一读的好书。

成曾樾

（鲁迅文学院原常务副院长，著名作家、评论家）

推介词（二）

谍战题材曾经热过一阵，后来慢慢凉下来，或许和胡编乱造有关，搞的连普通观众也看不过去，而《中国西部秘密战》这部作品则不同，不虚构，不瞎编，以丰富的史料、真实的人物和诙谐的文字吸引读者，这都和作者本人的品格有关。胡杰个性沉稳，出言谨慎，向来不喜虚张声势，说出话来既有根有据，又幽默智慧。

新中国成立前，我党对陕西及周边地区的情报工作一直十分重视，毕竟中央就在陕北，出于自身安全的考虑也马虎不得。尤其在 1947 年至 1949 年间，国共两党展开历史性决战，延安的安危影响着全国战局，所以国共双方在这一地区的情报战尤其激烈。情报工作并非独角戏，需要多人、多层面的紧密配合，它含蓄，内敛，拒绝浪漫，这和一些谍战剧完全是两个概念。胡杰以散点透视的写法，多线索，多人物，通过大量真实生动的细节，将那个特殊时期的情报工作多维地表现出来，铺开了一个很宽的斗争工作面。看似琐碎，庞杂，却线索清晰，生动有趣，甚至不乏惊心动魄。而且，写一段历史，不但要还原历史人物，同时也要还原历史环境，他在这方面也下了很大功夫，使得能够站在一个很高的角度，既再现了那个解放军摧枯拉朽、国民党军队土崩瓦解的历史片段，也生动地展现了当年陕西特别是西安城的文化风貌，这都很不容易。

淡淡的诙谐，不易察觉的智慧，丰富翔实的史料以及秦地文化的韵味，口语化的笔法，不惊不诧，娓娓道来，让我们不但了解了那段历史，同时也是一种阅读的享受和一种人生命运的咀嚼，令人屡生感慨。在如今文化人纷纷急功近利、不戏说就活不下去的时候，在文化艺术越来越浅薄弱智的时候，胡杰的这部东西显得鹤立鸡群，尤其可贵。

李岩希

（旅美作家、电视连续剧《“12 · 1”枪杀大案》编剧）